「现代」与「未知」
晚清科幻小说研究

贾立元 著

北京大学出版社

图书在版编目(CIP)数据

"现代"与"未知":晚清科幻小说研究/贾立元著. —北京:北京大学出版社,2021.9
(博雅文学论丛)
ISBN 978-7-301-32379-3

Ⅰ.①现… Ⅱ.①贾… Ⅲ.①幻想小说—古典小说—小说研究—中国—清后期 Ⅳ.①I207.41

中国版本图书馆 CIP 数据核字(2021)第 153551 号

书　　名	"现代"与"未知":晚清科幻小说研究 "XIANDAI" YU "WEIZHI": WANQING KEHUAN XIAOSHUO YANJIU
著作责任者	贾立元　著
责任编辑	艾　英
标准书号	ISBN 978-7-301-32379-3
出版发行	北京大学出版社
地　　址	北京市海淀区成府路 205 号　100871
网　　址	http://www.pup.cn　新浪微博:@北京大学出版社
电子信箱	pkuwsz@126.com
电　　话	邮购部 010-62752015　发行部 010-62750672 编辑部 010-62756467
印　刷　者	北京中科印刷有限公司
经　销　者	新华书店
	965 毫米 × 1300 毫米　16 开本　20 印张　315 千字 2021 年 9 月第 1 版　2023 年 7 月第 2 次印刷
定　　价	69.00 元

未经许可,不得以任何方式复制或抄袭本书之部分或全部内容。
版权所有,侵权必究
举报电话:010-62752024　电子信箱:fd@pup.pku.edu.cn
图书如有印装质量问题,请与出版部联系,电话:010-62756370

目 录

绪　论　何为"晚清科幻"？/1
　　第一节　历史的动力/2
　　第二节　命名的分歧/5
　　第三节　概念的界定/9
　　第四节　阐释的限度/18
　　第五节　方法与结构/21

第一章　梁启超：中国科幻的起点/23
　　第一节　向着"未来"前进：梁启超与
　　　　　　《新中国未来记》/23
　　第二节　"末日"与"不死者"：梁启超与
　　　　　　《世界末日记》/35
　　第三节　东方的弗兰肯斯坦：科幻史视野
　　　　　　中的梁启超/43
　　小　结　"乃救地球及无量世界众生也"/51

第二章　镜与像：《新石头记》与吴趼人的观看之道/54
　　第一节　文明宝鉴：吴趼人眼中的文明图景/55
　　第二节　宝镜新奇："国粹"的悖论/80
　　第三节　百年孤独：《新石头记》中的时空错置/106
　　小　结　"付稗史兮以鸣其不平"/121

第三章　黄金世界：晚清科幻中的未来与太空/126
　　第一节　月下狂人：《月球殖民地小说》中的
　　　　　　殖民叙事/126
　　第二节　新纪元与"追魂砂"：《新纪元》中的
　　　　　　时间与战争/155

第三节　黄金世界与千倍比例尺：《电世界》与
　　　　　《新野叟曝言》的大同奇想/171
　　小　结　"既非天上,亦异人间"/187
第四章　治心有术：晚清的"心"与"灵"及其
　　　　在小说中的表现/192
　　第一节　从"治心免病"到"以心挽劫"/193
　　第二节　"灵魂"与"体魄"/200
　　第三节　从"传镊气"到"催眠术"：一个词语的
　　　　　浮现/207
　　第四节　"化人"与"革命"：催眠术在清末/222
　　第五节　"新法螺"：小说林社与徐念慈/236
　　第六节　造人、论鬼与"脑电心光"/247
　　小　结　"人心大用,存乎感通"/261
结　语　"希望是在于将来"/269

参考文献/293
后　记/310

绪 论
何为"晚清科幻"?

1980年11月,上海的科幻作家叶永烈收到了一封北京来信,写信人是年轻的日本留学生武田雅哉,这位科幻迷想请教一些早期中国科幻的问题。这之前不久,日本刚成立了中国科幻小说研究会。尽管只有十几名会员,这却是日本也可能是世界上唯一一个专门研究中国科幻小说的组织。武田就是通过它找到了叶永烈的地址,双方开始通信。翌年,武田到复旦大学中文系读书,打算以清末民初的科幻小说为研究对象,由于学校没有这方面的专家,最终由叶永烈担任他的论文指导老师。

中国科幻创作始于何时?这一问题在20世纪70年代末颇不明了。1979年,郑文光在为《科学文艺作品选》(1980)所作的序言中,认为"科学幻想小说"是新中国成立后才诞生的①,而叶永烈在同年撰写的《论科学文艺》(1980)中认为顾均正的《和平的梦》(1940)是中国最早的科学幻想小说集,之后他又把这一起点上推到老舍的《猫城记》(1932)。如今,在严谨的日本青年的"逼迫"下,叶永烈不得不再翻检图书馆的故纸堆。经过他们的努力,一段埋没已久的历史浮出水面,"中国科幻小说"的起点也被追溯至1904年开始连载的《月球殖民地小说》。意识到一座宝库正有待发掘,叶永烈建议某些机构研究这一课题。可惜,这一建议未

---

① 《科学文艺作品选》的序言称:"科学幻想小说……是解放以后在新中国的土壤上萌发苗长的。五十年代中叶,党中央发出'繁荣儿童文学创作'和'向科学进军'的号召以后,出现了第一批科学幻想小说。"见高士其、郑文光主编:《科学文艺作品选》(上),北京:人民文学出版社,1980年,第2页。

能得到重视,中国科幻也在不久以后遭到了激烈的批判,由此跌入低谷,叶永烈愤而改行,写起了纪实文学,把更多的工作留给了后来者。①

当然,在古典与现代激烈碰撞的晚清,人们虽然怀着对"科学"的崇敬,用新的目光打量着外在的宇宙和内心的灵魂,构造出了一个个现代天方夜谭式的奇异时空,但当时汉语中还没有"科学幻想"这个概念,因此,就像所有那些为现代事物寻找古老起源的努力一样,"晚清科幻"显然也是一种谱系的"发明",是"科幻"在当代中国逐渐成熟和稳固后对自己身世之谜的追索。

第一节 历史的动力

近代以来,中国落入"三千年未有之大变局"(李鸿章语),天朝上国的幻觉逐渐瓦解。进步的知识精英在空前的危机意识中,努力学习并引入现代文明,希望改革上层制度、教育底层民众。被视作"公理"的进化论、"物竞"压力下对殖民地的渴望、实证主义方法论、现代科学带来的新的时空观与身体观、层出不穷的新发明激荡出的技术乐观主义……凡此种种,彻底地改变了世界的面貌,重塑了国人脑中的宇宙图景和思想观念。开明之士感受着现代科学方法论的合理性,为世界日新月异的进步景观所鼓舞,畅谈着新鲜的"二十世纪",在爱德华·贝拉米的《百年一觉》(1894)等乌托邦著作中望见了"大同世界"的影子,燃起了对"未来"的热念。古典文化中指示人生空幻的"梦",由此打开新的维度,成为人们跳脱时空束缚、抵达明日美好世界的便捷法门。担心在族群竞争中丧失生存权利的落伍者们,做起了一场又一场美梦:在康有为规划的人类终极理想蓝图中,科学是祛除病苦、获得幸福的保障,是人种改良的依据,而对天文学的研究则赋予他遨游星空的幻想,令他在半生失意后的晚年获得解脱;傅兰雅展示的古老化石、X光片和他当作最新科学介绍给中国读者的《治心免病法》,则让谭嗣同感受到天地众生进化不已的震动,找到

---

① 有关叶永烈和武田雅哉发掘晚清科幻的过程,参见叶永烈:《是是非非"灰姑娘"》,福州:福建人民出版社,2000年,第141—169页。

沟通万物的"以太"作为灵魂不死的依据，带他走向舍生取义的归宿；蔡元培和陶成章等革命者相信，催眠术能够在暗杀活动和破除迷信中发挥作用，是反清的利器之一。这些今日看来带有科学幻想色彩的思想和实践，却被当时那些努力破解着西方进步之谜的仁人志士们严肃而认真地考量着。

　　如果说，在种种救国药方中，"科学"是最要紧的成分，"小说"则成为重要的配料。西方印刷术的传入与推广，极大地刺激了小说读者的需求，国运的衰颓也驱动着人们寻求包括小说在内的一切渠道去了解外面的世界。千百年来在文学等级的体系中处于末流的小说，因其大众亲和力而被视为启蒙利器，"小说界革命"由是而生。对未知世界的好奇，以及对西洋科技的崇敬与迷惑，很自然地与小说热潮交汇。1902年，流亡日本的梁启超创办《新小说》，大肆鼓吹小说之魔力，并对包括"科学小说"在内的众多类型寄予厚望。创刊号上，他翻译的《世界末日记》将天文学家构想的末世景观引入汉语世界，以呼应其逝去挚友谭嗣同的生死观和灵魂说。同时，他又隆重"推销"着凡尔纳的《海底旅行》(即《海底两万里》)，并亲自写下遥想六十年后中国重返盛世的《新中国未来记》。一年后，正在日本留学的周树人，也推出了自己所译的凡尔纳的《月界旅行》和《地底旅行》，在遥想未来人类移民太空甚至引发星际战争的场景之余，这位热血青年豪情满怀地说出："故苟欲弥今日译界之缺点，导中国人群以进行，必自科学小说始。"[①]

　　很快，"科学"与"小说"的交汇就成为一时风潮。耳濡目染之下，本土原创的"科学小说""理想小说"等也迎来了第一轮兴盛。在梁启超、吴趼人、蔡元培、徐念慈、包天笑、陆士谔等一批文化精英写下的未来故事中，"科学"的缺席是无法设想的：黄白人种之间终将有一场大较量，对未知岛屿或星球的勘察与征服是中国复兴的依托，科技法宝是制胜关键，更是中国重回世界中心后引领人类迈入大同的保障；而当物质的进步不能带来终极幸福，就要求助于有关"灵魂"之科学，来激发"心"的伟大潜力。

[①] 鲁迅：《〈月界旅行〉·辨言》，《鲁迅全集》第10卷，北京：人民文学出版社，2005年，第164页。

于是我们在《新法螺先生谭》(1905)里看到主人公灵肉分离后的太阳系漫游,在《新石头记》(1908)里看到再入红尘的贾宝玉乘飞车猎大鹏、坐潜艇游海底,在《新纪元》(1908)里看到一场黄白人种大战中的科技斗法,在《电世界》(1909)里看到中国电王凭借电翅和锃枪在云霄歼灭白人飞舰,在《新野叟曝言》(1909)中看到中国少年驾驶飞船横扫欧洲、远赴木星……这些故事像转基因造物一样怪怪奇奇、令人瞠目,折射出东西冲撞时代国人心中的种种挫败、焦虑与期待。

不过,此时的科幻小说在其起源地欧美也并无固定名目,还要等上二三十年,才会逐渐稳定为一种具有充分自觉意识、以美国作品为大宗的类型文学。[1] 因此可以说,20世纪初的中国人是在缺少规范的压力下,按照自己的理解和需要来自由地安排"科学"和"小说"之联姻的。小说家们常以得自书报上的断章残片并经常是互相矛盾的"新知"为起点,带领读者上天入地,一边以此反观现实的种种"怪现状",辛辣而又痛心地讽刺着中国在西方"文明"映衬下的"野蛮",一边又热情地勾描着一幅幅富于魅力的未来形象,叙述着民族复兴的神话,希望以此振奋国魂,给困顿的国民以希望,感召他们采取行动。就这样,文化批判与梦想复兴这两大主题在这些作品中获得了独特的表达。

有意味的是,尽管作者们无不梦想民族自强和独立,但那些"美丽新世界"经常不过是对现实权力结构的简单倒置、扩展、增生,再叠加上天朝上国的旧梦,无意中暴露了殖民主义为其受害者们设置的不易跳出的"陷阱"。当然,也有《新石头记》等颇有深度的写作,渴望融合本土智慧和现代科技,将本民族的历史实践作为契机,为全人类提供某种能够最终

---

[1] 1926年,雨果·根斯巴克(Hugo Gernsback)创办了第一份科幻杂志《惊奇故事》(*Amazing Stories*)并发明了"scientifiction"一词;1929年,他又创办了《科学奇妙故事》(*Science Wonder Stories*)并发明了"science fiction"一词。不久后,缩略语SF也随之出现。此后,科幻小说逐渐拥有了较为稳固的作品群、作家群、杂志群和读者群,迎来了"黄金时代"(20世纪40—60年代)。参见詹姆斯·冈恩:《交错的世界:世界科幻图史》,姜倩译,上海:上海人民出版社,2020年,第175、186页;长山靖生:《日本科幻小说史话——从幕府末期到战后》,王宝田等译,南京:南京大学出版社,2012年,第3页;吴岩主编:《科幻文学理论和学科体系建设》,重庆:重庆出版社,2008年,第3—29页;亚当·罗伯茨:《科幻小说史》,马小悟译,北京:北京大学出版社,2010年,第210—211页。

克服并超越西方现代危机、造就真正"文明"的可能。这种情怀值得尊敬,但当他们试图用新的实证主义方法、现代知识分类体系把自己渴望从中汲取力量的"传统"制作成现代国家中的博物馆标本时,也恰对"传统"造成了不可逆转的伤害,由此造成了叙事上的种种断裂。换言之,即便是这类作品中最优秀的那些,也在相当程度上是"失败"的,凸显了晚清的人们在用"小说"去处理时空、未来、乌托邦、科技等众多现代议题时的步履维艰。当现实一再令美梦落空,小说家们又常常毫不在意地流露出游戏笔墨的态度,暗示这些幻想其实不过是逃离现实、慰藉伤痛的自我安抚。

总之,科幻小说诞生于西方,是西方发起的现代进程的描绘者与推动者,当它被谋求民族富强的文化先驱引入中国后,也同样不可避免地与民族国家构建过程中的诸多议题纠缠在一起。通过对几位重要人物的考察,我们将发现,科学幻想在晚清,不是某一特定群体对某类故事的特别偏好,而是人们对世界、真理、命运的普遍探索方式,以这种新的、生疏的认知方式,他们尝试去解决那些数千年来从未面临过的困境。尽管这些尝试充满了挫折,但在此后的一个多世纪里,中国科幻作者们仍一次次把目光投向虚拟时空,或者宣扬"科学"与"理性",期待民族精神的革新,或者渴望超越民族国家的限制,从宇宙的宏观视角去审视人类文明。他们时而像年轻的鲁迅一样颂扬着人类向大自然的抗争,时而又如老年的康有为一样在深邃的星空中寻找安慰。这些用小说来表达的对中国现代进程的热情辩护、冷峻批判、沉痛反省,本身也成为历史实践的一部分,传递着现代中国在走向世界与寻找自我之间的艰难,这一伟大而艰巨的历史进程也从根本上决定着中国科幻的兴衰变迁、成就与症结,构成了它的"中国"底色。

因此,只有对晚清科幻做出充分的讨论,才能更好地理解近现代中国为自己选择道路时的艰难性和复杂面向,反之,只有把晚清科幻放置到这一大的历史脉动中,才能更好地理解科幻在中国的命运起伏。

第二节 命名的分歧

晚清的人们对小说改良社会寄予厚望,并为各种小说贴上名目繁多的类型标签,以此表达对小说社会功能细化的期待,所谓"一种小说,即有一种之宗旨,能与政体民志息息相通"①。然而,尽管"科学小说"与"侦探小说""政治小说"等一道,作为在中国文学传统中缺席、为时代所需要的新类型而被着重推介,但当时尚未出现"科学幻想"一词。实际上,"科幻小说"在中国以较为独立的文学品种出现是很晚的事②,其概念的历史演变,不但涉及法、英、日、俄、汉等多语种间的"跨语际实践",更关乎中国现代化进程不同阶段中人们对"科学"和"文学"的内涵和功能的不同理解,这一复杂的过程目前远未得到很好的研究。因此,该用何种概念指称晚清那些分散在不同标签下、与"科幻"似像非像的作品?对此,不同的研究者采取了不同的策略。

第一种是直接采用现已较为通行的"晚清科幻"一词。这样只要能给出一个合理的定义,就能以开放的姿态遴选作品,而无须在名实之辩中纠缠不清。但在给出自己的定义前,许多论者往往先简要回顾一遍世界科幻史,就中西"科幻"定义做一番概述,不仅造成无益的重复劳动,也引

---

① 邱炜萲:《小说与民智关系》,见陈平原、夏晓虹编:《二十世纪中国小说理论资料(第一卷)》,北京:北京大学出版社,1997年,第47页。

② 在《论科学文艺》(1980)中,叶永烈认为"科学幻想小说"只是"科学小说"的一部分,后者又是"科学文艺"的一部分。1985年10月,中国大百科全书出版社出版了《简明不列颠百科全书》中文版,其中已有"科学幻想小说 Science Fiction"这一条目,但在该社于1986年11月出版的《中国大百科全书·中国文学Ⅰ》中,"科学幻想小说"仍只作为"科学文艺"这一条目的一部分得到介绍,该条目的撰写者正是叶永烈,他似乎没有参考《简明不列颠百科全书》中文版的相关定义,而是延续了自己之前的论述:"科学幻想小说是通过小说来描述奇特的科学幻想,寄寓深刻的主题思想,具有'科学''幻想''小说'三要素……"这一定义至今仍被许多论者采纳。不过,随着这类作品在中国的繁荣,其独立性开始逐渐加强,出现了专门杂志和较稳定的读者群,与之相应,其简称"科幻"也开始得到越来越多的使用。在《中国大百科全书(第二版)》(2009)中,"科学文艺"的条目消失,取而代之的是"科学幻想""科幻小说""科幻片"等条目,相关介绍明显袭用了《简明不列颠百科全书》,但不知为何,"科学幻想"对应的却是"Science Fantasy","科幻小说"则用了"Science Fiction"。见叶永烈:《论科学文艺》,北京:科学普及出版社,1980年,第10、92—94页;中国大百科全书出版社《简明不列颠百科全书》编辑部译编:《简明不列颠百科全书》(4),北京:中国大百科全书出版社,1985年,第720页;中国大百科全书总编辑委员会《中国文学》编辑委员会编:《中国大百科全书·中国文学Ⅰ》,北京:中国大百科全书出版社,1986年,第353—354页;中国大百科全书总编辑委员会:《中国大百科全书(第二版)》,北京:中国大百科全书出版社,2009年,第12-563、12-564、13-5页。

出疑问:"科幻"这一概念本身就不乏歧义,该采纳哪家说法作为标准,审视晚清小说?其合法性何在?晚清若有"科幻",则明代、宋代是否也有"科幻"?即便是对具体作品的甄别,论者也时有犹豫。以《新中国未来记》(1902)为例,梁启超自称是"政治小说",其中也确无对科技的展望,但它首次将线性时间观下的"未来"视野引入中国小说,以六十年后盛世场景开篇,含有乌托邦意味,能否归入"晚清科幻"范畴?对此,同一论者亦有说法不一之时:吴岩在《科幻文学论纲》(2011)中称之为"未来小说",而在《科幻六讲》(2013)中又认可它是"以政治科学为主题,畅想中国未来政治发展和政治未来的科幻小说"。[①]

为避开上述疑虑,一些论者采取第二种策略,即以"科学小说"来指称研究对象。看上去,这更贴近历史本来面目,且从字面上看,"科学小说"也可视作"Science Fiction"的直译,故具有涵盖"科学幻想小说"的潜力。但这样做仍要面临筛选的问题:何为"科学小说"?是否以作品在当时被实际贴上的标签为判据?下面两个例子有助于说明此方案在文学史研究中遇到的困难。

在《小说林社研究》中,栾伟平虽采纳"科学小说"一词,但也注意到晚清划分小说类型的随意性:同一种小说,经常被不同出版社或在同一家出版社的不同时期被划分为不同类型。"科学小说的划分更是混乱,曾被归入理想小说、冒险小说、工艺实业小说、滑稽小说等多种类型中。"她自己所谓的"科学小说"必须包括科学和幻想两种成分。"单纯宣传科学原理或者只配有简单对话的科普文章不是科学小说;纯粹的幻想故事,而无丝毫科学成分的,也不算科学小说。"[②]不过,被如此重新定义过的"科学小说",与今天所理解的"科学幻想小说"已无实质区别。这种处理,固无不可,却不能说比"晚清科幻"更严谨,因为"科学小说"也确实曾被用于指称"单纯宣传科学原理"的小说。以吴稚晖的《上下古今谈》(1911)为例,这部作品没有幻想色彩,却曾被当作典范:"中国还没有

---

① 吴岩:《科幻文学论纲》,重庆:重庆出版社,2011 年,第 158 页;吴岩:《科幻六讲》,南宁:接力出版社,2013 年,第 24 页。

② 栾伟平:《小说林社研究》(下),新北:花木兰文化出版社,2014 年,第 205—206 页。

一部可取的科学小说,除了吴先生的《上下古今谈》上编以外。"①《晨报副镌》记者的这种极端态度,说明他和栾伟平所想的并不是同一种"科学小说"。

  林健群的两篇论文,同样反映出研究者选择概念时的犹疑。在硕士论文中,他采用"晚清科幻小说"一词,并承认:从语法层面上看,"科学小说"与"科学幻想小说"本应指涉不同类型作品,但就中国的实际情况而言,它们又常指同一类作品。至于晚清的"科学小说",其推动者的初衷在于科学知识的传播,与当代的"科幻小说"不甚相符,但就作品实际面貌而言,它又涵盖了幻想成分较重的作品。② 不过,到了博士论文中,他又改用"晚清科学小说",试图回归小说家的创作初衷。但是,该如何解释其附录"清末民初科学小说编年目录(1851—1919)"中出现了《新中国未来记》这样的"政治小说"呢?③

  显然,完全依从当时人的用法,并不会减少理论上的困难。因此,又有第三种策略,即别立名目。王德威的《被压抑的现代性》挑选了 Science Fantasy(中译本为"科幻奇谭"),以此强调传统神魔元素与现代科技交织带来的类型混杂特征。④ 这固然突出了作品叙事效果的自我背反(宣称科学却大谈神秘),但不足以彰显作家们的叙事初衷(传播科学的努力)。更重要的是,这一用法背后仍暗含了一套何为"科幻"的预设,乃是以1930年代才开始在英语中流行的"Science Fiction"为标准来考评1900年代的汉语写作实践,若由此得出晚清科幻"成色"不足的印象,则实为一种错位。

---

  ① 《访吴稚晖先生》,《晨报副镌》1923 年第 86 号(4 月 6 日),第 4 版。
  ② 林健群:《晚清科幻小说研究(1904—1911)》(硕士学位论文),嘉义:中正大学中国文学研究所,1998 年,第 16—22 页。
  ③ 尽管使用了"晚清科学小说"一词,林健群却不得不在英文题目中将其译为 Science Fictions in Late-Qing Dynasty。若晚清作品不宜被称为"科幻小说",Science Fictions 这一翻译便成了问题。林健群:《赛先生来之前——晚清科学小说中的科学谱系》(博士学位论文),新竹:清华大学中国文学系,2013 年。
  ④ 王德威:《被压抑的现代性——晚清小说新论》,宋伟杰译,北京:北京大学出版社,2005年,第 293 页。

也有学者提出"未来小说"的概念。① 但"未来小说"一词同样不曾在晚清出现过,学理上并不更为周严。况且,"未来"本是"科幻"重要而非唯一的主题,只要定义适当,"晚清科幻"完全可以容纳同时代的"未来小说",反之却无法成立。

总之,晚清那些想象新奇科技和未知时空的作品,标签各异、杂处共生,不论将其追认为"科幻小说",还是以"名从主人"的姿态坚称其为"科学小说",或别立名目,都难以在理论上做到无懈可击。因此,为说明本书采用"晚清科幻小说"这一提法的缘由,有必要先简要考察几类亲缘关系较近的小说标签在晚清的使用情况,以呈现"科学幻想小说"在中国近现代的萌发及生成逻辑。

第三节　概念的界定

"政治小说"是"新小说"中最早出现的标签。戊戌政变后,流亡日本的梁启超受明治时期的"政治小说"启发,认为此类作品关系重大:"在昔欧洲各国变革之始,其魁儒硕学、仁人志士,往往以其身之所经历及胸中所怀政治之议论,一寄之于小说……往往每一书出,而全国之议论为之一变。"日本同样如此,"著书之人,皆一时之大政论家,寄托书中之人物,以写自己之政见,固不得专以小说目之"。② 可见,"政治小说"是先觉者对蒙昧民众的政治动员,形为小说,实为大道,因此最为他所看重。

再来看"哲理小说"和"科学小说"。1902年8月18日,《新民丛报》第14号预告即将问世的《新小说》计划刊载的几类小说,其中包括"哲理

---

① 在《中国的未来小说》中,赵毅衡认为:"未来小说常有科幻内容,但并非科幻小说。有强烈文化内容的科幻小说,即所谓'社会科幻小说'(Social Science Fiction),可以归入未来小说讨论。"根据这一表述,可以得出"'社会科幻小说'并非科幻小说"的矛盾结论。另外,赵氏没有说明除去"社会科幻小说"以外的"未来小说"是什么,所以给人的感觉是,"未来小说"最终仍只是"科幻小说"的一个子集。参见赵毅衡:《中国的未来小说》,《花城》2000年第1期;赵毅衡:《二十世纪中国的未来小说》,《二十一世纪》(双月刊)1999年12月号(总第56期)。

② 梁启超:《译印政治小说序》,见汤志钧、汤仁泽编:《梁启超全集》第1集,北京:中国人民大学出版社,2018年,第680—681页;《自由书·文明普及之法》,见汤志钧、汤仁泽编:《梁启超全集》第2集,第47页。

科学小说":

> 专借小说以发明哲学及格致学,其取材皆出于译本。
> 一、《共和国》,希腊大哲柏拉图著。
> 一、《华严界》,英国德麻摩里著。
> 一、《新社会》,日本矢野文雄著。
> 一、《世界未来记》,法国埃留著。
> 一、《月世界一周》。
> 一、《空中旅行》。
> 一、《海底旅行》。①

在这里,政治乌托邦和科幻小说被视作同类,预示了此后几类小说标签的纠葛。接下来的第17号(10月2日)上,"哲理小说"与"科学小说"各自独立,分别对应《世界末日记》与《海底旅行》。② 据笔者所见,**这是"科学小说"一词在汉语中首次独立出现**,但此时读者尚未见到小说原文,难知究竟。稍后(11月14日)问世的《新小说》保持了这一对应关系,"科学小说""哲理小说"分别在凡尔纳和弗拉马里翁的示范下正式与汉语读者见面,与梁氏"专欲发表区区政见"的"政治小说"《新中国未来记》交相辉映。③ 到了1903年《新民丛报》第27号上,此前在第14号上被归入"哲理科学小说"的《新社会》,则变身为"理想小说"《极乐世界》。这可能是"理想小说"的首次出现。至此,与科幻小说相关的几种主要标签悉数登场。

看起来,在梁启超等人心中,作为小说类型标签的"哲理""科学""政治""理想"等,并不具有严格的区隔功能,反而彼此相通,且都服务于新民大计,或者说,正是这一终极目的,使标签的悄然互换成为可能。

首先,"政治小说"与"理想小说"均源自对现实的不满,前者必然含有理想色彩和未来指向(如《新中国未来记》),后者也常含政治内容,如"理想小说"《极乐世界》,"意欲破旧社会之一切制度,而行大同之法,思

---

① 《中国唯一之文学报〈新小说〉》,《新民丛报》第14号。
② 《中国唯一之文学报〈新小说〉第一号要目豫告》,《新民丛报》第17号。
③ 梁启超:《新中国未来记·绪言》,《新小说》第1号。

想雄奇,条理周密"①,也可视为一种政见的表达。又如,贝拉米的《百年一觉》于1905年被重译为《回头看》,于《绣像小说》发表时标为"政治小说",在商务印书馆出版时则标为"理想小说"。

其次,"理想小说"又与"科学小说"关系紧密。"理想小说"不等于描写理想世界。《新世界小说社报》告诉读者:"读《世界末日》,胜于读《五行志》:一理想的,一非理想的也。"②威尔斯的《火星与地球之战争》也被《神州日报》标为"理想小说"③。包天笑所译的"理想小说"《千年后之世界》则被如此介绍:

> ……以高尚之理想,写惨恶社念(会)之堕落,以发见光明世界大旨……思想深邃,趣味浓郁,凡物理、心理、伦理学之精微,及宗教社会世界之观会(念),莫不应有尽有,诚为将来世界之大问题,为现在世界之大活剧也。④

外星入侵、世界末日、惨恶社会,均非理想世界。因此,当时的"理想小说"大约有两层意思:写作动机源于高尚的理想;写作方法为根据某些学理而推衍想象。其中,第二层意思已与今日的"科学幻想"相当接近,因为当时的种种学理都要开始经受"科学"洗礼,同时,缺少"科学"的未来理想世界也不可信。因此,"理想小说"又常与"科学小说"混用。商务印书馆推出的"科学小说"《梦游二十一世纪》就被如此推荐:

> 我国谓极盛之世在已往,泰西谓极盛之世在未来。已往则不可复见,而志气因以不振;未来则亟欲其至,而希望因以愈浓。此中西强弱之所由判也。是书本希望未来之旨,摹拟后一世纪之进步……⑤

---

① 《理想小说〈极乐世界〉》,《新民丛报》第27号。
② 《读新小说法》,《新世界小说社报》第6期,参见陈大康:《中国近代小说编年史》,北京:人民文学出版社,2014年,第1177页。
③ 1907年8月11日《神州日报》,参见陈大康:《中国近代小说编年史》,第1303页。
④ 1904年《二十世纪大舞台》第二期为《千年后之世界》所做的广告,参见陈大康:《中国近代小说编年史》,第775页。引文中的两处校误由陈大康所做。
⑤ "上海商务印书馆新译各种书籍",《新民丛报》第37号。

> 然则考以往,观今世,以逆料将来,其可知之数耶?不可知之数耶?无可知之事,有可知之理。据所已知,以测所未知,初非托诸虚诞也。①

当进化论成为公理,对理想世界的期待就从追慕过去转向憧憬未来,《新中国未来记》这样的作品才可能问世。至于揣度未来之法,当然只能依靠"科学"。《新纪元》(1908)的作者就明确指出:

> 编小说的意欲除去了过去、现在两层,专就未来的世界着想,撰一部理想小说;因为未来世界中一定要发达到极点的乃是科学,所以就借这科学,做了这部小说的材料。看官,要晓得编小说的,并不是科学的专家,这部小说也不是科学讲义,虽然就表面上看去是个科学小说,于立言的宗旨,看官看了这部书,自然明白……②

如此看来,梁启超那只写了数回便夭折的"未来记"若真要一路讲下去,不同时变成"科学小说"的话,也会令人难以信服。

再次,"科学小说"与"哲理小说"本就从"哲理科学小说"分化而出,自然关系不浅。"定一"就认为:"哲理小说实与科学小说相转移,互有关系:科学明,哲理必明;科学小说多,哲理小说亦随之而夥。"③小说林社亦视"科学小说"为"启智秘钥,阐理玄灯"④。

最后,"科学小说"与"政治小说"也彼此牵连。在邓毓怡看来,"政治小说"本是"科学小说"的一个子类:"科学小说:科学包括甚广,但如政治等,既自为一类,自宜特别出之。其余格致科学尚多。"⑤也有人期待凡尔纳的"科学小说"《铁世界》能直接发挥政治动员的功能:"我剀之不痛、剧之不觉之支那人,以效虎伥狐媚于彼族者何心耶?""吾支那人而尚有未

---

① 1903年商务印书馆出版的《梦游二十一世纪》译者"序",参见陈大康:《中国近代小说编年史》,第619页。着重号为笔者所加。下同。

② 碧荷馆主人编:《新纪元》,贺圣遂校点,见《中国近代小说大系》,南昌:江西人民出版社,1989年,第438页。

③ 定一:《小说丛话》,《新小说》第2年第3号(原第15号)。

④ 1905年小说林社出版的《车中美人》所附"谨告小说林社最近之趣意",参见陈大康:《中国近代小说编年史》,第914页。

⑤ 邓毓怡:《小说改良会叙例》,《经济丛编》第29号(光绪癸卯[1903]第9册)。

死之心者乎？亟读是书,以为前途之奋励焉可。"①

不仅如此,科学更是破除迷信、重塑国民理想之道,本就是政治议题中应有之义。1903年,商务印书馆出版了押川春浪的"科学小说"《空中飞艇》,它就被用来与中国的旧小说相比较:过去的小说作者喜好"道风流,说鬼神",造成社会上"崇信鬼神之风潮",此书则"以高尚之理想,科学之观察,二者合而成之","吾尝评吾国小说,至所谓《封神》、《唐传》野陋不堪之书,叹曰:不可及也。我国理学、道学者流,安能思想自由若此"。②稍后,凡尔纳的《月界旅行》出版,译者周树人也说:"我国说部,若言情谈故刺时志怪者,架栋汗牛,而独于科学小说,乃如麟角。智识荒隘,此实一端。"③该书的广告宣称:"中国民之不肯研新理、设奇想者,在国民脑中全无科学感觉。是书即为科学小说,专启发国民新理想。"④1906年,《新世界小说社报》上的《论科学之发达可以辟旧小说之荒谬思想》说得更加清楚明白:

> 思想犹光线也。无数之光线,范以聚光镜,则汇于一点;若以粗劣之质承之,则散漫而无所归宿。科学者,思想之聚光镜也。……循公例,明界说,精诚所至,金石可开。否则,以好奇之心,发为不规则之谬想,横溢无际,泛滥无归,如我国旧小说之所演述者,诚不足当格致之士一噱也。
>
> ……呜呼！物理学之不明,生理学之不讲,心理学之不研究,乃长留此荒谬之思想于莽莽大地、膻膻群生间,其为进化之阻力也无疑。
>
> ……惟科学则与此等谬想实为大敌,实有不容并立之势。……

---

① 见1903年上海文明书局《铁世界》书首包天笑所写的"译余赘言";1903年10月10日《中外日报》"文明书局特别新书出版"广告。参见陈大康:《中国近代小说编年史》,第620、639页。

② 1903年上海商务印书馆《空中飞艇》书首译者"海天独啸子"所写"弁言",参见陈大康:《中国近代小说编年史》,第642页。

③ 鲁迅:《〈月界旅行〉·辨言》,《鲁迅全集》第10卷,第164页。

④ 1903年2月7日《中外日报》所载"昌明公司出版新书"广告,参见陈大康:《中国近代小说编年史》,第670页。

以真理诘幻状,以实验捣虚情,虽举国若狂、万人同梦,而迎刃以解、涣然冰消。是故科学不发达则已,科学而发达,则一切无根据之思想,有不如风扫箨、如汤沃雪者哉?

……盖思想虽可以造世界,而世界之光明与黑暗,全视其出入于各科学为比例差。故同此思想之能力,在我国人所贻笑荒谬者,苟以科学之理求之,亦终有可达之目的。

……而今而后,倘科学大进,思想自由,得以改良小说者改良风俗,则将合四万万同胞,鼓舞欢欣于二十世纪之新中国也。予日望之矣。①

在万国争雄、不进则退的时代,国民应树立何种理想,已成为关键问题。中国传统小说也有"理想",但常荒诞不经、妄谈鬼神、荼毒人心,如今需要经受"科学"的改良,把有害的谬想变成有用的发明,哪吒的风火轮便可以变成现实中的轻气球。这种论调,不但在当时获得相当的共鸣②,亦在后世不断得到回应,直到八十年后,《中国大百科全书》(1986)还在强调:"科学幻想小说……所描述的是幻想,而不是现实;这幻想是科学的,而不是胡思乱想……"③

正是这一核心问题的反复出现,使我们可以在"科学幻想小说"这一概念尚未出现的清末,辨识出中国科幻小说事实上的萌发:**当时的文化精英,已经开始要求用"科学/哲理"来重新安排"理想/幻想/梦想"**,其行动带有政治性,指向则在于民族之"未来"。这是中国小说史上的新现象,其结果是,"哲理小说""科学小说""理想小说""政治小说"等范畴多有重叠,存在着彼此过渡的通道。其中,梁启超大力提倡的"政治小说"实

---

① 《论科学之发达可以辟旧小说之荒谬思想》,《新世界小说社报》第 2 号(丙午[1906]六月廿五日)。

② "惟我国人叙述笔墨,每至水穷山尽处,辄借神妖怪妄,以为转捩之机轴。西人则不然,彼惟善用科学之真理,以斡旋之。……而略无缥渺难信之谈,所以可贵。"中华书局编辑部编:《孙宝瑄日记》,童杨校订,北京:中华书局,2015 年,第 1016 页。

③ 中国大百科全书总编辑委员会《中国文学》编辑委员会编:《中国大百科全书·中国文学Ⅰ》,第 353 页。

际上并没有得到多少响应①,而前三者都可追溯到最早的"哲理科学小说",并在一定程度上实际分担了"政治小说"的功能。

当然,"政治小说"未必描写未来,"理想小说"可以大谈仙佛之乐②,"科学小说"也不一定要有幻想成分(如前已述及的《上下古今谈》)。也就是说,任何一个标签,都不完全等同于今天的"科幻小说"。实际上,在人们颇为随意的使用中,这些标签的含义充满了不确定性,并不断经受历史的检验与淘汰,发生着变异与组合。在这一过程中,**以真实为追求的"科学"与以虚构为特征的"小说"之间的相遇,提出了如何安置"幻想"因素的问题,这一因素逐渐浮现在名称上,最终在民国时期落实为"科学幻想小说"这一概念**。③

---

① 据陈大康统计,1904—1908 年,晚清小说单行本共出版 629 种,但标为"政治小说"的仅有 7 种。而笔者在查阅《中国近代小说编年史》后发现,"哲理小说"似乎更少,仅见《世界末日记》《新黄粱》《铁窗红泪记》《我乃猫也》4 种。参见陈大康:《中国近代小说编年史》,导言第 69、72、97 页,正文第 543、901、1096、2188 页。

② 1909 年 5 月《扬子江小说报》第 1 期上,"隐梅"评论《神游》时说:"理想小说系空中楼阁,藉虚幻以影射真实,固结构殊难,而佳著亦鲜。……虽寥寥一短篇,凡帝王之尊、权臣之贵、豪商之富、仙佛之乐、禽兽之苦,境随天幻,道与天通。"参见陈大康:《中国近代小说编年史》,第 1766 页。

③ 此前,叶永烈、郭建中等研究者曾认为,汉语中"科学幻想小说"中的"幻想",源自对俄语概念的翻译。郭建中还提出:"科幻小说"不符合 Science Fiction 的原意,它对 1949 年之前的"科学小说"一词的替代,"极大地妨碍了这一科学时代文学样式在中国的发展",进而主张在今天重新使用"科学小说"这一"正确的译名"。但事实上,近代以来,"科学"与"幻想"在汉语中的纠缠过程并非如此简单。不妨举例说明:1930 年 12 月 25 日,陈骏在《东方杂志》第 27 卷第 24 号上发表的《我们能否与行星通信》一文中已使用了"科学的幻想"一词;1931 年 8 月 15 日,"查理斯"在《当代文艺》第 2 卷第 2 期的《大众小说论》一文中谈到了**科学空想小说**的概念;9 月 7 日,天津《大公报》预告《科学理想巨片》《五十年后之新世界》即将上映。**科学幻想**一词,至迟于 1935 年 9 月出版的《化学发达史》(黄素封编,上海:商务印书馆)中就已出现,其中第 184 页提到:诺贝尔希望设立高额奖金,"以便那般'感到无从着手的困难'的科学幻想家,可以借他的资助而得贡献于人类"。该书的主要材料来自英国作家马许(Marsh)所著 *The Origins and Growth of Chemical Science* 一书。1936 年 2 月 17 日,天津《大公报》"话剧与电影"一栏介绍"新新影院定星期日演**科学幻想片**《五十年后之新世界》";8 月 1 日出版的《韦尔斯自传》(方土人、林淡秋译,上海:光明书局)一书中,威尔斯称《时间机器》是"我的最初科学的幻想曲"(第 257 页);1946 年 8 月 15 日,《申报》报道《英著名作家威尔斯逝世》,其中引"路透社伦敦十三日电",称"英国著名科学小说政治作家威尔斯……其一生著作,可分为三个时期,即**科学幻想小说**,社会小说及(转下页)

基于以上的辨析和以下几点考虑,本研究选定了"晚清科幻"一词。

第一,如前所述,采用任何其他概念,都一样存在着理论上的不完备。

第二,无须回避"后见之明"。事实上,若没有为"中国科幻"发明谱系的意识,研究者的目光将重新聚焦史料,提出的将是另一个学术问题。

第三,也是最重要的,是应该搁置所有定见,通过谱系的发明,来重新打开对"科幻"的理解。值得注意的是,当今的英文学界已日渐习惯于用Science Fiction 来指称这些晚清作品。那檀(Nathaniel Isaacson)的这段话颇为有趣:

> "Science Fiction"(*kexue xiaoshuo*),在中国出版行业中开始不断地作为一种文学类型的范畴被使用于特定的故事(大约1904 年),而这要早于英语出版物中对这一范畴的类似使用,可是人们却把Science Fiction 这一类型在中国的出现归功于西方此类作品的翻译和引进,这倒是一件异乎寻常的事。①

将20世纪初汉语中的"科学小说"直接与目前英语中已经稳定的 SF 对译,看似会遮蔽历史的复杂性,其实反而触及了事情"异乎寻常"的根源——只有在 SF 成熟后,才能识别出它在20世纪初中国的对应物。凡尔纳本人不知道自己是一名 Science Fiction 作家,却不妨碍他在今天被视为这一类型小说的最卓越代表。换言之,通过把凡尔纳的作品纳入或排除于 SF 的谱系,后世的研究者形塑着人们对 SF 的认知。②同样地,笔者认为:**我们也不应该用现有的"科幻"定义去评断晚清的作品,而应该用**

(接上页)乌托邦之著作"。同日,天津《大公报》所载《一代文豪威尔斯逝世》一文也引了"中央社伦敦十三日路透电"报道:"威尔斯著有使世界惊奇之**科学奇想小说**,如《空中战争》等。"当时的不少报刊都报道了这一消息。8月28日的《申报》又有"墨衢"的《一代文豪韦尔斯:最具鼓舞性的人物》一文:"……继'The Time Machine'之后,他又写了**幻想与科学小说**若干种,如'The Invisibleman'……"显然,"**科学幻想小说**"一词早在1949年以前就已出现,且很可能是在对英语而非俄语的翻译中生成的。参见叶永烈:《论科学文艺》,第93—94 页;郭建中:《关于 SCIENCE FICTION 的翻译问题》,《上海科技翻译》2004 年第2 期。

① Nathaniel Isaacson, *Celestial Empire: The Emergence of Chinese Science Fiction*, Middletown: Wesleyan University Press, 2017, p.7.

② 至今仍有评论家完全不认可把凡尔纳当作"科幻作家",参见亚当·罗伯茨:《科幻小说史》,第141 页。

这些作品来重新定义"科幻"。从构词法上来看,"晚清科幻"的前置定语"晚清"已经蕴含了早期中国"科幻"的特异性方面,无须再用"科幻奇谭"等词来特别强调了。

下面提出本书的概念界定。

科幻小说是一个现代的文学品种。中国古代有着壮丽恢宏的神话传说,也不乏偃师造人、奇肱国飞车等技术幻想故事,明代李渔也写过以西洋望远镜为情节驱动的才子佳人小说《十二楼》。近代之后,又有《荡寇志》(1853)这样将白人发明家植入宋代的水泊梁山,熔炼军事技术狂想与神魔斗法于一炉的故事。不过,"科幻小说"在中国的诞生,却要等到甲午之后。在种族竞争的压力下,晚清的文化人开始接受认识世界的新方法:进化论史观、科学实证主义、使难见或不可见之物纷纷显形的各种奇"镜"、标准化和精确化的空洞的时空观等等。**当现代新知开始对前科学时代的旧"幻想"进行规训和收编,并鼓励人们用新方法去探索"未知"时,"科学幻想"就此诞生**。这些"未知"包括:未知的"时间",即"未来",其中那些由科技进步所许诺的美好未来尤其令人着迷;未知的"空间",即地球上有待发现的"异域"和外星球,后者正从难以企及的神明世界蜕变为可征服的物理疆域;除了这两个外在的方面,当时种种以"科学"名义登场的"身—心"模型,也使探索者自身成为"未知"的认知对象,并激起了对"心""灵魂"的种种想象。

总之,**作为"科幻"标志性存在的,并非对技术发明的幻想,而是一种"现代"眼光对"未知"世界的探索**。① 本书的考察对象,正是这样的探索

---

① 如果人们坚持以"科技"作为"科幻小说"的根本标志,就很容易导出"中国古代科幻"这样的概念。出于民族自尊,晚清民国时期的一些论者也确实曾在中国文学传统中为来自西方的"科学小说"寻找对应物。例如,"侠人"认为:"且中国如《镜花缘》《荡寇志》之备载异闻,《西游记》之暗证医理,亦不可谓非科学小说也。""定一"也宣称:"中国无科学小说,惟《镜花缘》一书足以当之。其中所载医方,皆发人之所未发,屡试屡效。……至其叙唐敖、林之洋、多九公周游列国,则多以《山海经》为本。""瞻庐"甚至认为《春秋左传》的"葛庐知牛语,师旷识南风,是科学小说"。见《新小说》第 2 年第 1、3 号(原第 13、15 号)上的《小说丛话》;瞻庐:《小说与左传》,《申报》1933 年 5 月 14 日,第 4 张第 15 版。但是,如笔者所论,**晚清科幻的关键问题不在于故事中是否出现了技术幻想或者这些幻想是否符合现代科学认知,而在于一种现代目光的生成及其与未知之物的相遇**。

过程在晚清小说中的表现。

第四节　阐释的限度

由于种种原因,晚清科幻小说长期以来湮没不彰,直到20世纪80年代,才在叶永烈等人的发掘下重见天日。此后,相关研究日益丰富。不过,由于几个方面的难题,许多阐释的有效性受到了限制。

首先,是材料的准确性问题。近代小说数量巨大,有些作品虽被提及却未被发现,既可能实际并未创作,也可能已经散佚。有些作品版本信息不清,作者身份成谜。有的明明是译作或改写却被当作原创,有的系原创却伪称译作以自抬身价。如署名"编译者李伯元"的《冰山雪海》(1906)很可能是盗用李伯元之名的原创小说①;《秘密室》此前一直被视作徐卓呆的作品,但笔者发现它有日文原本,原作则为美国小说②。凡此种种,造成个案分析的困难,进而削弱了任何总体性判断的可靠性。③

其次,是相关研究的完备性问题。以今人眼光来看,许多晚清作品中对"科学"的想象无疑太过"离谱",但这些描写在当时的读者眼中是否真的不妥,或者"离谱"程度是否与我们的感觉相同?换言之,在晚清社会,究竟何为真实,何为幻想?不妨假设:每个时代都会在"真"与"幻"之间划定大致的边界,关于世界的种种陈述在边界两侧形成一种姑且可以称为"科学认知图"的知识布局。问题是,晚清的"科学认知

---

① 习斌:《晚清稀见小说鉴藏录》,上海:上海远东出版社,2013年,第86—89页。
② 《秘密室》发表于《小说月报》1912年第3期,标"科学小说",署"卓呆",后收入1914年6月商务印书馆的《说林·第八集》,署"卓呆"。在日本国立国会图书馆网站上,可以查到《米國作家短篇小説集》一书,其中即有《秘密室》,原著待考。参见《米國作家短篇小説集》,宫地竹峰譯補,東京:內外出版協會,明治四十二年(1909);电子版见日本国立国会图书馆网站:http://dl.ndl.go.jp/info/ndljp/pid/876422(访问日期:2021年8月5日)。
③ 这方面最显著的例子,莫过于研究者长期以来的一个印象:中国科幻兴起于晚清、沉寂于民国。然而,近年来的研究表明,较之"晚清科幻",民国时期的幻想文学是一个远未得到系统梳理的领域,许多鲜为人知的科学幻想以小说、戏剧、图画等各种形式散落在报刊中,相关的理论讨论也从未停止。参见任冬梅:《梦想中国——晚清至民国社会幻想小说中"中国形象"的变化》(博士学位论文),北京:北京师范大学文学院,2013年。

图"目前在很多方面还很不清楚,为研究者准确评测相关作品中的"幻想"制造了困难。例如,面对晚清小说中的"灵魂",不能简单地斥之为"迷信",而必须顾及当时的心理学知识传播、有关"电气"证明灵魂存在的学说等问题。再如,《新纪元》中的"追魂砂",很容易被想当然地认作传统神魔小说元素的残余,因此历来饱受研究者诟病,但本书第三章将通过追踪有关信息证明:它那玄乎其玄的名称下,其实是西方科学的最新发现。

最后,是小说文本的暧昧性问题。同一批作品,在一个时期里被认为不值一提,在另一个时期又被大谈特谈,这正说明,没有研究者自身的理论关怀,文本不会自己提供理解的路径,即便是那些以文学史形态呈现、侧重史料发掘的研究成果,也不可能全无理论预设。正是依靠理论,文本的价值得到重估,历史评价得到矫正,但理论的聚焦也就意味着盲点的生成:小说作为虚构性叙事,本身布满了暧昧和含糊,理论视野在某个文本"裂隙"中"发现"论述起点的同时,也就意味着那些可能对其论说构成质疑的其他"裂隙"被忽略了。小说的丰富性被简化,沦为证明材料,而最终导向的结论,很可能在论述之初已有所预设。

就晚清科幻而言,它在20世纪90年代引起学界兴趣,与新一代学人"重写文学史"的努力不无关系。不少研究借风行一时的现代性理论,大谈"文学现代性",将晚清科幻的内容、主题、形态方面之"新"作为重要证据予以展示,并乐于指出现代文学诸多重要议题(科学、启蒙等)、意象(狂人、铁屋等)在晚清早已萌发,各种症结当时亦已形成。如果"现代"之前的晚清已经如此"现代",那么,"现代"自然也就没那么"现代"了。"五四"对"晚清"的"压抑"之论,也呼之欲出。

而近年来,美国学界在后殖民理论的影响下,对晚清科幻提出了新的阐释。例如,胡志德(Theodore Huters)在查特吉等理论家的启发下,探讨了晚清知识人如何在一个显然已经失效的古老传统里安置粗暴闯入的西方世界以及由此导致的自我同一性危机,指出吴趼人在激烈批判传统的同时,又对借自西方的批判工具本身提出怀疑,这种内在的分裂造成了

《二十年目睹之怪现状》和《新石头记》在叙事上走向自我瓦解。① 之后,那檀也注意到了科幻理论界对后殖民理论的借鉴:殖民扩张与全球资本主义的建立是科幻小说诞生的驱动力,现代性话语在不同民族间构建了"中心—外围""进步—倒退""文明—野蛮"等对立,早期的科幻在确认这些对立中扮演了关键角色。那檀进而认为,科幻与帝国之间的这种关系同样出现在了20世纪初的中国:就算那些对帝国主宰的世界体系具有高度批判意识的晚清作家们,也无法设想帝国的缺席。②

这些研究,丰富了我们对晚清科幻的认识,拓深了文本的阐释空间,但和所有理论阐释一样,从科幻与帝国、殖民之间的关系来考察中国科幻,也就很容易将作品变成一种佐证,以中国案例验证了后殖民理论在西方科幻中已经得出过的结论。于是,晚清科幻中的所有探险情节就都可以解读为殖民征服的翻版,是对帝国主义暴行的不自觉模仿,就连最被看重的《新石头记》也一样不能跳出殖民话语的陷阱。由此,给人的最终印象就是:晚清的知识精英们深陷在"现代"的迷思中,不论怎样挣扎,都无法突围。这形成了一种奇怪的局面:新的理论视角在"丰富"作品内涵的同时又变成了另一种"简化"。此外,当论者试图建立从"晚清"到"五四"的连贯谱系时,他们造成的实际效果却很可能是从"晚清"到"晚清"的回环。

这种状况,从技术层面来看,是方法论的结果:从小说阐释出发,走向理论建构和思想史论述,这必然会将文本自身的"暧昧"予以明晰化,令其在规定的构架中彰显"意义",而对那些"溢出"这一构架的细节视而不见。然而,同样的暧昧,却可以在另一种解读下,呈现出更积极的态势。

---

① Theodore Huters, *Bringing the World Home: Appropriating the West in Late Qing and Early Republican China*, Honolulu: University of Hawaii Press, 2005。在胡志德之前,明凤英等也曾考察过晚清知识人在试图融合西洋科技与本土知识时产生的内在紧张和焦虑,参见 Feng-Ying Ming, "Baoyu in Wonderland: Technological Utopia in the Early Modern Chinese Science Fiction Novel", in Yingjin Zhang, *China in a Polycentric World: Essays in Chinese Comparative Literature*, Stanford: Stanford University Press, 1998, pp. 152-172。

② Nathaniel Isaacson, *Celestial Empire: The Emergence of Chinese Science Fiction*, pp. 42, 96, 104, 106.

正如本书第二章将要指出的,至少对于《新石头记》中的探险叙事来说,"殖民征服的再现"这一解释是一种错位。另外,"镜花水月"的本土智慧,不但帮助吴趼人发起了对西方认知方法的质疑,而且最终确保他能在形式上完成乌托邦叙事,这种文本形态的完整性,在同时代大量有始无终的同类作品中显得格外突出。换言之,在一种理论视野中的叙事"瓦解",在另一个视野中则呈现为"完成"。

第五节　方法与结构

以上提出的这些问题,决定了本书采取的研究方法和结构方式。

由于"现代"对"未知"的探索涉及形式广泛的写作,对有关作品的分析也需要一个局部的"科学认知图"作为参照,因此本书的讨论对象不限于小说。例如,傅兰雅所译的《治心免病法》和谭嗣同所著的《仁学》是近代"心力"论的重要构成,后者更促成了梁启超对《世界末日记》的翻译,因此它们都将在本书中得到深入讨论。再如,为了理解晚清小说界对催眠术的兴趣,需要了解这一技术在当时的传播情况,但目前这方面的研究还非常稀少。因此,本书第四章的开头将通过调查相关资料来尽可能地还原这一知识背景。换言之,为了探查一个小说细节,往往要牵连出更大的历史脉络。

这也就意味着,本书无力去处理所有有价值的晚清科幻小说,在讨论某一思想议题时,也难以覆盖与之相关的所有作品。这里有必要考虑吴岩的意见:在科技变革的时代,"边缘人"通过科幻来表达对"主流"的抗争,以此缓和现代世界造成的心理失衡。在这种视野里,"全球化落伍者"也被视为一种"边缘人"。[①] 这启发我们从创作主体的角度去考量晚清科幻:尽管这些小说在艺术上颇为粗糙,但却是活生生的血肉之躯在面对巨大的历史挫败时做出的挣扎和抗衡,是他们在生死存亡之际采取的行动。换言之,幻想与写作本就是一种实践和斗争。因此,本书将以几部具体的作品为线索,尽可能还原它们的作者、译者置身其中的时代,以体

---

① 吴岩:《科幻文学论纲》,第1—33页。

悟他们当时面临的困境和所做出的选择。

最后,这种组织方式允许对文本进行详细的考证和充分的细读,并辅以适度的理论阐释。无疑,理论是提出问题的前提,但如果不能紧扣文本,理论便导向虚假的提问。因此,本书将以一个充分理性化了的当代读者的眼光,去仔细搜寻文本中那些显得怪异的细节、不合逻辑的表述、超乎寻常的设计,试图去理解作者在当时为何可以如此自然地制造出这些"异常",以及它们是否形成冲突,是否可以由此印证或反驳那些已有的解读,进而呈现当事人在新旧、中西冲撞的时代,努力用新的眼光去感知和把握世界时的种种艰难与努力。

综上所述,本书采取了"缩小"与"深化"的策略:将研究范围缩小至"晚清科幻"的局部,以点带面地展开一些深度讨论。具体来说,第一章将考察晚清科幻的开启者梁启超,分析"现代"意识与"未知"时空在中国小说中的初遇。第二章将讨论晚清科幻的最高成就《新石头记》。我们将看到,吴趼人这位重要的清末小说家,如何向位于"现代"视野核心处的"文明—野蛮"话语发起挑战,这种挑战不但借人物之口直接道出,更体现为叙事中层层套嵌的"镜—像"关系,由此,对世界的不同认知方式得以互相质询。第三章将讨论"现代"视野对未知时空的探寻,展示小说家们在叙述未来大同和星际探险时的兴奋和困顿。第四章将讨论"现代"认知者们对自我的探寻:对外部世界的征服看来永无止境,"心"之力似乎才是人类幸福的根本所在,这种期待既激活了本土迷信,也为后来者"文学救心"的努力留下了伏笔。

通过这些讨论,本书希望能提供一些略有价值的新发现、新思路、新见解,为将来从总体上更好地把握晚清科幻奠定一点坚实的基础。不论结果是否如愿,这一探究过程本身也许已经足够。每一次对历史的研究也都是对它的改写,而在遗忘和回忆的魔术中,我们将重新理解和想象自己的命运。

第一章
梁启超：中国科幻的起点

第一节 向着"未来"前进：梁启超与《新中国未来记》

一、"未来"照进"小说"

1898年，戊戌政变发生，改良派的政治实践惨遭覆灭，梁启超逃往日本。为了帮助他排遣旅途忧闷，日本军舰舰长把东海柴四郎的政治小说《佳人奇遇》推荐给他。到日本后，梁不但将其译成中文，在自己创办的《清议报》上刊载，还把日本的政治小说选作中国"小说界革命"的范本。1902年，他创办了《新小说》，并连载生平写下的唯一一部小说：《新中国未来记》。

梁启超声称："余欲著此书，五年于兹矣，顾卒不能成一字。……顾确信此类之书，于中国前途，大有裨助，夙夜志此不衰。"只因事务繁忙，迟迟无法动笔，最后决定通过报刊连载的方式逼迫自己，"得寸得尺，聊胜于无。《新小说》之出，其发愿专为此编也"。①

小说开篇就出手不凡，畅想60年后，中国已繁荣昌盛，世界各国齐聚首都南京，召开和平会议，此时恰逢中国维新50周年纪念，上海举办博览会，盛况空前，孔子后人孔觉民老先生为两万名听众演讲过去60年的中

---

① 梁启超：《新中国未来记·绪言》，《新小说》第1号。

国史。按照作者构想,故事以10年为一个阶段,到小说发刊之日的"10年后"即1912年,维新成功,广东独立、建设共和立宪政府、与世界各国建交,继而各省独立,形成联邦大共和国,举国同心,国力强盛。接着,因西藏、蒙古主权问题而与俄国开战,联合英美日击败俄国。随后,英美荷兰诸国殖民地虐待华人,引发黄白争端。最后经匈牙利人调停,化解战端。可见这是一部从"未来"追忆的"革命往事",故事的终点处正是小说的起点。①

这种开场方式不同寻常。《新民丛报》如此解释:"本书乃虚构今日以后之事,演出如锦如荼之中国。但发端处最难,盖从今日讲起,景况易涉颓丧,不足以提挈全书也,此回乃作。为以六十年以后之人追讲六十年间事,起手便叙进化全国之中国,虽寥寥不过千言,而其气象万千,已有凌驾欧美数倍之观。"②虽有过誉之嫌,但如夏晓虹所言:"中国文学中从未有过以'未来记'形式出现的小说,即使偶尔记述对理想社会的构想,也必将其置于同一时代存在的海外异域或与世隔绝的桃花源,而绝没有超越时间限隔的未来社会提前出世。"③这自然与对时间和历史的理解有关。不论是分久必合、一治一乱还是六道轮回,古典中国的时间总带有循环的特征,而其憧憬的理想世界,不是已然失落的三代之制,就是时间静止的世外桃源。直到19世纪西学东渐,进化论被视为普世"公理",铺平了时间无限线性延展的通途,"未来"才能在视野中展开。

因此,以"未来记"形式出现的政治小说先在日本风靡,又经由任公在20世纪初引入汉语世界,实在意义非凡,确乎值得大书特书。小说开篇即引出新的时间观:

> 话表孔子降生后二千五百一十三年,【今年二千四百五十三年】即西历二千零六十二年,【今年二千零二年】岁次壬寅,正月初一日,

---

① 这一情节构想出现于1902年《新民丛报》第14号上的广告《中国唯一之文学报〈新小说〉》中,梁启超实际并未完成。
② 《中国唯一之文学报〈新小说〉第一号要目豫告》,《新民丛报》第17号。
③ 夏晓虹:《觉世与传世——梁启超的文学道路》,北京:中华书局,2006年,第222页。

正系我中国全国人民举行维新五十年大祝典之日。①

邹振环认为:"传统中国的纪年法,无论是王朝年号的纪年还是天干地支的纪年,都是始而复终,终而复始,逝去的王朝像一个个大圆圈,而接替的皇帝也像一个个小圆圈,王朝告终或皇帝死去,纪年即重新开始。它们不像公元纪年法以一个年份将历史截然分成两段,又不断指向未来的直线和屡加迭进的性质。"②如此看来,不论是以孔子还是耶稣作为起点,时间都不再于传统的帝王年号中打转,而变得可以无限叠加、持续延伸,"未来"因此成为可能。这个开篇不无深意,不过,梁启超却犯了个大错误:心里想的明明是60年后,落笔却成了2062年。由于同时使用了两套纪年系统,生怕当时对西历还很不熟悉的读者弄不清楚,夹批里还特意解释:"今年是两千零二年"。在今天看起来如此奇怪的错误,不但作者本人、当时的排印者和评论者们视而不见,就连后世的梁启超作品编选者和研究者也大多安之若素。③

实际上,直到民国政府,才开始实行西历,并以运动的方式向民众推广普及,甚至上升到用旧历是反革命的高度。而晚清的各种报刊,经常是旧历和西历时间并列。就梁启超而言,早在1899年从日本启航前往檀香山的旅途日记中,他就开始用西历标注时间:"吾今所游者,乃行用西历之地,吾若每日必对翻中历乃录日记,虽此些少之脑筋,吾亦爱惜之也。"④可

---

① 梁启超:《新中国未来记·第一回》,《新小说》第1号。
② 邹振环:《〈四裔编年表〉与晚清中西时间观念的交融》,《近代史研究》2008年第5期。
③ 夏晓虹、赵毅衡、张治等人曾注意到这一错误。夏晓虹简单地指出"梁启超多加了一百年",张治称之为"换算出了岔子"。赵毅衡则认为:"未来小说是从未来倒推叙述成为已然的未来,而不是纯然的预言。这个并不复杂的时间圈,会把初试者搞糊涂。……梁启超不仅搞错了西历,甚至弄错了康梁派力主采用的'孔子纪元'。"从未来倒叙的形式确实让写作者迷乱,但赵未深究背后更根本的是中西两种时间系统交错的麻烦。此外,梁启超并未搞错孔子纪元的时间。参见夏晓虹:《觉世与传世——梁启超的文学道路》,第42页;张治:《晚清科学小说刍议:对文学作品及其思想背景与知识视野的考察》,《科学文化评论》2009年第5期;赵毅衡:《二十世纪中国的未来小说》,《二十一世纪》(双月刊)1999年12月号(总第56期)。
④ 梁启超:《夏威夷游记》,见汤志钧、汤仁泽编:《梁启超全集》第17集,第260页。关于近代的历法、纪年和时间问题,可参见湛晓白:《时间的社会文化史——近代中国时间制度与观念变迁研究》,北京:社会科学文献出版社,2013年。

见,即便对梁启超这样学贯中西的大家,要想在两套时间系统自由穿行,也不是一件轻松事儿,这在故事中另一处不易察觉的错误上也有所体现:"楔子"中说孔觉民"择定每来复一、来复三、来复五日下午一点钟至四点钟为讲期。二月初一日,正是第一次讲演"。然而,1962 年的二月初一(3月6日)是星期二,2062 年的二月初一(3 月 11 日)是星期六,均非演讲时间。至于 1962 年和 2062 年的 2 月 1 日,都尚在"正月初一"大庆典之前,所以也不可能。在不到 1500 字的"楔子"里,出现了两次时间错误,可见在西历和中历、现在和未来之间的换算,给作者制造了何其大的困难。①

另一方面,"世纪"这一来自西方的时间单位背后,蕴含的一种向前运动、更新和自我实现的"世界历史"观念,是梁启超思想中的重要概念。② 汪晖认为:"在 19 世纪欧洲的历史、哲学、法律、国家和宗教论述中,帝国—国家二元论不仅构成了结构性的对比关系,而且也被纳入一种时间的目的论之中,从而欧洲'世界历史'可以被概括为一种以政治形式的演进为基本线索建构起来的时间叙事。"③民族主义崛起的"十九世纪"改变了世界格局,冲击了晚清的知识分子,使他们对"新世纪"产生了种种热望和猜想。在梁启超心中,尽管现实一片疮痍,"新中国"却会在"二十世纪"复兴强盛,从"老大帝国"蜕变成"少年中国",在民族国家为主体的世界史中占有重要一席。"二十世纪"歌颂得多了,自然可能一不留神把当年想成"两千零二年",这或许要比"一九零二年"熟悉和得心应手得多。④

---

① 不过,到了小说第三回的结尾,速记员在记录完孔觉民的第二次演讲后,却又说下一次演讲要等到"礼拜六",似乎梁启超已忘了自己之前所设定的演讲时间了。
② 关于梁启超与"世纪",参见汪晖:《世纪的诞生——20 世纪中国的历史位置(之一)》,《开放时代》2017 年第 4 期。
③ 汪晖:《现代中国思想的兴起》(上卷・第一部),北京:生活・读书・新知三联书店,2008 年,第 34 页。
④ 关于梁启超何以会犯这个错误,笔者曾当面向夏晓虹先生请教,她推测与"二十世纪"这一概念在当时的流行有关。说到"世纪",还有一个有意思的例子:20 世纪 30 年代东北沦陷之前,有位不知世界大势却喜欢演说的高官,在某次讲演中未曾拟稿,便根据最近看的一本小册子,当着众多领事大谈当今的空中战争,说英国新式飞机如何了得。讲完后,英国领事大惑不解。后来,秘书问他看的什么书,他说是《二十一世纪的空军》,秘书说这是一本"理想小说"。高官不信:"现在不是二十一世纪么?"秘书答:现在是二十世纪。这倒正和梁启超的错误相映成趣。瞻庐:《问今是何世》,《申报》1933 年 4 月 3 日,第 3 张第 12 版。

二、"现实"与"未来"的竞赛

戊戌政变发生后,梁启超、邱炜萲等人便萌生出以政变为题材创作小说的念头,《新中国未来记》即是实践产物之一。① 小说也通过眉批的方式,一再提醒某些细节是为后面的情节所做的伏笔,可见作者对全书脉络已有一定把握。② 可惜,尽管梁启超那舍我其谁的气魄极大,小说却只勉强写了5回。③ 两位青年才俊游学归来,意气风发,正准备联络同志干一番事业,连载就戛然而止,留下"一个神秘的时间黑洞"。④ 旧中国如何从"现在"穿越这个黑洞,出落成"未来"的新中国呢?第二回提过:宪政党们将"同心协力,共商大计",由于党员人数众多,有1400万,"同声一呼,天子动容,权奸褫魄,便把广东自治的宪法得到手了。随后各省纷纷继起,到底做成今日的局面"。⑤ 这种不妨称为"同心协力—如愿以偿"的修辞,即使展开来写,估计也不好看,有敷衍之感,不过在后来受到梁启超影响的众多晚清科幻小说中却颇为常见,而到了鲁迅为代表的"五四"一代,这种轻快的思路已不再有效了。

写作《新中国未来记》期间,正是梁启超一生中立场最为激进的阶段,言辞之间流露出种族革命的排满倾向,并曾一度和孙中山往来甚密,甚至谋划与革命派合并组党,但因惹怒康有为而被迫于1899年赴美组建

---

① 外交家廖恩焘后来还撰写了一部《维新梦》,堪称"以戏曲形式表演的一部《戊戌政变记》"。参见夏晓虹:《晚清外交官廖恩焘的戏曲创作》,《燕园学文录》,上海:复旦大学出版社,2011年,第264—286页。

② 如第四回介绍陈猛精于音律,眉批道"为后来制军歌、改良音乐伏脉";之后论及俄国野心时,眉批又提醒"此论为数十回以后中俄开战伏脉"。梁启超:《新中国未来记·第四回》,《新小说》第3号。

③ 第五回是《新小说》杂志上唯一一篇未署作者名的小说,曾有人将这一点作为证据之一认为此回并非梁启超所作,但根据夏晓虹的考辨,现有的怀疑都证据不足,本书采纳夏晓虹的观点,认同第五回的作者是梁启超。夏晓虹:《谁是〈新中国未来记〉第五回的作者》,《阅读梁启超》,北京:生活·读书·新知三联书店,2006年,第296—303页。另外,第五回刊出后,《新民丛报》第46—48号合刊上又登出"新小说社广告":"饮冰主人以他事猬集,《新中国未来记》尚未暇执笔从事,当俟第九号以后以次印入。"可知梁启超此时仍对继续写作此文记挂在心。

④ 王德威:《被压抑的现代性——晚清小说新论》,第345页。

⑤ 梁启超:《新中国未来记·第二回》,《新小说》第1号。

保皇会,合作之事遂流产。小说的第三回是全书最重要的部分,两个主角,主张平和稳妥改革的黄克强,与主张暴力革命的李去病,反复辩驳几十个回合,内容几乎涉及后来20世纪中国所有重大的政治命题,最终却只留下一个"临机应变做去,但非万不得已,总不轻容易向那破坏一条路走"①的调和结论,充分显露了作者其时内心的矛盾和纠结。

小说尚在连载之时,孙宝瑄就认定:小说只有符合情理才好看,"演中国之未来,不能不以今日为过渡时代。盖今日时势为未来时势之母也"。然而梁启超明知"今日"时势绝不可能生长出小说中那种"未来",一定要写成那样,必然不合情理而无法完成。② 后世学者更对此文的虎头蛇尾给出种种"必然"解释。于润琦认为,既然作者旨在发表政见,而政见又已发表完毕,小说也就没必要再写下去。③ 夏晓虹分析,根本原因在于梁启超1903年的美洲之行使他看到了民主制度的黑暗面,归来后已彻底放弃革命论,小说自然没法写了。④ 王德威对梁启超预设了历史前进的轨道,目的先行地把原本丰富多彩的"未来"导向单一归宿感到遗憾:"梁启超对未来的看法,也可能是要完成一个单一的、直线式(却不一定是革命性的)时间发展。……它使像梁启超这样的小说家耽于其中,无法进一步想象未来各种不同的方向,以及进化过程本身的变数。……不妨讽刺地理解成'新中国没有未来'。没有未来,不只是因为小说根本没有完成,也是因为在尝试建立叙述未来的意识形态和概念的模式时,小说包含了对时间展示无限可能的一种根本敌意。"⑤

这些说法都有道理,不过笔者认为有必要在文本细读的基础上做些更深入的分析。这关系到如何看待这部作品的属性。

在同期刊发的《论小说与群治之关系》中,梁启超把小说分为"理想派"和"写实派",前者"导人游于他境界,而变换其常触常受之空气",后

---

① 梁启超:《新中国未来记·第三回》,《新小说》第2号。
② 中华书局编辑部编:《孙宝瑄日记》,第761页。
③ 于润琦:《〈新小说〉与清末的"政治小说"》,《明清小说研究》2003年第4期。
④ 夏晓虹:《觉世与传世——梁启超的文学道路》,第69页。
⑤ 王德威:《被压抑的现代性——晚清小说新论》,第345—346页。另外,赵毅衡在《二十世纪中国的未来小说》中也表达了类似的不满。

者"摹写其情状……和盘托出,澈底而发露之"。① 那么他自己的这部"政治小说"又属于何派呢?对此各家也有不同意见。孙宝瑄视其为"乌托邦之别名也,不能不作此想,而断无此事也"②。夏志清也认为:"梁启超可能不喜欢'超自然的人物'(柯立基语),但他的小说世界必然包括外国爱国志士与对未来世界乌托邦式或科学性的预测。"③孙楷第却认为此作"虽系寓言,然自云'以发表政见',则亦为时事而发。且文中所演多指当时事,与演当代事之讲史书亦有相近之处,今姑入讲史目"④。

其实,"讲史"与"预言"并非水火不容,"写实"与"理想"也未必势不两立。夏晓虹就指出,此作兼具政治小说与理想小说的特征:"要改变现实,势必要树立一个理想的典范。作家尽可运用自己对西方社会、政治制度的了解,权衡利弊,以幻想的形式,将其择优移入中国。晚清中国知识分子高度的政治热情与对现实的极度不满,便借助'政治小说'的形式喷发出来……"但她同时也提出作品的未完成影响到对它所选取的"理想小说"样式的估价:"除倒叙开头部分关于1962年的新中国的铺写渲染外,书中对于'中国近六十年史'的历史叙述,最晚的情节发生在1903年,与小说的创作时间同步。中心事件既未超前进入未来世界,仅凭短短的一个开头,是无法断定这部理想小说的创作能否成功的。"⑤

的确,粗眼一看,除了开篇,小说全无"未来"。不过,前三回的正文,在形式上存在双重叙事者:身在1962年的孔觉民和聆听他讲演的记录员。正文之外的眉批和夹批,则保持与1902年的读者处于同一时空。正文与批注构成了"未来"与"现在"之间有趣的对话关系。例如,第一回中,正文说孔觉民"今年已经七十六岁",夹批则补充:"先生今年十六岁

---

① 梁启超:《论小说与群治之关系》,《新小说》第1号。
② 中华书局编辑部编:《孙宝瑄日记》,第761页。
③ 夏志清:《新小说的提倡者:严复与梁启超》,《人的文学》,沈阳:辽宁教育出版社,1998年,第68页。
④ 孙楷第:《中国通俗小说书目(外二种)》,北京:中华书局,2018年,第67页。
⑤ 夏晓虹:《觉世与传世——梁启超的文学道路》,第63、68页。另,李敖干脆称此作为"预言性的演义",以此为其被收入《中国历史演义全集》正名。李敖:《中国历史演义总说》,《李敖大全集》第28卷,北京:中国友谊出版公司,2010年,第71、84—85页。

了"。① 第二回中,未来的听众在正文中恭候孔觉民演讲,夹批则说"我却候了六十年";之后,孔觉民讲到"现今各处图书馆,岂不是都有那洋装六十大厚册名字叫做《今鉴》的一部书吗?到现在时过境迁,这部书自然没甚用处,亦没多人去研究他",夹批则说"我尚急欲一看";正文说"还记得那时老夫正在日本东京留学",夹批说"原来老先生却在这里,明日定要奉访领教"。② 可见,批注在作者与读者之间架起桥梁,帮助彼时对未来叙事相当陌生的读者进行时空转换,并起到一定的幽默效果。因此,笔者认为,**不是单纯的想象"未来"或评议"现在",而是叙事在两者之间不停地运动,构成了这一作品根本性的时间特征**。

意识到这一点,就可以进一步注意到文中两处非常重要但此前一直被人忽视的细节。小说第三回发表于1902年12月的《新小说》第2号,其中写到两位主人公游学归来,"直到光绪壬寅年年底,便从俄罗斯圣彼得堡搭火车返国",夹批道:"两君现在谅来已经动身了,我们预备开欢迎会罢"。而"到了明年癸卯,暮春初夏的时节,这两位早已来到山海关了"。这是开篇之后故事时间又一次进入"未来",即1903年春。可惜,二人在此只是进行了一次冗长的论辩。到了第四回(《新小说》第3号),二人在3月28日到达旅顺,故事时间尚且保持在"未来",可是人物所谈论的不过是现实中发生不久的时事,并且仿佛生怕读者认为自己凭空虚造,"著者案"再三强调:"以上所记各近事,皆从日本各报纸中搜来,无一字杜撰,读者鉴之。""此乃最近事实,据本月十四日路透电报所报。""此段据明治卅六年一月十九日东京《日本》新闻所译原本,并无一字增减。"③《新民丛报》上的广告亦宣称:"第四回……内中所言事实,乃合十数种之报、数种之书而熔铸之者,以数日之功,搜辑材料,煞费苦心。读之如欲觉闻钟,发人深省。"④ 到了实际刊发于1904年1月以后的第五回,

---

① 梁启超:《新中国未来记·第一回》,《新小说》第1号。
② 梁启超:《新中国未来记·第二回》,《新小说》第1号。
③ 梁启超:《新中国未来记·第四回》,《新小说》第3号。1903年2月14日的上海《游戏报》上出现了"《新小说报》第三号已到"的广告,该号的出版时间不会晚于此,因此书中人物抵达旅顺的"3月28日"仍属"未来"。参见陈大康:《中国近代小说编年史》,第570页。
④ 《新小说》第三号要目,《新民丛报》第24号。

一度超前的故事时间再次落后于现实时间,一闪而过的"未来"被真实的历史进程追赶并抛在身后。①

看得出来,梁启超原本有心在正文里演义一出"虚构之未来"的戏目,故事的重心却一再落回到"真实之今日",部分原因则在第四回的一条眉批有所透露:"此种近事,随处补叙,故读一书便胜如读数十种书。处处拿些常识教给我们,《小说报》之擅长,正在此点。"②正如夏晓虹指出的:"小说前三回,梁启超还注意到让孔觉民和速记员同时出场,而到第四回,大约觉得这样写太麻烦,有成为老套子之嫌,于是打发两位叙述人一齐隐退。并且,演讲词这时也变成了著述稿,由作者代替二人直接叙事,'听众'也就被'看官'所取代。随着双重叙事结构的消失,由主要叙述人孔觉民所造成的限制叙事因而取消。"③实际上,同时消失的还有在"未来"与"现在"间的时间运动,叙事也就此真的成了"老套子"了。

这种在叙事上跟"未来"的纠缠和决裂,造成了足以令人"出戏"的效果:在第五回中,黄克强对新登场的郑伯才说,自己与李去病的论辩"都登在《新小说》的第二号,谅来老先生已经看过"。此前我们已知道,黄、李二人的辩论发生于1903年的春末,由1962年的孔觉民口中道出,并由速记员记录成文,寄给《新小说》报社。问题在于:速记员用了什么方法,才能穿越"时间的黑洞",将稿件寄给1902年的《新小说》报社,以便让郑伯才看见呢?身为书中人物的黄、李,对于自己的谈话尚未发生就已公开发表,又何以安之若素?诸如此类的时间上的混乱,都表明作者在初次尝试未来叙事时的种种生涩与艰难。

在梁启超诸多惊人的庞大写作计划中,还有《新中国未来记》的两个姊妹篇:《旧中国未来记》,写中国如不维新将会遭受国破家亡,最终不得不革命,这算是反写;《新桃源》,写两百年前出逃海外的中国人在荒岛上

---

① 《新中国未来记》第五回载于《新小说》第7号,出刊时间标为1903年9月,但据夏晓虹考证,实际出刊时间当为1904年1月17日以后。参见夏晓虹:《谁是〈新中国未来记〉第五回的作者》,《阅读梁启超》,第299页。
② 梁启超:《新中国未来记·第四回》,《新小说》第3号。
③ 夏晓虹:《觉世与传世——梁启超的文学道路》,第68页。

建立文明国度,并在后来支援大陆同胞维新大业,这算是补写。① 如此构想,不正恰好说明,一直以思想不断变化著称的梁启超,或是无法或是不愿把"未来"纳入一个既定的轨道吗?哪怕在当时他确信由"新"国民而实现"新中国"是必然趋势,也仍对通往这一前景的历史运动方式感到难以把握:"非信其必可行也。国家人群,皆为有机体之物,其现象日日变化,虽有管葛,亦不能以今年料明年之事,况于数十年后乎!况末学寡识如余者乎!但提出种种问题一研究之,广征海内达人意见,未始无小补。区区之意,实在于是。"②

总之,不论是有意还是无意,偶然还是必然,除第一幕的远景外,梁启超都一直不能/不想/不敢超前"现在"太多,展开些许不寻常的"未来"想象,他几乎只能等待着"未来"一点点沦为"过去",然后以和现实时间同步的姿态将其记录下来而已。果然如此,照着"绪言"中宣称的"月出一册,册仅数回"的速度,就算能坚持下去,说不定真要写到现实中的1962年才能收尾,于是也就变成"中国现在记"了。这也是作品无法完成的又一深层原因吧。

穿越"黑洞"的旅程并不轻松。

三、两个"黄克强"

梁启超既已明言国家之未来无法预料,小说所写"非信其必可行也",等于否定了作品带有"预言"性质。不过,令后来者惊奇的是,小说中构想的十年后(1912)维新正与民国政府成立时间吻合,定都南京乃至上海博览会等情节,也被当作惊人的预见。如果说这些都还有某种合理推测的成分,那么故事的主人公黄克强,竟与后来的革命家黄兴同名,则似乎实在不可思议。

1912 年,革命功成,梁启超结束多年的流亡生涯,回到祖国,受到各界欢迎。在 10 月 21 日的一场演讲中,他追忆过往,不胜唏嘘,并特别提到自己十年前的旧作:

---

① 《中国唯一之文学报〈新小说〉》,《新民丛报》第 14 号。
② 梁启超:《新中国未来记·绪言》,《新小说》第 1 号。

……其理想的国号,曰"大中华民主国";其理想的开国纪元,即在今年;其理想的第一代大总统,名曰罗在田,第二代大总统,名曰黄克强。当时固非别有所见,不过办报在壬寅年,逆计十年后大业始就,故托言"大中华民主国"祝开国五十年纪念,当西历一千九百六十二年。由今思之,其理想之开国纪元,乃恰在今年也。罗在田者,藏清德宗之名,言其逊位也;黄克强者,取黄帝子孙能自强立之意。此文在座诸君想尚多见之,今事实竟多相应,乃至与革命伟人姓字暗合,若符谶然,岂不异哉!①

在《梁任公先生演说集》中,此处有"记者按":"昔光武名刘秀,实应谶文,而同时王莽国师刘歆,亦因睹谶文更名刘秀,以期应之。当世革命伟人,姓字殆必为光武之刘秀,而非刘歆之刘秀耶。"②这难说是一本正经的讨论,而是含有玩笑成分,但有意无意间也就应和了梁启超本人,赋予了小说以"谶文"的内涵,目的不外是使任公形象更加光彩。

这个巧合甚至让日本学者中村忠行断言:梁启超后来的解释是"伪装",小说中指涉的人物就是黄兴。③ 这当然不对,因为黄兴是在1903年6月抵达上海后才改名黄兴号克强的。④ 这又导致另一种猜想:黄兴留学日本期间看了《新小说》,受梁启超启发而改名。夏志清就有这种推测⑤,更有论者进一步发挥,认为黄兴"从选择革命道路的那一刻起,所怀抱的恰恰是与梁启超一样想充当新中国第二代大总统的政治抱负",甚至说1905年成立的中国同盟会是《新中国未来记》中预想的"立宪期成同盟党"。⑥

---

① 张嘉森、蓝公武编:《梁任公先生演说集》第一辑,北京:正蒙印书局,1912年,第7页。1912年10月22日天津《大公报》曾登载《梁任公在报界欢迎会之演说词》,内容略有出入:"故托言'大中华民主国'祝开国五十年纪念,当西历二千六十二年",与小说原文中之笔误相符。之后,《庸言》报也曾登载这篇演讲,更正年代之误,却又将"黄克强"误录为"黄强克",将演讲时间记为"十月二十二日"。梁启超:《鄙人对于言论界之过去及将来》,《庸言》第1卷第1号(1912年12月)。

② 张嘉森、蓝公武编:《梁任公先生演说集》第一辑,第7—8页。

③ 中村忠行:《〈新中国未来记〉论考——日本文艺对中国文艺学的影响之一例》,胡天民译,《明清小说研究》1994年第2期。原文发表于日本《天理大学学报》第1卷第1号(1949年2月)。

④ 饶怀民:《黄兴名号考》,《中国近代史事论丛》,长沙:岳麓书社,2011年,第388页。

⑤ 夏志清:《新小说的提倡者:严复与梁启超》,《人的文学》,第79页。

⑥ 张耀杰:《黄兴的保皇与革命》,《社会科学论坛》2013年第3期。

这显然是要让黄兴变成"刘歆之刘秀"了,却属于无根之谈。实际上,笔者查到一条反面证据,提供了当事人的说法。在 1928 年 4 月 27 日《申报·自由谈》上,"清癯"(庄乘黄)写道:

> 去岁国民革命军,自粤而湘而鄂而赣而浙,以达今之新都,有所谓中正街,一若预为蒋总司令而设者,尚非异事。此与梁任公在二十余年前,著《新中国未来记》小说,中有黄克强先生其名。后有人询之任公,则谓当时属草,无所容心,不过欲为记中作一幌子,乃悬想假设此三字耳。迨武汉起义后,孙黄莅沪,一日,参观民党各报(如《神州》《天铎》《民立》三家),时余任《天铎》撰述。有某君见黄,复以此相询,谓君字得勿阅《新小说》(梁在横滨发刊《新[民]丛报》外,复出《新小说》,每月一册,时称巨制)来乎?黄大骇,诘其故。众以实告。黄谓:与彼宗旨且不能并容,岂肯拾其牙慧,以贻笑当世?某君乃服,益敬之。此与今之中正街,及蒋总司令之威名,可谓遥遥相对。谓非前定,殆莫能信。①

确实,尽管 1902 年的梁启超已较为激进,不少革命党人却并不视其为同道。胡汉民曾对冯自由说,自己看《新民丛报》,老搞不清楚任公宗旨所在,等到看过《新中国未来记》,才觉得任公与其师康有为不同,还是拥护民族主义的。后者却提醒他:小说中最激进的李去病也在颂扬光绪帝,实在自相矛盾,不可被梁骗了。② 后来梁启超放弃革命,"恨海"(田梓琴)更在同盟会机关报《民报》上痛骂:"彼所作《新中国未来记》,其一般妓女乞怜,专颂虏廷神圣,殊觉令阅者肉麻。"③而黄兴自己的解释是:"我的名号,就是我革命终极的目的,这个终极的目的,是兴我中华,兴我民族,克服强暴。大家要知道,我们民族做鞑虏的奴隶牛马,已有了二百余年,我们绝不能长令上国衣冠,沦于夷狄,任人随便屠宰。"④而在 1902 年 10 月

---

① 清癯:《符应今语》,《申报》1928 年 4 月 27 日,第 5 张第 17 版。
② 冯自由:《冯自由回忆录》,北京:东方出版社,2011 年,第 121 页。
③ 恨海:《来函·其二》,《民报》第 5 号(1906 年 6 月)。原文此句中有两处夹批,此处略去。
④ 李贻燕:《纪念黄克强先生》,见杜元载主编:《黄克强先生纪念集》,台北:文物供应社,1973 年,第 44—45 页。

2日的《新民丛报》第17号上,梁启超还在预告他的小说主人公名字是"黄种强"①,此处的"黄种"显然以"白种"为对立面,这不同于黄兴本人的排满革命立场。其实,《新小说》第1号眉批中就指出"大中华民主国"第一代大总统"罗在田"的取名源自北魏孝文帝的典故,以此暗指清帝爱新觉罗·载湉,却对"黄克强"未加说明。李去病,既以"去病"为名,又是主张革命的急性子,大概会在后面的故事中成为大将军,和黄兴反倒有几许暗合,后者若真的受到过小说的启发,也许应该改名"黄去病"才对。

如此看来,虚拟历史中的"黄克强"和真实世界中的黄克强,实在只是"如有雷同,纯属巧合"。

不管怎样,小说与历史的诸多相似,都引发后人无数遐想:假如梁启超的鸿篇巨制能够继续,平行时空里的中国还将有多少"巧合",又会有怎样的"不合"?② 但故事外的历史没有等待的耐心,自顾自地天翻地覆了。于是那场永未完成的演讲戛然而止。孔老先生既然无法继续"回忆过去",虚拟时空中的人们便永远地失去了"历史记忆",想不起自己的从前。

虽如此,这部未竟之作却打开了一扇窗,窗外透出了远山的风景,尽管道阻且长,众多后来者却决意启程。任公骑着"小说"这匹快马,哪怕无法追上"未来",时间却开始了。

第二节 "末日"与"不死者":梁启超与《世界末日记》

一、时间的尽头

《新中国未来记》虽有始无终,却也算气势如虹,吹响了向"未来"前进的号角。不过,同期的《新小说》还刊载了梁启超翻译的一篇有点奇怪的"哲理小说"《世界末日记》。作品时间跨度巨大,想象几百年后,太阳日渐冷却,地球日益衰退,至西历220万年,科学极度发达,人类却丧失了

---

① 《中国唯一之文学报〈新小说〉第一号要目豫告》,《新民丛报》第17号。
② 1945年,历史学家陶元珍曾撰文详细讨论梁启超小说中的哪些构想应验了,唯独没有提及"黄克强"的巧合。陶元珍:《梁任公新中国未来记中之预言》,《民宪》第2卷第3期(1945年8月)。

生育的能力和意愿,昔日大都会早已逐一凋零,到处一片茫茫冰雪。仅存的男女,终因气候恶劣与传染病侵袭而相继死亡,只剩下主人公阿美加(希腊语"最后"之意)和爱人爱巴。二人遍历地球,唯见废墟,最终在埃及金字塔中相拥而死,漫天飞雪覆盖大地,群星灿烂依旧。

在译后语中,梁氏如此解释自己的良苦用心:

> 译者曰:此法国著名文家兼天文学者佛林玛利安君所著之《地球末日记》也,以科学上最精确之学理,与哲学上最高尚之思想,组织以成此文,实近世一大奇著也。问者曰:"吾子初为《小说报》,不务鼓荡国民之功名心、进取心,而顾取此天地间第一悲惨杀风景之文,著诸第一号,何也?"应之曰:"不然。我佛从菩提树下起,为大菩萨说华严,一切声闻、凡夫,如聋如哑,谓佛入定。何以故?缘未熟故。吾之译此文,以语菩萨,非以语凡夫、语声闻也。"谛听谛听!善男子,善女人,一切皆死,而独有不死者存。一切皆死,而卿等贪着爱恋瞋怒猜忌争夺胡为者?独有不死者存,而卿等畏惧恐怖胡为者?证得此义,请读《小说报》。而不然者,拉杂之,摧烧之。①

这段话常被视为梁氏"科幻观"的概括②。由于原话太过笼统,研究者们常将其作为空泛之论。英国学者卜立德(David Pollard)甚至指责梁启超"名实不副":此作与科学、哲理都无甚关系,译者真正感兴趣的只是其中一段中国人向欧洲人"复仇"的情节和才子佳人的情怀。③ 事实并非如此。

小说原著是著名的法国天文学家弗拉马里翁(Flammarion)1891年在 *The Contemporary Review* 发表的英文短篇小说"The Last Days of the Earth"。同年5月,日本作家德富芦花将其译为《世界の末日》。有研究者指出,日译本非常忠实于英译本,而梁译本又几乎完全是日译本的

---

① 见梁启超为《世界末日记》所写译后语,《新小说》第1号。
② 如吴岩就认为梁启超期待此类小说能够"传达高深的科学学理和哲学思考","深刻揭示宇宙和人生深层规律,把握自然与社会演进方向"。吴岩:《科幻文学论纲》,第4—5页。
③ 卜立德:《凡尔纳、科幻小说及其他》,见王宏志编:《翻译与创作——中国近代翻译小说论》,北京:北京大学出版社,2000年,第120—121页。

直译。① 不过,中译本也做了一些微妙的发挥,比如将日译本篇首说明文字中的"想像の彩色"②替换为"哲学上最高尚之思想",说明任公从中看到了某种哲理,并认为在激荡读者去畅想六十年后之盛大中国的同时,也很有必要让他们感受一下两百万年后的地球死灭。那么,这两种看似相反的基调如何统一呢?不断出现却始终没有挑明的"不死者"又究竟指的是什么?要解开疑团,必须留意"声闻、凡夫"与"菩萨"之别这一线索,再联系梁氏此一时期的政治思想和宗教思想,一切便豁然开朗。

二、"进化"与"死亡"的赞歌

1902年是中国近代思想史上的重要节点。这一年,三十岁的梁启超在《清议报》毁于大火之后又创办了《新民丛报》。通过连载《新民说》,他开始系统地表述自己的道德和政治思想,国民理想也由此在中国历史上第一次得到确切的阐述。在日译本西学书籍的影响下,此时的他已逐渐摒弃了天下大同的思想,转而服膺以社会达尔文主义为核心的世界秩序观:以民族国家为单位的人类群体,正在展开一场激烈的生存竞争。在这场由自然法则支配的残酷竞争中,白种人群已占据进化层级的顶端,黄种人群如不追赶,便要步黑人、印度人后尘而被征服。因此,他对各种学说的广泛涉猎与介绍、对众多问题的不断讨论与思考,均围绕教育国民、促进族群进步这一核心问题展开。③

在这个过程中,他对佛教日益倾心。早在1896年,梁启超已与谭嗣同、汪康年等友人"纵谈近日格致之学多暗合佛理,人始尊重佛书,而格

---

① "芦花的翻译极其忠于原作,但在人物形象、宇宙原理、西方大屠杀等处,只是简单描写。在关于宗教的一些语言及描绘上,也比较省略。……梁的重译几乎与芦花相同,但省略了人性的利己主义、男性对女性的暴力等问题。反之,他增加了自己的感想和解说。"李艳丽:《清末科学小说与世纪末思潮——以两篇〈世界末日记〉为例》,《社会科学》2009年第2期。

② 德富健次郎:《世界の末日》,《近世欧米歴史之片影》,東京:民友社,明治二十六年(1893),第219页;电子版见日本国立国会图书馆网站:http://dl.ndl.go.jp/info/ndljp/pid/776526(访问日期:2021年8月5日)。

③ 关于这一时期梁启超的思想,参见张灏:《梁启超与中国思想的过渡(1890—1907)》,崔志海、葛夫平译,北京:中央编译出版社,2016年,第111—162页;汪晖:《现代中国思想的兴起》(下卷·第一部),第957页。

致遂与佛教并行于世",他甚至一度有入山修行数年再出山济世的打算。①谭嗣同就义后,梁启超在《清议报》上刊载烈士遗作《仁学》,并在序言中提出:"今夫众生之大蔽,莫甚乎有我之见存。"有我之见,使人因私利而生计较、罣碍、恐怖,有碍个人和群体的进步。如果人们能够接受圣哲的教导,认识到在恒河沙数之星界中一己之身的渺小,破除"有我之见",就能舍己救人、为众生流血。② 这无疑是对亡友的缅怀与呼应。在谭嗣同看来,人们若能领悟"不生不灭"之理,明白死后有天堂地狱、有无穷之苦乐,便可抛弃好生恶死之心,放下诸般贪恋,多造善因,乃至成仁取义。换言之,"无我"之境能令人刚猛、进取、无畏,这正是踏上物竞之旅的中国民众所急需的觉悟与品性。③ 这些判断影响了梁启超,并被他在日本的见闻进一步强化:士兵入伍,亲友们会以写有"祈战死"的标帜为其欢送,这令梁启超颇感震动,刺激他思考如何以"日本魂"为榜样铸造"中国魂"。④ 到了1902年,他先是发表《论小说与群治之关系》,提出以小说革新国民精神的思路,之后又在《论佛教与群治之关系》中主张佛教是当下国民信仰的不二选择,并特意尊崇大乘佛而贬低二乘(缘觉乘与声闻乘),认为后者只求独觉,而菩萨行者,"未能自度,而先度人","故舍己救人之大业,惟佛教足以当之矣"。"譬诸国然,吾既托生此国矣,未有国民愚而我可以独智,国民危而我可以独安,国民悴而我可以独荣者也。知此义者,则虽牺牲貌躬种种之利益以为国家,其必不辞矣。""知此义者,小之可以救一国,大之可以度世界矣。"⑤

除了从佛学方面说明肉身之死并不可怖,梁启超还在同年发表的《进化论革命者颉德之学说》中,从科学的角度论证死亡的积极意义:个体之死与代际更替有利于族群进化,"使同族中之最大多数,得最适之生存。而所谓最大多数者,不在现在而在将来……故死也者,进化之大原

---

① 丁文江、赵丰田编:《梁启超年谱长编》,上海:上海人民出版社,2009年,第38、39页。
② 梁启超:《〈仁学〉序》,见汤志钧、汤仁泽编:《梁启超全集》第1集,第689—690页。
③ 谭嗣同:《仁学》,吴海兰评注,北京:华夏出版社,2002年,第40—41页。
④ 梁启超:《自由书·祈战死》《自由书·中国魂安在乎》,见汤志钧、汤仁泽编:《梁启超全集》第2集,第89、90页。
⑤ 梁启超:《论佛教与群治之关系》,见汤志钧、汤仁泽编:《梁启超全集》第10集,第841页。

也","死也者,进化之母"。在他看来,"其以科学谈死理,圆满透达,颠扑不破者,吾以为必推颉德氏此论"。①

正如张灏所说,梁氏对佛教教义的阐述未必准确,但他确实在大乘佛教中看到了他在《新民说》中提倡的那种进取精神。② 森纪子也指出,梁氏对颉德学说的阐发,是在日译本的基础上加入了自己的发挥。③ 可以说,正是因为相信人类必将不断进步、国人必须振作求生,梁启超才极力从宗教与科学的角度向同胞阐发死不足惧的道理。这是一种辩证的生死观:在无穷的"进化"之路上,局部之"死"是整体之"生"的前提,死者,以其对新陈代谢的贡献而获得了"未来"的褒奖,更重要的是,"死者,死吾体魄中之铁、若余金类、木类、炭、小粉、糖、盐、水、若余杂质、气质而已,而吾自有不死者存,曰灵魂"④。

由此可知,在 1902 年的梁启超心中,"格致/科学"与"佛理"的暗合,必然包括社会达尔文主义(作为一种真理和行动前提)与大乘佛教(作为一种哲学原理和行动指导)之间的相通,这也正是《世界末日记》译后语中"科学上最精确之学理"与"哲学上最高尚之思想"最主要的具体所指,而小说中一再出现的"不死者",无疑就是人的灵魂。

三、"无量"与"菩萨行佛"

梁氏认为,基督教的天国、末日审判之说,在学理上不如佛教圆满,

---

① 梁启超:《进化论革命者颉德之学说》,见汤志钧、汤仁泽编:《梁启超全集》第 4 集,第 3—5 页。
② 张灏:《梁启超与中国思想的过渡(1890—1907)》,第 176—177 页。
③ 森纪子还认为,梁启超的应用佛学可能受了日本井上圆了的欧化主义佛教哲学的影响,后者有"哲学是原理,宗教是应用"等观点。森纪子:《梁启超的佛学与日本》,见狭间直树编:《梁启超·明治日本·西方(修订版)》,北京:社会科学文献出版社,2012 年,第 180—181、186 页。
④ 梁启超:《宗教家与哲学家之长短得失》,《新民丛报》第 19 号。梁启超的这段话与谭嗣同如出一辙:"知不生,亦当知不灭。匪直其精灵然也,即体魄之至粗,为筋骨血肉之属,兼化学之医学家则知凡得铁若干,余金类若干,木类若干,磷若干,炭若干,小粉若干,糖若干,盐若干,油若干,水若干,余杂质若干,气质若干,皆用天地固有之质点粘合而成人。及其既敝而散,仍各还其质点之故,复他有所粘合而成新人新物。生固非生,灭亦非灭。又况体魄中之精灵,固无从睹其生灭者乎?"谭嗣同:《仁学》,第 40 页。

"自佛视之,则已堕落二乘声闻界矣",不过仍"峭紧严悚,于度世法门,亦自有独胜处,未可厚非"。①

在《世界末日记》中,当人类的痕迹飘零殆尽,只有金字塔庄严如故,屹然傲立于冰雪之中时,梁启超加入了一段自己的感怀:

> 彼以其翛然物外之冷眼,覰尽此世界无量家、无量族、无量部落、无量邦国、无量圣贤、无量豪杰、无量鄙夫、无量痴人、无量政治、无量学术、无量文章、无量技艺,乃至无量欢喜、无量爱恋、无量恐怖、无量惨酷、无量悲愁……②

除了这17个排山倒海的"无量",梁启超还把日译本中的"数億万の太陽と数億万の遊星"(英文本为"its billions of suns and its billions of living or extinct planets")翻译成"无量数之太阳,无量数之地球"。③ 当爱巴在临终前对阿美加说"妾爱君也,而今既不得不死;君爱妾也,而今既不得不死"时,梁启超替阿美加补上了一句话:"虽然,我辈有不死者存。"如果说弗拉马里翁将天文学的宇宙视野引入基督教的末世景观,梁启超则将佛教的无量世界叠加其上,希望听众能感受"其有生物之诸世界,以全智全能者之慧眼,微笑以瞥见之'爱'之花尚开"④的奥妙,能领悟一切皆死而不死者(灵魂)永存的深意,放下一切"贪着爱恋瞋怒猜忌争夺",以进取、冒险、热忱、智慧等德性,在群治的事业中承担竞争与进化的使命,促进中国乃至人类的进步。

这样的末日图景确实引起了同时代人的兴趣。黄遵宪就在批评《新中国未来记》缺乏小说应有的神采和趣味的同时,对《世界末日记》大为称许:"读至'"爱"之花尚开'一语,如闻海上琴声,叹先生之移我情也。"⑤小说名

---

① 梁启超:《论佛教与群治之关系》,见汤志钧、汤仁泽编:《梁启超全集》第10集,第841—842页。
② 饮冰译:《世界末日记》,《新小说》第1号。
③ 德富健次郎:《世界の末日》,第235页;Camille Flammarion, "The Last Days of the Earth", *The Contemporary Review*, April 1891, p.569;饮冰译:《世界末日记》,《新小说》第1号。
④ 饮冰译:《世界末日记》,《新小说》第1号。
⑤ 布袋和尚:《致饮冰主人手札(节录)》,见陈平原、夏晓虹编:《二十世纪中国小说理论资料(第一卷)》,第575页。

家包天笑后来也创作了同名且相似的《世界末日记》(1908)。

不过,译后语中的"缘未熟"三字,也流露出了某种耐人寻味的不确定。

在谈及小说对人的支配力时,梁启超将其与佛法相联系:"刺"之力如禅宗棒喝,"提"之力则"自内而脱之使出,实佛法之最上乘也"。① 因此,新小说家当如佛家说法,令读者于趣味中谛听真理。《新中国未来记》开篇就是孔觉民庄严盛大的演讲,夏志清将其与《妙法莲华经》中释迦讲道相联系。②《新民丛报》亦宣称:《世界末日记》"令人始而嗒然若丧,终而超然解脱。译者谓读此一篇,胜如听释迦牟尼四十九年说法,殆非诬也,以登第一号,盖有深意存焉,读者幸勿以游戏文章视之。"③但少有人提及的是,在"语菩萨"和"语凡夫"的区分中,是否包含了梁氏从一开始就持有的疑虑?这位思想领袖,借孔觉民之口,道出了"一国所以成立,皆由民德、民智、民气三者具备"④之理。如果说,相对更"白话"的《新中国未来记》正是以光明之"未来"鼓荡"民气",那么相对更"文言"的《世界末日记》则以看似黑暗的"未来"涤荡"民德",然而,究竟有多少听众能领会后者的深意?若不能听懂,请"拉杂之,摧烧之"的态度背后是否有几分决裂与愤慨?即便能够听懂,又有几个凡夫能真的获得"死与进化"的觉悟,进而成为舍己度人的"菩萨"?这种对启蒙的信念与疑虑,正是现代中国思想史的基本张力,而由科学权威所提供的末日宇宙观,虽能令"菩萨"勇猛无畏,却仍有催生"凡夫"心中恐怖的风险⑤,甚至可能冲淡"少年中国"的光芒。

---

① 梁启超:《论小说与群治之关系》,《新小说》第 1 号。
② 夏志清:《新小说的提倡者:严复与梁启超》,《人的文学》,第 79 页。也有学者指出,"维新五十年大庆典"与"大博览会"并行的设计,受了日本小说《二十三年未来记》的影响。山田敬三:《围绕〈新中国未来记〉所见梁启超革命与变革的思想》,见狭间直树编:《梁启超·明治日本·西方(修订版)》,第 312 页。
③ 《中国唯一之文学报〈新小说〉第一号要目豫告》,《新民丛报》第 17 号。
④ 梁启超:《新中国未来记·第一回》,《新小说》第 1 号。
⑤ 弗拉马里翁曾预言 1910 年 5 月 19 日地球将会通过彗星之尾,引起全球轰动。该论文登载于 1910 年 5 月 19 日《朝日新闻》上,导致日本发生了恐慌暴动。参见李艳丽:《清末科学小说与世纪末思潮——以两篇〈世界末日记〉为例》,《社会科学》2009 年第 2 期。

捎带一提:和 19 世纪的许多人一样,弗拉马里翁也对唯灵论深感兴趣,在小说中常常融合科学知识和神秘主义。他在 1893 年把这个末世故事发展为长篇并于 1894 年出版法文版 *La Fin du monde* 和英文版 *The Last Days of the World*,增加了 25 世纪彗星冲击地球造成灾难但人类幸免的情节。全书融入了大量详细而精确的天文知识和神秘情节,最终在星辰不断死亡和新生的近代宇宙景观中歌颂爱与灵魂的永生。这本书在 1923 年 4 月被完整地译成了日文。5 个月后的 9 月 1 日,关东大地震。9 月 13 日,中文版就开始以《二十五世纪的推测》为名出现在《晨报副镌》上。这一次,它不再是"哲理小说",而被冠以"科学小说"的名目,为译文撰写篇首"附识"的,则是"五四"时期马克思主义的著名宣传者也是李大钊接触马克思主义的重要中介人"渊泉"(陈溥贤):

> 这本书号称小说,其实是说明宇宙构造原理底书,不过仿小说文体来描写,使人格外觉得有兴味而已。中国人科学智识很幼稚,所以迷信心理,非常厉害。这几天因为受了日本地震底影响,"宗教大同会"散布怪传单,格外起劲。人心惶惶,大有世界末日快到底样子。所以我们觉得翻译这类书,尤其必要。①

这俨然已是在新的科学社会主义的视野中对原著的又一次改造了,其中的深意,这里不再讨论。由于译者南庶熙染病,小说仅连载了两节便中断,直到 1924 年 9 月又被"山木"(杨山木)重译为《世界如何终局》,并被周作人称赞为比凡尔纳作品更好的"科学小说"。② 有趣的是,《晨报》前身《晨钟报》本是梁启超为首的进步党(后改为宪法研究会)的机关报,而首次向自己同胞介绍马克思学说的中国人正是梁启超(《进化论革命者颉德之学说》)。③ 当时的任公大概想不到,那位怀有强烈道义感的德国

---

① C. Flowmarion:《二十五世纪的推测》,南庶熙译,《晨报副镌》1923 年第 233 号(9 月 13 日),第 3 版。
② 开明(周作人):《沟沿通信之三》,《晨报副镌》1924 年第 208 号(9 月 3 日),第 4 版。
③ 1899 年 2 月《万国公报》第 121 期刊载的《大同学》,是迄今所知中文报刊对马克思的最早介绍,由来华传教士李提摩太译、中国人蔡尔康撰。参见张昭军、孙燕京主编:《中国近代文化史》,北京:中华书局,2018 年,第 334 页。

人,将要激发起千千万国人的热血,以大无畏的气魄去普度众生,那大概也是一种菩萨行佛吧!小说与现实,过去与未来,就这样在历史的微妙脉络里出乎意料地交织在一起了。

第三节 东方的弗兰肯斯坦:科幻史视野中的梁启超

一、凡尔纳与"科学小说"

自1902年起,中国知识界出现了一股放弃"格致"而改用"科学"的潮流。梁启超也从当年的《格致学沿革考略》等文章开始,欣然接受了science的新译名。① 在《新小说》创刊号上,除了鼓荡"民气"的《新中国未来记》和涤荡"民德"的《世界末日记》,他还同时推出了"泰西最新科学小说"《海底旅行》,这自然是为了开启"民智","科学小说"由此正式进入汉语世界。

汪晖认为,作为宇宙论、历史观和方法论的"科学",正是现代"公理"世界观的核心内容。近代以来,这一新的世界观开始替代儒家的"天理"世界观,成为现代民族国家的合法性基础。最初,科学扮演了双重角色:"合法性源泉"与"有待合法化的知识",对它的宣传则成为变法和革命的有机部分。就梁启超而言,"进化论不是对于世界万物由来和演化的科学描述,而是对宇宙有目的的证明,因而物竞天择是具有内在的目标的。如果一种行为有损于人类多数利益和道德目的,那么它就是对天演和进化的自然律的悖逆,从而进化论的标准是一种有利于'群'或'公'的价值实现的标准"。② 换言之,在梁启超等人看来,包括进化论在内的科学不仅仅是对自然规律的客观描述,它还能让世界变得有道理,让生命显得有意义,让人们的行动有方向。与此同时,"小说"正在东西文明激荡的潮

---

① 金观涛、刘青峰:《观念史研究:中国现代重要政治术语的形成》,北京:法律出版社,2009年,第325—364页。作者认为:"科学"在汉语中本有"科举之学"的意思,因而在1905年废除科举之前,用"科学"对译science有一定的障碍,故常以"格致"指称science。

② 汪晖:《现代中国思想的兴起》(下卷·第二部),第1110—1112、1395、1418页。

涌中汲取能量,成为文化疆域中的新星。因此,"科学"和"小说"的结合,自然有着惊人的潜能。

当然,晚清知识界对凡尔纳以及"科学小说"的发现与认知无疑受到了日本的影响。

明治十一年(1878),川岛忠之助翻译的《新说八十日间世界一周》出版,凡尔纳作品开始进入日语世界。此后的二十年间,凡尔纳成为最受日本欢迎的外国作家之一。[①] 不过,工藤贵正指出,明治时期的凡尔纳作品很少与其肖像照同时介绍,且作者姓名译法不一,国籍也有美、英、法等多种说法,因此这些日译本与其说是在介绍作家凡尔纳,不如说是在表达对"西洋科学文明"的惊奇和憧憬。[②] 正是这种对科学技术、外部世界、未来时代的强烈兴趣,为日本小说带来了新的气象,就连那些为了宣扬民权或国权而创作的"政治小说",也常会描写理想的社会、未知的世界或平行的历史,如尾崎行雄的未竟之作《新日本》(1886)、矢野文雄的《浮城物语》(1890)、加藤弘之的《二百年后的吾人》(1894)等,都被认为带有科幻色彩,可以纳入日本 SF 的谱系。其中,末广铁肠的《雪中梅》(1886)值得一提。小说开篇讲述明治一百七十三年(2040)的人们发现古碑,由此追忆昔日的民权志士。"这种把未来的事件当做事实,使用过去时制来表现的手法后来被认为是科幻特征或是分界线。"[③]在为该书所作的序言中,"宪政之神"尾崎行雄说道:

> 焉知小说作为近世文学史上的一大发明,孕育了诸多文化。在古代历史中,出现有很多荒诞离奇,甚至是作者想象的东西,但仍为历史,并非小说。(中略)理论上的主义寓意于小说中始于本世纪之初。譬如政治小说、又如科学小说。将宇宙万物无一遗漏地网罗在其中,难道这不正是近代小说的进步吗?小说绝不可轻视。[④]

[①] 山田敬三:《鲁迅:无意识的存在主义》,秦刚译,北京:北京大学出版社,2012 年,第 70 页。
[②] 工藤贵正:《鲁迅早期三部译作的翻译意图》,赵静译,《鲁迅研究月刊》1995 年第 1 期。
[③] 长山靖生:《日本科幻小说史话——从幕府末期到战后》,第 25—27、31—33、44—46 页。
[④] 转引自长山靖生:《日本科幻小说史话——从幕府末期到战后》,第 31—32 页。日文原文见末广重恭:《雪中梅》下编,博文堂,明治十九年(1886),第 4—5 页;电子版见日本国立国会图书馆网站:http://dl.ndl.go.jp/info/ndljp/pid/887008(访问日期:2021 年 8 月 5 日)。

这可能是日本历史上对"科学小说"的第一次命名。此后的很长一段时间里,"科学小说"一直作为具有科幻小说意义的体裁名称而被使用。①可想而知,对于1902年的梁启超而言,直接挪用这个由汉字组成的概念是很方便的。在他之前,薛绍徽与陈寿彭以英译本为蓝本、日译本标题为参考翻译的《八十日环游记》已于1900年出版,凡尔纳作品的中国之旅由此开启。两位译者虽然没有使用"科学小说"一词,但也强调该书可以作为了解西学的入门之作:"举凡山川风土、胜迹教门,莫不言之历历,且隐合天算及驾驶法程等。著者自标此书,罗有专门学问字二万。是则区区稗史,能具其大,非若寻常小说仅作海盗海淫语也。"②1902年,《新民丛报》第2号开始连载梁启超翻译的《十五小豪杰》,书中的冒险精神正符《少年中国说》所期待的少年气质。此后,凡尔纳的作品被陆续引进。据陈平原统计,在1896—1916年间介绍到中国的域外小说家中,凡尔纳是译本最多的前五名之一。③ 这些中译本对原作者的介绍五花八门:法国焦士威尔奴(《十五小豪杰》)、法国焦奴士威尔士(《环游月球》)、英国萧鲁士(《海底旅行》)、英国威男(《地底旅行》)、美国培伦(《月界旅行》)等等。读者大概很难把这些作品归纳到一个作者名下。尽管如此,人们对作为小说家的凡尔纳也有一定的认识。包天笑在《铁世界》(1903)书首的"译余赘言"中说道:

> 是书为法国迦尔威尼氏原著,氏为巴黎小说家巨子,其所撰科学小说部不下十余种,《铁世界》其一也。……且其种因获果,先有氏所著之《海底二万里》,而今日英国学士有海底潜行船之制矣;先有氏所著之《空中飞行艇》,而巴黎学士有驾空中飞船而横渡大西洋者矣。即如本书所载毒瓦斯炮弹,而明年英国陆军省有买美人之毒弹者矣。以德律风开会议,而数年前比利时之皇后,有安坐官中而听法国大剧场之歌曲者矣。凡斯种种,不胜枚举。呜呼!我读迦尔威尼

---

① 长山靖生:《日本科幻小说史话——从幕府末期到战后》,第4页。
② 陈寿彭:《八十日环游记》叙,见陈大康:《中国近代小说编年史》,第454页。
③ 陈平原:《中国现代小说的起点》,北京:北京大学出版社,2010年,第96页。

之科学小说,我觉九万里之大圜小,我恨二十世纪之进步迟。①

包天笑的翻译以日译本为底本,这段介绍文字同样承袭自日译者森田思轩的序言。② 可以说,在 19 世纪末 20 世纪初的日中两国,凡尔纳的众多作品在相当程度上塑造了人们对"科学小说"的理解,激起了人们对明日世界的向往。与此同时,明治时代的政治家和他们那些带有科幻意味的"政治小说",也从另一个方面启发了梁启超等小说革命者:尾崎行雄有关古今文学之别的论调及对"政治小说"与"科学小说"密切关联的注意在梁氏那里得到了复现;《雪中梅》的开篇方式为《新中国未来记》提供了参考③;加藤弘之更是对梁启超的民族主义和国家主义思想产生重要影响的著名法学家,他在《二百年后的吾人》中讨论了人类在竞争中优胜劣汰的进化史,并设想了千万年后太阳系寿命将尽,"人类也一定会在宇宙的某个其他天体上继续生存,永远不会灭绝"的远景④。总之,展望祖国未来和遥想地球末日的双重景观都出现在了梁启超的小说创作和翻译实践中。

因此,我们也不妨将《新中国未来记》作为中国科幻谱系的起点:尽管它没有涉及任何超越现实的技术想象,且在开篇那个 1962 年的远景之后,叙事时间再也无法"真正"进入"未来",却仍然是一个新的作品。它处处投射着新的公理世界观、世界历史中的民族竞争与进步观:

"我看古今万国革新的事业,一定经过许多次冲突才能做成,新旧相争,旧的必先胜而后败,新的必先败而后胜,这是天演上自然淘汰的公理。……"

"因为物竞天择的公理,必要顺应着那时势的,才能够生存。……"

"世界的进化是没有穷尽的,时时刻刻都在'过渡时代'里头混

---

① 包天笑:《铁世界》译余赘言,见陈大康:《中国近代小说编年史》,第 620 页。
② 《鐵世界》,森田文藏譯述,東京:集成社,明治廿年(1887),第 8—9 页;电子版见日本国立国会图书馆网站:http://dl.ndl.go.jp/info/ndljp/pid/879153(访问日期:2021 年 8 月 5 日)。
③ 关于日本政治小说对梁启超的影响,参见夏晓虹:《觉世与传世——梁启超的文学道路》,第 221 页。
④ 长山靖生:《日本科幻小说史话——从幕府末期到战后》,第 59—61 页。

来混去。……"

"只是据政治学的公理,这政权总是归在多数人的手里,那国家才能安宁的。……"①

不仅如此,它更开启了一个基本的方向和想象路径,引导出了一大批题目中含有"未来""末日"等字样的小说,其中亦不乏半路搁浅之作。比如,悔学子的《未来教育史》只写了四回沉闷的现实便不了了之,萧然郁生的《乌托邦游记》也让主人公的"乌托邦"之旅戛然而止。至于黄白种族大战、纪元争论、乌托邦畅想、少年强则国强的路径等,都在后来的众多作品中得到展开。

总之,它更像是一个由梁氏写下"草稿",后来者纷纷参与续写、修正而始终未能完成"定稿"的大文本或元文本。在它那明晰的"未来主义"背后,是一整个时代的观念巨变:

> 公理世界观逆转了天理世界观的历史观,将未来而不是过去视为理想政治和道德实现的根源。这一逆转瓦解了儒学世界观内部所包含的历史中断或断裂的意识,以及由这一意识而产生的接续道统的意志,代之以一种历史延续和无穷进化的意识,以及由这一意识而产生的与过去决裂的意志。在这一历史意识的支配下,不是以个人的道德/政治实践重构道统谱系,而是以一种投身未来事业的方式体现历史意志,构成了新的伦理。②

这就是所谓的"现代"。

当这种新的现代意识和实践伦理,在开始获得空前合法性的"小说"世界砥砺前行时,就划定了"中国科幻"的第一道闪光。

二、"睡狮"与"佛兰金仙"

把《新中国未来记》定为中国科幻的起点,还有一个考虑。

1898年4月17日,维新派成立保国会。5天后,严复翻译的《天演

---

① 梁启超:《新中国未来记·第三回》,《新小说》第2号。
② 汪晖:《现代中国思想的兴起》(上卷·第一部),第48页。

论》正式出版,开始引发思想界巨震。5月,张之洞发表《劝学篇》,主张"旧学为体,新学为用",旨在否定康梁的"左道邪说"。6月,戊戌变法开始。9月,戊戌政变,康梁逃亡。翌年4月,梁启超借笔下人物之口,向读者讲述了一个故事:

> "吾昔游伦敦,伦敦博物院有人制之怪物焉,状若狮子,然偃卧无生动气。或语余曰:'子无轻视此物,其内有机焉,一拨捩之,则张牙舞爪,以搏以噬,千人之力,未之敌也。'余询其名,其人曰:'英语谓之佛兰金仙。昔支那公使曾侯纪泽译其名,谓之睡狮;又谓之先睡后醒之巨物。'余试拨其机,则动力未发,而机忽坼,螫吾手焉。盖其机废置已久,既就锈蚀,而又有他物梗之者,非更易新机,则此佛兰金仙者,将长睡不醒矣。惜哉!"
>
> 哀时客历历备闻其言,默然以思,愀然以悲,瞿然以兴曰:呜呼!是可以为我四万万人告矣!①

不久后,他又一次谈到:

> (英人)未深知中国腐败之内情,以为此庞大之睡狮,终有蹶起之一日也,而不知其一挫再挫,以至于今日,维新之望几绝……
>
> 曾敏惠曾对英人大言曰,中国先睡后醒之巨物也。故英人亦有佛兰金仙之喻。②

"佛兰金仙",今译"弗兰肯斯坦",源自常被视作科幻文学起点的 *Frankenstein*,由英国著名诗人雪莱的妻子玛丽·雪莱于1818年创作,讲述了一位渴望成为造物主的科学家弗兰肯斯坦创造了一个人形怪物,并最终被其杀死的哥特故事。由于怪物给读者的惊人印象,人们也常常用其创造者的名字来称呼它。关于"佛兰金仙"如何被改造成"睡狮",学界已有相当充分的研究,现简要概括如下:

曾国藩之子、公使曾纪泽,曾在1887年发表过一篇《中国先睡后醒论》,说中国人将要"觉醒"(元素一)。此文影响颇广,到了1895年,尾崎

---

① 梁启超:《动物谈》,见汤志钧、汤仁泽编:《梁启超全集》第1集,第713页。
② 梁启超:《瓜分危言》,见汤志钧、汤仁泽编:《梁启超全集》第1集,第718、735页。

行雄就谈到了曾纪泽的这个说法。当时,德皇威廉二世也在欧洲掀起了"黄祸论"。此外,曾纪泽在英国时常去观赏狮子(元素二)并创作过关于狮子的画和诗。1898年,天津《国闻报》刊登了一篇译自英国报纸的文章,说中国人口众多,一旦出现拿破仑式人物,就将成为欧洲之患,变成"佛兰金仙"(元素三)。严复在此加了个按语,说"佛兰金仙"是一位英国闺秀在小说中写到的"傀儡",一旦触发机关令其觉醒(元素一),便会伤人,欧人以此比喻中国。一个月后,梁启超就在保国会的一次演讲中提到了曾纪泽和《国闻报》上的内容。最终,不论是有意识的创造还是无意识的记错,梁启超在1899年将三个元素汇合成了"睡着的狮形怪物佛兰金仙",将其放置在博物院里,并把命名权转赠给了曾纪泽。

现在还未见有人在梁启超之前用"睡狮"比喻中国。1898年1月,有日本报纸用"睡狮"来比喻英国在东亚局势中的优柔寡断,同年9月的《泰晤士报》则称中国为Frankenstein。而从任公以后,"睡狮"逐渐成为中国的象征。孙中山也曾撰文说过,西方人担心一旦向中国输入文明,就会造成"法兰坎斯坦事故",但其实中国人最爱和平。后来民国成立,中国青年党发起"醒狮运动"时还曾想拉拢梁启超入党,不过那时他们已经将"睡狮"的发明归功于曾纪泽,也不再提什么"佛兰金仙"了。1925年,孙中山逝世,狮子更成为革命之父的象征。虽然美国电影《科学怪人》曾在20世纪30年代的中国上映,但那时不知还有几个人能将它与"睡狮"联系在一起了。在很长一段时间里,"睡狮说"的知识产权一度被分派给卑斯麦、威廉皇帝和拿破仑,直到1988年播出的《河殇》,拿破仑"睡狮论"才迅速成为全民皆知的"历史常识"。①

---

① 有关"睡狮"这一民族寓言如何在历史中层累地发生,参见单正平:《晚清民族主义与文学转型》,北京:人民出版社,2006年,第113—145页;石川祯浩:《晚清"睡狮"形象探源》,《中山大学学报(社会科学版)》2009年第5期;施爱东:《拿破仑睡狮论:一则层累造成的民族寓言》,《民族艺术》2010年第3期。施爱东认为,"中国先睡后醒论"很可能是曾纪泽从基督教的"唤醒"使命中化用而来的命题。"唤醒论"并非曾纪泽的发明,也不是针对中国的专利,而是普遍存在于西方世界对日本、印度、中国等亚洲国家的描述:"'唤醒论'在东西方对峙的文化语境中,是整个西方对于整个东方的一种居高临下的态度,是'文明社会'对于'前文明社会'优越感的表现。曾纪泽只是借用了西方的这种态度,用来阐述中国温和而不容欺侮的外交姿态。"

修辞大师梁启超就这样综合古今中西,在"少年中国"之外,又贡献了一个简明有力、鲜活生动的新形象。这一形象之所以能够获得"病毒式"的传播,正因其契合了当时国人心中的某种弗兰肯斯坦式的复仇情绪:《新中国未来记》里就有"雄狮犹睡"以及将来与俄国英美开战的构想;《世界末日记》中有中国入侵欧洲的情节,梁启超以译者身份在旁边加了一条按语:"壮哉!我支那人。译至此,不禁浮一大白。但不知我国民果能应此豫言否耳。"①不仅如此,我们还可以在《弗兰肯斯坦》和《新中国未来记》之间做出更多富有意味的类比:

1. 前者讲述了一个经过炼金术和科学训练的"现代普罗米修斯"盗取上帝的特权创造生命又反受其害的悲剧,后者则是一位经过传统文化训练的知识分子试图"盗取"西学,在"老大帝国"的残躯基础上再造一个"少年中国"。

2. 前者塑造了一个成功的原型怪物,并在后世不断地获得改编,后者也具有一定的原型意义,其未能展开的种种构想被后来者一再延伸发挥。

3. 前者的怪物由于其创造者的不负责任而最终变成残暴的怪兽,走向毁灭,后者则因作者的思想转变以及构想中的造物违背了历史的趋势而不了了之。

4. 亚当·罗伯茨指出,在 19 世纪早期,科幻小说的兴趣开始明显地从空间的"异域"转向时间的"未来",与之相伴随的是"最后的人"这一视域,出现了大量想象时间终结的作品,玛丽·雪莱就另外写过一部《最后之人》(1826),幻想人类被瘟疫消灭,仅剩最后的见证者②,这正与 20 世纪初的梁启超翻译《世界末日记》遥相呼应。

5. 更重要的是,前者作为英国浪漫主义文学的一部分,传达了在人类历史的新阶段中对未来走向失控的某种反现代性的焦虑③,而大清王

---

① 饮冰译:《世界末日记》,《新小说》第 1 号。
② 亚当·罗伯茨:《科幻小说史》,第 98—106 页。
③ "科幻创作无疑起源于人与未来之间的某种紧张。当人对这种紧张无法承受的时候,便会以特殊的形态展现到作品之中。在西方,科幻创作从一开始,就是一种内源焦虑的产物。"吴岩:《始于1902——中国科幻考》,《艺术界》2013 年第 8 期。

朝的沦陷也正是始于与大英帝国的交锋,从此在两个世界体系及其规则的冲突中开启了"现代"的进程,魏源、严复、康有为、梁启超等一代代知识分子,试图重新安排中国在世界图景中的位置,并从一开始就在民族国家建设的同时,带有一种明显的国际主义面向,不论是康有为的《大同书》还是孙中山的天下为公,或者梁启超对"三代之制"曾有过的倾慕和后来对西方民主制度的批评,都无疑显露出他们既渴望中国迈入"现代",从"世界历史"的落伍者进化成先进者,同时又希望以自己的历史实践为契机,为全人类提供某种能最终在"未来"克服并超越西方现代性危机的可能。

最有意思的是,狮子在中国传统文化中本来有预警灾难、镇邪驱妖之义,并有丰富的佛教内涵。当年梁启超初见康有为,"先生乃以大海潮音,作狮子吼",自己"冷水浇背,当头一棒",从此才知道世上有所谓学问。① 另一方面,在"睡狮"之前,"狮子"也常被视作大英帝国的象征,在西方,更多被用以代表中国形象的动物则是"恶龙"。而早在唐代,就有一个西域狮子唤醒龙的故事:

> 开元末,西国献狮子。至长安西道中,系于驿树。树近井,狮子哮吼,若不自安。俄顷,风雷大至,果有龙出井而去。②

没有比这更好的寓言了。

小　结　"乃救地球及无量世界众生也"

"现代"与"未知"在中国"小说"中的最初相遇是在1902年,这一年创刊的《新小说》第1号堪称中国科幻的起点。

---

① 梁启超:《三十自述》,见汤志钧、汤仁泽编:《梁启超全集》第4集,第108页。
② 李肇:《唐国史补》,北京:中华书局,1991年,第26页。如果说"狮"与"龙"都是某种民族寓言,那么这则故事堪称"元寓言"了。令人唏嘘的是,2014年,中日两国外交官员在英国《每日电讯报》上互相指责对方国家是"伏地魔",这是又一个英国"闺秀"创造而风靡全球的"怪物"形象,不知道后世对此做何感想。参见周鑫宇:《中国对日国际舆论斗争评析》,《国际问题研究》2014年第3期。

首先,当章太炎在日本发起"支那亡国二百四十二年"纪念会,悼念崇祯帝"殉国"的时候,梁启超开始畅想六十年后。在中国小说史上,《新中国未来记》第一次标定了一种朝向"未来"的现代意识和美学态度,留下了一幅有待后来者填补的美好愿景。就开创性、影响力、重要程度而言,将其称为中国第一篇科幻小说并不过分。

其次,《世界末日记》同时提供了一个相反相成的维度:在近代天文学的视野中,一种在宇宙尺度上对时间的思考和对末日的审美。作为极端的"未来","末日"在这里并非时间的尽头和世界的终结,而是将人类的目光从地球引向群星的契机,是灵魂摆脱躯壳、证明其自身永恒性的时刻,因此与"新中国"同属进化论的衍生物。梁启超对"灵魂"的关注,有着铸就国民之脑的考虑,佛教在晚清的复兴则提供了理解这篇小说的基本语境。但众生皆死的教诲真的能让人产生舍生取义的觉悟吗?国家建设的能量不会因此而削弱吗?正如葛兆光所说,"没有佛教的赈济、教育,也没有佛教的仪式、活动,所谓能够发起信心和振作精神的中国宗教复兴就只是纸上谈兵"①。如此看来,在盗取火种时就预先做好了领受者"缘未熟"的准备,不能不说流露了先觉者的某种疑虑。

最后,"科学"与"小说"这两个新星的结合、凡尔纳在日本和中国的受欢迎、从"佛兰金仙"到"睡狮"的变形记,其实都是同一历史事件的不同方面,这是一个西方"唤醒"东方的故事,其驱动力则是一整套的"民族""启蒙""理性""历史主体""进步"等观念。梁启超既是这个故事的讲述者之一,也是故事中的一个重要角色。

这是中国文学史上不同寻常的时刻,尽管这时还没有"科学幻想"这个说法,但正如长山靖生在论述日本 SF 起源时所说的那样:

> 观念与体裁性的作品诞生不会没有关系,但未必是同一的。
> ……理念先行,就像要创造出不存在的未来一样,需要我们怀着深深的感动认识科幻作品先于科幻概念之前诞生这个事实。

---

① 葛兆光:《中国思想史(三卷本)》(第 2 版)第 2 卷,上海:复旦大学出版社,2013 年,第 465 页。

通过未来小说,将"未来"如同确定的过去一样展现出来。这正是人们以坚定的信念驾驭"现在"、生存下去的意志表达。对与古典科幻息息相关的那一时代的人们来说,他们所获得的是一种思想和生存方法,那就是:未来的可能性掌握在自己手里。[①]

如果我们还记得 24 岁的梁启超曾如此表白——"我辈宗旨乃传教也,非为政也;乃救地球及无量世界众生也,非救一国也。一国之亡于我何与焉"[②],那么也许可以说,中国科幻,就是缘起于一种普度众生的菩萨情怀吧!

---

① 长山靖生:《日本科幻小说史话——从幕府末期到战后》,第3、12页。
② 丁文江、赵丰田编:《梁启超年谱长编》,第39页。

第二章
镜与像:《新石头记》与吴趼人的观看之道

　　1903年12月,梁启超抵达日本横滨,结束了他的美洲之行。归来后的一段日子里,噩耗纷至,令他心绪不宁。烦恼之一,便是《新小说》虽振臂一呼应者云集,但出版常有延期,发行并不稳定。此外,由他暗中遥控的上海广智书局,作为维新派在国内最重要的出版机构,经营状况也一直不佳,"亏累不少"。①

　　但不久,他就迎来了两位访客——周桂笙和吴趼人。这对好友,一个和他同龄,以翻译见长;一个比他年长七岁,其时以小报主笔闻名。他们为《新小说》和广智书局注入了新的力量。② 在《新小说》第8号上,吴趼人发表了《痛史》《电术奇谈》《新笑史》并开始连载后来广为人知的《二十年目睹之怪现状》,独占大半篇幅,一跃成为第一写作主力,"名于是日盛"。③

　　从种种方面来看,吴趼人(1866—1910)以其创作实绩成为"小说界革命"最全面和坚定的拥护者。他的作品数量丰厚,类型多样,具有强烈

---

① 丁文江、赵丰田编:《梁启超年谱长编》,第219页。
② 魏绍昌推测,吴趼人赴日时间当在1903年冬,具体时间不详。夏晓虹认为,周、吴二人东渡日本,极可能是与梁启超会面,促成了将《新小说》的发行机构由横滨新小说社改为上海广智书局。魏绍昌:《鲁迅之吴沃尧传略笺注》,见魏绍昌编:《吴趼人研究资料》,上海:上海古籍出版社,1980年,第5—6页;夏晓虹:《吴趼人与梁启超关系钩沉》,《安徽师范大学学报(人文社会科学版)》2002年第6期。
③ 鲁迅:《中国小说史略》,《鲁迅全集》第9卷,第295页。

的探索精神和广泛的社会影响,其书"甫出版,人争购观"①。在他海量的著作中,《新石头记》颇为醒目。用他自己的话说,此作"兼理想、科学、社会、政治而有之"②,堪称其一生写作的综合,为他笔下那魑魅魍魉横行的黑暗世界,增添了一抹可贵的亮色,同时,也实实在在地响应了梁启超对"科学小说"的提倡,就其系统性和丰富性而言,堪称晚清最重要的科幻小说之一。

尽管如此,对该书的性质与价值,至今仍有不少争议:作为一部续作,它与《红楼梦》的关系究竟如何?前半部的揭露"现实"与后半部分的想象"未来"在结构上是否冲突?全书立场是"进步"还是"保守"?本章将就这些问题展开讨论。

第一节 文明宝鉴:吴趼人眼中的文明图景

一、"新"与"旧"

《新石头记》始载于1905年9月19日的《南方报》第28号附张"小说栏",署名"老少年"。1908年,上海改良小说社出版单行本《绘图新石头记》,4卷8册,共计40回,封面标"社会小说",题"绘图新石头记",每回之前有插图。

故事接续了《红楼梦》120回(以下简称"原著")的结尾,讲述贾宝玉在大荒山青埂峰下潜心修炼,不知过了几世几劫,直到某一天忽然凡心又动,想到上次降临红尘"只和那些女孩子鬼混了几年,未曾酬我这补天之愿"。于是再次下凡,来到20世纪初,又巧遇因昏睡而"穿越"了时间的仆从焙茗和呆霸王薛蟠。全书前20回便是他们在清末中国的游历。在上海,宝玉大开眼界,为西洋事物的无处不在感到惊奇和忧虑,激发起了民族自尊意识,开始发奋阅读书报,学习英文,参观江南制造局,以一腔热

---

① 杜阶平:《同辈回忆录·四》,见魏绍昌编:《吴趼人研究资料》,第21页。
② 吴趼人:《〈近十年之怪现状〉自叙》,见海风主编:《吴趼人全集》第3卷,哈尔滨:北方文艺出版社,1998年,第299—300页。

忧追求新知。之后,薛蟠受恶友怂恿回京,加入义和团运动,宝玉与焙茗随后北上,见证了义和团攻打使馆的荒唐和八国联军入侵时百姓遭受的苦难,随后回到上海,参加了爱国人士张园拒俄集会,之后随朋友吴伯惠去了武昌,因讥讽一位学堂监督,竟被诬为拳匪而遭入狱之苦,险些送命。逃回上海后,宝玉收到薛蟠来信,请他去"自由村"。再度北上的途中,宝玉取道山东,偶然地进入一个名叫"文明境界"的地方。后20回从此气象一新,着力描绘一个科技昌明、道德完备、千古未有的乌托邦世界。在向导"老少年"的引领下,宝玉见识了各种科技奇观,并坐上飞车和潜艇去世界各地探险,最后拜会了这里的缔造者"东方文明"老先生,却惊讶地发现对方居然是他在"旧世界"里的分身甄宝玉,不禁有些伤感:既然"补天"大任已由分身完成,自己无事可做,只好归隐而去,留在"文明境界"做一个文明居民了。

对于如此一副洋洋大观的中国怪现状风俗画和未来世界奇景图的叠加,人们评价不一,大体上有如下几种意见。

第一种充分肯定其创新性,尤其是后半部分。如吴氏好友李葭荣认为此书"逆揣世界未来,具能表里科学,随笔驰骋,而文不受范者,且莫之能逮"[1]。有人则批评各种依附古典作品的翻新之作泛滥成灾,"皆无可观之处,惟吴著之《新石头记》为例外耳"[2]。报癖(陶兰荪)对此书的夸赞最为极端:

> 其目的之正大,文笔之离奇,眼光之深宏,理想之高尚,殆绝无而仅有。……而其所发明之新理,千奇百怪,花样翻新,大都与实际有密切之关系,循天演之公例,愈研愈进,愈阐愈精,为极文明极进化之二十世纪所未有。其描摹社会之状态,则假设名词,以隐刺中国之缺点,冷嘲热骂,酣畅淋漓。试取曹本以比较之,而是作自占优胜之位置。盖旧《石头》艳丽,新《石头》庄严;旧《石头》安逸,新《石头》动劳;旧《石头》点染私情,新《石头》昌明公理;旧《石头》写腐败之现

---

[1] 李葭荣:《我佛山人传》,见魏绍昌编:《吴趼人研究资料》,第13页。
[2] 新麐:《月刊小说平议》,《小说新报》第1年第5期(1915年6月)。目录署名、标题均与正文有出入,分别为"新楼"和"月刊小说评议"。

象,新《石头》扬文明之暗潮;旧《石头》为言情小说,亦家庭小说,新《石头》系科学小说,亦教育小说;旧《石头》儿女情长,新《石头》英雄任重;旧《石头》销磨志气,新《石头》鼓舞精神;旧《石头》令阅者痴,新《石头》令阅者智;旧《石头》令阅者入梦魇,新《石头》令阅者饶希望;旧《石头》使阅者泪承睫,新《石头》使阅者喜上眉;旧《石头》浪子欢迎,新《石头》国民崇拜;旧《石头》如昙花也,故富贵繁华,一现即杳,新《石头》如泰岳也,故经营作用,亘古长存。就种种比例以观,而二者之性质、之体裁、之损益,既已划若鸿沟,大相径庭,具见趼公之煞费苦思,大张炬眼,个中真趣,阅者其亦能领悟否乎?①

第二种则认为它名为续作,实与原著无关,但也有可取之处。如当时的《红楼梦》研究者吴克岐便认为"是书从译本《回头看》等书脱胎,与《红楼》无涉",是卖文家取悦流俗,"然少年读之,可以油然生爱国自强之心,固非毫无价值者"。② 孙楷第也说其"非言情之书,亦与红楼梦无关"③。

第三种更为消极,甚至从总体上予以否定。杨世骥在《文苑谈往》中说"此书在反映时代的一点,是成功的",但乌托邦描写是"极幼稚的拟想,未免太驾空了。在写实的故事之后,忽然接上一段荒谬不经的叙述,其失败是不用言喻的"。④ 张冥飞则断定其为"游戏之作,无甚道理。此类理想小说,原不妨独抒己见,何必借《红楼》之宝玉以为之主人? 我于此乃无取焉"⑤。阿英的评价亦大略相仿,不过经历了一个由部分肯定到彻底否定的变化过程。在 1936 年的《小说闲谈》中,阿英根据自己得到的《新石头记》残本(第 16—20 回),认为此书虽然远不及原著,但"确实有报癖所说的那些优点",比另一部署名"南武野蛮"的《新石头记》(小说进步社,1909)"严肃正大的多"。他特别赞扬其中对湖北地方黑暗的描写在当时的小说里难以看到,对吴趼人为民生多艰而抗议给予了肯定,

---

① 报癖:《说小说·新石头记》,《月月小说》第 6 号(光绪丁未年[1907]二月)。
② 吴克岐辑:《忏玉楼丛书提要》,北京:北京图书馆出版社,2002 年,第 132 页。
③ 孙楷第:《中国通俗小说书目(外二种)》,第 162 页。
④ 杨世骥:《文苑谈往》,上海:中华书局,1945 年,第 91 页。
⑤ 冥飞等:《古今小说评林》,上海:民权出版部,1919 年,第 74 页。

甚至认定"就残本看来,可算是吴趼人的一部主要著作,虽然他假借贾宝玉,未免是多此一举,不如另创一主人公来得更好"。不过,他很快就看到了全书,并在《晚清小说史》(1937)中给出了极为严厉的批评:"如利用此书的写作,以发表其政治思想,解释许多科学人生的问题,介绍生物学的智识,描写机械,都不能说是怎样的坏事。然要传达这一切,又何必定要利用旧书名旧人物呢?从地坎里掘出死人,来说明新思想与新智识,不但失掉事实的严肃性,也会使读者感到无聊,这效果又将在什么地方?"他还认为此书是晚清"拟旧小说"的始作俑者,此类作品"窥其内容,实无一足观者"。最后的总结是:"文学生命上的一种自杀行为"。到了1958年《小说闲谈》再版时,则说"象这样衍'旧'而作的'新'什么,在当时很流行,也大都是粗制滥造之作,是当时出版界的一种坏风气",删掉了"确实有报癖所说的那些优点""算是吴趼人的一部主要著作"等重要的评断。也就是说,如果借旧人物揭露现实,可以谅解,若用于演说新思想,则难以忍受,因此,阿英的苛评,表面上针对的是"拟旧",实际上很可能是不满于作者不能将写实贯彻到底。他还批评晚清另一部小说《痴人说梦记》"不能完全用写实的方法,夹入了一半的理想成分,遂使这部作品既非写实,又非理想,而陷于失败"。① 阿英的看法或可折射出以写实为最高准则的"五四"一代作家对晚清科幻奇想的感受。

总体而言,此书在文学史上一直地位不高,直到20世纪80年代才重新回到研究者的视野。黄锦珠较早地为其翻案,认为它"结合西方科学知识与中国神话,创造出一种与众不同的科幻技巧,在同期的科幻小说中,成就可谓独步一时"②。欧阳健亦在《晚清小说史》中将其作为吴氏代表作之一而专设一节为之正名,称其为"学贯中西的吴趼人对于传统文化和现代文明关系的深沉思考的集中体现"③。王德威对它的高度赞扬

---

① 阿英:《小说闲谈》,上海:良友图书印刷公司,1936年,第236—238、183页;阿英编:《晚清小说史》,上海:商务印书馆,1937年,第270页;阿英:《小说闲谈》,上海:古典文学出版社,1958年,第99、101—102页。

② 黄锦珠:《一部创新的"拟旧小说"——论吴沃尧〈新石头记〉》,《台北师院学报》第7期(1994年6月)。

③ 欧阳健:《晚清小说史》,杭州:浙江古籍出版社,1997年,第143页。

和相关阐释更是广为人知。如今,此书已成为普遍评价最高的晚清科幻作品,尽管如此,其中仍有许多值得讨论的问题。

首先需要考察的便是它与原作的关系究竟如何?作者开篇自道:

>……一个人提笔作文,总先有了一番意思。下笔的时候,他本来不是一定要人家赞赏的,不过自己随意所如,写写自家的怀抱罢了。至于后人的褒贬,本来与我无干。所以我也存了这个念头,就不避嫌疑,撰起这部《新石头记》来。看官们说他好也罢,丑也罢,左右我是听不见的。

>……且说续撰《红楼梦》的人,每每托言林黛玉复生,写不尽的儿女私情。我何如只言贾宝玉不死,干了一番正经事业呢。虽然说得荒唐,未尝不可引人一笑。①

如此明知故犯,可知他心中的"意思"已经到了非要表露不可的程度。让旧世界的人物来到新世纪的中国救民于水火,这种打破时空规定性的想法,并非吴趼人首创。《新小说》第 1 号上曾刊登"新广东武生"的曲本《新串班本黄萧养回头全套》,开篇即令黄帝登场:"黄种膨涨震五洲,青年足迹遍全球。赤子理该凌白种,为什么反效黑奴做马牛。"②黄帝见"纪元四千余年以来"十八省四百兆苗裔被异族凌虐,便令明代农民起义军领袖黄萧养转世,拯救同胞。这也正是贾宝玉再次下凡的主要志业。

不过,补天石的这趟红尘历险,从一开始就蒙上了重重阴影,尤其是当一面不起眼的镜子出现后。

二、"镜"与"梦"

比吴趼人年长 16 岁的爱德华·贝拉米(Edward Bellamy)于 1888 年出版了社会主义乌托邦小说 *Looking Backward: 2000-1887*,讲述资产阶级主角朱利安·韦斯特通过催眠术而沉睡百年,醒来后已是 2000 年。在一位医生朋友的帮助下,他逐渐理解了资本主义竞争消亡、社会公平正义的

---

① 吴趼人:《新石头记》,见《世博梦幻三部曲》,黄霖校注,上海:东方出版中心,2010 年,第 103—104 页。

② 新广东武生:《新串班本黄萧养回头全套》,《新小说》第 1 号。

新时代。此书产生了世界范围的影响,出版仅三年,就被著名的"鬼子大人"、传教士李提摩太译成中文,以《回头看纪略》之名在《万国公报》(第35—39册)刊载,并在1894年以《百年一觉》为题由上海广学会出版。此后亦有其他版本推出。迟至1905年,吴趼人好友李伯元主编的《绣像小说》也开始连载此文。①

这部书被谭嗣同视为"《礼运》大同之象",被康有为称作"大同影子",甚至被列入光绪皇帝的购书单中,其对晚清思想界的影响可见一斑。② 这里想强调的是,在中国古典文化的脉络里,"睡/梦"总是在提示着人生的空幻或美梦的虚妄:南柯一梦、黄粱一梦、"事如春梦了无痕"等等。贝拉米的故事却将"未来"这一维度植入其中:梦中所见不再只是空幻,而可能正是明日的美好世界,昏睡与做梦也成为人们摆脱时空规定性的便捷法门,为小说家们带来了示范意义。以"梦"为题目的小说纷纷登场,如蔡元培的《新年梦》(1904)和旅生的《痴人说梦记》(1904)等,吴趼人显然也受惠于此。不过,正如王德威所提醒的:"既然吴趼人将他的小说置诸曹雪芹石头神话的脉络里,他必得涉及梦与醒、幻与真的交错关系",并与原著一样,"引发自我反射式的阅读"。③

那么,吴趼人究竟如何依附或改造了《红楼梦》?这需要对文本做出更细致的解读。小说第一回就隐藏了丰富的信息:

> 从此又不知过了几世,历了几劫,总是心如槁木死灰,视千百年如一日。也是合当有事,这一天,贾玉忽然想起,当日女娲氏炼出五色石来,本是备作补天之用。那三万六千五百块都用了,单单遗下我未用。后来虽然通了灵,却只和那些女孩子鬼混了几年,未曾酬我这补天之愿。怎能够完了这个志向,我就化灰化烟,也是无怨的了。如此凡心一动,不觉心血来潮,慢慢的就热念如焚起来,把那前因后果

---

① 《绣像小说》从第25期开始连载《回头看》,据陈大康考证,该期出版于光绪三十一年(1905)二月。陈大康:《中国近代小说编年史》,第817—818页。

② 熊月之:《西学东渐与晚清社会(修订版)》,北京:中国人民大学出版社,2011年,第320—323页。

③ 王德威:《被压抑的现代性——晚清小说新论》,第321页。

尽都忘了,只想回家走一趟,以了此愿。却又自己想着已经做了和尚,剃了头发,这个尴尬样儿,如何去得?非但父亲见了要动怒,就是姊妹们看了,也嫌我腌臜。不如耐过几时,蓄了头发再去罢。立定主意,就一天一天的养起头发来。说也奇怪,从前他苦修时,不知历了几世几劫,就如过了一日似的。如今要养起头发来,却一日比一年还难过。天天只盼头发长,那头发偏偏不肯长的快,恨得他每日在家长吁短叹。好容易捱了一年多,养得了尺把来长,将将就可以辫起来了,心中十分欢喜,胡乱辫了。打开包裹,看见那回穿进场的一套半新不旧俗家衣裳还在那里,就取来换了,又带上那块宝玉。无意中在衣袋里掏出一样东西来,取来一看,却是那年向紫鹃讨的那一面小镜子,就拿来一照,觉得自家模样儿,依然如旧。于是整顿衣裳,出了茅庵,不辨东西南北行去。①

原著以补天石羡慕人间荣华富贵下凡始,以彻悟人世空幻为终,如此说来,贾宝玉既已"悟彻前因",如今却"忽然想起""凡心一动""热念如焚",结果反倒"把那前因后果尽都忘了",分明透露出一股隐隐的不安,预示着补天石又一次被妄念所捕获。与此相应,本来缥缈无定的时间之流也突然开始清晰地铺展开,变成折磨人的经验。颇有意味的是:宝玉在重返尘世之前照了一下镜子。这个极易被忽略的细节恰恰可能是作者有意埋藏的重要信号。"镜"是《红楼梦》中的重要意象和提示物:第5回贾宝玉梦游"太虚幻境",为全书主题和人物命运的一大预告,他当时睡在秦可卿房中,内有一面宝镜;第12回贾瑞因不听劝告,被"风月宝鉴"正面的幻象所迷惑而最终丧命。因此,我们有必要追踪《新石头记》中这面镜子的来由。

在《红楼梦》第56回中,来自金陵甄府的人到京城贾府拜访,贾府上下众人第一次得知在另一座城里有一个年龄、秉性都和贾宝玉十分相像的"甄宝玉"。听闻此事,宝玉心中疑惑,于是入梦,梦中到了一座和大观园相似的花园,被遇到的一群少女视作"臭小厮",接下来便是一段惊心

---

① 吴趼人:《新石头记》,见《世博梦幻三部曲》,第104—105页。

动魄的描写：

> 宝玉纳闷道："从来没有人如此茶毒我,他们如何竟这样的? 莫不真也有我这样一个人不成?"一面想,一面顺步早到了一所院内。宝玉诧异道："除了怡红院,也竟还有这么一个院落?"忽上了台阶,进入屋内,只见榻上有一个人卧着,那边有几个女儿做针线,或有嘻笑顽耍的。只见榻上那个少年叹了一声,一个丫鬟笑问道："宝玉,你不睡,又叹什么? 想必为你妹妹病了,你又胡愁乱恨呢。"宝玉听说,心下也便吃惊,只见榻上少年说道："我听见老太太说,长安都中也有个宝玉,和我一样的性情,我只不信。我才做了一个梦儿,竟梦中到了都中一个花园子里头,遇见几个姐姐,都叫我臭小厮,不理我。好容易我到他房里,偏他睡觉,空有皮囊,真性不知往那里去了!"宝玉听说,忙说道："我因找宝玉来到这里,原来你就是宝玉?"榻上的忙下来拉住,笑道："原来你就是宝玉! 这可不是梦里了?"宝玉道："这如何是梦? 真而又真的。"一语未了,只见人来说："老爷叫宝玉。"吓得二人皆慌了。一个宝玉就走,一个便忙叫："宝玉快回来! 宝玉快回来!"
>
> 袭人在旁,听他梦中自唤,忙推醒他,笑问道："宝玉在那里?"此时宝玉虽醒,神意尚恍惚,因向门外指说："才去了不远。"袭人笑道："那是你梦迷了。你揉眼细瞧,是镜子里照的你的影儿。"宝玉向前瞧了一瞧,原是那嵌的大镜对面相照,自己也笑了。早有丫鬟捧过漱盂茶卤来漱了口。麝月道："怪道老太太常嘱咐说:'小人儿屋里不可多有镜子,人小魂不全,有镜子照多了,睡觉惊恐做胡梦。'如今倒在大镜子那里安了一张床! 有时放下镜套还好,往前去,天热困倦,那里想得到放他? 比如方才就忘了,自然先躺下照着影儿顽来着,一时合上眼,自然是胡梦颠倒的。不然,如何叫起自己的名字来呢? 不如明日挪进床来是正经。"①

这段梦中说梦、玄而又玄的天才之笔,完美地演绎了甄(真)、贾(假)宝玉互为镜像的关系："用镜中影子一点,知是梦迷,真假宝玉,原为一

---

① 曹雪芹、高鹗:《红楼梦(三家评本)》,上海:上海古籍出版社,1988 年,第 921—922 页。

人。……甄宝玉恰似真身镜影,此点'风月宝鉴'之旨义,与梦境之寓意相映,摇曳生姿,味外生味。"①

这是贾宝玉与自己镜像的初次相会。紧随其后的第57回,林黛玉的丫鬟紫鹃试探宝玉,谎称黛玉即将离去,宝玉便生了一场大病,闹得贾府上下不安,最终紫鹃说出真相,贾母好生安抚,保证黛玉不会离开,宝玉才逐渐好转,其间紫鹃一直在身边服侍。当宝玉痊愈后,紫鹃便收拾东西,准备回到黛玉身边时,作者忽然写道:

> 宝玉笑道:"我看见你文具里头有两三面镜子,你把那面小菱花的给我留下罢,我搁在枕头旁边,睡着好照,明日出门带着也轻巧。"紫鹃听说,只得与他留下。②

这段看似不经意的闲笔,却"照应上回镜影蝶梦"③。王伯沆更点评道:"正面能几时,终是反面好","贾瑞枕边之镜,照之得死;宝玉枕边之镜,照之超凡。"④或许,索镜之举也可解释为:宝玉此时忽然忆起之前麝月的话,希望通过照镜重回梦中,与甄宝玉再度相会。不管怎样,吴趼人大概对曹雪芹苦心经营的镜影蝶梦感触良多,才会从众多镜子中挑出这不起眼的一面,让它跟随宝玉一同进入20世纪,悄悄埋藏在同样不起眼的地方,并提早预示了甄宝玉在全书后半部分的登场。尽管贝拉米的乌托邦梦幻给了吴趼人许多灵感,但对《新石头记》中复杂的镜像结构影响更深的,显然是《红楼梦》,尤其是第56、57两回的梦中梦。

如此看来,《新石头记》中出现的镜子都不容小觑。⑤当宝玉在破庙

---

① 曹雪芹原著,程伟元、高鹗整理,张俊、沈治均评批:《新批校注红楼梦》(二),北京:商务印书馆,2013年,第1023页。
② 曹雪芹、高鹗:《红楼梦(三家评本)》,第935页。
③ 曹雪芹原著,程伟元、高鹗整理,张俊、沈治均评批:《新批校注红楼梦》(二),第1038页。
④ 苗怀明整理:《王伯沆批校〈红楼梦〉》,南京:南京大学出版社,2010年,第795页。
⑤ 安德鲁·琼斯指出:"吴趼人的部分灵感,源于曹雪芹原著中起到中心结构和主题性动机作用的镜子意象。吴趼人对此进行了仔细的再利用,让书的前半部分与后半部分互为镜像。"但他关注的核心在于进化论话语的悖论在晚清文学中的呈现,而对"镜"如何被"仔细的再利用"未做深究。安德鲁·琼斯:《鲁迅及其晚清进化模式的历险小说》,王敦、李之华译,《现代中文学刊》2012年第2期(总第17期)。

里与侍从焙茗重逢,作者暗示,焙茗其实是由一尊倒在地上的仙童塑像复活而来,"宝玉取出那小镜子,叫他去照。焙茗照了,只见脸上的尘垢积了有一分多厚,自己也觉得吃惊好笑"。在上海,他们遇到因醉酒而一觉睡到20世纪的薛蟠,一进后者的房间,宝玉便看到"墙上挂着穿衣镜"。①三个借自"旧"的虚构世界的人物,初次登场,都必有镜子出现,这难说是巧合。作者似乎在故事伊始就有意暗示:他们此后的种种冒险之旅,不论是前半部分的黑暗"现实",还是后半部分热情欢喜的"文明境界",根本就是一场镜花水月。"梦"和"镜"作为带有丰富文化内涵的叙事策略、道具、意象,早已从文脉的走向上预制了结局。

总之,作为一部续作,《新石头记》与原作的交织关系和相关程度,可能远远比想象的要深。稍加留意,便可发现吴趼人对原著许多细节随手拈来的改造、挪用和戏仿。例如,在第3回,宝玉坐上新式轮船,负责向他介绍各种新事物的伙计姓包,而在《红楼梦》第93回,金陵甄府的侍从包勇来到贾府谋差,他的出现也在56回之后又一次带出了甄宝玉的消息。也许吴趼人在提示,接下来将会是一场梦之旅:后半部分固然是一场天真的美梦,前半部分又何尝不是一场噩梦?而噩梦的肇因,亦在另一处细节里彰显无遗:宝玉第一次听说西洋轮船后,暗想"从前我怡红院中,有一个小小的西洋自行船,不过是个陈设的顽意罢了,并且虽有自行之名,却不能行动。此刻怎么闹出那么大的来了?"②这个西洋自行船正是出现在原著的第57回:

一时宝玉又一眼看见了十锦槅子上陈设的一只金西洋自行船,便指着乱说:"那不是接他们来的船来了?湾在那里呢!"贾母忙命:"拿下来!"袭人忙拿下来。宝玉伸手要,袭人递过去,宝玉便掖在被中,笑道:"这可去不成了。"一面说,一面死拉着紫鹃不放。③

当来自"过去"的虚构人物被嵌入到20世纪"真实"的"历史"进程时,现代西方冲击古老东方这一残酷事实的历史线索,也被巧妙地嵌入从

---

① 吴趼人:《新石头记》,见《世博梦幻三部曲》,第106、119页。
② 同上书,第113页。
③ 曹雪芹、高鹗:《红楼梦(三家评本)》,第932页。

前的虚构"历史"中去了。不过这一次来的轮船,不再是古典王朝秩序中的一个摆设,而是航行在长江上的骇人巨物,它不是要把宝玉钟情的知己林妹妹接走,而是带着洋人和他们的一切发明来激荡起宝玉的一腔爱国之情。

三、"中"与"西"

和那个时代的所有文化人一样,吴趼人也必须回答那些基本问题:如何应对西方的步步入侵?在进化论话语勾描出来的残酷的种族竞争图景中,落后了的中国出路何在?

近代以来,如何处理西学与本土知识的关系,成为核心议题。"西学中源"说是最早的一种努力方向,其观点可以概括为:西方的科学乃至政治学说,都源自古代的中国,后来由于某些原因——通常怪罪于秦始皇的焚书——在本土失传,却幸运地流传到了西方并得到继承和发扬,学习西方并不可耻,因为那只不过是在重新继承祖先的智慧。① 这种说法有助于四面楚歌的洋务派抵挡保守派的压力推进改革,在 19 世纪 80—90 年代曾兴盛一时。随着甲午战争和洋务运动的失败,对西方思想的接受变得无比迫切,"西学中源"说失去了说服力。② 严复提出,中西方是完全相异的两种文化,"如其种人之面目然,不可强谓似也。故中学有中学之体用,西学有西学之体用,分之则并立,合之则两亡"③,并要求一种根本性的变革,以应对日渐严峻的局势。

与之相应的是词语层面的变化。熊月之曾对此做过考察:从第二次鸦片战争以前的"夷学",到后来的"西学",再到戊戌变法时期的"新学",对西学的价值评判发生了逆转,折射出一种空间关系(东—西)向时间关系(旧—新)的转换。"文明—野蛮"图景也随之颠倒:1832 年,德国传教士郭实腊还因上海道台称西方人为"夷人"而不满,继而创办《东西

---

① 熊月之:《西学东渐与晚清社会(修订版)》,第 582—587 页。

② Theodore Huters, *Bringing the World Home: Appropriating the West in Late Qing and Early Republican China*, pp. 23-42.

③ 严复:《与〈外交报〉主人书》,见王栻主编:《严复集》第 3 册,北京:中华书局,1986 年,第 559 页。

洋考每月统记传》,希望向中国人证明自己不是野蛮人。而康有为直到1879年游历香港时,才"始知西人治国有法度,不得以古旧之夷狄视之"。① 时过境迁,如今西方人成了"文明"的代表,将"野蛮"的恶名还给了中国人。需要指出的是,这里有一个微妙的错位与转化:在中国的传统语境里,"夷狄"一般与"文治教化"相对,而现代的"文明"观则以进化论知识为内核,它将人类族群依照时间性标准划分为已经"发展了"的、"发展着"的和"尚待发展"的,人类历史被组织成由野蛮向文明、从个体到民族国家进化的叙事框架,"文明"就成了进步的象征和"对西方的权力与威望的一个提喻(synecdoche)"②。印度思想家查特吉曾就此追问:

> 为什么非欧洲的殖民地国家在历史上别无选择,而只能尽力去接近被赋予的"现代性"特性呢?这种接近的过程就意味着继续臣服于一种世界秩序,它分派给他们任务,而他们对这些任务都没有控制权。③

然而,矛盾的是,被当作"文明"榜样的西方,同时也是帝国主义侵略者,不可避免地在殖民地激起了民族主义的反弹。查特吉以"问题—主题"的哲学框架分析了这一反弹中的悖论。"问题"是指意识形态主张,由具体的观点组成,"主题"是指借助知识和道德原则对这些主张的证明,是知识论和伦理体系。在后启蒙时期,欧洲形成了一套关于"东方"的知识和意识,通过一种非历史的种族类型学,论证所谓的"东方"在"本质"上与西方不同,是被动、消极、不能主宰自身命运的存在,以此为西方对东方的统治提供基础。查特吉指出,第三世界民族主义在"问题"层面与东方主义正相反,即主张"东方人"具有能自我成就的"主体性",可是在"主题"层面又采纳了与东方主义相同的本质主义概念,结果是,"它处于其中以进行推理的那个知识体系框架,其代表性结构和民族主义思想

---

① 熊月之:《西学东渐与晚清社会(修订版)》,第83、144、196页。
② 安德鲁·琼斯:《进化论话语对中国现代文学本土叙事的介入》,王敦、郑怡人译,《学术研究》2013年第12期。
③ 帕尔塔·查特吉:《民族主义思想与殖民地世界:一种衍生的话语?》,范慕尤、杨曦译,南京:译林出版社,2007年,第16页。

所批判的权力结构是一致的。"也就是说,第三世界的民族主义者们,尽管挑战了殖民者的统治,却接受了作为殖民统治理智前提的"现代性"。在这场自相矛盾的斗争中,他们虽然否认殖民地人民是次等人,断言落后民族也能使自己"现代化"并保留自己的文化认同,却不得不面对一个苦闷的现实:"民族的东西并不总是世俗的和现代的,而大众的和民主的东西往往是传统的,甚至是狂热反现代的。"那么,"在不丢掉对本民族文化的认同感的同时,怎样接受其他文化中有价值的东西"?①

查特吉这个分析框架简明有力,胡志德将其拓展运用到对清末民初的中国文学和文化的阐释中,由此发现了这些悖论在吴趼人特别是《新石头记》中的表征。贾宝玉在上海遇到了买办柏耀廉(谐"不要脸"),后者极端崇洋媚外,声称自己有"外国脾气"而中国人都靠不住,宝玉愤慨不已:

"至于姓柏的这个人,简直的不是人类!怎么一个屁放了出来,便一网打尽的说中国人都靠不住。……"

"……他懂了点外国的语言文字,便什么都是外国的好,巴不得把外国人认做了老子娘。我昨儿晚上,看了一晚上的书,知道外国人最重的是爱国。只怕那爱国的外国人,还不要这种不肖的子孙呢!"②

胡志德指出,宝玉通过努力学习新知,获得了一种批判性的眼光,这使他能够意识到:对本民族的忠诚和对其独特性的强调,正是西方民族主义的核心信条,并为其带来了力量。也正是这一点,为第三世界造成了两难:故步自封地无视西方,会阻碍改革,而对西方太热情又会损害对本民族的忠诚。民族主义会挫败任何单纯模仿的努力。这种前所未有的处境要求一种前所未有的批判反省,一种既能认识到西方的威胁又能从中吸取对中国有益事物的本土态度。③

确实,"问题—主题"的分析框架和"民族的—现代的"问题意识,能

---

① 帕尔塔·查特吉:《民族主义思想与殖民地世界:一种衍生的话语?》,第48、35、84—85页。
② 吴趼人:《新石头记》,见《世博梦幻三部曲》,第132页。
③ Theodore Huters, *Bringing the World Home: Appropriating the West in Late Qing and Early Republican China*, p. 162.

帮我们更清晰地发现《新石头记》中的一些悖论,尤其是,当吴趼人在后半部分热情洋溢地为本民族的文化正名时,他流露出的现代理性意识,造成了意想不到的相反结果,这一点将在下一节着重论述。但这一框架是不足够的。正如查特吉指出的:"民族主义的政治使命是反对殖民统治。……因此民族主义文本必然会质疑殖民思想的真实性,怀疑其论点,指出其矛盾,批驳其道德主张。即使它……采用后启蒙时期理性知识的思想模式,也不能全用,因为那样的话它就不能成其为民族主义话语。……因此民族主义思想必然是一场与整个知识体系的斗争,这场斗争既是政治的,也是思想上的。"①因此,民族主义思想与殖民思想既不相同,又受其支配。

就吴趼人而言,尽管他的思想本身可能并无多少独创性和深刻性,但他毕竟以小说家身份闻名,而小说作为虚构叙事,会让事情变得复杂和暧昧。在这里,我受到吴趼人的启发,尝试把查特吉的"问题—主题"框架改造成更具有中国本土意味的分析工具:"**镜—像**"。在一定程度上,"镜"对应着查特吉的"主题",也就是一个工具性的存在、一套方法论,"像"则对应着查特吉的"问题",也就是一套主张、一种由方法造成的结果。当然,在更根本的层面,这个框架想要强调本土文化脉络的启发和规定,尤其是关于镜花水月、真与幻的智慧。在这个框架里,"观看"将成为一个根本性的行动和事件:**既是以镜观像,也是因像识镜**。《新石头记》正是吴趼人的一次双向审视:既是用东方古镜来照射西方文明的真与幻,也是用西洋宝镜照见古老东方的生与死。

四、"天真"之眼

吴趼人最负盛名的著作《二十年目睹之怪现状》鲜明地标示出"目睹"二字。从"大观园"中走出来的贾宝玉,在《新石头记》里也一次又一次地目睹种种奇"观"。不过,前面已指出,宝玉出山前透过镜子看到的人是自己。因此,在分析他对世界的观看之前,有必要说一下他是如何被观看的。

---

① 帕尔塔·查特吉:《民族主义思想与殖民地世界:一种衍生的话语?》,第52页。

清末对宝玉而言无疑也是一种"未来"。正如后来对鲁迅产生了重要影响的恩斯特·海克尔那著名的进化理论所说,"个体发生现象是种系发生现象的短暂和快速的重现"①,我们也不妨把宝玉在清末中国的旅行看作古典中国在近代遭受的一系列梦魇般挫败的重演,一次对西洋器物、文化、制度的惊愕、艳羡、沮丧、焦虑等种种反应的浓缩式再现。尽管这造成了某种滑稽的喜剧效果,但全书前半部分始终笼罩着一股荒诞而不祥的压抑氛围。贾宝玉出山伊始,从一张报纸中得知自己来到了"西历一千九百零一年",在为自己找到了时间的坐标后,他和焙茗向路人打听荣国府,确信"赫赫侯门,一问就知道了",结果却无人知晓。历史的沧桑巨变使周围的世界显得陌生,这趟回家之旅注定失败。时空断裂感不断地让他"纳闷""发怔""心神恍惚""疑惑不定""惊疑""心神不定""出神""恍惚得狠,就像没了主的一般"。我们强烈地感受到,宝玉在此后抵达的每个时空里,都显得格格不入。他所遭遇的一切,正如那面虽然后来未再发挥作用却不容忽视的小镜子一样,在映照着他,提醒着他自己的出现和存在并不真实,终究不过是历史的幻影。这在第 2 回戏剧性的一幕里得到充分的揭示,一位陌生人问他是否要去找《红楼梦》里贾宝玉的家时,宝玉和焙茗表明了自己的真实身份:

> 那人抬头看了看天,又揉了揉眼睛,道:"不好了!我今日不是见了鬼,便是遇了疯子了!"正说着,那边又来了一个少年,那人见了,便招呼入座,说道:"我常说你们年轻人,不要只管看小说,果然有看小说看出笑话来的了。前头我看见一部什么笔记上面载着一条,说是有看了《西厢记》,思慕双文颜色,致成相思病的。我还当他不过设言劝世的罢了,谁知……"说到这里,用手指着宝玉道:"这个人,竟自称是贾宝玉起来,口口声声,只问什么荣国府、宁国府,你道不是看《红楼梦》看疯了的么?"②

吴趼人和自己的主人公,也和所有小说家们开了一个玩笑,以戏谑的方式

---

① 恩斯特·海克尔:《宇宙之谜》(中文珍藏版),苑建华译,西安:陕西人民出版社,2006年,第 85 页。

② 吴趼人:《新石头记》,见《世博梦幻三部曲》,第 110—111 页。

凸显了"虚构/幻"与"现实/真"之间的紧张,也有意无意地揭露宝玉本人可能只是跳脱出时空的一只飘忽的鬼魅,无法获得自己的厚重感。为解开疑团,宝玉派焙茗买了一本《红楼梦》,"看了书上的事迹,回想起来,有如隔世。拿着书上的事迹,印证我今日的境遇,还似做梦"①。这种自我怀疑贯穿始终,造成了弥漫全书的荒诞喜剧感和浓重的不安。这可以理解为残酷的现实对来自过去的光荣神话的否定,也透露了真实的生活对"小说"引人想入非非的讽刺。

  当然,观照总是一个双向的过程。全书大多数内容是以宝玉的限制视角来呈现的,作为一个异常存在,他也如镜子般提示着周遭一切的虚幻。王德威早已指出,宝玉像伏尔泰笔下的"老实人",以天真之眼凸显出社会政治的恶相。② 韩南进一步发挥:"天真对于讽刺文章的作者肯定是有价值的。一个天真的主人公不得不受到人情世故的教育,在教育的进程中,大量讽刺的信息就可以十分自然地传达给读者","宝玉生活在过去的没有民族和文化危机的盛世,他的形象正是一种稳固文化的象征,作者却令他陷入现代的窘境之中。……他为众人所知,来自一个更为和谐融洽的时代,那个时代的意识形态与现实之间尚未产生明显的脱节"③。胡志德则敏锐地意识到宝玉"代表了一种局外人的视角,作为一个对正统的自觉的离经叛道者,宝玉背离了通过应考获得社会成功这一中华帝国的教育精英们长久以来所遵循的规范道路。在这个意义上,宝玉来到1900年代的上海,就获得了一种双重客观性"④。被吴趼人招魂而来的宝玉,意识到自己置身未来世界后,表现出很强的环境适应性和主动性。"我既做了现在的时人,不能不知些时事"⑤,他大量阅读《时务报》《知新报》《清议报》等维新派报纸,并去江南制造总局购买全套的图

---

  ① 吴趼人:《新石头记》,见《世博梦幻三部曲》,第111页。
  ② 王德威:《被压抑的现代性——晚清小说新论》,第311页。
  ③ 韩南:《中国近代小说的兴起(增订本)》,徐侠译,上海:上海教育出版社,2010年,第152、162页。韩南在谈论宝玉的"天真"时引用了王德威的《被压抑的现代性》。
  ④ Theodore Huters, *Bringing the World Home: Appropriating the West in Late Qing and Early Republican China*, p. 152.
  ⑤ 吴趼人:《新石头记》,见《世博梦幻三部曲》,第126页。

书,试图通过对新知和新闻的掌握,来弥合历史断裂在自己身上造成的时间沟壑。"大观园"的经验和眼光,叠加上维新派的视野,塑造了他格格不入的幽灵之眼,注目和揭穿着新时代的幻象。

有趣的是,并非只有宝玉一个人在打量这个"新世界",在他身旁还有另外一双"天真之眼"。当宝玉规劝薛蟠远离柏耀廉时,说到:"象你这种人,纯乎是天真,只要走了正路,不难就做一番惊天动地的事业起来,何必同这些人胡闹呢!"①当然,宝玉眼中薛蟠的"天真",与宝玉自己的"天真"并不相同,后者具有刺穿幻象的批判力,而前者却恰好容易被幻象所蒙蔽。可以说,《新石头记》的前20回叙事正是在宝玉与薛蟠的两种视角下交错展开的,同一个世界在他们面前展现为不同的样貌。

薛蟠在一场大醉中穿越到在20世纪,却没有任何不适,他几乎意识不到时代的巨变和危机,从旧世界的豪门恶少变身为一个买办,在上海这个畸形大都会里如鱼得水,并自然担负起向导的使命,要带宝玉去新世界"看个饱"。在他眼中,这是个除了"跑马车、逛花园、听戏、逛窑子,没有第五件事"的快活所在。然而,他眼中现代都会的种种洋气,到了宝玉眼中,却显得怪异、丑陋、可笑。出于民族自尊心和自信心,宝玉一反原著中不问经世学问的性格,热忱地关心起国计民生。从南京去上海,他坚持坐中国人的船,到了上海又愤慨于殖民势力的存在和崇洋媚外的行径,对西洋兵船为何行驶在中国河面上、中国轮船为何由洋人驾驶等他人熟视无睹的种种"怪现状"提出质疑,甚至对西餐、西式园林、留声机、洋烟等日常事物百般挑剔,到了近乎迂腐的程度:香槟像醋;啤酒像药;味莼园里有卖茶的就只能算茶馆,不配叫"花园"这样名贵的名字;吕宋烟闻起来太臭,远不如"琏二嫂子吸的兰花烟,那才是喷香的"。对被吹捧为文明进步的外来事物,宝玉怀有本能式的反感,并以一种文化上或美学上的古典雅趣来审度。此外,他更注重实用性,比如认为留声机被西方人用来记录遗嘱和契约就还算有用,但被中国人买来听戏则是暴殄天物,且"不像人声,又不像畜声,怪讨厌的",而打璜表既然可以看时间,就不必去听,当薛蟠争辩说可以在晚上没灯亮的时候听听,宝玉竟说"到了晚上,没有灯

---

① 吴趼人:《新石头记》,见《世博梦幻三部曲》,第132页。

亮的时候,不是睡觉了么,还问时候做甚?"事实上,宝玉的论辩看起来有点口是心非:表面上在批评"奇技淫巧",更深处却是对西方凭借技术进步造成中国贸易逆差的焦虑。①

胡志德指出:薛蟠衬托出了宝玉的变化,后者从旧式"文人"转变成新式的"文化人"或批判知识分子,即能从周围广泛的新信息中汲取关键内容,以批判的眼光从智识上正确、严肃地评估所处的环境。② 不过,胡志德只是把薛蟠作为参照物,以阐释宝玉从正在上海形成的都市文化中获得了新的身份意识,而我想强调的是,和宝玉的成长过程相似,薛蟠也有一个较为系统和完整的行动轨迹和认识转变,后者却鲜有研究者提及,这主要是因为,作为次要的负面人物,薛蟠很容易被视作一个功能性存在的配角。而实际上,这两双不同的"天真之眼"所摄录的"真—幻"图景却关系重大,这在小说对义和团运动的描述中发展到极致。

第12回至第14回,叙事视角从宝玉突兀地转换到了薛蟠,后者接到他的狐朋狗友王威儿的来信,让他进京谋划大事,由此带出了义和团运动。这场震惊中外的运动为中国带来了耻辱性的后果,促成了鲁迅所谓的清末"谴责小说"的泛滥:"群乃知政府不足与图治,顿有掊击之意矣。其在小说,则揭发伏藏,显其弊恶,而于时政,严加纠弹,或更扩充,并及风俗。"③对这场运动,吴趼人本人基本上是持否定态度的,他在《恨海》(1906)中描绘了运动给普通人造成的灾难。这篇名气极大的"写情小说"也可以看作吴氏对《红楼梦》(以及《西厢记》)的另一次改写:作者借主人公之口批判了《红楼梦》中的"情",斥之为"魔",说贾宝玉是"非礼越分",并强调个人的"情"必须导向对社会价值的维护。④ 这种对"情"

---

① 吴趼人:《新石头记》,见《世博梦幻三部曲》,第120—125页。
② Theodore Huters, *Bringing the World Home: Appropriating the West in Late Qing and Early Republican China*, pp. 159-161.
③ 鲁迅:《中国小说史略》,《鲁迅全集》第9卷,第291页。
④ 吴趼人:《恨海》,裴效维校点,见海风主编:《吴趼人全集》第5卷,第58页。有意思的是,正是在《红楼梦》的第57回贾宝玉索要了紫鹃的小镜子之后,邢岫烟与薛蝌定了亲,按照礼数,邢岫烟应该搬出大观园去居住,但因贾母认为多此一举而作罢。而《恨海》的故事缘起,正是一对原本居住在一个院子里的男女主角因为定亲,女孩一家搬出去住。

的规范也同样体现在《新石头记》里:宝玉所钟情的对象由少女转向民族和祖国,义和团运动中北京城的灾难场面也再次得到描绘。

富有意味的是,北京的没落却首先通过薛蟠的双眼予以呈现:天朝帝都的神话已经沦丧为义和团装神弄鬼的舞台。王威儿是一个流氓,因与教民斗殴而遭受不公正的刑罚,由此怀恨在心,最终加入义和团。吴趼人借此剖析了义和团成员的来路,寄予了一定程度的理解。薛蟠最初心怀疑虑,直到他亲眼看见王威儿十一二岁的儿子居然能舞弄大刀和碌碡,才开始信服。再一次,薛蟠被另一种幻象所蒙蔽,直到宝玉来到北京,试图向他指出事情的荒唐:

> 薛蟠道:"我们这个是'义和团',人所共知的。"宝玉道:"哼!你还做梦呢!外头人家都叫你们是'拳匪'。你怎么干出这糊涂事情来!你看看有一天闹的外国人打进来了,看你们再往那里跑?"薛蟠道:"我们有神拳的法术,又不怕枪炮,毛子怎么打得进来!我们还要打他出去呢!……"
>
> "……我就狠不懂你的脾气。在上海时,见了洋货也要恨,此刻我们和毛子作对,你又说不好。难道我们把毛子打干净了,没了洋货,还不偿了你的心愿么?"宝玉道:"你何以就糊涂到这样!我恨洋货,不过是恨他做了那没用的东西来,换我们有用的钱!也恨我们中国人,何以不肯上心,自己学着做!至于洋人,我又何必恨他呢?据我看来,他们那一班人,是有所激而成,你又何苦去入伙。你须知什么剪纸为马,撒豆成兵,都是那不相干的小说附会出来的话,那里有这等事!这些话只好骗妇人女子,谁想你这么个人,也会相信起来。你想想看,从古英雄豪杰创立事业,那里有仗什么邪术的?……"薛蟠不等说完,哈哈大笑道:"亏你还是读书人,连一部《封神榜》也不曾看过。难道姜太公辅佐武王打平天下,不是仗着诸天菩萨的法力么?"说的宝玉"扑嗤"的一声笑了出来,又叹道:"罢,罢!你去干你的罢!我也劝得没有话好和你再说了。……"①

---

① 吴趼人:《新石头记》,见《世博梦幻三部曲》,第160、163页。

义和团运动失败后,薛蟠从北京逃走,遇到一位叫刘学笙(谐"留学生")的人,在他的带领下到了"自由村",并写信邀请宝玉前来,"此处地方甚好,真是自由自在,比较上海有天渊之隔,好上好几倍"。但读者很快就被告知,真正的自由村在"文明境界"里,而薛蟠所在的地方却只有"野蛮自由","动不动说家庭革命,首先把伦常捐弃个干净,更把先贤先哲的遗训叱为野蛮"。①

不论作为现代都市文明和物质享乐主义的毫无力量的辩护人,还是作为崇拜本土妖术而盲目排外的战士,抑或对"自由"理念不明所以的信徒,薛蟠的眼睛一直被种种幻象所迷惑,这些幻象一次次在宝玉那里被揭穿,前者的美梦正是后者的噩梦。正如韩南所说:"我们可以将义和团奇事看作是民间神话创造的虚假的灵丹妙药,是用来愚弄轻信的人的。由此,我们看到一种真实而令人失望的西方现代性,一个从神话中造出来的虚幻的、不科学的乌托邦世界,最终,一个中国的乌托邦世界在传统中国道德与先进科学相结合的基础上建立起来。"②

五、"道"与"器"、"文明"与"野蛮"

吴趼人的曾祖父吴荣光曾是封疆大吏,将吴氏家族威望推向高峰,并在故乡领导佛山民团的抗英运动。吴荣光去世后,家道中落。英法联军入侵北京时,吴趼人的父亲吴升福护送祖母灵柩出城,途中遇洋兵拦截羞辱,惊吓成病。③ 家族曾经的光荣历史、爱国尽忠的精神以及后来遭受的屈辱,都让吴趼人对外国侵略者痛恨至深。这并没有导向盲目的排外,相反,他憎恶守旧派。在他看来,向西方学习先进科技是必要和迫切的。他本人曾在江南制造局从事抄写和绘图等工作14年,据说还亲自制造了一

---

① 吴趼人:《新石头记》,见《世博梦幻三部曲》,第189、201页。
② 韩南注意到了《新石头记》中叙事视角转换的问题,不过他似乎觉得义和团的神话是通过薛蟠的视角来呈现这一点不值得深究。但正如前面所说,薛蟠与宝玉的目光始终呈现对立关系,而不仅仅局限于义和团事件的部分。韩南:《中国近代小说的兴起(增订本)》,第163页。
③ 有关吴趼人生平,参见李育中:《吴趼人生平及其著作》,见裴效维编:《吴趼人研究资料汇编》,海风主编:《吴趼人全集》第10卷,第84—86页。

艘"二尺许轮船,驶行数里外,能自往复"①。与严复一样,他也认为,"西人格致"与《大学》中的"格致"原义不同:后者讲求正心诚意、修齐治平,前者则"考察物性,以致物用"。② 正如胡志德指出的,尽管吴趼人不愿与西学中源说完全决裂,但仍试图与这一理论的粗糙论述区别开来。③

但是,仅仅跟在西方后面亦步亦趋并不能解决问题。事实上,虽然《新石头记》中贾宝玉兴致勃勃地参观制造局是前半本书的重头戏,但吴趼人本人对这个近代中国学习和传播西学的代表性机构评价并不高,除了愤懑于制造局内部的腐败和制度上的弊端之外,他更借助小说人物之口道出了后发现代国家的处境:

> 伯惠道:"那有这话!他们的制造层出不穷,今年造的东西比去年精,明年造的东西又比今年精了。譬如造洋枪,我们要造,请他教,造起的洋枪,能打一里远,他家里造的,已经可以打一里半了。等你学会造打一里半的枪时,他家里造的又可以打二里了。他就教会你怕什么?!……"
>
> "……他们那科学有专门学堂,由小学升中学,入大学,由普通入专门,每学一样要十多年才能毕业;若是胡乱看两部书,可以看会的,他们也不必设什么学堂了。"一席话说得宝玉嗒然若丧,道:"你若早说了,我也不叫他花这冤钱去买这无谓之物了。"④

面对西方的侵略,迟到的落伍者们必须在被压缩的时间里重演西方人几百年完成的进程,而追赶却总是落后一步,除非实现突变式的进化,否则无法跳出这场阿喀琉斯追龟式的现代化困局。这种深深的焦虑,在《新纪元》《新野叟曝言》等晚清科幻的未来叙事中表现为一种时间表上的颠倒或者说"僭越":西方的科技停滞在"当下",而中国得以不断超越,最终在某个"未来"遥遥领先。吴趼人笔下的"文明境界"在道义上的合法性,

---

① 李葭荣:《我佛山人传》,见魏绍昌编:《吴趼人研究资料》,第 14 页。
② 吴趼人:《趼呓外编·格致》,裴效维校点,见海风主编:《吴趼人全集》第 8 卷,第 100 页。
③ Theodore Huters, *Bringing the World Home: Appropriating the West in Late Qing and Early Republican China*, p. 125.
④ 吴趼人:《新石头记》,见《世博梦幻三部曲》,第 147 页。

也正是以军事实力和发达的物质生活为前提,这一前提由无可匹敌的科技优势所保证。

当然,即便实现了科技上的赶超——尽管这本身已经困难重重——也仍不足以造成理想社会。曾在江南制造总局翻译馆担任译书工作、对晚清的西学传播做出重要贡献的傅兰雅就认为,仅靠智力的复兴不能解决中国面临的难题,更需要的是一场道德或精神的复兴。林乐知也在他编译的关于甲午战争的《中东战纪本末》里批评中国国民性,并引起中国官员的共鸣,认为"中国需要的是有新精神的人"①。对吴趼人来说,"今日之社会,诚岌岌可危,因非急图恢复我固有之道德,不足以维持之,非徒言输入文明,即可以改良革新者也"②。这即是说:西洋的道德不足取,当下的中国道德亦已沦丧,急需恢复和发扬民族文化的本根——儒家文明。出于这种认知,吴趼人在生命的最后十多年里倡导保存"国粹"。用他朋友李葭荣的话说,"君生新旧蜕嬗之世,恫夫国势积弱,民力寖衰,赞翊更革,数见于所为文辞,惟方寸取舍,分际綦严,亡时流盲从之患。近十年间保持国粹之思,如怒芽暴潮,有故轩他族以轻我者,至起而批其颊,其人始而怒,继而惭,终且涕出而陈悔"③。当然,如《新石头记》书中人所说,"这又不能一概而论,古人有可以崇拜的地方,何尝不要崇拜?不过总不要太腻了,动不动要说古人不可及罢了"④。概而言之,吴氏厌恶盲目的崇洋或崇古,认为真正理想的世界有待于将来。

这种态度不仅源于民族自尊,更基于对西方文明的判断。就《新石头记》而言,它开始连载的1905年,既是中国近代史上,也是吴趼人个人生涯中的关键一年:日俄战争中,亚洲人战胜了欧洲人,被视为立宪对专制的胜利;同年,美国禁止华工条约激起了反美拒约运动,吴趼人也积极参与其中。作品问世前持续数月的爱国政治氛围深深地影响了他的创作:"文明"一词在全书中共出现了130多次,平均每回出现3次以上(其

---

① 熊月之:《西学东渐与晚清社会(修订版)》,第502页。
② 吴趼人:《上海游骖录》,于润琦校点,见海风主编:《吴趼人全集》第3卷,第491页。
③ 李葭荣:《我佛山人传》,见魏绍昌编:《吴趼人研究资料》,第11页。
④ 吴趼人:《新石头记》,见《世博梦幻三部曲》,第265—266页。

中前20回仅出现6次,即后20回平均每回出现6次以上),"野蛮"则出现了30多次。在吴趼人有意使用的一系列镜像组中,"文明—野蛮"的镜像关系处于核心位置。

义和团运动意味着极端排外主义的本土神话的破灭,而宝玉在号称开明的湖北更因言获罪,险些丧命,戳穿了朝廷当局维新的假面,噩梦之旅达至巅峰:"怪不得说是野蛮之国,又怪不得说是黑暗世界。"①但是,经由上海这一中介或仿造品折射出来的西方镜像,也不过是另一种幻觉。除了以美学和实用主义的立场指责西方器物的不雅、无益和远不够进步发达之外,《新石头记》更试图从道义和公理的层面颠覆"西方文明—东方野蛮"的主导性话语,揭穿西方"文明"的假面,这也正是吴趼人写作此书的主要目的之一:

> "至于近日外面所说的'文明',恰好是文明的正反对,他却互相夸说是'文明之国'。他要欺天下无人,不知已被我们笑大了口。我请教你,譬如有两个人在路上行走,一个是赳赳武夫,一个是生痨病的。那赳赳武夫对这生痨病的百般威吓,甚至拳脚交下,把他打个半死,你说这赳赳武夫有理么?是文明人的举动么?只怕刑政衙门还要捉他去问罪呢!然而他却自己说是'我这样办法文明得狠呢'。你服不服?此刻动不动讲文明的国,那一国不如此?看着人家的国度弱点,便任意欺凌,甚至割人土地,侵人政权,还说是保护他呢!说起来,真正令人怒也不是,笑也不是。照这样说起来,强盗是人类中最文明的了,何以他们国里一样有办强盗的法律呢?倘使天下万国,公共立了一个万国裁判衙门,两国有了交涉,便到那里去打官司,只怕那些文明国都要判成了强盗罪名呢!"宝玉道:"正惟没有这个衙门,他们才横行无忌。"②

在《回头看》中,贝拉米借人物之口说:"可见中国人不愿有泰西的文化,也有缘故。实在泰西的文化,是同没有燃着的炸药一样呢。"③这种西

---

① 吴趼人:《新石头记》,见《世博梦幻三部曲》,第188页。
② 同上书,第228页。
③ 威士:《回头看》,《绣像小说》第25期。

方文明内部的自我批评可能对吴趼人也产生了相当大的影响。他反复强调:"且夫输进文明云者,吾非必欲拒绝而禁遏之也,第当善为审择云尔。以余观之,彼之文明,彼自以为文明耳,而认其为文明与否,其权在我。"① 作为被压迫民族的一员,吴趼人对西方现代"文明"强权压倒公理的游戏规则自然深有体会,并洞察了民族主义理论的基本困难:民族国家内部公民之间的自由、平等的游戏不能扩展到国家之间。这里又隐现着传统的王霸之辩,流露出对中华再度复兴并主持公道的渴望:

> 子掌道:"其实我们政府要发下个号令来吞并各国,不是我说句大话,不消几时,都可以平定了。政府也未尝无此意,只有东方文明老先生不肯,他当了五十年政权,去年告退隐林下。他生平的大愿,是组织成一个真文明国,专和那假文明国反对,等他们看了自愧,跟着我们学那真文明,那就可以不动刀兵,教成一个文明世界了。"②

"文明境界"不但在相当程度上实现了对自然的控制,而且德育普及,人们自幼接受儒家教育,道德水平达到完善,无须宗教来约束行为。政体则实行"文明专制",这是因为"听见外国有那均贫富党风潮,国人就开了两回大会,研究此事,都道是富家为政的祸根。于是各议员都把政权纳还皇帝,仍旧是复了专制政体"③。而从皇帝到百官,都奉行《大学》里的教诲:"民之所好,好之;民之所恶,恶之。"这样的"好政府",效率比民主议会制度更优,人民专心生产,万众一心,国家和睦有序。回想第18回,宝玉曾在湖北听学堂监督谈论"大学之道",却嗤之以鼻,可见当时是用新学眼光观守旧嘴脸,如今则是本土眼光看西方强权,承接其间的是对未来道德复兴的冀盼。

总之,正是凭着这个虚构的完美世界的比照,人们才"看得见"并嘲笑着西方现代"文明"从科技到道德上的种种缺陷。**如果说,曹雪芹**

---

① 吴趼人为《自由结婚》(周桂笙译)所写的评语,见《新庵译屑》,裴效维校点,海风主编:《吴趼人全集》第9卷,第234页。
② 吴趼人:《新石头记》,见《世博梦幻三部曲》,第273—274页。
③ 同上书,第216页。

的"风月宝鉴"能够照出"色"背后的"空",那么吴趼人则打造了一面"文明宝鉴",照出了西方"文明"背后的"野蛮"。当然,作者不忘提醒:"真文明"只是终极远景,"未曾达到文明的时候,似乎还是立宪较专制好些。……野蛮专制,有百害没有一利;文明专制,有百利没有一害"①。

胡志德认为,通过对"文明"一词的阐述,吴趼人不仅要废除在"进步西方—落后中国"之间的屈辱性分野,更要重建中国文化的优越。② 这一重建离不开东西方文明的优势互补。陈炽曾于1893年把中西学问的分离视作"道"与"器"的断裂,他提出:古圣贤的"道"被孔子继承,而"器"却由于秦政的酷烈而不能见容于中国,被罗马继承,如今中西交通,乃天意使然,中国复古维新,将实现道器合一,中国的"道"也将为西方带来和谐。③ 尽管吴趼人不会同意这种牵强的西学中源说,但要实现他心目中的真文明,显然正要实现道器合一。

事实上,"东道—西器"的认识论也并非近代中国所独有。查特吉曾如此论述近代印度民族意识和后启蒙时期的理性主义认识理论框架的交会:

> 它使人们认识到、并接受了东西方文化的本质不同。……它断言西方的优越是由于其文化是物质性的,例如它的科学技术以及对进步的热衷。而东方的优越则在于文化的精神方面。非欧洲国家真正的现代化有赖于把西方文化的物质优势和东方文化精神上的伟大结合起来。……它必然是精英阶层的纲领,因为这种文化的结合只有最先进的知识分子才能做到。而民众的意识还沉浸在几个世纪以来迷信和非理性的民间宗教时期,很难指望他们接受这种思想……④

---

① 吴趼人:《新石头记》,见《世博梦幻三部曲》,第217页。
② Theodore Huters, *Bringing the World Home: Appropriating the West in Late Qing and Early Republican China*, p.167.
③ 陈炽:《〈盛世危言〉·序》,见赵树贵、曾丽雅编:《陈炽集》,北京:中华书局,1997年,第303—306页。
④ 帕尔塔·查特吉:《民族主义思想与殖民地世界:一种衍生的话语?》,第64页。

印度知识分子亦曾断言只有印度的宗教才能拯救西方和世界,这与"文明境界"相仿佛,后者也正是一个由理想人格化身的东方文明(甄宝玉)及其家族成员构成的精英团体凭借理性主义的认识论框架来全面掌控的世界。不过,这种掌控并非没有代价。如前所述,吴趼人对世界的观照方式不是单向的,"文明宝鉴"只是吴氏的法宝之一,而他手中还另有一把西洋宝镜,能使一切古老的神秘无所遁形。

第二节　宝镜新奇:"国粹"的悖论

一、镜中骷髅

1895年3月24日,被清政府派往日本议和的李鸿章在马关遭袭,面部中枪,虽无性命之忧,但子弹留在骨中,常常隐痛不堪。同年11月,德国科学家伦琴发现X射线,翌年1月5日,消息公布,轰动全球。两个月后,传教士林乐知就在自己主编的《万国公报》上报道了这一新发现。也是在这个春天,32岁的谭嗣同随父亲北上进京。原本要以使俄参赞身份随同湖北布政使王之春赴俄庆贺尼古拉二世加冕的他,因清廷改派李鸿章使俄而得免此行。这本来正合他的心意,但湖北官场的黑暗令他倍感气闷,加上不久前因李玉成案招致的嫉恨,只得避祸远行,郁结之情可想而知:"意中忽忽如有所失;旋当北去,转复悲凉。然念天下可悲者大矣,此行何足论?且安知不为益乎?"于是,他发愿要遍见世间多闻之士和异人异事异物。在上海,他拜见了傅兰雅,见到了万年前的化石,感受到"天地以日新,生物无一瞬不新也"的震撼,同时还见到了一种原始的计算器和一张X光照片——

> 系新法用电气照成,能见人肝胆、肺肠、筋络、骨血,朗朗如琉璃,如穿空,兼能照其状上纸;又能隔厚木或薄金类照人如不隔等。此后医学必大进!傅兰雅言:"此尚不奇,更有新法,能测知人脑气筋,绘其人此时心中所思为何事,由是即可测知其所梦为何梦,由是即可以

器造梦,即照器而梦焉。"①

谭嗣同曾见过令古人感到惊奇的"透光镜",却以为"不足为异":元代的吾衍就已推测,镜背的图纹之所以能够被映射到与镜面相对的白壁上,是因为镜面刻有相同的图案,只是以稍浊之铜补铸后削平,图案与镜面其余部分的差异人眼无法分辨,却通过对光的反射效果造成奇异的"透光"假象。1877 年,《格致汇编》上有人询问透光镜的原理,主编傅兰雅在没有见到实物的情况下,做出了类似的推测:镜面隐藏的花纹与镜体本身由反光率不同的金属分别铸成。② 这一猜想与谭嗣同自己的判断十分吻合,令他颇为感慨:"足征西人致思之精,益叹吾华人之无学。并古人所已明者而失之,而琐琐问之西人,又奚但此一镜尔乎!"③不论傅兰雅的分析是否符合实际,传教士俨然已成为科学权威。④ 如今,在能够照见肺腑的 X 光面前,中国自有的古镜自然愈显失色。

在谭嗣同北游访学之际,从北京南下的李鸿章则从上海出发前往俄罗斯。俄国之行结束后,他又继续前往西欧。当年 6 月,他在访问柏林期间接受了 X 光诊视:"延摄其面影,即见枪子一颗,存于左目之下,纤毫毕现。"⑤此后,许多中国报刊书籍也纷纷介绍这一新发明,也有更多的国人得以体验医疗技术的革新。1897 年,风靡一时的《点石斋画报》刊载了一篇《宝镜新奇》(图 1):

> 自泰西格致之术精,而镜之为用大。千里镜可以洞远也,显微镜可以析芒也,岂惟是古镜照人妍媸莫遁哉。不谓愈出愈奇,更有烛及

---

① 谭嗣同:《上欧阳中鹄》,见蔡尚思、方行编:《谭嗣同全集(增订本)》下册,北京:中华书局,1981 年,第 458 页。傅兰雅的说法并非个例,孙宝瑄也曾听汪康年说"西人有照相法,能照人心中所营构之形状。比较照骨法尤奇"。中华书局编辑部编:《孙宝瑄日记》,第 356 页。

② 《互相问答》,《格致汇编》1877 年第 8 卷,见傅兰雅主编:《格致汇编·李俨藏本》(二),南京:凤凰出版社,2016 年,第 699 页。

③ 谭嗣同:《石菊影庐笔识》,见蔡尚思、方行编:《谭嗣同全集(增订本)》上册,第 118 页。

④ 根据研究,"透光镜"的功能来自镜面凹凸不平的曲率,但产生曲率的原因尚无定论。董亚巍:《古代"透光镜"产生"透光"的原理及其复制研究》,见《全国第七届民间收藏文化高层(湖北 荆州)论坛文集》,荆州:湖北省科学技术协会,2007 年,第 101—105 页。

⑤ 林乐知选译,蔡尔康谨纂:《德轺日记》,《万国公报》第 91 册(1896 年 8 月),第 26 页。

图1　1897年《点石斋画报》利集三期中的《宝镜新奇》配图

幽隐者。苏垣天赐庄博习医院西医生柏乐文,闻美国新出一种宝镜,可以照人脏腑,因不惜千金购运至苏。其镜长尺许,形式长圆,一经鉴照,无论何人,心腹肾肠昭然若揭。苏人少见多怪,趋而往观者甚众。该医生自得此镜,视人疾病即知患之所在,以药投之,无不沉疴立起。以名医而又得宝镜,从此肺肝如见,药石有灵,借彼光明同登仁寿,其造福于三吴士庶者非浅。语云:"欲善其事,先利其器。"西医精益求精,绝不师心自用,如此宜其技之进而益上也。①

X光不但揭开了20世纪现代物理学的序幕,也加入由望远镜、显微镜、照相术等组成的西洋奇"镜"阵列之中。② 当可被观测之物的范围极

---

① 陈平原、夏晓虹编注:《图像晚清:〈点石斋画报〉》,天津:百花文艺出版社,2006年,第215页。

② 有关X射线知识的传播,可参见王民、邓绍根:《〈万国公报〉与X射线知识的传播》,《中国科技史料》2001年第3期。

大拓展、清晰度显著提升,国人观看世界及自我的方式便被种种前所未见之"像"所重塑。鲁迅曾回忆,早在1895年前后,绍兴就有了照相馆。当时不少普通民众心怀疑惧,认为照相会把人的精神摄去,所以照相的都是"运气不好之徒,或者是新党"①。另外,正如有论者指出的那样,由于费用不菲,拍摄"小像"绝非小事,必有特别缘由,而通过精心摄制的照片和自抒怀抱的题诗,人们展示着自我形象和群体形象,强化了自我意识和集体的连带感。②1896年8月,谭嗣同以候补知府的身份抵达南京。此处的官场气氛亦令他心灰。不过,他在这里结识了杨文会居士,后者热衷天文学,曾随曾纪泽出使英、法,家中的天文望远镜等科学仪器令谭嗣同大开眼界。在其影响下,谭嗣同对佛学、科学的研究日益深入,代表作《仁学》由此酝酿而成。在南京期间,他多次往返上海,与梁启超、汪康年等友人切磋学问,谋划维新事业。上海的光绘楼照相馆留下了历史的见证:七位友人曾同映一像,"或趺坐,或倚坐,或偏袒左臂右膝着地,或踞两足而坐,状类不一"③(图2)。其中,偏袒左臂、右膝着地、双手合十的正是谭嗣同。对这张照片,他颇为满意:

> 雁菩萨又带到造像七躯拓本,具种种庄严、种种相,同人咸喜赞叹,说雁是入正定菩萨,嗣同是菩萨旁侍者,抑亦阿那含之亚也。此与嗣同平昔师事雁菩萨之旨正尔微合。④

他还特意嘱托汪康年:请照相馆专门将其他人遮盖,把自己和雁菩萨(吴嘉瑞)的部分重制为单张照片,甚至还幻想未来的考古学家会将二人合影误认作北魏的佛像。虽为戏言,合影中的七人造型确也令谭氏友人刘善涵慨叹:"闻之佛法之身,广大无与等,焰目于此能观察杳杳,知法界无形相,今一一现世间像,不其碍与。……析之则七,合之则一,道场人天大

---

① 鲁迅:《论照相之类》,《鲁迅全集》第1卷,第192页。
② 葛涛:《照相与确立自我对象化之间的社会关联——以近代中国个人照与集体照为中心》,《学术月刊》2013年第6期。
③ 谭嗣同七人合影时间为1896年9月25日。丁文江、赵丰田编:《梁启超年谱长编》,第38页。
④ 谭嗣同:《致汪康年》,见蔡尚思、方行编:《谭嗣同全集(增订本)》下册,第491页。

图2 七人合影

会,其适然耶! 大地山河,了了到眼,见者莫不皆欢喜。"①

在这张照片拍摄的一个月前,在上海的吴趼人接到季父吴保福病危的电报,即夜奔赴宜昌。心怀国事家事,吴趼人逆江而上,过黄鹤楼、游晴川阁、吊祢衡墓,行迹正与后来《新石头记》中贾宝玉短暂的武汉之行相同。吴氏这一时期的心境,在为自己的肖像照所题的诗中有表露:"傲骨何嶙峋,惯与世人忤。尔志虽高尚,尔遇乃独苦。一蹶复再蹶,于尔究何补。或因太违俗,转为俗客侮。鞔然试一笑,竭力学媚妩。从今见路人,路人或与伍。还我真面目,壮志达千古。"②郁结之情,溢于言表。

1897年秋冬之间,"江南乞食,困乏无聊"的谭嗣同准备回湖南参与

---

① 刘善涵:《题谭壮飞太守小像》,《刘善涵集》,刘豫璇、刘良建编纂、笺注,长沙:岳麓书社,2017年,第158—159页。

② 吴趼人:《以西洋摄影法摄得小像,笑容可掬,戏题此章》及《七月十九夜接季父电,诏赴彝陵省疾,即夜成行,戚友知己都不及走告,赋此留别(二首)》,裴效维校点,见《趼廛诗删剩》,海风主编:《吴趼人全集》第8卷,第137、145页。《趼廛诗删剩》发表于1907年初,篇首称:"年少无知,有作辄存,一览便增颜汗矣。十年以来,删汰旧作,仅存二三……丁戊以后,惯作大刀阔斧之文,有韵之言,几成绝响。偶复检视,俨如隔世。……然而少年之状况,转藉此以得不忘焉,故录存之。"由此可知,吴氏"以西洋摄影法摄得小像"的时间当在1897年他投身报界之前。趼人:《趼廛诗删剩》,《月月小说》第1年第4号(光绪三十二年[1907]十二月望日)。

新政事务,而离开了江南制造总局的吴趼人则开始了办小报的生涯。在制造局工作的14年里,吴趼人是否与傅兰雅有直接交往不得而知,不过,比他大一岁的谭嗣同在傅兰雅那里观看X光照片的震惊体验,确实在十多年后出版的《新石头记》中得到了详尽的再现。贾宝玉出山前曾用小镜子自照,而他刚一踏足"文明境界",就被老少年带进了一个房间,在毫不知情的情况下又被照了一次"镜":

> "……凡境外初来之人,皆由我招接到这里,陪到验性质房,医生在隔房用测验性质镜验过。倘是性质文明的,便招留在此;若验得性质带点野蛮,便要送他到改良性质所去,等医生把他性质改良了,再行招待。内中也有野蛮透顶,不能改良的,便仍送他到境外去。方才医生验得阁下性质晶莹,此是外来之客,万中难得一个的,足见阁下是文明队中人,向来在外面总是'铁中铮铮,庸中佼佼'的了。"①

这里再次提出了"表象—真实""野蛮—文明"及"观看"的问题。据老少年说,中国古人以酒观德,因为"凡人醉后,必露出本性",中国开化得极早,只是守成不化、进化得迟,人们未曾出胎就已先天有了知规矩、守礼法的神经,所以醉后也会被内在的道德约束而不乱,而自称文明国的西方却开化极迟、进化得早,醉后就会卸下"文明的假面具"而露出野蛮的真相。"文明境界"的酒不能醉人,这是因为有了"验质镜",自然不再需要"古人的呆笨做法"了。② 不但如此,"敝境科学博士,每测验一物,必设法使眼能看见"③,于是又有验骨镜、验髓镜、验血镜、验筋镜、验脏镜、验脑镜、验耳镜、验目镜、验鼻镜、验舌镜乃至验气镜,令宝玉大开眼界:

> 超和叫童子取过"验骨镜"来。童子便捧过一个匣子,犹如照相镜一般,也用三脚架架起,上面却有一张白绸罩着,超和亲手揭去白绸,叫童子站到那边去,便请宝玉看。宝玉往镜子里一看,吓得魂不附体,连忙退了一步,抬头又看看那童子。超和笑道:"不必惊怕,这

---

① 吴趼人:《新石头记》,见《世博梦幻三部曲》,第197页。
② 同上书,第247—249页。
③ 同上书,第197页。

是专验骨节上毛病的,请再看罢。"原来宝玉初次一看,只见和那童子般长般大的,那里是个人,竟是雪白的一具骷髅,所以吓的倒退了一步。听了超和的话,又去再看,果然清清楚楚的一身骨头,连那对缝合节的地方,都看得十分明显。看罢,超和又取了一片玻璃镜,加在上面道:"这是验髓的。"宝玉再看时,那一付白骨不见了,却按着那白骨的部位,现出了半红半白的骨髓来,看着那骨髓,狠有条理的,如丝如发的在那里运行上下。看完了,超和叫换一个镜来,童子过来换了。超和道:"这是验血的。"再叫童子去站着。宝玉再看时,只见那童子变了个鲜红的血人,那血运行上下,动得比骨髓快。看完了,超和也在镜子里一望,便问童子道:"你又在什么地方去胡闹来,把右膝跌伤了?"宝玉听说,忙向镜子里看,果然见那右膝盖上有茶碗口大的一块血,隐隐的变了淡紫色,四面的血都在那里运行,到了那紫血上,便运行得慢了。只听那童子说道:"我昨天晚上,打园子里回来,跌了一交,并没有胡闹。"超和叫再换一个,童子又来换了。超和道:"这是验筋的。"宝玉看时,果然是通体筋络全现,有条不紊,粗的、细的,都在那里一涨一缩,犹如有呼吸一般。暗想:他那右膝的血伤了,不知筋怎么样。留心去看,只见他右膝的一段筋比左膝的大了点,便对超和道:"他这右膝的筋,不知可是受伤了?"超和过来看道:"如何不是?"于是又换了一个验脏腑镜,只见五脏六腑历历分明:红的是心,白的是肠,淡黄的是胃,紫的是肝,青的是胆,淡红浅白的是肺;又见那心的涨缩,肺的翕张。一时看罢,宝玉叹道:"这可谓神奇之极,与造物争功了。"

当时随意坐下,童子再献茶来。超和道:"可笑世人鼠目寸光,见了西医便称奇道怪,又复见异思迁,不知西医的呆笨,还不及中国古医。此种新发明,他更是不曾梦见。中国向来没有解剖的,而十二经络分别得多少明白。西人必要解剖看过,便诩诩然自以为实事求是。不知一个人死了之后,血也凝了,气也绝了,纵使解剖了验视,不过得了他的部位罢了。莫说不能见他的运动,就连他的颜色也变了,如何考验得出来?莫说是解剖死人,就捉一个活人来杀了去验,也须知他一面断气,一面机关都停了,又从那里去考验呢?西医每每笑中国人徒然靠诊脉定方,以为靠不住,然而他那听脉筒,又何尝靠得住呢?这些镜子都是东方德和华自立两位竭瘁精力,创造出来的。此刻还在那里研究两种新器:一种是'验气镜',专察验通身呼吸之气的;一种是量聪明尺与及灌入聪明的法子。将来这个新法出现了,就可望合境没有笨人了。"①

宝玉初见骷髅,其反应正与《红楼梦》里贾瑞正照"风月宝鉴"看见骷髅相同,但经过科学权威的解释之后,恐怖感随之消除,两者的根本差别也浮现:一个是被"幻象"(色)所蒙蔽的"真实"(空),一个却是被"表象"(皮肤)所阻隔的"真实"(脏腑、血肉等);一个是用心良苦的警世寓言,一个却是无感情的客观图像。书中人对西医的批评其实自相矛盾:之所以能够看到这第二类"真实",凭借的正是西方传入的现代视觉技术。

吴趼人对西方"文明"的责难常常显得天真单薄,比较而言,他对"文明境界"科技进步图景的全方位想象无疑更令人觉得趣味盎然:现代生产生活(地火能源、全自动化工厂、仿生时钟、气候控制、类似于天然气的家用新能源、彩色照相)、现代交通(一个时辰走一千二百里的飞车、一个时辰走一千里的潜水艇、地下运输通道)、现代通讯(类似于蓝牙耳机的无线通信、无线电话)、现代医疗卫生(把药蒸成汽的呼吸疗法、比 X 光更先进的透视镜、精加工的营养食品)、现代军备(助明镜、无声电炮、能够让飞车隐形的障形软玻璃、可在水面行走的水靴),乃至永动机以及正在研发的不死之法、不食之法……从"大观园"走出来的宝玉感慨:"今日可谓极人世之大观矣!"②明凤英指出,《新石头记》中宝玉体验的种种西洋事物,几乎全都能在当时报纸的商业板块里找到。③ 确实,随便翻阅一下《点石斋画报》,就能感受到一股强烈的惊奇与羡慕之情:"西人格致之学愈试愈精,充其力实足泄造化之奇,阐古今之秘,诚创局也";"西人性最机巧,

---

① 吴趼人:《新石头记》,见《世博梦幻三部曲》,第 206—207 页。
② 同上书,第 215 页。
③ Feng-Ying Ming, "Baoyu in Wonderland: Technological Utopia in the Early Modern Chinese Science Fiction Novel", in Yingjin Zhang, *China in a Polycentric World: Essays in Chinese Comparative Literature*, Stanford: Stanford University Press, 1998, p.157.

其术艺每多灵妙绝伦";"尤觉灵心妙腕,巧不可阶";"西人之争奇斗巧,几令人不可思议如此";"西人尚格致,化朽腐为神奇,几令天下无弃物"。① 作为实在可见的物质力量,西方强大的军事实力和日新月异的科技发明已获得不容置疑的优越性,并通过当时流行的海外见闻录、科学启蒙书刊、科学小说译本、报纸等印刷媒体得到介绍、夸张乃至歪曲,在知识人的脑海中激起种种热情,让他们以新的方式去想象人与自然、社会的关系。

在所有工具中,视觉工具又显得尤为重要。透过种种神奇之"镜",世界向人们呈现新的面貌。吴趼人本人就"逊于目力,必增镜助光"②。"文明境界"里的人们,更是借助种种奇镜来窥探世界,获得"真实可靠"的奇观和情报以掌控局势。研究者们很容易注意到"文明境界"对自然的控制、对西方殖民扩张的重演,却往往忽略了这些行动的发生,总是伴随着"镜"的出现。在《新石头记》中,"镜"字共出现90多次,平均每回出现2次以上,且前20回只出现7次,即后20回每回平均出现4次以上。人们不仅要看见隐藏在表皮之下的骨骼血肉,更要看见远在天边、深在海底的事物:

> 绳武、述起也离座走了出来,递了两个眼镜给宝玉和老少年。宝玉道:"这是什么镜?"绳武道:"人家都叫他什么千里镜、测远镜。这是东方美小姐创造的,叫做助明镜。"宝玉看时,那镜靠里一面,那玻璃只有指顶大,靠外一面,却有铜钱大,明明是两片玻璃,却又只得二分多厚。便把他戴上,果然看见海上战船,如在目前。……宝玉道:"这么说,是在船里面放的了。但是怎样取准线呢?"绳武道:"船上备有透金类的镜,在镜里望出来,一点都没有阻隔。"
>
> 说话时,左右在栏杆边上装了一个架子,架着一个三尺来长的单筒测远镜。绳武叫多装上两个来,左右答应,便按着人数装了四个。绳武道:"这是透水镜。从这里望去,可以望见水底。"宝玉叹道:"说什么神仙鬼怪!贵境的科学,只怕神仙鬼怪也望而生畏呢!"绳武道:"这个镜可惜还不曾改良,倘能做得同助明镜一般,可以戴在眼

---

① 陈平原、夏晓虹编注:《图像晚清:〈点石斋画报〉》,第169、177、189、211、233页。
② 李葭荣:《我佛山人传》,见魏绍昌编:《吴趼人研究资料》,第14页。

晴上就好了。"宝玉除下了助明镜,去看那透水镜。老少年道:"你何妨戴着看,又可以望远,又可以透水呢!"宝玉依言,戴上了去,果然见那海底如在脚下一般。细看那海底都是些巉岩乱石,有许多蚌蛤、螺蛳之类,附丽在上面。那头一排的战船,已经回来停下了。宝玉只管呆呆的看……①

如果说"助明镜"尚有现实中的望远镜作为依据,对各种"透X镜"功能的描写则颇为随意。显然,对可见性的渴望,要求"镜"能穿透一切阻隔,如同传统神魔小说中的千里眼一样,超越光学的物理法则,提供实时、精确的视觉图像:

> 宝玉又到司舵房里去,只见当中摆着定南针,正是利济在那里值班。宝玉见当面挂着一面大圆玻璃镜,便往镜里一看,只见白茫茫一片汪洋,不觉吃了一惊道:"这里又不是船边,怎么也可以见外面呢?"利济道:"这是一面透金镜,海底行路,全仗着他。不然,只管乱碰,还了得么?"

> ……上面安放着天文镜。海导测望了一会,道:"已经走到东经一百五十八度九分,北纬第五度四分底下,再一会就到西半球去了。"②

"可见性"从根本上保证了对世界认知的真实性,由此,"幻—真"之辨不再是哲学话语的专利,更变成一个技术性的问题——由于观测范围的扩展,肉眼所见,往往似是而非,必须借"镜"方能得"真":

> 众人都在透金镜上观看,二人也随着众人看去,只见一条东西夭夭矫矫的迎面而来,也不知他有多长多大。众人也有说是蛟的,也有说是龙的。老少年戴上了助明镜一看,道:"只怕也不是蛟,也不是龙,是个海鳅鱼。……"

> 宝玉道:"这么冷的地方,还有水藻?"及至戴了助明镜一看,

---

① 吴趼人:《新石头记》,见《世博梦幻三部曲》,第213页。
② 同上书,第231、232页。

却是生就的绿色山石,并非水藻。①

不但西方的"文明"被揭穿为"野蛮",就连他们对世界的认知也由于"镜"的落伍而被奚落为一种虚假。当宝玉等人的潜艇引起一艘外国潜艇的注意时,吴趼人再次展示了他骨子里的戏谑精神:

> 老少年道:"他那船上又没有透水镜,又没有透金镜,望出来是白茫茫的一片,纵使看见一点影子,也是模糊得狠。我这里忽然放了两下光,他却只能见光了两下,又不见我们的真像,少不得要起了疑心,所以把船浮了起来……"谭瀛……因说道:"我知道他这番回去,报告了他们的格致专门家、博士、学士,又考得澳洲之北,洋面上出了一条极大的电鱼了。"②

这显然是戏仿了凡尔纳著名的《海底两万里》的开头:来历不明的海中怪兽引起各国的恐慌,前去调查的主人公发现那其实是尼莫船长驾驶的先进潜艇。吴趼人通过小说的虚构,颠倒了中西在观看世界的竞赛中的优劣位置,但简单的倒置本身正是对这一视觉现代性的复制。正如有论者所说的那样,"现代性就是凸显视觉作用或使社会和文化普遍视觉化的发展过程",X射线代表的正是将一切事物予以实证化和视觉化的科学思维,人们相信它呈现了事物内部的、更高级的真实。小说家也发挥想象,希望借现代技术"看见"国人的性质,新的认知体系、规范原则由此内化,成为人们理解自我的新方式。"科学使得抽象之物也具有了视觉性,可见物的范围不断扩大,而同时也有同样多的东西堕入不可见的黑暗之中。"③

我想强调的是,在这场近代视觉革命中,科学不仅重新配置了"可见"与"不可见"之物,而且正如X光对人体有害一样,科学还让"大鹏"这样的"不可能"之物显形,同时却又使其失去了生命力,由此揭示了"国粹"的内在悖论。

---

① 吴趼人:《新石头记》,见《世博梦幻三部曲》,第233、241页。
② 同上书,第242页。
③ 唐宏峰:《可见性与现代性——视觉文化研究批判》,《文艺研究》2013年第10期;唐宏峰:《可见的主体》,《中国图书评论》2011年第6期。

二、宇宙分类学

"文明境界"里事事皆美,贾宝玉除了各处参观,简直无事可做,便随同老少年乘坐先进工具上天入海,游玩狩猎。有高科技保驾护航,他们一路有惊无险,以大自然主宰者的气魄追捕着奇珍异兽,尽管它们几乎没有主动发起攻击,人类却仍然对其穷追猛打。这种对捕猎的狂热兴趣令人印象深刻,也将问题再度引向凡尔纳。

1902 年《新小说》第 1 号开始连载的《海底旅行》,尽管因杂志夭折而未能译完,却以其前所未见的科学英雄形象和冒险故事令中国读者大感新鲜①,给了晚清小说家们无尽的启发,也在《红楼梦》之外构成了《新石头记》的另一个镜像。明凤英曾对此做过分析,指出吴趼人笔下的科学家们在两个世界之间摇摆不定:一边是尼莫船长的科技乌托邦(潜艇),一边则是更具人文关怀的传统世界(日常世界)。这正是近代知识分子的普遍困扰——在激烈批判传统的同时,又对借自西方的批判工具本身抱有怀疑。② 安德鲁·琼斯则更深入地探讨了晚清对贝拉米和凡尔纳的改写,他注意到:现代知识体系的建立、"进化模式历险小说"的繁荣、帝国的殖民扩张,彼此存在着合谋关系,即便在殖民体系等级的边缘处也是如此。维多利亚时期的不列颠与晚清中国有着相似之处:"小说"是艾伦·劳赫(Alan Rauch)所谓的"知识性产业"的一个重要的附属物,这一产业形成于 19 世纪的英国,并向外扩散,它基于分类学前提,根据一整套明确的系统规则,将生命形态在内的一切都编入"知识性文本"之网。这张网由百科全书、各种概论、指南、参考、入门书、儿童读本等构成,与一些几乎同时建立的机构(公共图书馆、博物馆、动植物园等)共生。贝拉米

---

① 例如,金松岑说:"吾读《海底旅行》《铁世界》而亦崇拜焉,使吾国民而皆有李梦之科学、忍毗之艺术,中国国民之伟大力可想也。"松岑:《论写情小说于新社会之关系》,《新小说》第 2 年第 5 号(原第 17 号)。"新厂"论及《新小说》时则说:"余所最惜者,为红溪生所译之《海底旅行》,实为科学小说中空前之作。"新厂:《月刊小说平议》。

② Feng-Ying Ming, "Baoyu in Wonderland: Technological Utopia in the Early Modern Chinese Science Fiction Novel", in Yingjin Zhang, *China in a Polycentric World: Essays in Chinese Comparative Literature*, Stanford: Stanford University Press, 1998, pp. 158-170.

的译者李提摩太所主持的广学会(Society for the Diffusion of Christian and General Knowledge,即"传播基督教知识和各类常识的协会")正是对维多利亚早期的英国知识性产业主打机构 Society for the Diffusion of Useful Knowledge("致力于传播有益知识的协会")的模仿。江南制造局以及后来规模更大的商务印书馆,也都建立了各自的知识现代化伟业,致力于集科学、哲学和文学为一身的知识分类与传播。晚清的科幻小说译介和创作与此有着紧密的联结。凡尔纳在小说中虚拟了一套分类术语,模拟了当时的科学和专业话语形态,晚清的译者不得不通过翻译实践,在本土语言中创造出原本不存在的知识话语形态和命名习惯,或者将冗长的原文大大简化,而《新石头记》显然是对西方知识话语所进行的移植和超越的另一种尝试:"贾宝玉对动物世界的新兴趣是吴趼人通过叙事来表述类似于海克尔所说的'世界体系'的观念,即是说,通过这一探索式的手段,可以对世界进行重新构想。"[①]

这一分析不无道理。确实,"文明境界"是依靠理性法则进行组织规划的:这里共有二百万区,每区一百方里,分东西南北中五大部,每部统辖四十万区。每十万区用一字作符识:"礼乐文章、仁义礼智、友慈恭信、刚强勇毅、忠孝廉节"。各区都有四个气候可控的公园,分管春、夏、秋、冬。尽管命名的字符体现了儒家的道德理想,但对时空和季节的这种均匀的网格式规划,无疑渗透了理性主义和技术主义精神,表达了对万物有序、各得其所的期待。这在整个体系的各个层面都有所表达,尤其表现为一种对事物"无所不备"的热情:宝玉参观医院的药圃时,关心的是"但不知草木一部,已种全备否?"制衣厂里生产的衣服"无论长袍、短襦,莫不齐备"。猎车上"一切猎具,都齐备在上面","抽屉里安放着枪弹、助明镜等,应用之物,莫不齐备"。猎艇里同样"司机、把舵、水手、杂役人等,一切全备","当中分设着电机房、司舵房、客堂、膳房、卧室,件件俱全"。这种齐备性一方面使得猎车和猎艇实质上变成了舒适的移动行宫,流露了对科技造福人类的向往,同时,也体现了对事物秩序的理性组织法则,比如,在潜艇的书房里有一本册子,"上面载着下层各房,某房储某物,及某

---

① 安德鲁·琼斯:《鲁迅及其晚清进化模式的历险小说》,《现代中文学刊》2012 年第 2 期。

物的用法,开列得十分清楚"。① 在整个体系中,作为一种现代公共机构的博物馆,最为明晰和完整地再现了严密有序的理性法则。

正是在1905年,在维也纳召开的国际植物学大会宣布了拉丁命名法和林奈分类法为统一的命名法和分类体系,与之相伴随的则是世界各地的植物被运入欧洲的植物园、博物馆和实验室。孟悦如此评论:"收集植物并把它们制成标本是掌握这些植物资源的物理程序,而为这些植物命名和通晓它们——将其体系化并进行讨论——则是关键的象征性文化行为,借此可在欧洲殖民帝国中实现对它们的'占有'。"②我们由此反观"文明境界"里的博物院,发现其收藏物同样是"分门别类"的。其中的藏书楼,将本国古今书籍置于中央,甚至还有"秦始皇焚未透的书",正中为上古结绳而治的绳,两旁则是五洲万国图书。"珍珠仓""珊瑚林""聚宝堂"等,则汇聚了从世界各地收集的藏品,"给大众长长见识"。工艺院中,陈设本境和外国制造的产品。此外还有各种飞潜、动植、金类、非金的矿质……总之,这是一座人类知识的总库,也是由万物构成的自然秩序的复刻品。因此,当宝玉等人在海底看到"许多奇珍异宝"时,并没有感到激动,因为"在博物院曾经见过的,所以都不在意"。而当看到博物院没有的五色珊瑚,便提出"我们不可不取几株回去"。虽然有些"向来未曾发见过,不知叫什么名字"的事物,但"本来东西那里自己有名字,都是任凭人叫出来的"。③ 这种试图使博物馆无所不备的追求促使宝玉等人狩猎时穷追不舍、必求制胜,并根据理性的、实证的、系统化的组织原则,将其镶嵌在博物馆这个微型宇宙中的适当位置上,予以命名和陈列,以供公民参观,并象征性地实现人对自然的全面控制。

那么,该如何评价宝玉等人的收集行为呢?安德鲁·琼斯认为,将宝玉变成一名猎手和生态破坏者,这不过是对殖民秩序的倒置而非颠覆,并不会改变权力结构本身,而众人将冰貂从冰穴里赶出、用步枪射击取乐以

---

① 吴趼人:《新石头记》,见《世博梦幻三部曲》,第208、256、218、230、231页。
② 孟悦:《反译现代符号系统:早期商务印书馆的编译、考证学与文化政治》,李广益译,《清华大学学报(哲学社会科学版)》2008年第6期。
③ 吴趼人:《新石头记》,见《世博梦幻三部曲》,第223—225、236、238、246页。

及对冰貂致死场面的津津乐道,更"微妙地解构了宝玉的胜利及文明境界的文明。小说不知不觉中掉入了一个蹩脚逻辑:文明境界在辉煌探险中所大肆宣扬的暴力,正是不折不扣殖民主义式的,而这正是在小说前边部分的文字里所一直深恶痛绝的"①。

这种依托于后殖民理论的僵硬解读不但失之简单,遮蔽了作品的丰富意味,更可能会导致一种危险:站在一种过于夸张的动物保护主义立场上来重建"文明—野蛮"的虚假标准,并以此断言《新石头记》中的"文明境界"实为"野蛮"。而如前所述,诸如此类的伪善标准正是吴趼人所坚决反对并竭力揭穿的。尽管宝玉等人对待野生动物时体现出了毫不掩饰的征服欲,在猎杀活动中也没有流露出任何多愁善感式的良心不安,甚至使用了注明为"不仁"的毒药弹②,但"文明境界"对于"仁"与"不仁"、"文明"与"野蛮"的思考核心,显然着眼于人与人、族群与族群之间的关系问题,这在关于战争的讨论中得到集中说明。面对科学家研制的新式"神奇电炮",一位参观者在赞美了其可怕的杀伤力之后,又认为"未免太不仁了",就此引发了一场讨论:

> 宝玉道:"到了开战时候,还要讲仁心、仁术,那就难了。"子掌道:"不然,虽然两国失和,便是仇敌,然而总是人类对人类。若只管贪功取胜,恣意杀戮,在临阵时,自然便忘了同类相残的,忍心暴动。试问一作局外人想,眼见得因一时之气,伤残同类,岂不是不仁之甚么?"宝玉道:"敌忾同仇的时候,要施行仁术,到底是个难题。"子掌道:"一定要施行仁术呢,是我们这位东方德先生新发明的。然而未曾发明之先,也应该要堂堂正正的见仗。纵使有杀戮,也是堂堂正正杀的。近来那些残忍之国,用尽了那种刻毒心思,做成了一种氯气炮,把氯气藏在炮弹里,一弹放出去,炸开来不知要死多少人。可笑他做成之后,又装出那假惺惺的面目,说是禁用的,等到见仗时,他不能取胜,又拿来用了,偏又有多少解说,什么权时用一次罢了。做了这种残忍之事,他还要说文明呢!"宝玉道:"新发明的仁术是什么东

---

① 安德鲁·琼斯:《鲁迅及其晚清进化模式的历险小说》,《现代中文学刊》2012年第2期。
② 吴趼人:《新石头记》,见《世博梦幻三部曲》,第221页。

西呢?"子掌道:"就是那天未曾说完的那一种蒙汗药水,我今天才试演了。洒了一点到大营里,果然众兵一齐蒙住了。医生跟着下去,用了解药方才苏醒。将来行军,单用这一品,就可以把敌人全数生擒活捉过来,不伤一命,岂不是个仁术么?……"宝玉道:"不料科学发明,有如此神用,简直可以不加一矢,以定天下的了。"①

经历了义和团之乱的宝玉虽然没有亲眼看见八国联军使用"绿气炮"的一幕,但在真实的历史中,八国联军使用的这种重型武器——不论它是否是现在通常意义上的毒气炮——确实给中国人民留下了惨痛的记忆,当时的报刊、文学作品都对此有所记载。② 比较而言,"蒙汗药"的设想虽然幼稚荒唐,但吴氏确实基于儒家"仁义"观对西方侵略者的暴行提出了抗议。在《新纪元》《电世界》等晚清科幻小说中,对于假想的东、西大战中高科技武器造成的惨烈场面,作者也时常流露出人道主义的伤怀;而与这些作品通过战争重建朝贡秩序、实现人类大同的构想不同,《新石头记》更倾心于"不战而屈人之兵",其先进的军备只是用于自卫。③ 更关键的是,尽管"文明境界"与外国有贸易往来,但并没有建立殖民地,几乎很少与外界交流,这基本是一个科技高度发达甚至于拥有"永动机"的自足世界,百姓衣食无忧,政府国用充足,存款多到花不完,作者没有交代,

---

① 吴趼人:《新石头记》,见《世博梦幻三部曲》,第 273 页。
② 例如,《救劫传》写道:"外洋各国,那年设一个会,叫做弭兵会……那列低毒炮,也列入会中条约内,如系平常战事,概不准用,只有遇着那全无教化的野蛮,同禽兽差不多,不能同他讲道理,方可偶然试用。这回洋兵进来,却带了几尊……"见阿英编:《庚子事变文学集》上册,北京:中华书局,1959 年,第 242 页。但是,军事史的共识认为,人类首次在战争中使用毒气是 1915 年 4 月一战中的伊普雷战役。有研究者认为,当时被广泛记载的"绿气炮"和"列底炮"并非含有氯的化学毒气炮,而可能是英国海军用于中国登陆作战的 3 英寸口径速射炮,其炮弹使用了当时英国最新研制的立德炸药,爆炸时会产生有毒的黄绿色烟雾,并非专门填装毒剂的炮弹。当然,这并不能改变重型武器造成的可怕的伤亡。江天岳、贾浩:《侵华英军使用所谓"毒气炮"考》,《江淮论坛》2014 年第 1 期。
③ 陈平原早就注意到,20 世纪初的晚清科学小说中多有对"飞车"作为杀人武器的描写,而"唯一对科学发明被用来大规模杀人的趋势表示反感的,是吴趼人的《新石头记》"。"有趣的是,'滑稽玩世'的吴趼人对'真文明'与'假文明'的分辨,以及对'科学万能'的自觉反省,今天看来相当'前卫',当年则颇有落伍之讥。"陈平原:《从科普读物到科学小说——以"飞车"为中心的考察》,《中国文化》1996 年第 13 期。

而我们也很难想象,这样一个国度会有资本主义的殖民扩张诉求以及为了全球市场发动战争的可能。因此,仅仅根据对自然界动植物的无情征服就断定其为"殖民主义式"的,无疑是不公的,尽管它确实是"殖民主义式"暴行的受害人和反抗者。

三、馆中大鹏

同样地,如果像安德鲁·琼斯一样把"文明境界"的博物院简单地视为"对庞大帝国主义知识体系的一个汉化模拟",也并不足以打发掉吴趼人"历史和认识论上的庞杂"。① 饶有趣味的是,在这场庞杂的"汉化"中,吴趼人出于民族自尊心和保存"国粹"的认识,试图把中国典籍中的事物纳入他的博物院中。在捕获了一些无关紧要的禽类之后,宝玉等人借助现代视觉技术,看见了"不可能"之物:

> 正说话时,一大童子指道:"那边又一个鹰来了。"老少年抬头一看,只见极目天际,有一个同鹰一般大的鸟飞来,便道:"隔了那么远,还那么大,那里是鹰?"连忙同宝玉取了助明镜一看,是一个其大无比的大鸟,自北而南。老少年道:"我们打了他,带回去。你看他自北而南,我们横截过去罢。"②

接着便是全书最浓墨重彩的段落之一。由于普通弹药无法伤害巨鸟,宝玉等人便动用了一种据说专门对付"恶怪难制之物"的毒弹,尽管毒药标注为"不仁",但却"说得不仁,也要做一次的了"。③ 中弹后,巨鸟依然坚持飞了三个昼夜才坠落身亡,被穷追不舍的众人带回了"文明境界",交给了博物院掌院"多见士":

> 多见士道:"这就是庄子说的鹏了,是鲲鱼所化,不信,但见他脚爪上,还带着鳞甲呢。我这里飞禽部里,就少了这个,难得二位冒险猎来,真是令人感佩。适间我已经叫人翻了电报码子,要报知政府。

---

① 安德鲁·琼斯:《鲁迅及其晚清进化模式的历险小说》,《现代中文学刊》2012年第2期。
② 吴趼人:《新石头记》,见《世博梦幻三部曲》,第219页。
③ 同上书,第221页。

一面写信给报馆,把这件事登报。"①

早在大鹏被实际捕获之前,博物院庞大的知识体系已经为其预留了位置。不仅如此,在海底航行时,他们又通过助明镜看到并捕获了《山海经》记载的"鯈鱼"。老少年说:

"……我一向也疑《山海经》的说话,恐怕靠不住的,此刻来的一群鱼,正是这个……"

"我最恨的一班自命通达时务的人,动不动说什么五洲万国,说的天文地理无所不知,却没有一点是亲身经历的。不过从两部译本书上看了下来,却偏要把自己祖国古籍记载一概抹煞,只说是荒诞不经之谈。我今日猎得鯈鱼,正好和《山海经》伸冤,堵堵那通达时务的嘴。"②

庚子之后,许多激愤之士将中国之弱怪罪于中国之学并转向西学,这激起了朝野之间保存"国粹"的风潮。③ 1902 年,"攻法子"在《爱国心与常识之关系》一文中,将当时的"爱国者"分为盲信己国派与无视己国派:前者主保守,"易生自慢心而有增长国恶之患";后者主进取,"易生自弃心而有蹂躏国粹之虑"。而真正有常识的爱国者,则"深知己国之长短。己国之所长者,则崇守之;己国之所短者,则排斥之。崇守排斥之间,时寓权衡之意,不轻自誉,亦不轻自毁,斯之谓真爱国者也。虽然,国家当过度时代,常识者既不可得,则与其不及,无宁过之。国粹稍损,尚有恢复之望;国恶日长,将有危亡之虞。得百自誉者,不如得一自毁者,其犹有进步之望也。"④

吴趼人大概不会认可"与其不及,无宁过之"的主张,但做一个有常识的爱国者确实是他的追求,而他试图在无所不包的博物院里安置古典文化,将其纳入新知识体系的努力,正是对国粹热潮的响应。他曾"得虚

---

① 吴趼人:《新石头记》,见《世博梦幻三部曲》,第 223 页。
② 同上书,第 237 页。
③ 关于清季国粹派,参见罗志田:《清季保存国粹的朝野努力及其观念异同》,《近代史研究》2001 年第 2 期。
④ 攻法子:《政法片片录·爱国心与常识之关系》,《译书汇编》第 2 年第 9 期(壬寅[1902]九月)。

怯之症",因嫌中医治法太费时日,于是改请西医诊治,"十四日愈",自此认为"西医固未可尽诬,吾特恶夫挟西医以诬中医者耳"。① 因此他对西学崇拜者的攻击,主要在于反对那种没有"亲身经历"、缺乏深入学习就盲从时流的态度:

> 而恰当此欧风东渐之际,后生小子于祖国古书曾无一斑之见,而先慑于强国,谓为其文明所致,于是见异思迁,尽忘其本。呜呼!抑何妄也。不宁惟是,彼之于祖国古书曾无一斑之见者,其于他人精华之籍所得几何,从可知矣。舍我之本有而取诸他人,不问精粗美恶,一律提倡。输进之精者美者庶犹可,奈之何并粗恶而进也?②

当这些算不上深刻与独到的见解与小说叙事融合时,便催生出无意识的悖论。吴趼人曾评论《镜花缘》"可谓之科学小说","其所叙海外各国,皆依据《山海经》,无异为《山海经》加一注疏"。③ 而《新石头记》安排飞车、潜艇与大鹏、鲦鱼的相遇,同样有为中国古代典籍做"注疏"的意味。站在民族文化捍卫者的立场上,吴趼人试图在一个"科学"开始昌明却远未穷尽一切的时代里,为本土学问和文化遗产保留一线空间,甚至要用"科学"为本民族的神话传说正名。尽管这在今天看起来有点不伦不类,但在当时却是可以理解的。

首先,伏羲、女娲等人物都曾被古代典籍视作"真实"历史的一部分,只是到了胡适、顾颉刚等人以"科学"的实证主义方式考辨历史之际,才因不合现代"理性"而被归入"神话"范畴。而在晚清,"科学"充满魅力,让一知半解的人们产生了无尽遐想,一切神奇之事似乎都有了可能。武田雅哉曾指出,清末报刊上常有怪兽出现的新闻,相关配图很多都是根据《山海经》的图像设计而成,"画师们把这些在古籍中已被分类的古典怪

---

① 吴趼人:《趼廛笔记·红痧》,裴效维校点,见海风主编:《吴趼人全集》第 7 卷,第 218 页。
② 吴趼人为《自由结婚》(周桂笙译)所写的评语,见《新庵译屑》,裴效维校点,海风主编:《吴趼人全集》第 9 卷,第 234 页。
③ 吴趼人:《说小说·杂说(五则)》,裴效维、王学均校点,见海风主编:《吴趼人全集》第 8 卷,第 219 页。如本书绪论所说,晚清时不乏在中国古典文学中寻找"科学小说"的努力,这与吴趼人在自己的"科学小说"里寻找古代传说中事物的努力相同,都是本土之学在西学大潮中被边缘化的焦虑之产物。

兽,拼贴到现代的背景上使之重生"①。万国交通的时代,新的理论为旧的传说找到了合理性解释。就在《新石头记》开始连载的1905年,邓实、黄节等人在上海发起"国学保存会"并创办《国粹学报》。刘师培曾在该报发表《山海经不可疑》,援引达尔文的生物演化论等西方学说,论证《山海经》所记载的奇异生物(图3),正是"上古之时,人类去物未远"状况的反映,"谓之不知,可也;谓之妄诞,不可也"。② 这样的论证方式看似牵强附会,实则与时人对西学的接受情况有关。

就吴趼人而言,他在江南制造局工作多年,"于学问门径,亡所不窥"③。

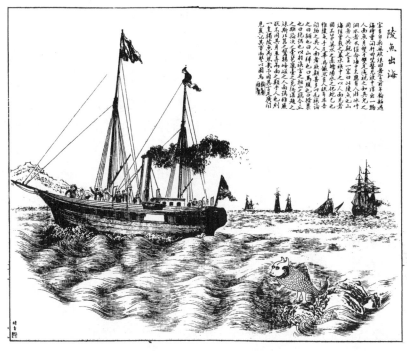

图3　1893年《点石斋画报》土集八期中《陵鱼出海》的新闻:某人在海轮上见到了《山海经》中记载的"陵鱼"

---

① 武田雅哉:《飞翔吧! 大清帝国:近代中国的幻想与科学》,任钧华译,北京:北京联合出版公司,2013年,第138页。
② 刘光汉:《读书随笔:山海经不可疑》,《国粹学报》第1年第10号(光绪三十一年[1905])。
③ 李葭荣:《我佛山人传》,见魏绍昌编:《吴趼人研究资料》,第12页。

按理说,他对"西学"的理解胜过同时代的大多数中国人,也正因此,他身上较为典型地反映了那些难以获得系统科学教育的文化人面对西学时的困境。他曾批评江南制造局所译的西书有种种弊端:条理不贯、命名无定、义理不明。更糟糕的是,许多译作是由西方人口头译出、中国人笔录成文。"口译西书之人,已非译其专门之学,则其译也,亦惟就书言书,就事论事而已。而笔述者,尤非其所素习,惟据口译者之言以书之耳。如是而欲其条理贯通,义理明晰,盖难乎为力矣。"于是,"开卷茫然者,十常八九"。① 这种茫然导致了他对科学知识的理解总是只知其一不知其二、似是而非。他信服于科学对世界给出的合理解释,但由于这种知识是不完备的,结果造成了更多的不解,只能靠自己的冥想和推理来臆测,"恨不能遇格致之家而一扣之"。以当时刚刚发明不久的无线电报为例,吴趼人"疑思问,无可问也。俯思其理,久之不得,怅闷欲死,反复推求,愈推愈远"。他推定其原理必"浅近易见",最后竟联想到打呵欠容易传染的生理现象,推测这是因为电可以在人体之间传播,并煞有介事地推演无线电与其原理相同,但"是否此理,愿得博学者共审之"。② "电"在晚清的报刊和小说中几乎是一种可以随时借来一用的万能解释,时人对电学等新知不甚了悟,只能凭借道听途说而闭门推想。再考虑到傅兰雅这样来自西方的"科学权威"都在向谭嗣同信誓旦旦地宣称有某种"以器造梦,即照器而梦"这类在今天看来都不可思议的发明,那么,指责晚清"科学小说"的描写不够"科学",甚至认为以古代典籍附会西方科学是保守和落后,就实在有失公允。也正因此,吴趼人既憎恶顽固之辈以新学为离经叛道,又痛恨略解西学皮毛之辈动辄诋毁中国典籍,"甚至于外国人的催眠术便是心理学,中国人的蓍龟便是荒唐"。③ 总之,在传播中走样、变得玄妙难解的"科学",给了晚清人无尽的遐想,一切神奇之事似乎都有希望成为现实,古籍所载的"荒诞不经之谈"也获得了被重新确认的机会。

---

① 吴趼人:《趼廛外编·译书》,裴效维校点,见海风主编:《吴趼人全集》第 8 卷,第 86—87 页。
② 吴趼人:《趼廛外编·格致》,裴效维校点,见海风主编:《吴趼人全集》第 8 卷,第 103 页。
③ 吴趼人:《吴趼人哭》,裴效维、王学均校点,见海风主编:《吴趼人全集》第 8 卷,第 234 页;吴趼人:《情变》,裴效维校点,见海风主编:《吴趼人全集》第 5 卷,第 204 页。

因此，不能把大鹏仅仅看作一种"失落的传统"的寓言或象征物，而必须考虑它在小说家心中作为"真实"生物的可能性。

其次，大鹏当然也确实有象征性的一面。实际上，作为现代民族国家自我塑造工程的一部分，对本土文化的保存和对民族历史的叙述成为培养公民意识与集体认同的重要方式，博物馆等现代知识机构在其中发挥了相当大的作用：18世纪后期，公共博物馆伴随着民族国家的形成而出现，与民主、平等等政治观念相呼应，将过去私人的、贵族的收藏品变成公众的和人民的，并承担起"教化"公众的任务。人民通过特定的、科学的、客观的方式，来观看那些集中在一起的"文化物品"，将其视为民族"内在深度"的外在符号，于是，文化、种族、性别的差异被"客观化"，本民族的"历史记忆"和独特性获得确认，集体认同就此强化。①

博物馆同样是近代中国文化建设的重要内容。1879年，清廷官员王之春在参观了日本博物馆后，赞赏"民有异物献公家"的精神，并感慨"中国本为天地枢，菁华独萃之膏腴。地道由来不爱宝，散而不聚有若无。博物志，山海经，独留虚名与人听。吁嗟乎！何不如东人，书其名，而存其形"。②1895年，维新派在上海创立强学会，明确地将建设博物馆作为其四项要务之一。博物馆不但是康有为大同世界中的重要机构，更是光绪帝"百日维新"未能实现的新政举措之一。也是在1905年，强学会成员张謇在家乡南通开始兴建我国第一个公共博物馆——南通博物苑，希望人们"保存公益若私家物，无损无阙"。由于"资力薄弱"，到了《新石头记》出版的1908年，张謇又发布启示，鼓励"大雅宏达，收藏故家，出其所珍，与众共守"。③ 博物馆不但向社会传播公共意识，且通过将未知事物收编到知识系统内，来实

---

① 沙伦·麦克唐纳：《博物馆：民族、后民族和跨文化认同》，尹庆红译，《马克思主义美学研究》2010年第2期。

② 王之春：《谈瀛录·博物院》，《王之春集》（二），赵春晨、曾主陶、岑生平点校，长沙：岳麓书社，2010年，第580页。

③ 张謇：《题博物苑石额》，见《张謇全集》编委会编：《张謇全集》第6卷，上海：上海辞书出版社，2012年，第318页；《通州博物馆敬征通属先辈诗文集书画及所藏金石古器启》，见《张謇全集》编委会编：《张謇全集》第5卷，第121页。关于张謇的博物苑与"文明境界"的博物院之间的对应性，那檀曾有讨论，见 Nathaniel Isaacson, *Celestial Empire: The Emergence of Chinese Science Fiction*, pp. 87-92。

现其教育功能:1924年,南通环城壕河中发现"怪虫",博物苑派人取回标本进行研究,确定其为无毒的"禾虫",平息了人们的恐慌。①

"文明境界"的博物馆回应了"民有异物献公家"的吁求。当宝玉等人将探险收集到的部分珍宝进献给皇帝时,皇帝答复:"惟是卿等冒万险而获此,除分置博物、动物两院外,不自置用,而以归之于朕,朕受之亦复何安?"②更有象征意味的是,宝玉等人因捕获大鹏而获得了"头等冒险勇士"奖牌。在《回头看》中,贝拉米的主人公强烈感到自己作为来自罪恶旧世界的人,对这个高尚的美丽新世界没有做过任何贡献,并因此产生负罪感和寂寞感,而在《新石头记》的前半部中颠沛流离,始终无法在20世纪初的野蛮世界里为自己找到合适位置的宝玉,正是通过这次捕猎活动和捐赠行为,彰显了他的英勇和公益心,由此获得政府嘉奖,被确认成为"文明"世界的一员。换言之,捕获大鹏这一行动具有双重意味:宝玉在"文明境界"获得了安置,同时,《山海经》等本土传说中的事物以实证色彩得到落实,先人的记忆或者说"传统"被转化成一种民族共同体的公共文化遗产,并在博物馆所代表的体系分明、井然有序的现代知识系统中得到了保存。

但是,如前一节所述,对第三世界来说,"民族的"东西经常是反"现代的"。因此,在晚清知识界,出现了试图保存本土知识,将其与西方现代知识混编成一种奇异的知识网络的努力。孟悦曾分析过商务印书馆的《植物学大辞典》(1908—1917)如何在更具开放性的、以《本草纲目》为代表的本土植物分类法与世界通用的林奈和安德森分类法之间进行协调,以期从西方科学的霸权中挽救本土知识。③安德鲁·琼斯则注意到,当时的一些新式教科书也让西方科学知识服从于汉语语言的编排秩序和文化秩序:施崇恩所编的《绘图识字实在易》(1905)将神话中的鳌,与鳄、

---

① 金艳:《张謇博物馆思想中的国家观念和公共意识》,《中国博物馆》2006年第4期。除此文外,有关博物馆对近代中国公民意识的培养,还可参见杨志刚:《博物馆与中国近代以来公共意识的拓展》,《复旦学报(社会科学版)》1999年第3期。

② 吴趼人:《新石头记》,见《世博梦幻三部曲》,第259页。

③ 孟悦:《反译现代符号系统:早期商务印书馆的编译、考证学与文化政治》,李广益译,《清华大学学报(哲学社会科学版)》2008年第6期。

鲸、龟等真实存在的动物并列,因为这些字有着相同的部首及传统上的文化逻辑关联;蔡元培等人编的《最新官话识字教课书》(1906)则将龙和蛟排在了鲸和鳄的旁边,将麟与鹿并列。① "文明境界"正是这种努力在小说中的投射,它"将中国人认知和条理世界的传统模式,整合到现代科学原理、技术应用和社会组织里面去"。贾宝玉的科学考察因此是一个寓言:

> 它是前现代文化传统与半殖民知识困境相碰撞的一瞬间所激发出来的博物馆化占有欲的表述。
>
> 文明境界的国家陈列工程,运作得如同现代化形态下的大观园之模拟物或镜像,是中国文明遗产的硕大陈列室。同时,它力图在表征及其表征所起的关键作用上面,超越诸如大英博物馆等西方帝国主义认识论工程。②

不过,事情不止于此。我们必须注意到:恰恰是小说的虚构性叙事,无意之中点明了这种混编两种知识的努力内在的矛盾。尽管博物馆可以在事物之间建立秩序,消除人们对未知的恐惧,但这种秩序是理性的、实证的、科学的,因此它对"传统"的安置也确实会造成意想不到的毁损:

> 大鹏早已用药水制了,支放在飞禽院当中。经司事用工部营造尺量过,从头至尾长五十二尺,最阔处横径三十尺,眼眶对径三尺,胫径一尺二寸,爪径八寸,都写在一块牌子上。又注上老少年等名字及猎得送到的时日,挂在旁边。③

庄子《逍遥游》中以"千里"的量级来极言大鹏之广大和难以描述,但如今,必须将它的形体控制在相对合理的范围内,尺寸必然大为缩水。同时,作为标本,它也必须被精确描述,唯此,"寓言"才能被实体化,以供公民观赏。在文中的另一处,宝玉等人还遇到了"海鳅鱼",然而,这种在古籍中据称有数千里长的生物,结果只有五六十丈,缩小了数万倍之多,如

---

① 安德鲁·琼斯:《狼的传人:鲁迅·自然史·叙事形式》,王敦、李之华译,《鲁迅研究月刊》2012年第6期。
② 安德鲁·琼斯:《鲁迅及其晚清进化模式的历险小说》,《现代中文学刊》2012年第2期。
③ 吴趼人:《新石头记》,见《世博梦幻三部曲》,第226页。

何能称为同一物种呢？老少年不得不解释："大约《水经》说的未尝不利害些,然而这个东西也不小了。"① 为了被编织进现代知识网络,超自然的事物必须降格为可以通过分类予以认知的自然存在,而原本充满野性和奇想的民族记忆不得不戴上"理性"的紧箍咒。如此方式证明"国粹",实在自相矛盾。

更关键的是,大鹏为此付出了生命的代价。安德鲁·琼斯注意到:鹏和鲲原本是"庞大、古老、不可征服而终究是无法言喻的——它们展现出时间性和空间性上的巨大尺度,令人类的所有认识性努力相形见绌",是道家思想的自由象征物,如今却被先进的飞车屠杀,并作为自然历史的展览品被展出。② 那檀则认为,这是一种"双重消音":将神话传统,以及那些对这一传统进行非难的本土学者一并纳入博物馆的控制下。"庄子的大鹏被装进圣骨匣里供人观赏,它不再是宇宙之广袤、崇高的寓言式表现,而成为儒家殖民主义秩序的一部分。……自然界得到了控制,'文明境界'在道德与技术上的优越性得到了展示。"③

事实上,大鹏之死的意味值得进一步深究。尽管安德鲁·琼斯关注的核心在于进化论话语,但他却只是强调了大鹏庞大、广袤、自由的意味,而没有指出大鹏作为"变化"的象征。而正如王博所说,庄子的这个寓言中有两个字眼值得特别留意:一为"大",一为"化"。鲲鱼化为大鹏,"怒而飞,其翼若垂天之云。是鸟也,海运则将徙于南冥"。如果说,"'飞',以及飞所代表的上升,正是《逍遥游》的主题。这种飞可以让我们暂时离开并且俯瞰这个世界,从而获得与在这个世界之中不同的另外一个角度",而"由北而南象征着从形体到心灵之路"④,那么,吴趼人也确实安排了大鹏"自北而南"的行踪,可是却被宝玉等人拦截狙杀,最后"翻了一个跟头,倒栽葱的直跌下去"⑤,坠落在了非洲的大沙漠里,最终被带回了北

---

① 吴趼人:《新石头记》,见《世博梦幻三部曲》,第233页。
② 安德鲁·琼斯:《鲁迅及其晚清进化模式的历险小说》,《现代中文学刊》2012年第2期。
③ Nathaniel Isaacson, *Celestial Empire: The Emergence of Chinese Science Fiction*, pp.85-86.
④ 参见陈鼓应注译:《庄子今注今译(最新修订重排本)》上,北京:中华书局,2009年,第4、5、40页。
⑤ 吴趼人:《新石头记》,见《世博梦幻三部曲》,第221页。

方的博物馆。这从"飞"到"跌"、从"心灵"向"形体/尸骸"、从"生"到"死"的悲剧性陨落,正是本民族的知识和记忆从鲜活的"传统"向"现代"目光下的"国粹"转变的生动写照。

  捕获大鹏的消息见报后,引起了轰动,宝玉等人合影留念,作为配套展览物在博物馆张挂展示。在某种意义上,照相也具有制作标本的意味,捕获大鹏并将其制作为标本的行为,也就是将其流动不拘的存在定格为一个瞬间的形象,供人观赏、认知。"藏品保护的基本任务是减缓藏品的自然老化,防止机械性损伤和物化生物因素的破坏,使藏品保持固有的面貌。"①大鹏本来是一种不受驯服的带有神明色彩的生命,象征着宇宙的广袤浩渺、流转变迁、变化不息,要将其收编到博物馆这样一个体系分明、井然有序的空间向世人做出持久的展示,就不只要缩小其尺寸,而且要将其杀死,制作成标本,方能作为已经定型了的历史遗产,进入"文明境界"的知识体系。

  "'国粹'二字,于古无征。"②胡志德认为,"国粹"是将文化从失败的政治领域拯救出来以保证历史延续性的努力。③但正如我们所分析的,这种努力一旦付诸虚构性叙事,几乎马上就暴露了其内在的矛盾。表面上,吴趼人为"国粹"在现代世界保留了一席之地,捍卫了民族自尊和文化血脉,但这只能是一种招魂术,而招魂的前提就是:被召唤者已经死去。这是因为,那用来观看世界、观看自我的目光已经发生了变化,这是一双理性之眼,借助种种神奇的科学之镜,审视、测算、改造着世界和自我的镜像。就在吴趼人去世一年后,辛亥革命爆发,又过了几年,胡适和顾颉刚等人便掀起了一场对"历史"的轰轰烈烈的大清理,以"科学的精神"粉碎了许多历史的"神话"。尽管"整理国故"和"古史辨"运动是对此前"保存国粹"的批评,但"神话"之死却是一脉相承的。事实上,如罗志田所指出的,近代许多知识分子试图将古代遗产从现代生活中驱逐出去,打发它

---

① 文化部文物局主编:《中国博物馆学概论》,北京:文物出版社,1985年,第95页。
② 《本社简章阅者注意》,《国学萃编》第1期(光绪戊申[1908])。
③ 胡志德、风笠:《"把世界带回家"——关于中国近代文学与文化的访谈》,《现代中文学刊》2010年第4期。

们去的收容之地正是博物馆。① 我们还记得老少年的高论:"中国开化得极早……独可惜他守成不化,所以进化极迟。"②宝玉等人在乘猎车捕获大鹏之后(图4),有人建议:"何不更请二位去海里猎一个鲲鱼回来呢?"③后来我们知道,他们的海底探险收获颇丰,一路上遇到了各种奇珍异兽,却唯独没有提到鲲。这个不起眼的缺省,或许正是有意或无意的提醒:鲲已化为鹏,并以"进化"之名"飞/跌"进了博物馆,却再也不能"化"了。

图4 《新石头记》第26回配图

---

① 罗志田:《送进博物院:清季民初趋新人士从"现代"里驱除"古代"的倾向》,《裂变中的传承——20世纪前期的中国文化与学术》,北京:中华书局,2009年,第92—130页。
② 吴趼人:《新石头记》,见《世博梦幻三部曲》,第247—248页。
③ 同上书,第229页。

第三节　百年孤独:《新石头记》中的时空错置

一、补天乏术

当宝玉等人用飞车将大鹏从非洲沙漠带回时,由于大鹏很重,离地不过三百尺,飞了三昼夜之久。奇怪的是,一路上却没有地面的人为之惊讶。① 而在《月球殖民地小说》中,先进的气球环游世界,"离地百余丈",尚且引来外国人的围观。② 在吴趼人的叙述中,"文明境界"以外的世界非常模糊,只是偶尔闪现,这提醒我们注意故事中的时间和空间问题。

事实上,作为故事原型的女娲补天神话,本身就是一个关于空间和安置的故事。时空问题也构成了《新石头记》的基本叙事动力:贾宝玉这个零余顽石的化身幽魂一般游荡在黑暗的大地上,叙事者必须找到一个合理的位置,将其重新安置到历史进程中。整个故事都可以看作宝玉对时空归宿的寻觅。

宝玉从青埂峰下离开,先到金陵管辖的"无为村",从此前往有为世界。他对新时代的陌生,则被周围人解释为从"内地"而来,"不知道这沿江沿海的风气"③。于是,远离"现代"的"内地"保留了旧世界的目光,而受到殖民冲击的沿江沿海地区则正在迅速地展开着"西方现代"与"本土传统"杂糅共生的剧目。通过中国广阔的空间,使"现代"与"过去"的时间斗争获得了共时性的呈现,也为宝玉寄存了一份乡愁。

不论进入20世纪,还是后来进入"文明境界",宝玉都不断表现出对现代生活的适应性。当他和焙茗发现洋火比火镰包儿方便时,毫不犹豫地将后者丢弃了。通过刻苦学习,他试图弥补时空断裂,努力做一个新时

---

① 吴趼人:《新石头记》,见《世博梦幻三部曲》,第222页。
② 第7回,气球悬停在纽约上空,"离地百余丈",主人公乘坐机器椅降落地面。第9回,气球悬停在伦敦上空,引来了众人围观,距地面的高度想必大约也在百丈。荒江钓叟:《月球殖民地小说》,谈蓓芳校点,见《中国近代小说大系》,南昌:江西人民出版社,1989年,第256、265页。
③ 吴趼人:《新石头记》,见《世博梦幻三部曲》,第112页。

代的人。另一方面,他也会感到"心神仿佛",这主要源自对自己以及周围环境真实性的怀疑。① 贝拉米的主人公旅行的起点是一个动荡的19世纪,充满了种种丑恶,而宝玉的起点却是大观园,一个值得他永远眷恋的乐园。悲哀的是,他既不能回到过去,也无法开创未来。这既是因为如今的"天"已千疮百孔,不是他一己之力可以补缝的,更因为他本就是个无用之人,不能有为。这表现在他的生活永远需要别人的辅助:大观园本来就是建立在王朝豪门世家的经济基础上的,如今,旧的梦幻乐园已荡然无存,流离失所的宝玉依然像过去一样,需要依靠薛蟠经济上和焙茗生活上的辅助,才能继续衣食无忧,甚至他赖以形成批判意识的时新书报,也是薛蟠帮他买来的。虽然他努力学习新知,但正如梁启超笔下起初跃跃欲试后来却不知所踪的主人公一样,宝玉补天的雄心壮志也被义和团运动和后来湖北的牢狱之灾所印证的世界之"野蛮"彻底粉碎了。

胡志德注意到了上海这座城市的特殊性:尽管宝玉看不上这里的种种虚假"文明",但他享有自由讨论的空间,而在其他地方这样做却充满危险。对于那些想要明晰地思考中国困境的人来说,上海的杂交性环境看起来不可或缺。② 但也仅限于此,宝玉仍然找不到出路。进退维谷之际,他收到了薛蟠的来信。有意思的是,宝玉在启程时宣布未来的计划是回到南方,"并且要到广东、福建一带去逛呢"③。如果说上海代表了当时中国最现代、最前卫同时也是最扭曲的一种混合现代性,义和团的北京呈现了完全本土化的民族神话,那作为革命温床的广东又代表了什么呢?

---

① 这种人物与历史的错位造成的失真感,甚至连呆霸王薛蟠都感觉到了。在第14回,薛蟠回到北京,"也到街上去闲逛,觉得景物全非,也不禁心神恍惚"。见《世博梦幻三部曲》,第118、156页。

② Theodore Huters, *Bringing the World Home: Appropriating the West in Late Qing and Early Republican China*, p. 165. 这番话同样适用于吴趼人自己。1902年3月,吴趼人辞去《寓言报》主笔,随后成为《汉口日报》主笔。1903年4月,全国拒法、拒俄运动波及武汉。5月14日,《汉口日报》抨击武昌知府梁鼎芬阻止学生参加爱国运动。5月27日,《汉口日报》改归官办,吴趼人遂辞去主笔职务,于6月回到上海。王立兴:《吴趼人与〈汉口日报〉》,见海风主编:《吴趼人全集》第10卷,第106—110页。

③ 吴趼人:《新石头记》,见《世博梦幻三部曲》,第191页。

由于这个计划未能实现,我们不得而知。在吴趼人讽刺革命党人的小说《上海游骖录》中,主人公既对贪官污吏失望,也对某些自称革命党人的行为不齿,最后只得逃亡日本。在《二十年目睹之怪现状》的结尾,主人公"九死一生"身陷山东内地,失去他此前借以掌控世界的现代交通和通讯,他的自传继承人"死里逃生"亦感到茫茫大地无处容身,有谢绝人世之念。看来,吴趼人的主人公们总是会在故事的结尾处陷入自我安置的困境。与这些现实题材的人物不同,宝玉正是在山东内地,幸运地发现了可供他逃逸的奇异时空。

二、时空重置术

"文明境界"有 200 万区,每区 100 方里。历来的研究者都只关心这里的空间规划和命名方式所带有的儒家色彩,却无人追问此地究竟有多大。按照当时的度量单位,1 里等于 576 米,1 方里约等于 540 亩,1 亩约为 6 公亩①,则 100 方里相当于今天的 33 平方公里,"文明境界"的总面积当为 6600 万平方公里,竟是今日中国陆地面积的 6 倍之多! 然而,根据后面的描述:"敝境每区只有一个医院。本院所管的就是纵横一百里的地方","这里是本区之西,水师学堂在海边上,是本区之东,相去一百里呢"②,那么,实际上每个区应是边长 100 里的正方形,也就是 10000 平方里,大约相当于 3300 平方公里,则此地总面积当有约 66 亿平方公里,竟是地球表面积的 10 倍之多!③ 在书中那些离奇宏大的构想中,没有一个能比这一巨型时空更令人吃惊的了。

---

① 《清光绪三十四年(1908)制定的营造尺库平制定位表》,见《上海质量技术监督志》编纂委员会编:《上海质量技术监督志》,上海:上海社会科学院出版社,2003 年,第 34 页。

② 吴趼人:《新石头记》,见《世博梦幻三部曲》,第 206、208 页。

③ 现在所知地球表面积约为 5.11 亿平方公里,但清末流行的各种地理知识之间相差甚大。试举几例:《格致汇编》曾论地球面积为"**六万万方里**",这一说法还被薛福成抄入日记。日本人长尾雨山则说中国面积为"四百二十七万七千余英方里","夫环球陆地,**五千二百余万英方里**,而支那畛域,居其十之一"。另一部晚清科幻小说《电世界》说"世界上**五千二百万方里**的地方",与长尾雨山所说的数值相同,但单位不同。1906 年《万国公报》的《论日球月球》说"支那……特东隅百五十三万四千九百十三方里之土,合全地球**万九千九百万英**(此处疑漏'方'字——笔者注)**里**(一百三十九华里则为英里五十),仅百二十九分之一耳"。这里虽然(转下页)

吴趼人如何将这样一块超限度的时空飞地安置进曲阜附近的隐秘世界中呢？答案在第9回："见一部什么书，内中说的中国地方，足足有二万万方里……"①原来，他是根据当时流传的某些地理知识，对虚拟的镜像中国做出了规划。戊戌年，康有为给皇帝的奏稿中也曾提到："以中国二万万方里之地、四万万之民，皇上举而陶冶之，岂可量哉？"②吴趼人正是以这一与中国实际面积相去甚远的数据为基础，将镜像中国分割成两百万份后，又将"一百方里"误会成"纵横百里"，由此建立起一个离奇而壮阔的空间。这种壮阔感在书中随处可见：宝玉刚一入境，老少年就强调"敝境甚是宽大"，后来他又亲眼见到"那操场竟是一望无垠的。……果然异常宽大"，"这讲堂果然阔大深邃"，制衣厂也是"十分空旷，也说不出他有多大，只见纵横罗列的都是机器"，而制枪场又比制衣厂"大上十倍都不止，那机器纵横安置，何止万千"。③与空间拉伸相应的是速度的提升，虽然《镜花缘》中早就出现过"飞车"，但只"可容二人，每日能行二三千里，若遇顺风，亦可行得万里"，而"文明境界"最慢的飞车也要"一个时辰走八百里"④，时速相当于今天的动车，但穿越一个区仍要一刻钟。

那檀认为，"文明境界"正如乌托邦的字面意义，是个"乌有之地"（no place），它的疆域恰好完美地叠加在清帝国的疆域上并网格化地分割，同时却又明显告知读者这并非现实中国。⑤但是，如前所引，这两百万区，

（接上页）提及了"华里"和"英里"换算关系，但在得出中国与地球面积的1∶129这个比例时，似乎也把"方里"和"英方里"混同了。慕维廉译：《地球奇妙论》，《格致汇编》1892年第2卷，见傅兰雅主编：《格致汇编：李俨藏本》（七），第2940页；薛福成：《薛福成日记》下，蔡少卿整理，长春：吉林文史出版社，2004年，第750页；长尾雨山：《对客问》，《东方杂志》第1期（光绪三十年[1904]正月二十五日）；高阳氏不才子：《电世界》，《小说时报》第1年第1号（1909年），第8页；高葆真译：《论日球月球》，《万国公报》第205册（1906年2月），第45页。

① 吴趼人：《新石头记》，见《世博梦幻三部曲》，第137页。
② 康有为：《上清帝第七书》，见姜义华、张荣华编校：《康有为全集》第4集，北京：中国人民大学出版社，2007年，第31页。另外，这一说法也曾出现在《申报》上："我二万万方里之神州沃壤，即断送于此二语可矣……"顾冠万：《呜呼我政府》，《申报》1907年11月11日，第11版。
③ 吴趼人：《新石头记》，见《世博梦幻三部曲》，第196、211、255、256页。
④ 李汝珍：《镜花缘》，成都：巴蜀书社，2017年，第427页；吴趼人：《新石头记》，见《世博梦幻三部曲》，第210页。
⑤ Nathaniel Isaacson, *Celestial Empire: The Emergence of Chinese Science Fiction*, p. 72.

"分东西南北中五大部,每部统辖四十万区",是以完全均匀化的正方形为单位来重组的,应该呈现为某种十字形。因此,"文明境界"不可能完美地叠加在任何真实国家的地图上。换言之,这是以现代的理性方式对时空进行标准化处理的结果,尽管这种规划本身给尚不熟练的叙事者制造了种种麻烦。

除了这一空间上的惊人存在,在时间方面,吴趼人也和梁启超一样犯了大错:宝玉遇见薛蟠时已是 1901 年 3 月 30 日,一番游历之后,他们居然见证了 1900 年的义和团运动,被困北京数月后再回到上海,又见证了 1901 年 3 月的张园集会拒俄运动。看来,这场本土神话的迷梦实在令小说家印象深刻,以至于他在连载过程中忘记了最初的时间设置,也由此无意识地回拨了历史的时针,于是本就显得飘忽的角色,在两次"穿越"之旅中,以不易被察觉的方式又一次跌入了"时间黑洞"。①

这类惊人的细节提醒我们:像所有乌托邦飞地一样,"文明境界"也在读者面前呈现出时空的暧昧性,不能理所当然地将其视为"未来"中国。

一方面,这里的科学在一百多年之前就已萌芽,如今仍然"黄龙国旗不改",但有自己的皇帝,并与"外国"有贸易往来;科学家们担心被外国人反超,"每年必派人到外国去,查考他们各种器械,幸而还不曾落后";人民道德完善,表示不文明事情的字眼都已从字典里除去,乃至于认为优伶娼妓是古时寓言,以为"此刻总没有了。谁知世界上还有这些无耻之人,真是咄咄怪事!"②"此刻"二字,似乎说明它与 20 世纪的世界处于相同的时代。总之,它看起来像一个"国中国"。另一方面,它又好像一座被忘却的时空孤岛,几乎不被外界所觉察,尽管它的科技强大到足以称霸,却没有去

---

① 杨联芬注意到了这一错误,认为是作者故意为之:"小说不惜牺牲历史时间的真实,将庚子拳变放在了光绪二十七年即 1901 年,目的是编造薛蟠参加义和团、胡乱成了'大师兄'的荒唐情节,以作为对中国社会愚昧现实的尖刻讽刺。"杨联芬:《晚清至五四:中国文学现代性的发生》,北京:北京大学出版社,2003 年,第 68 页。这个解释难以令人信服,除非我们认为吴趼人大动干戈地把义和团及其之后的所有事件都顺延了一年。在一个注解里,胡志德也注意到了这个错误,见 Theodore Huters, *Bringing the World Home: Appropriating the West in Late Qing and Early Republican China*, p. 307。另外,吴趼人还犯了几处细节性的时间错误,比如,第 8 回已是宝玉与薛蟠相遇的第 3 天,应为 1901 年 4 月 1 日,为礼拜一,文中却说"今儿是礼拜六"。

② 吴趼人:《新石头记》,见《世博梦幻三部曲》,第 205、259、266 页。

拯救正处于水深火热的黄种同胞,对"现实"世界也从未产生过任何实质性的影响。换言之,有时它能被20世纪的人们看见、接触,有时却又好像隐形不见。**它既不像梁启超的《新中国未来记》那样站在时间进化链条的前方,也不像陶渊明的桃花源那样,作为纯粹封闭的平行空间,而是摇摆于两者之间。**正是这种含糊不清、虚虚实实的联结,使它有别于同时代的许多乌托邦叙事,为作者制造了层层困难,同时也成为文本阐释的重要前提。

还是以贾宝玉的探险和狩猎为例。这一行为很容易在后殖民理论的视角下被阐释为帝国殖民扩张的翻版或变体。安德鲁·琼斯就认为,凡尔纳的鹦鹉螺号游弋于世界体系的许可之外,代表了在认识论上对该体系合法性的挑战,而宝玉用以掠夺性远征的潜艇,却是由拥有全球霸权的"文明境界"所持有并运作,从而能够无视疆界的存在。① 那檀则强调,宝玉等人焦虑于中国的动植物将被欧洲帝国命名分类并占有,他们因此展开的探险当然是一种殖民扩张,不过,他们更专注于收集本土的遗产而非西方的事物,这是一种目标转向到本土文化的内部殖民。② 这些阐释不无启发,但在做出这种类比时,必须非常谨慎。如上一节所述,宝玉的探险并没有任何寻找殖民地的经济诉求,此外,还必须考虑到时空暧昧性的问题:不论是凡尔纳的《海底旅行》,还是与《新石头记》同时代的《月球殖民地小说》《新野叟曝言》,都体现出全球时空的一致性,相反,"文明境界"在大多数时候更像是一个平行时空,它所探险的"外部"世界也显得虚飘。我们还记得,当宝玉等人的先进潜艇遭遇西方的落伍潜艇时,他们没有采取什么行动,充其量只是"吓他一吓顽",当对方试图袭击和追赶时,他们也没有与之纠缠,只是显示了自己强大的实力后,迅速地离开了。③ 看起来,作者只想专心致志地描绘心中的理想世界,让人物们尽情地穿行在雄浑的时空里,不想把若隐若现的西方牵扯进来。尽管"文明境界"确实与"野蛮"西方存在某些互动,但前者并不真的能够合理地焊接进后者所主控的20世纪全球空间生态图谱中。不论作者主观上是否愿意,在客观

---

① 安德鲁·琼斯:《鲁迅及其晚清进化模式的历险小说》,《现代中文学刊》2012年第2期。
② Nathaniel Isaacson, *Celestial Empire: The Emergence of Chinese Science Fiction*, pp. 84-85.
③ 吴趼人:《新石头记》,见《世博梦幻三部曲》,第242—243页。

上他都不能像《新纪元》《电世界》等作品那样,在虚拟的时空里上演黄白种族大战的奇观以完成复仇,而只能在"文明境界"内部展示宏大的军事演练。换言之,全书后半部分的事情,发生在一个不连续的时空拼接体中。因此,宝玉等人冒险之旅的重点,与其说是对殖民秩序的颠覆,还不如说是一次对昂扬进取的主体的欢乐颂扬。我们既可以认为,飞车与大鹏的相遇是现代科技把"神话"时空降格成"自然"时空,也可以反过来说,是现代科技把贾宝玉带入了一个充满现代"神话"色彩的崇高时空。

此外,安德鲁·琼斯所谓的进化论话语的悖论——达尔文主义的发展是不及物的,排除了主体的能动作用,而拉马克主义的发展则为主体预留了改善命运的可能,近代中国被自然铁律的无情进化和历史主体的能动之间的矛盾所困扰①——也必须与时空暧昧性的问题同时考虑。宝玉曾提出疑问:既然"文明境界"可以改良人的性质,"何不到各处代世人都改良呢?"老少年的回答看起来有些勉强:

> "谈何容易!此时世人性质,多半是野蛮透顶,不能改良的,虽有善法,亦无如之何,只有待其自死。至于性质尚能改良之人,即不必我去同他改,他自己也会到此求改的,所以我们也无烦多事了。"②

这种自圆其说的解释在另一位科学家那里被重复,据说他发明了可以制造聪明的药剂,闻了之后能滋长脑筋,但是,"其功用不过是助人思想,总要先有了思想的人,用了方能见功。他们那种全无思想之人,虽用了,也不见效。所以这东西,文明人用了,可以助长文明,野蛮人用了,又可以助长野蛮"③。总之,在叙事的机制中,正是时空暧昧性限定了"文明境界"无力拯救同胞,只能如春梦一般,在百年孤独中自娱自乐。

三、乌托邦与梦

"文明境界"对"现实"时空来说没什么用处,宝玉在新乐园里也同

---

① 安德鲁·琼斯:《进化论话语对中国现代文学本土叙事的介入》,《学术研究》2013年第12期。
② 吴趼人:《新石头记》,见《世博梦幻三部曲》,第197页。
③ 同上书,第278页。

样一无所用。尽管他捕获了大鹏,被授予了勇士奖牌,确认了文明公民的身份,但对于这个已经基本上完成了的世界,他只是一位"迟到的旁观者"①,充其量锦上添花。《红楼梦》第93回曾提及第56回贾宝玉生病的那一年,甄宝玉也生了一场大病,梦见一个女子引领他在一座庙里,见无数女子变成鬼怪和骷髅,从此对女孩们的痴情就好了。② 吴趼人大玩镜像游戏,将这个情节作为历史进程分叉的起点:甄宝玉既然好转,就可以经世济民,脱胎换骨为"东方文明"了。至于他究竟怎样在百年时间里建设起这样一个奇异时空,作者只是借旁人之口一笔带过。和《新中国未来记》一样,吴趼人也留下了一个神秘的"时间黑洞"。胡志德就此评论:"'文明境界'进入乌托邦阶段的实际过程消隐在时间隧道中,没有给予任何严肃认真的解释,这一进程本身的飘忽,令人对其真正发生的可能性产生怀疑。"③

但不管怎样,来自虚幻时空的宝玉,终于在另一个虚幻时空中找到了安身之所。故事即将结束时,东方文明说自己掌权50年,仍有多少未酬之愿,儿孙虽众,但都致力于科学,"正不知望谁可继志"。读者或许以为宝玉终于要担负大任,结果,当东方文明揭秘自己的身份后,宝玉"如梦初醒,暗想:'他不提起,我把前事尽都忘了。我本来要酬我这补天之愿,方才出来,不料功名事业,一切都被他全占了,我又成了虚愿了。此刻不如且到自由村去,托在他庇荫之下罢'"④。就这样,他跳过了"时间黑洞",抵达一个"天衣无缝"的世界,自在地当起了无用的零余者。也只有这个不可能的完美时空,才能赋予他回过头来安全地批判和指摘"现代"世界的位置。

这个安排耐人寻味。在《百年一觉》的结尾,已经适应了新生活的主人公再次梦回悲惨的19世纪,过去习以为常的一切变得恐怖,直到他在

---

① "当宝玉徘徊在历史各时段之际,他只能作为'未来已经发生了的事情'的迟到的旁观者。在痛苦的过去和幻想的将来之间,有着一道时间的折缝……中国蜕变过程中有段时间被神秘地'包括在外'了。"王德威:《被压抑的现代性——晚清小说新论》,第321—322页。

② 贾宝玉梦见甄宝玉,和他牵手诉衷肠,甄宝玉却梦见女子变骷髅,事迹虽然呼应,结构却似乎不对称。

③ Theodore Huters, *Bringing the World Home: Appropriating the West in Late Qing and Early Republican China*, p. 171.

④ 吴趼人:《新石头记》,见《世博梦幻三部曲》,第276、284—285页。

20世纪醒来,才感到安慰。与此相似,宝玉也在最后梦回"从前":好友吴伯惠来信,请他回上海共商大事并各处游历。宝玉回答:"我自从到了文明境界,一切都叹观止了,再游历什么呢?"①确实,既然已经逃到了光明所在,就没必要再回到黑暗之地,毕竟,他已经努力过并证明了自己并不能为黑暗世界带来光明。② 因此,宝玉唯一一次回到"真实时空",只能是在梦中:"自从你走了之后,出了好些新闻",新政实施,"立宪的功效非常神速,不到几时,中国就全国改观了"。③ 强盛了的中国迅速实现了工业化,并在浦东召开万国博览大会,在京城召开万国和平会,商讨建设大同世界,主持大会的中国皇帝竟然又是东方文明(甄宝玉)。这也再次强化了贾宝玉的补天悲剧:他出家时错过了一次"真实"的历史进程,如今在"文明境界"中又再次错过了"外面"翻天覆地的变化。他总是不在历史进程的现场,只能一次次见到历史的已然完成。

胡志德指出,这个段落是"真实"的晚清中国与幻想的"文明境界"仅有的一次交汇,同时也是全书前后两个部分在结构上的唯一关联,并且只能通过做梦的方式来实现。而一旦宝玉试图参与其中,尽管只是通过对皇帝的演讲给予鼓掌这样一种被动的方式,梦就醒来了,真实与幻想这两者之间幻觉般的联结轰然倒塌,证明了这一联结的脆弱。④ 这个阐释富于启发,但也值得进一步深究:梦中的"未来中国"对《新中国未来记》当然有着明显的回应,但却与其他所有新中国之梦(比如陆士谔1910年那个明显模仿《回头看》的《新中国》)都不一样,因为梦见它的宝玉,并非身

---

① 吴趼人:《新石头记》,见《世博梦幻三部曲》,第282页。
② 陶渊明的故事早就警示我们,桃花源有着和现实难以焊接的特性,一旦进入,最好就不要离开,否则就有再也无法找到"入口"的危险。当然,吴趼人提到,创建假"文明村"的刘学笙曾三次试图进入"文明境界"而被拒绝,可见离开此地后"入口"是不会消失的,但毕竟难以预料:在野蛮世界里待久了,人的性质会不会被污染以至于无法再获准进入这个乐园。
③ 吴趼人:《新石头记》,见《世博梦幻三部曲》,第282、283页。
④ 胡志德还认为,贾宝玉梦中出现的东方文明,作为贾宝玉的另一面,也象征着叙事视角惊人的收窄:宝玉的自我聚焦,意味着"文明境界"提供的全部乌托邦景象,被揭示为仅仅是自恋和个人幻想。不过,胡志德忽略了一个细节:宝玉梦中第一次鼓掌尚且无事,只是到了第二次鼓掌,又加上顿足,梦才被惊破的。仅凭这一点,胡志德的阐释也似有过度之嫌。Theodore Huters, *Bringing the World Home: Appropriating the West in Late Qing and Early Republican China*, pp. 169-170.

处"历史当下",而是置身于某个"历史终结"了的乌托邦,这就使得事情变得更为复杂了。如果说,乌托邦是对现实不满的人们所做的关于明日世界的美梦,那么在时间终结之处的乌托邦中的人们做的梦,又该如何理解呢?只是慵懒午后的一个打盹?还是指向乌托邦本身的虚假性?我们可以进一步追问:为何在清末"复活"的是那个无用的贾宝玉,而不是那个更有作为的甄宝玉?不管怎样,当宝玉在已然完成的乌托邦中醒来后,他并没有从中抽身,回到"尚未完成的"苦难现实中去推动历史的进步。这也许象征着:乌托邦之梦虽然是从"现实"中生出来的,却难以把"现实"引向自己的实现。想象中的英雄只能在想象中赢得光荣,虚构的人物只能在虚构的地方获得结局。乌托邦,就像童话中的火柴天堂,只能给"现实"一个温暖的瞬间。

四、"鬼"的演义

宝玉因"性质晶莹",得以进入"文明境界",而这样一个人又恰是无所作为的,他最后的梦透露了作者希望和失望纠缠的心态:"梦"既可以象征着希望,指向未来,激励读者,也可以成为一枕黄粱,指向自我,揭穿幻想。吴趼人充分利用了梦的双重意味,这大概也是他心境的自我写照。尽管生前文名显赫,但吴趼人过得并不快乐。他"郁郁不得志,乃纵酒自放",有时"以酒为粮,或逾月不一饭",经济上也很拮据,经常出现向人借钱的惨状,死时衣袋中只有"小洋四角",可谓潦倒至极。同时,他落拓不羁、性情豪爽,被赞为"道德完全、肝胆照人"。他自称是厌世之人,只因"救世之情竭,而后厌世之念生,殆非苟然"。国事家事都令他无法平和。他又很爱开玩笑,"喜诙谐,一言既出,四座倾倒"。就是这样一位"雄夫之文也,吾病不能","儿女之文也,吾又不屑",以嬉笑怒骂之文闻名于世的小说家①,写下了晚清最重要的一个乌托邦故事,它究竟想向读者传达什么信息呢?

吴趼人曾参加上海各界爱国人士在张园举行的第二次反对"俄约"大会并发表演讲,《新石头记》却借宝玉之眼写出了集会的混乱场面,甚至"许多冶游浪子与及马夫、妓女,都跑了进来,有些人还当是讲耶稣呢。

---

① 魏绍昌编:《吴趼人研究资料》,第 22、14、27、13、19、194 页。

笑言杂沓,那里还听得出来"①。不但宝玉听得很不耐烦,读者也会感到卑琐不堪。② 我们不禁猜想,吴趼人的内心是否具有某种分裂感?他真的相信自己所梦想的乌托邦吗?也许这只是他的又一次玩笑?

出于这种怀疑,我们甚至无法确定宝玉究竟是人是鬼。

在进入"文明境界"之前,宝玉和焙茗路遇强盗,后者中箭后化为一尊仙童偶像。对于这个情节,作者本人跳出来做了一番自嘲:

> ……当此文明开化时代,我做书的忽然说了这么一句荒唐话,岂不是自甘野蛮,被看官们唾骂么?不知此中原有个道理,是我做书人的隐意,故意留下这一段话,令看官们下心思去想想。谁知我这书还没有脱稿,就有一位"镜我先生"见了,把作书人这个隐意,一语道破。他还说等我这部书脱稿之后,同我加批呢。看官们如果想不出这个隐意,且等着看镜我先生的批罢。③

考虑到吴趼人爱开玩笑以及他对镜子的重视,这位"镜我先生"很可能是作者的托词。④ 由于未见到所谓的"批",难以确知"这个隐意"的究竟,研究者们对此有着不同的解释。⑤ 而据书中人物东方文明的说法:"将入

---

① 吴趼人:《新石头记》,见《世博梦幻三部曲》,第173页;王俊年:《吴趼人年谱》,见海风主编:《吴趼人全集》第10卷,第25页。

② 张元济也曾记录下拒俄大会的乱象:"似此情形,确当'儿戏'二字。"转引自栾伟平:《夏曾佑、张元济与商务印书馆的小说因缘拾遗——〈绣像小说〉创办前后张元济致夏曾佑信札八封》,《中国现代文学研究丛刊》2014年第1期。

③ 吴趼人:《新石头记》,见《世博梦幻三部曲》,第196页。

④ 尽管没有线索和证据,安德鲁·琼斯仍认为,"镜我先生"指的是小说中的人物吴伯惠——作者的自我投射。安德鲁·琼斯:《鲁迅及其晚清进化模式的历险小说》,《现代中文学刊》2012年第2期。

⑤ 明凤英认为:薛蟠是宝玉在新世界(上海)的向导,而焙茗则是旧世界的提醒,宝玉就身处这样的世纪之交的十字路口,既有着对旧中国的乡愁,同时也清醒地意识到构想一个新中国的迫切。焙茗中箭的情节,则象征着去往薛蟠所在的假"自由村"是一条错误的道路。安德鲁·琼斯则把作者的这一自嘲解释为对"文明"这一新名词的戏谑和质疑。Feng-Ying Ming, "Baoyu in Wonderland: Technological Utopia in the Early Modern Chinese Science Fiction Novel", in Yingjin Zhang, *China in a Polycentric World: Essays in Chinese Comparative Literature*, Stanford: Stanford University Press, 1998, p.160;安德鲁·琼斯:《鲁迅及其晚清进化模式的历险小说》,《现代中文学刊》2012年第2期。

敞境时,要先历一番劫运,也是天演的定例。"①其实,从角色的叙事功能方面看,焙茗既然不像宝玉那样"性质晶莹",当然不能进入"文明境界",况且已经完成自己在黑暗世界的辅佐使命,便由此退回到神话时空。这可能只是一个写作上的便捷。有意思的是,宝玉想起了"当日在玉霄宫遇见焙茗,原像是个鬼一般";而如前所述,宝玉刚下山时,也在道出自家身份后被路人嘲笑"不是见了鬼,便是遇了疯子了"。② 这再次提出了时空穿越造成的失真性问题。面对自己本不属于其中的世界,宝玉不断感到"还似做梦""做梦一般""疑心是做梦",这种隔膜感令他和"文明境界"一样缺乏重量。宝玉在湖北遭遇牢狱之灾,"却还是从容自在,犹如平日一般……只有囚犯的鼾声与外面梆声相应。宝玉听了,转觉得天君泰然"。听说自己会被狱卒阴谋杀害,宝玉想到"我倒尝尝这个滋味,便是做鬼,也多长一个见识。好在我是个过来人,一无挂虑的。想到这里,倒也坦然"③。清末中国这块"现实"的时空显然容不下这只飘荡的幽魂,甚至要逼他落实为"鬼",宝玉只好遁入"文明境界"。凡此种种,都令人生疑:既然焙茗中箭便现了"原形",假如宝玉中箭,他会发现自己本就是一只"鬼"吗? 此前,他能识破那些迷惑了薛蟠的幻象④,如今却迟迟无法认出自己的镜像甄宝玉(东方文明),后者"经营缔造了一生,到此时便苍颜鹤发,所以相见就不认得了"⑤。

如此看来,不论是前半部书所谓的"现实",还是后半部书所谓的"理想",也许都不过是一篇荒诞不经的"鬼话"? 薛蟠固然一路迷梦,宝玉自己难道就始终清醒吗?⑥

---

① 吴趼人:《新石头记》,见《世博梦幻三部曲》,第279页。
② 同上书,第194、110页。
③ 同上书,第111、118、126、182、185页。
④ 胡志德认为,在读者眼中,宝玉是一个在道德和实践方面都很可靠的指导者。Theodore Huters, *Bringing the World Home: Appropriating the West in Late Qing and Early Republican China*, p. 152.
⑤ 吴趼人:《新石头记》,见《世博梦幻三部曲》,第284页。
⑥ 安德鲁·琼斯对故事的虚幻性有所察觉。有关宝玉阅读《红楼梦》发现自己是书中人物这一情节,他指出"宝玉的创伤,不仅展现了今生与前世的断裂,更是借用万事皆空的佛教修辞来让过去、现在、未来的真实性建构共同接受辩证式的拷问。他后来被输入到活灵活现的乌托邦文明境界,却最终发现仍然形同梦境。"安德鲁·琼斯:《鲁迅及其晚清进化模式的历险小说》,《现代中文学刊》2012年第2期。

似乎是为了回答这个问题,吴趼人给全书安排了一个巧妙的结局:宝玉归隐前,将自己的"通灵宝玉"赠送给了老少年,因为补天之愿落空,"留下此物,非徒无用,而且不免睹物伤情,不如不见的好",老少年乘坐飞车把玩灵石时不慎将其跌落,他四处寻觅,在一座"灵台方寸山"的"斜月三星洞"洞口,看到一块"峨嵯怪石"——

> 生得玲珑剔透,窍窍相通,石面是一抹平的,平面上凿了许多字。老少年看时,却是一篇绝世奇文,约有十二三万言光景。暗想:这等一篇奇文,却藏之深山,无人可见,未免可惜了,我何不抄了下来,公之于世呢?无奈身边没有纸笔,便忙忙的坐了飞车,到市上去买了来。再看石面时,那一篇奇文后面,又添出一首歌来,歌曰:
>
> 方寸之间兮有台曰灵,方寸之形兮斜月三星。中有物兮通灵,通灵兮蕴日月之精英。戴发兮含齿,蒿目时艰兮触发其热诚。悲复悲兮世事,哀复哀兮后生。补天乏术兮岁不我与,群鼠满目兮恣其纵横。吾欲吾耳之无闻兮,吾耳其能听!吾欲吾目之无睹兮,吾目其不瞑!气郁郁而不得抒兮吾宁喑以死,付稗史兮以鸣其不平。①(图5)

宝玉的"如梦初醒""睹物伤情",以及歌中的悲愤,都为此前乌托邦大观的欢乐洋溢添上了一层浓郁的伤感,我们分明感受到作者因热忱而愤慨、因希冀而厌世的情绪。老少年抄录完毕,又担心这篇奇文太深奥,被"一孔之儒"胡乱解释,于是用白话演义,"以冀雅俗共赏,取名就叫《新石头记》"。② 至此,署名为"老少年"的真实作者吴趼人与形式上托名的作者、书中人物"老少年"实现了统一,文本从叙事形态的层面彻底完成了对原著《红楼梦》的致敬,这一场叙事狂欢也在自我指涉中暴露了它的游戏性质。

"文明境界"这个名义上"只怕神仙鬼怪也望而生畏"③的科学时空,也终于从现代理性的紧箍咒中解脱出来,逃回到了它更舒心自在的神话

---

① 吴趼人:《新石头记》,见《世博梦幻三部曲》,第285页。
② 同上书,第285—286页。
③ 同上书,第213页。

图5 《新石头记》第40回配图："老少年"正在抄写绝世奇文

时空中去了。

但事情还没完,作者信誓旦旦地说,如果读者不相信,只需亲自去看看这块石头就行了。不过——

必要热心血诚、爱种爱国之君子,萃精荟神、保全国粹之丈夫,方能走得到,看得见。若是吃粪媚外的人,纵使让他走到了灵台方寸山斜月三星洞,也全然看不见那篇奇文。你道为何?原来那篇奇文是预备丈夫读,不预备奴隶读;预备君子读,不预备小人读。所以,那吃粪媚外的奴隶、小人,到了那里,那石面上便幻出几行蟹行斜上的字,写的是:

> All Foreigners thou shalt worship;
> Be always in sincere friendship,

> 'Tis the way to get bread to eat and money to spend.
> And upon this thy family's living will depend;
> There's one thing nobody can guess:
> Thy countrymen thou canst oppress. ①

就这样，吴趼人再次回到了"观看"与"真/幻"的问题上，并故意没有给出这首骂世英文诗的中文翻译，于是叙事的镜像结构在最终的层面上圆满地完成了。② 这是一个双重的声明：既是自我的揭穿，也是爱国立场的重申。③

小　结　"付稗史兮以鸣其不平"

在梁启超等人的鼓动下，"新小说"开始晋升为文学中的新贵，吴趼人就是这项小说救世之业的热切响应者之一。"吾人丁此道德沦亡之时会，亦思所以挽此浇风耶？则当自小说始。"④不过，在为去世的好友李伯元所写的传记中，吴趼人叹息："君之才何必以小说传哉？而竟以小说传。君之不幸，小说界之大幸也。"⑤这一慨叹也适用于他本人，他对自己只能舞文弄墨感到羞愧⑥，而在他去世后，时人亦慨叹："长于诗古文词，根底深厚，骎骎乎跻古作者之林。间又出其余技，成小说家言。"⑦小说仍只是一种"余技"，不能和正统的"文"相比肩，晚清四大小说家都不以本

---

① 吴趼人：《新石头记》，见《世博梦幻三部曲》，第 286 页。
② 吴趼人很喜欢玩这一类文本自指游戏，如前所述，宝玉刚出山时就买来《红楼梦》阅读，这个情节不免让人想起《百年孤独》里的类似场面。此外，在第 34 回，政府授予宝玉的奖牌上，用极其微小的字刻了一篇海底游猎记，宝玉等人借助能放大一万倍的显微镜津津有味地阅读了自己的故事。
③ 在《情变》的"楔子"中，吴趼人亦宣称，读者必须用"中国耳朵，中国眼睛"去读，若是崇洋媚外之徒，则不必看。吴趼人：《情变》，裴效维校点，见海风主编：《吴趼人全集》第 5 卷，第 204 页。
④ 吴趼人：《〈月月小说〉序》，《月月小说》第 1 年第 1 号(1906)。
⑤ 见吴趼人在《月月小说》第 1 年第 3 号上"中国近代小说家李君伯元"画像下所写的小传。
⑥ "吾有涯之生，已过半矣。负此岁月，负此精神，不能为社会尽一分之义务，徒操弄此墨床笔架，为嬉笑怒骂之文章，以供谈笑之资料，毋亦揽须眉而一恸也夫！"吴趼人：《〈月月小说〉序》，《月月小说》第 1 年第 1 号(1906)。
⑦ 1910 年 10 月 27 日《时事报》所载《情变》篇末按语，见陈大康：《中国近代小说编年史》，第 2078 页。

名发表作品,即是证明。①

尽管如此,这到底是小说崛起的时代,如胡适所言,"势力最大,流行最广的文学,——说也奇怪,——并不是梁启超的文章,也不是林纾的小说,乃是许多白话的小说。……这些南北的白话小说,乃是这五十年中国文学的最高作品,最有文学价值的作品"②。吴趼人正是其中的佼佼者,他对新知的广泛兴趣、对国家兴亡的深切沉思、刚毅不屈的个性和气节、优秀的讽刺才能以及对小说艺术的广泛探索和实验精神,都已受到后世的中肯评价。韩南认为他"可能是体现中国小说从近代到现代发展过程的最佳范例,如果我们将'现代'这个词理解为需要两种条件的话——条件之一是,作为一个作家,必须关心中国所面对的民族危机,尤其是文化危机;另一个条件是,他还必须具有用非传统文学形式来表达这种危机的尝试"③。

吴氏庞杂的作品之林中,《新石头记》尤其突出。如胡志德所说,它最热切地表现了吴氏对艰难局势的高度关心,他尝试在与个人经验更少联系的科幻小说中对中国的问题进行全球性的理解:

> 外国科技起源于中国的说法在大约1900年之后已经声名狼藉。对那些思考如何超越查特吉所雄辩地说明了的那个问题的人来说,科幻小说这一类型文学(genre)是少数可行的写作模式之一,只要明白这一点,就很容易看清:在晚清大受欢迎的科幻小说是《新石头记》的来源,书中那些科幻段落与这一来源的相关性也不言而喻。或许只有通过发明一个乌托邦的疆域,西方的宰制与单边影响等棘手问题才能被巧妙地化解,哪怕只是在想象中被暂时性地解决。④

在胡志德看来,《二十年目睹之怪现状》与《新石头记》组成了一个回环,

---

① "因为当时的风尚,觉得小说终是末艺,不登大雅之堂,不必要用真姓名。"包天笑:《钏影楼笔记(七)·清晚四小说家》,《小说月报》1942年第2卷第7期(总第19期)。

② 胡适:《五十年来中国之文学》,见欧阳哲生编:《胡适文集》第3卷,北京:北京大学出版社,1998年,第202页。

③ 韩南:《中国近代小说的兴起(增订本)》,第148页。

④ Theodore Huters, *Bringing the World Home: Appropriating the West in Late Qing and Early Republican China*, p.164.

合并了那个时代的智识可能性。前者关注行为不端,倚重西方带来的现代工具来理解世界,后者则试图更乐观,有意识地想要达到理想的现代化愿景与悲凉现实之间的合一。尽管这种合一在最后轰塌,但这不成功的焊接,至少直率地呈现了小说家生活于其中的那个令人迷惑的年代所特有的混乱。①

所谓"特有的混乱",就包括安德鲁·琼斯关心的进化论话语的内在悖论:"在发展概念的能动意义与非能动意义之间时常存在恼人的张力。这些张力,隔在主体性意志与偶然性之间,以及发展者与'被发展'的人之间。这成为了现代中国写作中的构成性张力。"他以此解释晚清以来的一系列长篇小说的未完成:

> 从梁启超的《新中国未来记》到茅盾的《子夜》,都试图捕捉当下正在生成的"历史"。……在那样一个政治危机纷涌,历史线条凌乱的中国时局里,进行总体化的连贯叙事是一件难事。作家云集的上海,是本土历史时空所造就的大都市,笼罩在全球市场、政治风云和帝国主义暴行的变幻莫测之中。在这里,历史进程的长远弧线被日常的惊吓所溶解,长远的"情节"发展让位于错综的即时判断。②

这些阐释不无启发,但是,晚清小说不应该仅仅被当作近代思想史研究的材料或佐证,我们也必须考虑思想命题在小说的虚构叙事中被复杂化的问题。通过前面的细读,我试图强调的是:吴趼人作品中体现出来的有趣或混乱,除了思想层面的根源,也受制于他所借鉴的本土叙事传统。在这方面,《新石头记》因其与中国古典小说最杰出的代表《红楼梦》的关联而尤为醒目。事实上,我认为,与晚清众多以章回体写就的有始无终的科幻小说相比,《新石头记》之所以能够最终以完整的形态问世,与它高度戏仿了原著迷宫般的叙事技巧密不可分。换言之,正是原著中自我指涉的回环结构,为吴趼人提供了基本的叙事框架,而"镜花水月"和"真幻

---

① Theodore Huters, *Bringing the World Home: Appropriating the West in Late Qing and Early Republican China*, p.150.
② 安德鲁·琼斯:《进化论话语对中国现代文学本土叙事的介入》,《学术研究》2013年第12期。

之辨"更为他提供了一种在中西之间互相观照、彼此映衬的灵感和讲述模式。正是这些本土的智慧和手法,在与来自西方的科幻小说(包含着现代时空观、理性精神、进步想象、宇宙图景)艰难的融合中,构成了圆规的两只脚,彼此支撑,互相牵引,共同绘制出了晚清最早的一部(至少表面上)完整而重要的原创科幻小说。①

当然,这并不是否定作品的内在分裂和艺术水准上的不足。恰如胡志德所言,吴趼人与严复一样被两股相反却同样迫切的意识形态和道德诉求所撕扯——一边是要不容分说地拒绝中国的过去,一边却恰好以过去为基础。② 如我们所见,大鹏的出现和死亡,最充分地暴露了"国粹"的悖论。此外,他也无法合理地处理理想时空与现实时空的对接难题,无力将"过去""未来"与"现在",西方、中国与"文明境界"织补成一个连续完整的时空体。③

尽管如此,这仍然是一个值得尊敬的文本,它是一代文化人,在压抑和无望的年代里对美好未来的真诚渴望,正是这份渴望,支撑着他们度过黑暗的时间。在这个意义上,《新石头记》堪称吴趼人写作生涯的关键性象征:只有建构起一个"文明境界"的远景,宝玉在前半部中经历的种种

---

① 对于《红楼梦》中的镜子和真幻问题,袁书菲(Sophie Volpp)教授认为这与清代"西洋镜"和玻璃镜在贵族家庭的大量使用有关,后者使实体与幻象之间的关系直观地显现出来,并在一定程度上影响了曹雪芹看待世界的方式。对于这一观点,格非在讨论《红楼梦》的真妄观时做了简要的评析,给予了有保留的认同。格非:《雪隐鹭鸶——〈金瓶梅〉的声色与虚无》,南京:译林出版社,2014年,第128—132页。

② Theodore Huters, *Bringing the World Home: Appropriating the West in Late Qing and Early Republican China*, p.172.

③ 安德鲁·琼斯认为这是所有乌托邦叙事的通病:"正如同詹明信(Jameson)指出的,这些叙事倾向,仍然无法逍遥于历史因果律的线索之外。这就是说,作者固然能轻易通过制造叙事断裂来炮制一个截然不同的未来,固然'这个断裂……确保了新乌托邦的激进的与现存社会的不同';但'悖论在于,如何解释作者是身在现存的社会资源里想象出如此迥异的乌托邦来'?换言之,如何才可能做到,既成功达成了一个历史转型的完成,又成功挑衅或至少搁置了那被认为是统驭历史转变的进化论式法则和详细过程? 这个逻辑上的死胡同,常常导致不完整或断裂的叙事,或导致乌托邦叙事自身走向土崩瓦解——它无法承受自身的形式及意识形态上的断裂。"见《鲁迅及其晚清进化模式的历险小说》,《现代中文学刊》2012年第2期。但我们必须注意到,詹明信的《未来考古学》理论基础是欧美科幻作品,这些论断不能直接挪用于晚清科幻的具体案例。

梦魇,才获得了意义。进而,只有通过"科学小说""理想小说"来容纳一个希望的乌托邦(不论它们是何等粗疏、浅薄、残缺、自相矛盾),对现实的种种谴责、揭露、悲泣才能变得必要,并在最终得以完成。

《新石头记》出版时,吴趼人40岁出头,而书中的"老少年"说自己已140岁。如果把"文明境界"放在直线的历史进程上,或许作者在暗示:中国的复兴尚需百年之久。不过,"文明境界"更多时候是一个平行时空,并不位于历史时间的延长线上①,而是曹雪芹虚构的时空中衍生出来的一个枝杈。它既是对西方科技文明的吸收,也是对中国本土文明的发扬。通过一种合并,它企图超越西方现代性,但却不得不停留在对改善悲惨现状无益的状态上。剧中人或许不知道自己身在梦中,剧作者却未尝不明白,这不过是寒冬深夜的一场短暂春梦,只能在醒来后的余温中空自嗟叹:中国错失了百年的良机。

总之,这个乌托邦确实有着崇高的格调和爱国主义强音,但也混入了愤世、感伤、憧憬、失望和逃避的杂音,甚至有着戏谑自嘲、自我消解的倾向。

贾宝玉下山时,正是1901年之初。也正是在这前后不久的1月29日,清政府以光绪名义发布了"决行新政之谕旨",揭开了晚清改革的序幕,但是历史留给吴趼人和清王朝的时间,却不多了。

---

① "它不是存在于未来的某个时间坐标里,而是已然存在的一个虚幻的国度。"胡全章:《传统与现实之间的探询——吴趼人小说研究》,开封:河南大学出版社,2006年,第119页。

第三章
黄金世界：晚清科幻中的未来与太空

第一节 月下狂人：《月球殖民地小说》中的殖民叙事

1898年2月，很快将被征召入京参与变法的谭嗣同见到了神尾光臣。不久之前，这位刚刚任满的日本驻北京公使武官，受新任日本陆军参谋总长川上操六的指示，经长江中下游返日，并与沿途的当地高级官员进行了一连串的会晤，包括两江总督刘坤一和湖广总督张之洞。

此时的东西方，都在担心着白人和有色人种之间将有一场大规模的种族斗争。甲午之后，因俄、法、德三国干涉迫使日本放弃辽东半岛，清廷一度向俄国靠拢，并于1896年6月签订《中俄密约》。对此深感不安的日本各界人士，陆续抛出中日同文同种、唇亡齿寒的论调，川上操六等军政人物也制定了联合中英、对抗俄德的方针。与此同时，许多热衷于政治改革的中国精英，也将迅速崛起的日本视为东亚民族现代化的成功典范以及快速学习西方的中继站。1897年2月，章太炎在《时务报》上号召联日抗俄："昔兴亚之会，创自日本，此非虚言也。中依东，东亦依中。冀支那之强，引为唇齿，则远可以敌泰西，近可以拒俄罗斯，而太平洋澹矣。"① 他甚至说此前的中日战争是日本面对俄国威胁的必要自救。1898年1月，近卫笃麿等人在《太阳》杂志上鼓吹东亚将成为黄白人种竞争的舞台、中日两国都将被白人视为敌人，张之洞则为日方使者"同种同文同教"的说

---

① 章炳麟：《论亚洲宜自为唇齿》，《时务报》第18册（光绪二十三年[1897]正月）。

辞打动,认为"彼既愿助我,落得用之。……联倭者,所以为联英之枢纽也。……倭人此举利害甚明,于我似甚有益"①。戊戌政变后,流亡日本的梁启超加入了东亚会,这个以研究中国当前形势为目的的组织很快就与以近卫笃麿为中心的同文会合并为致力于"支那保全"的东亚同文会。随后,梁启超于横滨创办《清议报》,将"发明东亚学术以保存亚粹"列为宗旨之一,并写道:"自此以往,百年之中,实黄种人与白种人玄黄血战之时也。……直当凡我黄种人之界而悉平之……以与白色种人相驰驱于九万里周径之战场,是则二十世纪之所当有事也。"②

另一方面,清廷在戊戌后并未完全中断改革,而是或主动或被迫地开启了一系列新政举措,日本方面则广泛地参与到中国的军事、经济、教育、文化、政治、法律等领域的建设中。③ 在当时的报刊上,中日联盟也成为一种常见的论调,正是这些言论营构出来的"亚洲"想象,为下面要讨论的问题提供了背景。

一、旧月与新月:神话与科学交织的文学空间

1903年,《新小说》因梁启超赴美而延迟出刊,事业正蒸蒸日上的商务印书馆误以为其停刊,因此找到"笔墨亦平浅"的小说名家李伯元做主编,创办一种旨在"扫除旧习,发明新理"的小说杂志。④ 5月,《绣像小说》创刊。11月,正谋求在中国拓展出版业务的日本金港堂,与商务印书

---

① 张之洞:《致总署·光绪二十三年十二月初十日巳刻发》,见苑书义、孙华峰、李秉新主编:《张之洞全集》第3册,石家庄:河北人民出版社,1998年,第2112—2113页。

② 梁启超:《论变法必自平满汉之界始》,见汤志钧、汤仁泽编:《梁启超全集》第1集,第102页。

③ 美国学者任达认为,自1898年至1907年,中日两国因为对西方的戒备,克服了敌意而开创了合作的新时期,日本在中国的建设中扮演了"持久的、建设性而非侵略的角色"。这一评断显然淡化了"支那保全"背后的侵略内涵。1939年,阿英就对日本的所谓"晚清的中国观"进行了剖解,指出"支那保全论"不过是对中国进行掠夺与吞并的策略性手法。任达:《新政革命与日本——中国,1898—1912》,李仲贤译,南京:江苏人民出版社,2010年,第5—38页;阿英:《所谓"晚清的中国观"》,《阿英全集》第6卷,合肥:安徽教育出版社,2003年,第17—25页。

④ 栾伟平:《夏曾佑、张元济与商务印书馆的小说因缘拾遗——〈绣像小说〉创办前后张元济致夏曾佑信札八封》,《中国现代文学研究丛刊》2014年第1期。

馆签订合资协议。在此后的十余年间,商务印书馆在日本的雄厚资本和技术支持下发展壮大,同时也烙下了日本"符号"的印记①:日本人不但在现实中受聘为编辑主任(东京师范学校教授长尾雨山),也在1904年《绣像小说》第21期开始连载的《月球殖民地小说》中,担负起了协助中国志士寻求光明的重任。②

小说以文人龙孟华为主角。龙的岳父因参奏权臣招致杀身之祸,龙为报仇而行刺未遂,与其妻凤氏逃往南洋,途中遇到因主张维新而获罪、在"巫来由西南海岸""松盖芙蓉"部落避难多年的李安武,应邀同行。中途遇险落水,夫妇失散。8年后,龙从外国报纸的寻人启事上得知凤氏为美国玛苏亚夫人所救并认作义女且在美国生下龙必大,男孩如今走失。恰逢此时,日本青年科学家玉太郎登场,以其新发明的气球协助龙孟华去往美国,发现玛苏亚的居处遭遇火灾,凤氏不知去向。玉太郎带着龙孟华遍访美、欧、非大陆,终于在印度洋的一个小岛上找到凤氏。随后,龙必大也与一支神秘而强大的气球队一同现身。原来,他在离家后遇到了造访地球的月球人,后者因其"性情骨格和我们家乡的子弟尚属相宜",愿意带他前往月球。于是一家团聚,共赴月界游学。

小说连载于《绣像小说》第21—24、26—40、42、59—62期,中断于第

---

① 曾在《东方杂志》长期工作过的胡愈之回忆这段历史时说:"当时日本统治集团中有一部分主张要支持中国的资产阶段民主革命。当然,日本人拿技术和资本来和夏瑞芳等合作,除了经济的目的外,还有政治上的目的,要和'新党'合起来,在中国发展资本主义。从当时的《外交报》和《东方杂志》所发表的文章来看,充满了'反对西方'、对内'实行立宪'这些论调,这和当时日本国内的政治倾向是一致的。"洪九来则认为:"对照商务与日合股的具体情景,这种说法是不正确的。因为金港堂是一个纯商业性的机构,没有任何证据表明其合作有某种政治渗透或文化侵略的意图;商务奉行'在商言商'的经营理念,也不会接受任何含有政治目的的'献金'。当然,从20世纪初中日关系的宏大背景来看该说有一定的道理。"胡愈之:《回忆商务印书馆》,见《1897—1992商务印书馆九十五年:我和商务印书馆》,北京:商务印书馆,1992年,第115页;洪九来:《清末民初商务印书馆产业环境中的"日本"符号》,《湖北大学学报(哲学社会科学版)》2009年第6期。关于商务印书馆,还可参见杨扬:《商务印书馆:民间出版业的兴衰》,上海:上海教育出版社,2000年,第28—35页。

② 和晚清许多期刊一样,《绣像小说》后期也常延迟出版。有关各期的实际出版时间,本书皆采信陈大康的考证。陈大康:《中国近代小说编年史》,第774—775、788、818—820、833、843—844、866—867、880—881、891、1061、1076—1077页。

35回,作者"荒江钓叟"的真实身份不详,目前未见署同一笔名的其他作品。已有的13万字,虽有控诉时代的一腔热情和勾描未来战争的宏大构想,但要同时讲述探险寻亲、志士救亡乃至星际战争,作者实在力有不逮,以致情节拖沓而枝叶丛生、结构松散而凌乱不堪,几乎每回都有新的人物登场,复杂的线索走向最终难以为继。或许正因此,作品在同时代的文字记录里,除了偶尔作为《绣像小说》曾刊载过的作品之一被提及外,几乎没有留下任何痕迹,并迅速被后世遗忘。① 直到1981年,这部在晚清时并未贴上任何标签的章回体小说,才被追寻中国科幻起源的叶永烈重新发现,并在叶氏为1986年出版的《中国大百科全书·中国文学I》撰写的"科学文艺"条目中正式被追认为"中国作者创作的最早的科幻小说"②。

尽管有这样的光环,评论者们却仍对其艺术水准持保留意见。王德威就说它"充其量只能算是一部中下水平的探险作品,充斥着呆板的人物与陈词滥调。摇摆于才子佳人离合散聚的旧模式与星际旅行科学探险的新模式之间,荒江钓叟从来不曾确定其情节线索的走向……龙孟华与妻子凤氏如此迂腐滥情,非但不能感动读者,反而要使我们不耐。相形之下,日本气球旅行家玉太郎的形象却主动机敏得多"③。这一评价较为中肯,点出了作品的几个值得关注的方面,但远未穷尽其微妙之处。

首先值得注意的是小说标题中的"月球"。月球在西方经历了从神话和神学空间向一个可供观测和探索的客观天体转化的过程。欧洲文学中,飞往月球的故事可以追溯到古希腊。1610年,伽利略发表了他1609

---

① 小说连载过半时,《申报》上曾有提及:"……至《月球殖民地》《珊瑚美人》《回头看》《卖国奴》诸作,亦皆措词新颖,寓意深远,是诚有功世道之文,不仅作小说观也。"阿英在1936年的《小说闲谈》中谈及晚清四大小说杂志中"其最纯正的,莫如《绣像小说》……而所刊者,又皆以能开导社会为原则……",所举的例子却不包括此作。《志谢第三十二期至三十四期绣像小说》,《申报》1905年5月31日,第5版;阿英:《小说闲谈》,上海:良友图书印刷公司,1936年,第55—59页。

② 中国大百科全书总编辑委员会《中国文学》编辑委员会编:《中国大百科全书·中国文学I》,第353页。

③ 王德威:《被压抑的现代性——晚清小说新论》,第327页。当然也有相反意见,如《科幻文学理论和学科体系建设》就说它"叙事生动,人物丰满,背景也相当广阔"。吴岩主编:《科幻文学理论和学科体系建设》,第251页。

年首次用望远镜发现月球环形山的报告。之后,开普勒、威尔金斯、惠更斯等科学家开始探讨月球适宜居住的可能性,天文学家用"环形山""湖""海""山脉""洋""沼""岬""溪""湾"等命名月表的各种地貌,文学中对月球旅行的想象也发生了根本性的转变。1622年,在意大利诗人马里诺的《拉顿》中,月球不再是通往上帝途中的宗教性里程碑,而是一个类似地球的物质实在,伽利略本人也成为诗中的角色之一。通过气球进行星际旅行的想法早在1784年就已出现,并逐渐发展成一个亚文类。①

在古代中国,这个距离地球最近的天体通常被称为"月"或"太阴",与之相关的是一整套历法知识和文化意象。不论是嫦娥奔月、唐太宗梦游月宫,还是苏轼的天上宫阙,月球都被想象为一个凡人难以企及的神明世界。检索《四库全书》和《四部丛刊》,"月球"一词最早见于明代来华传教士利玛窦所撰《乾坤体义》"日球大于地球,地球大于月球",以及徐光启等人编修的《新法算书》,这显然已具有近代天文学内涵。② 1618年,耶稣会士邓玉函为中国带来第一架新式望远镜,此后,这一西洋发明开始改变中国人观看世界的方式,冲击着传统宇宙论,并在皇帝、官员、文人、商人笔下留下印记,而月球透过望远镜呈现的前所未有的景象,更激发了人们的无穷遐想。③ 乾嘉大儒阮元(1764—1849)就曾写过一首《望远镜中望月歌》。在"五尺窥天筒"的对比下,"广寒玉兔"成了空谈,但是,诗人在介绍月食等天文知识之余,仍遥想月球上有人类居住并也在用望远镜望向地球:"暗者为山明者水""舟楫应行大海中,人民也在千山里""月中人性当清灵,也看恒星同五星"。④

---

① 中国大百科全书总编辑委员会编:《中国大百科全书(第二版)》,第27-396、27-397页;亚当·罗伯茨:《科幻小说史》,第35—40、57、91页。
② 利玛窦:《乾坤体义》卷中,《景印文渊阁四库全书》第787册,台北:商务印书馆,1986年,第767页;徐光启等:《新法算书》卷三十一,《景印文渊阁四库全书》第788册,第549页。一个更早的例子出现在元代李孝光《五峰集》卷五的一句诗中:"吾言如足念,可比明月球。"不过这里的"明月球"可能还主要是一种诗歌创作中寻求创新的语言尝试。李孝光:《送医师王宜往维扬》,《五峰集》,《景印文渊阁四库全书》第1215册,第118页。
③ 王川:《西洋望远镜与阮元望月歌》,《学术研究》2000年第4期。
④ 阮元:《望远镜中望月歌》,《揅经室集》下册,邓经元点校,北京:中华书局,1993年,第971—972页。

长久以来,对月球上究竟是否有人,天文学家并无定论,以至于1835年出现了报社记者以文学虚构冒充科学报告引发民众轰动的"月亮骗局"①,晚清的读者也就只能得到互相矛盾的知识。例如,1898年的《格致新报》上的文章认为:诸星即使有人居住,也和人类很不一样,"惟月中则既无生气,并无城郭宫室之可见,则可决其无人"。金星难以确定,火星似乎有人。② 1902年的《选报》却在报道法国天文学家观测到月球有黑烟喷出,推测月球有空气。③ 1903年的《启蒙画报》也以师生问答的方式,讲述月球朝向地球的一面有山、无水,但背面也许有水,"西人测得,月球外有生气包罗,同金星一样,必有人物"。④ 尽管这些说法莫衷一是,却不妨碍人们以西洋学说贬斥中国本土知识。1906年,《万国公报》刊登《论日球月球》,说"中国旧籍之说月,多无稽者",并列举《淮南子》《论衡》等古籍中关于月球的一些不准确说法,接着给出了现代天文学测量出的精确数值,指出月球无水、无空气、无云,推定月球并无生物。⑤

　　新的认知带来了对天外世界的新遐想。1907年的《笑林报》介绍了新的学说:月球是从地球分离出去的,并推测将来也许月球回归地球,以供人口增长之用。⑥ 除了这样的科普文章,西方科幻小说也参与了对晚清宇宙想象的塑造。1865年,凡尔纳出版了"奇异旅行"系列的第三部《从地球到月球》,讲述独立战争之后的美国大炮俱乐部成员如何建造一座超级巨炮,将一个炮弹(太空船)发射升空去往月球探险的故事。续作《环绕月球》出版于1870年,讲述炮弹中的三个探险者在飞往月球途中的所见所想,由于炮弹发射时的偏差以及太空中遇到的干扰,他们未能实现着陆,仅仅环绕月球一周之后掉落回地面。两个故事为人类摆脱重力

---

① 穆蕴秋、江晓原:《19世纪的科学、幻想与骗局——1835年"月亮骗局"之科学史解读》,《上海交通大学学报(哲学社会科学版)》2011年第19卷第5期。
② 《答问·第十六问》,《格致新报》第3册(光绪二十四年[1898]三月十一日),第12页。
③ 《醼庐杂录二:测月球》,《选报》第18期(壬寅[1902]五月初一),第28页。
④ 《月球有人》,《启蒙画报》第11册(光绪二十九年[1903]闰月朔日),第13—14页。
⑤ 高葆真译:《论日球月球》,《万国公报》第205册(1906年2月),第49页。文章错误地告诉读者月球只公转不自转。
⑥ 《谈丛:月球与地球之新理想》,《笑林报》第3269号(1907年11月20日),第3版。

提供了新的技术方案,并经由井上勤的日译本《(九十七時二十分間)月世界旅行》(1880)和《月世界一周》(1883)被译成中文,即《月界旅行》(鲁迅译,1903)和《环游月球》(商务印书馆译,1904)。迟至1904年2月,上海已经出现了昌明公司为《月界旅行》所做的广告,《环游月球》更风靡一时且多次再版。因此,不排除"荒江钓叟"读过凡尔纳故事的可能。

  如亚当·罗伯茨所说,凡尔纳不但注意到探月将是一项巨大的工程,并非离群索居的天才可以独自完成,而且非常注重为想象成分寻求科学依据,那些以天文学知识展开的小心谨慎的推想,常借人物之口道出,并互相辩驳,其结果是加深而非消除了月球的神秘性。① 晚清的读者的确能从中译本中感受到作者对已有学说的保留态度:"宇宙间森罗万象,非人所能悉知。""余辈足蹈实地,犹不能发明其理,彼地球上学者妄伸己说,无异扣槃扪烛矣。"经过一番远距离的观察和缺乏说服力的论辩,三个冒险家最终达成决议:月球目前无人类,但之前可能有过。②

  在这种中西交汇的背景下,《月球殖民地小说》中的月球呈现出新旧杂糅的意味:既饱含着古典文化中的聚散离别等内涵,引发人物的满怀愁绪,又成为某种新型乌托邦空间。作者有意将许多重要情节设置在满月之夜。开篇即是"西历十二月十四号,合中历是十一月十五日",由此可推断为1902年,正是距离晚清读者不久的某个"过去"。此时李安武已避难8年,可知其出逃时间当在甲午前后,正是这场震动朝野的中日战争宣告了洋务运动的失败,催迫仁人志士变法图强,也种下龙孟华一家不幸遭遇的因果链条:

  只见万家灯火,和那月光相映,比起上海、汉口各大埠头还热闹些。龙孟华举杯在手,向月轮一招,满饮在肚,不觉长叹一声道:"月亮阿月亮!我们祖国偌大的地方,竟没有几个人像你一般模样,照得我心事出来的。可惜你离我太远,可惜我身无两翼,不能从这肮肮脏脏的世界飞到你清清白白的世界里去。"说罢眼花一暗,泪如泉涌。李

---

① 亚当·罗伯茨:《科幻小说史》,第146—149页。
② 焦奴士威尔士:《环游月球》,井上勤译,商务印书馆编译所重译,《说部丛书初集》第7编,上海:商务印书馆,1914年再版,第65、81、103页。

安武知道他是满腹牢骚。且我们历代相传那些嫦娥偷药奔月宫,唐明皇和叶道士游月府、偷出霓裳曲子的古话,都是民智未开的见识,龙孟华谅来不至于此;断是多饮一杯,发此感慨,因此也不与他辨驳。①

《环游月球》中,主人公亚腾提出:可以在月球的环形山里建造一座平安闲静的城市,"尘球秽浊,薄俗炎凉。彼厌世者,恶交际者,不乐他社会之常态者,盍隐退于此,以博身心之恬适耶?"②这带有几分玩笑成分。《月球殖民地小说》则干脆将月球落实为可供逃遁污浊尘世的清净异乡。不过,在对抗重力方面,作者也并无良策,只能求助于热气球。陈平原早已详细地考察过"气球""飞车"等空中交通工具如何在晚清书报中广泛呈现并成为小说家的灵感源头,指出"历代小说家基本上不在翱翔空中的'飞车'上打主意,要不一个筋斗十万八千里,要不老老实实骑马或乘船"③。王德威则强调"在《年大将军平西传》与《新纪元》当中,气球已被摹绘成强有力的军事武器。不过《月球殖民地小说》仍旧是我所读到的惟一以整部小说篇幅,将气球用作推进叙事的要素"④。就此而言,《月球殖民地小说》还是颇有想法的。在第5回,气球首次亮相,同样是在一个满月之夜:

> 只见天空里一个气球,飘飘摇摇,却好在亭子面前一块三五亩大的草地落下,两人大为惊诧。看那气球的外面,晶光烁烁,仿佛像天空的月轮一样;那下面并不用兜笼,与平常的做法迥然不同。忽然叮当的一声,开了一扇窗棂,一个人从窗棂里走下。⑤(图6)

---

① 荒江钓叟:《月球殖民地小说》,见《中国近代小说大系》,第224页。
② 焦奴士威尔士:《环游月球》,第100页。
③ 陈平原:《从科普读物到科学小说——以"飞车"为中心的考察》,《中国文化》1996年第13期。
④ 王德威:《被压抑的现代性——晚清小说新论》,第331页。
⑤ 荒江钓叟:《月球殖民地小说》,见《中国近代小说大系》,第244页。尽管"荒江钓叟"说气球"下面并不用兜笼",插画师却不予理会。陈平原曾注意到这种文字描写和插图的反差:"作者只顾渲染各种设备如何豪华,就是不想想配有体操场的气球,该有多大的动力才能升空。如此庞大的'空中宫殿',画师无论如何想象不出来。于是,同一个气球,小说里极度奢侈,插图中则十分简陋,两相对照,煞是有趣。"陈平原:《从科普读物到科学小说——以"飞车"为中心的考察》,《中国文化》1996年第13期。

图6 《绣像小说》第26期为《月球殖民地小说》第5回所配插图

当空皓月既渲染了龙孟华的国恨家仇,也作为故事预定的时空归宿,开始向作为叙事驱动装置的气球发出召唤。值得注意的是,此时龙孟华"自到南洋,整整是八年了",即故事时间已经越过现实时间,进入1910年。① 读者或许未必意识到,作者心中却一定有数:此后的种种神奇,都发生在"未来"。

---

① 小说第6回有一处时间标记:"西历十二月二十七号,即中历十一月二十五日"。但1910年12月27日,应为中历十一月二十六日,与原文略有出入。不过,在1910年前后,只有1918年的12月27日是中历十一月二十五日,但这个时间比故事起点1902年晚了16年,与所谓的"整整是八年了"不符。荒江钓叟:《月球殖民地小说》,见《中国近代小说大系》,第250页。

这个底面积还不到三五亩的气球功能齐全,客厅、体操场、卧室、大餐间、兵器房等应有尽有,"没有一件不齐备,铺设没有一件不精致",堪与吴趼人的飞车潜艇媲美。但对这个豪华行宫,作者的描写常常敷衍了事,例如,当众人只用了4个小时从南洋飞到纽约时,"但觉耳畔风声霍霍,那海水的汪洋,山峰的突兀,都不及辨别"。① 偶尔,也会有鲸鱼吸住气球升降梯后被钓起在空中一类的有趣场面,其他情节如遭遇巨鸟、巨蟒袭击等,在同时代作品中并不出众。令人瞩目的倒是气球创造者的身份。就像现实中的伊藤博文协助梁启超逃难一样,小说中的李安武也曾为一位东京志士藤田犹太郎所救,后者因劝说日本政府仿效美国制度而被屏斥,后来操劳过度而死,其子藤田玉太郎在奉政府之命环游地球时,再度救下了落水的李安武。如今,玉太郎又发明了世界上最先进的气球,并与李安武妻兄之女、到过日本留学的璞玉环结为夫妻,一边进行新婚游历一边协助龙孟华漫游世界寻妻觅子。这位中国文学史上较早出现的日本科学家,也引出了作品的第二个微妙之处,既题目中的"殖民地"问题。

二、日本与东亚:殖民扩张时代的憧憬与焦虑

就在金港堂入股商务印书馆之后不久的1904年春,酝酿已久的日俄战争爆发,一个月后,商务印书馆创办了《东方杂志》。这个以"启导国民、联络东亚"为宗旨的大型综合期刊,全面记录了战争的整个过程。在国人憎恶俄国侵占东北的背景下,日本作为黄种人之代表与白种列强抗争的叙述受到相当的认可。在创刊号的首篇文章《论中日分合之关系》中,"别士"(夏曾佑)简述了历史上的中日往来:尽管之前有战有和,但真正关系到全天下的,则"兆于甲申,成于甲午",之后面对列强瓜分之势,朝廷分为联俄与亲日两派,外交政策不断变更,"夫国家政策之夛,未有甚于此十年间者也"。东方大陆常常出现野蛮民族征服文明民族的情况,唯独日本例外,曾战胜蒙元的征服,"今日拒俄之事,乃拒元之事之结果。亚欧之荣落,黄白种之兴亡,专制立宪之强弱,悉取于此也"。中国作为大国,应该期盼亚洲、黄种、立宪的兴盛。"此所谓天定而不可逃

---

① 荒江钓叟:《月球殖民地小说》,见《中国近代小说大系》,第245、255页。

者……支那分而日本孤,固不若支那强而与日本并立之为得计也。"①紧随其后,"闲闲生"的《论中国责任之重》在庆幸:"友邦仗义,出而代争,将以夺诸强邻,归诸于我……天佑东土,幸而日本克捷,黄种之前途,可以稍除障碍……安可不图桑榆之补,以答我良友之盛意也。"②而长尾雨山连载的《对客问》,亦有"友邦冢君,盘敦订谊"的论调。③

1904年12月6日,日军夺取203高地,取得了攻克旅顺的关键胜利。翌年1月2日,驻旅顺俄军正式投降。旅顺之战决定了战争的最终走向,在当时被视作"白人受侮于黄人之第一次历史"④,激发了不少中国人的敬佩和对黄种复兴的热念。正是在这前后不久,藤田玉太郎在《月球殖民地小说》的第2回中首次登场。⑤ 由被冀望为亚洲复兴先锋的日本人作为未来进步的力量代表,正符合当时读者的预期。

玉太郎的气球停在伦敦上空,引来众人围观,英国政府立刻开始查访研究。"黄种的文明日日进步,白种的文明便日日减色,将来灭国灭种,都是意中之事。"虽是"同种",中国人与日本人却有着不同的国际待遇。龙孟华因无护照入境,在纽约被捕入狱,与他一同被监押的"只有三五个非洲黑蛮,其余都是华人"。玉太郎劝慰道:"这是你们合中国的大辱,不是你一人之事。"最后,龙不得不假扮成日人,由日本大使解救,后者称:"我们与中国人同种,遇着同种的人不救,将来一定要临到自己。"这种亲密的伙伴关系进而扩展成一个国际团队:拥有凌驾欧美实力之上先进气球的日本科学家,与中国籍的女发明家妻子,在一位英国医生鱼拉伍的协助下,为了中国流亡者龙孟华跨越重洋,一起寻找美国人玛苏亚。并不奇怪,看似畅行无阻的气球,所到之处基本都在日本及其盟友英、美的势力范围内。至于俄国,则被置于敌对位置——当龙孟华在报纸上看到他岳父的对头、一个联俄党的权臣因病死去的消息后,他又喜又恨,"喜的是

---

① 别士:《论中日分合之关系》,《东方杂志》第1期(光绪三十年[1904]正月二十五日)。
② 闲闲生:《论中国责任之重》,《东方杂志》第1期(光绪三十年[1904]正月二十五日)。
③ 长尾雨山:《对客问·第二》,《东方杂志》第2期(光绪三十年[1904]二月二十五日)。
④ 《论黄祸》,《东方杂志》第2期(光绪三十年[1904]二月二十五日)。
⑤ 刊载《月球殖民地小说》第2回的《绣像小说》第22期出版时间可能在1904年12月至1905年1月间。

中国少了一个蛀虫;恨的是未能手刃报仇"。①

同样不出意外的是,这个国际联队在寻找凤氏的同时,也在对各大洋的岛屿进行着勘探与测绘,以便为日本政府将来开辟殖民地做准备。众所周知,绘制地图的地理学、考察原住民的民俗学,在历史上都和西方殖民主义有深切的关系,而清末的报刊上也充满了介绍19世纪民族国家崛起和开辟殖民地的文章。1902年,梁启超就颂扬:"夫以文明国而统治野蛮国之土地,此天演上应享之权利也;以文明国而开通野蛮国之人民,又伦理上应尽之责任也。"②1903年,林乐知在《万国公报》上发表《论各国开辟殖民地》,强调在民族帝国主义的时代,"竞争"成为公理,个人和群体都理应"自强",否则退为劣等,文明征服野蛮理所当然,文明国之间则不互相吞并:

> 今之民族帝国主义,则反是矣。其视各本国,皆为民族之国。其于一切政治,皆无合一之意。其勉励长进本国之财源,皆恃一法,即寻未开化之国,及劣等民族之地,或侵取之,或治理之,使有利于己,并有利于人。若其看待高等教化之国,悉从平等,绝无侵略征服之意也。③

作为现代进程的迟到者,近代中国为种族竞争的焦虑所催迫,也渴望能够寻找到自己的殖民地以完成原始的资本积累。1903年的《中国人之暹罗殖民》就论述了中国人在泰国人口中的比重(三分之一)及在其社会经济生活中的重要性,指出泰国尚有许多未开垦的肥沃之地,而泰国人安闲,中国人在此殖民,将来会有大利益,并感慨:"可爱哉!可爱哉!中国人,殖民的国民也。求诸世界,殆无其伦。"④蒋观云则在1905年以南洋为重点,检讨了中国的海外移民为何不能创造出新的文化。他认为,战争、交通、杂居造成了文化的发生,"殖民尤为开发文化之一要素",古希

---

① 荒江钓叟:《月球殖民地小说》,见《中国近代小说大系》,第266、257、261、262、278页。
② 梁启超:《张博望、班定远合传》,见汤志钧、汤仁泽编:《梁启超全集》第3集,第409页。
③ 林乐知:《论各国开辟殖民地》,任保罗译,《万国公报》第177册(1903年10月)。
④ 《中国人之暹罗殖民》,见《国民日日报汇编》第1集,上海:东大陆图书译印局,1904年,第14页。《国民日日报》创刊于1903年并于当年停刊。

腊的文化成就要归功于其殖民事业,"大矣哉!殖民之事业也!"而反观中国——

> 近世纪产伟大之文化,必当属我汉人种。夫自十五六世纪以还,我汉人之种族,已渐布于南洋各岛间。其时欧洲亦渐东来,而南洋实为交冲之地。

> 至近数世纪来,海外殖民,其可为发生文明之本原者,决无逊于居住大陆之时。……宜其今日之兴盛,当不下于日本,而得见我人种创设海外文化之新国焉。然而,事实反是,何也?①

他举例:南洋各岛上有明末移居者,说欧语,穿欧服,却留着辫子,以为是盘古时代本有之制,其见识已经降低到当地土人的地步。只是在戊戌之后,海外华人赞助维新事业,其声誉才开始提升。至于为何没有开辟新的文化,作者没有分析原因,但强调了这可能导致危险的后果:"果无文化,则我种人将有不能永保其殖民地之一大事是也。"人种的盛衰,取决于人们在脱离母国后能否在新的居所创设新文化,建立新国家。英国人在全球殖民就是案例,美国即是其一。"夫使我人种,果能于殖民之处,发达文化而建新国,则直于中国外可得无数之新中国,而全地球将为我人种之所占尽。"否则,"万物竞争,劣弱者退,他人种之适于殖民者出,而我人种将遂为其所挤"。②

在现实中无法满足的殖民地渴求,驱动小说家在笔下重绘世界地图,南洋也成为国族叙述的新起点。《月球殖民地小说》对荒蛮列岛的漫画式描摹,不仅是对《镜花缘》的仿写,同时也复刻了殖民主义的"文明—野蛮"图谱。在第14回,众人堂而皇之地带走了一个野蛮部落的金钢石桌,并在第18回将其捐给教会,"大约每年应得的利息,不下六百兆镑。开个公会,到那各岛国里教化一番"。这个取之于蛮、用之于蛮的思路是如此自然,众人齐声道好,连龙孟华这位殖民主义的受害者也不例外。在第19回,他们来到一个吃人肉、穿人革的岛屿,极度野蛮的景象令英国医生

---

① 观云:《我殖民地之不发生文化何欤》,《新民丛报》第3年第23号(原第71号)。
② 同上。

大为愤怒,他"架起几尊绿气炮,朝下乱放"。虽然玉太郎提出了质疑:"绿气炮是万国公禁的,怎好胡乱用呢?"但"鱼拉伍不由分说,只管放去。放了半天,才慢慢的讲道:'玉先生,你说绿气炮不该用么?遇着野蛮地方,不用野蛮的兵器,到什么地方用呢?'"①这与八国联军使用绿气炮时的说辞如出一辙,众人却没有再做责问,作者也没有流露出任何讽刺意味。

"荒江钓叟"并非个例。差不多与《月球殖民地小说》同时连载于《绣像小说》(第19—30、35—42、47—54期)的《痴人说梦记》,以康、梁和孙中山为人物原型,但在维新事业受挫后,他们流落到一处岛国,幻想空间由此开启。这里被哥伦布"一个失眼,不曾去探",岛民以犹太人为主,后来虽有美国人到此却不曾离开。这里与世无忧、民风淳朴,"从不得与世界交通",图书馆却藏有哥白尼、牛顿、培根等人的著作。经过一年苦读,主角们掌握了新知识,便开始大展身手。在毛人岛上遭遇攻击后,他们杀了"似人非人、似兽非兽"的毛人,还捡到几块极大的钻石,获得在美国做生意和在日本开报馆的原始资本,接着便谋划获取殖民地:

> 仲亮点头道:"这话很是。还有一桩事情,可以做得。我们海外殖民,只要有了基业,怕不能独立么?"孙谋大笑道:"仲亮兄,你这话亦错了。现在那个岛,那片洲不被欧美强国占了去?你还想做什么探地的哥伦布,合众的华盛顿呢?"仲亮道:"不然。我们经过的那个仙人岛,就是极好的一片殖民之地。只消用力经营便了。我合希仙大哥在海船上,筹画过一番。可惜到毛人岛失散了。如今独力难成,不知先生肯赞成此议否?"孙谋大喜道:"原来世间还有这一片干净土,却被你们找着,也好算得是哥伦布复生了。我情愿助你们一臂之力。只是资本不足,打不起轮船,办不齐军装,约不到同志。如何是好?"仲亮道:"不妨。我们在仙人岛得着的珠宝珍物不少,变卖起来,富堪敌国。还怕做不成大事业么?"孙谋甚信其言。

当下大家商议,总想据片土地,安顿多人,再谋兴亚。仲亮献策

---

① 荒江钓叟:《月球殖民地小说》,见《中国近代小说大系》,第323、327—328页。

道:"据小弟的愚见,还是打造兵船,直取仙人岛。得了这个基业,何愁立脚不牢?好好经营起来,可成大事。况且这岛中,上下昏愚,迷信神道。古人说得好,道是兼弱攻昧。这昧弱的岛国,正好攻取。虬髯王扶余,正是此意。"几句话,说得希仙心动。①

"兼弱攻昧,取乱侮亡",语出《尚书·仲虺之诰》,本是借天道德性之义,正商汤伐夏之名,如今则被现代的殖民主义翻新,混入"文明—野蛮"的视野,成为暴力征服的依据。1895年,康有为撰文阐述强学会宗旨时,就将虎豹驼象虽身躯庞大却受制于人类的现象,归于"既弱既昧,自召兼攻",感慨"天道无知,惟佑强者。……虽圣人亦有不能不奉者欤!然则惟有自强而已"②。1898年1月,有感于德国强占胶州湾,康有为再度上书光绪帝,痛陈瓜分之祸与变法之急:

> 夫自东师辱后,泰西蔑视,以野蛮待我,以愚顽鄙我。昔视我为半教之国者,今等我于非洲黑奴矣;昔憎我为倨傲自尊者,今则侮我为聋瞽蠢冥矣。按其公法均势保护诸例,只为文明之国,不为野蛮,且谓剪灭无政教之野蛮,为救民水火。……《仲虺之诰》曰:兼弱攻昧,取乱侮亡。吾既自居于弱昧,安能禁人之兼攻?吾既日即于乱亡,安能怨人之取侮?③

康有为的忧虑最终被历史的发展所证实,而历史的残酷逻辑也在"小说"中顺理成章地再现:《痴人说梦记》也为主人公们配备了绿气炮,"此物的毒处,不须细说,须急难时用之。一般血肉之躯,我也不忍置人惨死"。途中,他们听说中国开始有了进步气象,于是有人提议:"中国既然文明,还有事业可做。为什么飘洋渡海,吃这般辛苦?"贾希仙解释:"至于我辈出洋,就是西国所说的殖民政策。中国本嫌人满,能殖民外洋,是大利中国的事,为什么要回去呢?"接着,他们先礼后兵,要求做岛国百姓,被岛上教主拒绝后,便进行武力威吓。经过开办教育、垦殖农田、

---

① 旅生:《痴人说梦记》,晏海林校点,见《中国近代小说大系》,第111、118页。
② 康有为:《上海强学会后序》,《康有为全集》第2集,第97页。
③ 康有为:《上清帝第五书》,《康有为全集》第4集,第2—3页。

采掘矿藏、创设工厂等手段,岛民终于自愿臣服,接受了现代文明的熏陶并将教主赶到岛东,将神宫改为上议院,推举贾希仙当岛主,其余管理职务都被黄种人占据。故事结尾,岛上事业兴旺,"将来还想练成海军、陆军,乘着机会,规取邻岛,步英吉利的后尘。这般极好的殖民世界……"①

1902年,《新民丛报》刊载凡尔纳的《十五小豪杰》,译者梁启超在卷首填了一首《调寄摸鱼儿》,赞美拓殖事业:"英雄业,岂有天公能妒。殖民俨辟新土。赫赫国旗辉南极,好个共和制度。"②在未完成的《新中国未来记》之外,他还有撰写《新桃源》的计划,讲述明末中国移民在一个岛屿上建立乌托邦,后来帮助本国同胞复兴(见第一章)。《月球殖民地小说》和《痴人说梦记》等作品都渴望发现那块为黄种人崛起而预留的殖民地,正是沿着同一脉络所做的展开。尽管殖民活动并不必然意味着武力征服,但不论在故事还是现实中,却几乎总是以先进武器和暴力为依托。③奇异的是,这种暴力既造成了人物的创伤,也被视为疗救的方案,这就涉及《月球殖民地小说》的第三个微妙处:要实现中国复兴,仅有海外殖民地并不够,还要有文化的革新,这一点通过龙孟华的疾病得到了寓言化的表现。

三、癫狂与悲泣:身心的疗救与失败

龙孟华因刺杀权臣而被赞为"义士",玉太郎等人因此愿意帮助他。《痴人说梦记》的几个主角同是读书人。《新石头记》第18回也提到一位廪生在湖北起义勤王:"官场中都说这班人是匪类,然而舆论却都说他们是志士。我们此刻也不能定论。这里面的是非曲直,只好等将来操史笔的了。"④这都折射出近代知识人的"志士化"倾向。一方面,深受辛丑之辱的清廷开始推动新政举措,1901年1月29日发布的变法诏谕指出:"我中国之弱,在于习气太深,文法太密;庸俗之吏多,豪杰之士少。文法

---

① 旅生:《痴人说梦记》,见《中国近代小说大系》,第174、189、190、201页。
② 焦士威尔奴:《十五小豪杰》,少年中国之少年重译,《新民丛报》第2号。
③ 1904年的《南洋官报》曾介绍日本某新书的宗旨:日本向外扩张的殖民活动不一定诉诸干戈,也可以通过贸易等和平方式进行。《日谋殖民》,《南洋官报》第56册(光绪三十年[1904]四月二十二日)。
④ 吴趼人:《新石头记》,见《世博梦幻三部曲》,第175页。

者,庸人藉为藏身之固,而胥吏恃为牟利之符。"①另一方面,如杨国强所说,传统士人在向近代知识分子转化的过程中,渐离圣贤意态而趋向豪杰意态,谭嗣同的流血激荡起知识人的轻死剽急,暗杀主义蔚然成风,"在晚清最后十年里,一面是学理与学说的激荡播扬,一面是知识人以侠气点燃个人意志,焚烧出一团一团的烈焰,倏然腾起,又倏然熄灭"②。

敢于行刺,又在南洋经营了几年公司,龙孟华显然不乏胆魄和才能,玉太郎也称赞他品格玉粹金坚、文章经天纬地,"后来没有遭际便罢,有了遭际,定然能替我们亚洲建一番功业"③,似在暗示龙氏父子将扮演关键角色。可惜,已有的35回却竭力表现龙的痴情,以此制造戏剧冲突和叙事动力,结果他几乎没有做出什么真正利国利民之事,而是被作为一个需要照顾和安抚的病人对待。《痴人说梦记》中也有睹物思人的愁肠:

> 淡然这日阁了一天的笔,在箱子里翻出缀红照像,看了便哭,哭了又看。直闹到半夜,忽然省悟道:"我这般动了儿女情肠,未免魔障太深了。他自成仁,我自悲感,我不痴于他么?"如此一转念,觉得一杯冷水灌入心坎里,登时清凉起来。顿止悲情,安然睡着。④

与这种自愈能力相比,龙孟华的悲怆和癫狂可谓不治之症。在报纸上得知凤氏在美国生的儿子走失后,他立刻昏厥并被送到医院,甚至产生了幻觉,直到李安武的怒喝让他"心上忽然的一亮"⑤。此后他一再做出病狂之举。那些毫无意义的行为、无止境的悲痛、一再的痛哭、狂乱、昏迷、吐血,不但令人烦躁,甚至给同伴造成生命危险。这种走火入魔的痴情,正是吴趼人所批判的"魔",但降魔之法,却并非如《恨海》那样导向儒家礼教的规范,而是依赖现代科技。在第12回,众人追踪到印度,线索再次中

---

① 《德宗景皇帝实录(七)》,《清实录》第58册,北京:中华书局,1987年,第273页。
② 杨国强:《20世纪初年知识人的志士化与近代化》,《晚清的士人与世相》,北京:生活·读书·新知三联书店,2008年,第360页。
③ 荒江钓叟:《月球殖民地小说》,见《中国近代小说大系》,第333页。
④ 旅生:《痴人说梦记》,见《中国近代小说大系》,第154页。
⑤ 荒江钓叟:《月球殖民地小说》,见《中国近代小说大系》,第251页。

断,龙孟华狂躁地控诉老天不公,陷入昏迷。玉太郎请来当地最有名的西医哈克参儿,后者断定这是"急血奔心":

> 哈老拿出一面透光镜,向病人身上一照:看见他心房上面蓝血的分数占得十分之七,血里的白轮渐渐减少,旁边的肝涨得像丝瓜一样,那肺上的肺叶一片片的都憔悴得很。……自己又从口袋里掏出一块方巾,弹上些药水,覆在龙孟华头上。……腰里拔出一柄三寸长的小刀,溅着药水,向胸膛一划;衔刀在口,用两手轻轻的捧出心来,拖向面盆里面,用药水洗了许多工夫……又倒了些药水,向那肝肺上拂拭了好一回。然后取那心安放停当,又渗了好些药水。看那心儿、肝儿、肺儿件件都和好人一般,才把两面的皮肤合拢。也并不用线缝,口袋里掏出一个小瓶,用棉花蘸了小瓶的药水,一手合着,一手便拿药水揩着。揩到完了,那胸膛便平平坦坦,并没一点刀割的痕迹。①(图7)

病人醒来后,医生指出了病根所在:

> "你这心想是自小用坏的。我听见有人说起,中国有种什么文章,叫做八股,做到八股完全之后,那心房便渐渐缩小,一种种的酸料、涩料都渗入心窝里头;那胆儿也比寻常的人小了几倍。所以中国一班的官员都是八股出身,和我们办起交涉来,起初发的是糊涂病,后来结果都是一种胆战心惊的病。我向来行的是医道,并不曾办过什么外交,今日看见先生的心,才晓得这话是不错的。依我愚见,你以后再休做那八股。非独八股不要做,就是寻常的笔墨也以少动为妙。怕的旧病复发,就没医治了。"②

龙孟华的酸腐气是他除了痴情之外另一种惹人厌的特征。"洗心"之前,他也曾"革面":从纽约监狱获救后,他愤而剪辫,穿了西装,"竟与日本人一样;临镜一看,心上舒畅的了不得,身体陡然健旺",还被称赞"竟把中国的书酸样子尽行脱化了"。但他不懂西礼、外语,闹出笑话,被日本大使问及学过哪种"专门学科"时,发现自己"除了诗文之外,非独没有专门

---

① 荒江钓叟:《月球殖民地小说》,见《中国近代小说大系》,第283—284页。
② 同上书,第285页。

图 7 《绣像小说》第 29 期为《月球殖民地小说》"洗心"配图(部分)

学问,便是普通的学问也没好好学过"。虽然玉太郎为其解围,赞其为"文学大家""李、杜重生,苏、欧再世",但当龙又写起祭发文和哀发诗时,透过日本科学家的目光,读者只看到漫画式的嘲讽:"龙孟华的头还歪在桌上,额角上还抹了几块墨,前前后后都是些乱书,口涎流出,把一幅新做的诗词湿了一大块。玉太郎推他醒来,两手一伸,把半张诗粘着袖子底下。"①因此,龙孟华的洗心,显然是在响应当时社会上废除科举的呼声。与这段情节几乎同时问世的"闺秀救国小说"《女娲石》中,也有洗脑之术:"譬如我国士子所念的是朱注,所哼的是八股,所模仿的是小题正鹄八铭塾钞,高等的便是几篇时墨。积之又久,充满脑筋、膨胀磅礴,几无隙地。若将那副脑筋解剖出来,其臭如粪,其腐如泥,灰黑斑点,酷

---

① 如果联想到《新石头记》中宝玉重生,却只不过沦为被历史抛掷的孤魂野鬼,这个"李、杜重生"的比喻就更令人感慨。在《月球殖民地小说》的第 23 回,这种漫画化达到狎琐的地步:龙孟华把尿壶打翻,在骚气中誊写自己被尿浸湿的诗稿,还自鸣得意地问玉太郎自己的诗"比起杜工部怎样?"荒江钓叟:《月球殖民地小说》,见《中国近代小说大系》,第 273、280、357—358 页。

类蜂巢。"①几个月后,清廷诏准袁世凯、张之洞所奏,延续了1300年的科举制度彻底终结。

另一方面,自科学革命以来,人们开始习惯于将星辰和人体在内的万物都视作钟表一样的机器。1628年,现代生理学之父威廉·哈维就在《心血运动论》中把心脏比喻为一架机器。②18世纪的法国学者拉·梅特里更是坚定地阐述了"人是机器"的理论。③西方现代医学正是以人体由可拆解、修补的部件组成这一认识为前提,也因此给近代的中国人带来极大的冲击。1890年,出使欧洲的钦差大臣薛福成在日记中感慨:

> 西医所长在实事求是,凡人之脏腑筋络骨节,皆考验极微,互相授受。又有显微镜以窥人所难见之物。或竟饮人以闷药,用刀剖人之腹,视其脏腑之秽浊,为之洗刷,然后依旧安置,再用线缝其腹,敷以药水,弥月即平复如常。如人腿脚得不可治之症或倾跌损折,则为截去一脚而以木脚补之,骤视与常人无异。若两眼有疾,则以筒取出眼珠,洗去其翳,但勿损其牵连之丝,徐徐装入,眼疾自愈。此其技通造化,虽古之扁鹊、华佗,无以胜之。④

以今日常识来看,洗刷脏腑、取出眼珠再放回等内容都不太可信,但当时的书报上不乏此类叙述。《点石斋画报》就记录了"剖腹出儿""妙手割瘤""剖脑疗疮""收肠入腹"等令人惊叹的外科手术,尽管某些故事或有失实之处⑤,但毋庸置疑的是,西医确实为众多患者带来了切实疗效,赢得了越来越多人的信任和崇敬。在这种氛围中,小说家尽可以放开手脚。实际

---

① 海天独啸子:《女娲石》,美志校点,见董文成、李勤学主编:《中国近代珍稀本小说》叁,沈阳:春风文艺出版社,1997年,第70页。龙孟华的洗心出现在《绣像小说》第30期,该期与《女娲石》乙卷(第9—16回)都于光绪三十一年(1905)二月出版。见陈大康:《中国近代小说编年史》,第810、819页。

② 威廉·哈维:《心血运动论》,田洺译,武汉:武汉出版社,1992年,第23页。

③ 梅特里认为,既然能制造出会吹笛子的玩具人,那么"一位新的普罗米修斯"也将能制造出会说话的人。这无疑预告了玛丽·雪莱的《弗兰肯斯坦,或现代普罗米修斯》的到来。拉·梅特里:《人是机器》,顾寿观译,北京:商务印书馆,1959年,第67—68页。

④ 薛福成:《薛福成日记》下,第552—553页。

⑤ 1889年3月,《点石斋画报》182号刊登更正:某些消息"虽系各有所本,嗣经确探,始知事出子虚"。陈平原、夏晓虹编注:《图像晚清:〈点石斋画报〉》,第232页。

图8　1887年《点石斋画报》子集二期"收肠入腹"配图

上,若将龙孟华"洗心"一段的文字描述与薛福成的日记对照、相关配图与《点石斋画报》上"收肠入腹"的插图(图8)对照,便会发现《绣像小说》为读者呈现的并非纯粹的寓言,同时也投射出时人对现代西方医学技术的崇拜,可以视作某种程度的科学幻想。而不论这类幻想如何大胆,在同时代那些真假难辨的域外见闻、科技资讯的映衬下,也算不得十分离谱。

微妙的是,正是在小说的情节铺排中,大胆的医学幻想反而暴露出了内在的悖论:玉太郎所代表的科学力量,能让鱼拉伍那被狮子咬断的胳膊在上了"药水"后立刻自如活动,"竟同平日没甚两样",却在动用了所有先进医疗手段后,仍无法"制服"龙孟华的身心痼疾。第19回颇可玩味:玉太郎夫妇决定编造一个故事,声称凤氏已经被月界人士接走,并于飞升时在悬崖上留下"真影",希望以此安抚龙孟华。为此,璞玉环画了一幅《月府游行图》,请鱼拉伍依照相法,用"药水"将其印在三五百丈的石壁上。龙孟华在"洗心"之后醒来,依旧"肝肠寸断",分不清梦境与现实,并在产生幻觉后突然从气球上纵身跃入万丈深谷,幸而为白鹤所救。鱼拉伍用"药水"治愈了他的外伤后,玉太郎劝他自重,"不可把有用的身体平白弄坏""这情字也要立定界限",龙孟华则称:"但恐一时性急,制不住这个身子。"果然,当龙看到伪造的壁像后,终于有些欢喜,但紧接着就因失手将凤氏画像的卷轴遗落,抱着玉太郎一起要跳下气球去寻找,幸而被后者阻止。"真影"造成的结果却是龙决定脱离团队,"一心一意,牢守着这凤飞崖。生时便做这凤飞崖的鳏夫,死后便做这凤飞崖的孤鬼"。颇感懊恼的玉太郎只得应允,用三间"橡皮房子"建造了一个有卧室、厨房、仆人的居所,插上中、日、英三国国旗,让他可以继续无所事事地在这里伤感流泪、吟诗弄句。①

不论作者是否因技穷而借龙孟华的疯癫来撑场面,他都有意无意地写出了科学和理性面对情感异常的主体时的无力,最多只能用"药水"令其陷入昏迷。更进一步,甚至可以说,正是科学及其所属的现代世界造成乃至强化了龙的病症:先进的气球使他可以轻易跨越山水阻隔,获得了不停追踪妻子的可能。他"性急如火",完全无法从中抽身去从事其他事情,即使身在异乡,也因为"心上有事,也没心留连光景"②。这个最尖端的发明并未使他获得幸福,反而令其陷入更深的不幸,也使得团聚这条叙事线索过度膨胀,完全压垮了整个故事的结构。

此外,气球也提供了特异的时空状态,令龙孟华的失常之举为自己和他人带来更大的危险。至于"伪造"真影一段,则暴露了"科学"将自己(无效地)装扮为"神迹"的面向——在现实的凋敝和黯淡中,只有器物上的发达才能为身体和精神上双重流放的疯癫文人提供一点温暖,但这幻象却让他病得更深。因此,这个段落也可视为小说本身作为疗伤物的象征:**掺杂着西洋科技的幻想叙事,为了(却也无法真正地)慰藉同时代读者家国离乱的感伤,伪造了一份海阔天空的幻象。**

癫狂之症并非龙孟华独有。尽管晚清科幻小说大多在艺术上表现平庸,《月球殖民地小说》却尤其令人不耐烦,一股凄厉的躁郁之调弥漫全篇。人们举止非常,动辄痛哭流涕——"哭"字在正文中至少出现80次

---

① 荒江钓叟:《月球殖民地小说》,见《中国近代小说大系》,第 323、331—349 页。
② 同上书,第 275 页。

以上,几乎每回都有悲泣的场面。不但龙孟华甫一出场就在月下大发牢骚,泪如泉涌,就连一向为众人所敬服的李安武,也在第 2 回听说玉太郎之父郁郁而终的消息后"发狂":"苍天阿苍天!你为什么造出这等世界来!难道除却这等世界,便没有别样世界么?"当他看到奸臣的首级时,"气从心发,抢起老拳,便向那玻璃瓶尽力打去。瓶没打开,却打断了自己的指头,鲜血淋漓的流个不住"。唐蕙贞得知父亲被权臣所害后试图自杀,被劝止后又突然斩断手指以立誓明志。① 在《月球殖民地小说》之前问世的"政治小说"《中国兴亡梦》中,作者也大呼:"痛哉!希望既绝之人,其无聊为尤甚。使不善自消遣,其走热之极端,或至发狂,其走冷之极端,或至厌世。……吾恨不得炸弹,贯南北极,毁灭地球,一泄种种不平;又惜无风马云车,飞渡别一星球,吸新空气,以洗所沾染之龌龊习惯,而恣吾乐也。"②

晚清小说中"四处横流的泪水"、过度的冷血或热情、不合常理的惊人之举,被王德威视为社会无力调节情绪的表征,背后是"情感的失序甚至贫血"。③ 不过这并非只是小说家的文本狂欢,而是时代的真实写照。仅举一例:1903 年,日本成城学校的运动会挂有各国国旗却唯独没有挂中国龙旗,几百名中国留学生痛哭流涕,一致抗争。④ 祖国的落后和衰弱,造成普遍性的情感激荡和神经过敏,正所谓"棋局已残,吾人将老,欲不哭泣也得乎?"⑤《月球殖民地小说》中的群体症候亦由此而来。但有意思的是,在第 29 回,出现了一位遁轩老人,他隐居海上,收留了落难的凤氏。这个"红尘不到处"有一条戒律:"等闲不得哭泣"。凤氏因与丈夫重聚而忍不住哭泣,立刻被老人赶出仙境。赋予种种"哭"以力量的现代国族叙事,在这个明显古典意义上的桃花源里被有意无意地消解了。⑥

---

① 荒江钓叟:《月球殖民地小说》,见《中国近代小说大系》,第 229、428、238 页。
② 侠民:《中国兴亡梦》,《新新小说》第 1 号(光绪三十年[1904]八月初一)。
③ 王德威:《被压抑的现代性——晚清小说新论》,第 42—48 页。
④ 《成城学校运动会补悬龙旗事件》,《浙江潮》第 4 期(癸卯[1903]四月二十日)。
⑤ 刘鹗:《老残游记》,见吴组缃、端木蕻良、时萌主编:《中国近代文学大系·第 2 集·第 6 卷·小说集四》,上海:上海书店出版社,1992 年,第 244 页。
⑥ 荒江钓叟:《月球殖民地小说》,见《中国近代小说大系》,第 399—401 页。

更有趣的是,夫妻团聚后,龙孟华依旧举止异常,继续迷恋着伪造的"真影",在攀岩时摔伤。恰逢此时,龙必大和月球气球队登场。玉太郎的气球初登场时是借龙孟华之眼写出,而月球人的气球亮相则借玉太郎之眼写出:

> 看看那些气球的制度,比着自己高强得许多;外面的玲珑光彩并那窗槛的鲜明、体质的巧妙,件件都好得十倍。仿佛自己的是一轮明月,他们却个个像个太阳。①

至此,团聚的线索能量耗尽,高悬天空的乌托邦世界及时接力,可故事却难以为继。② 正如《新石头记》中的贾宝玉到达了完美世界后便再也不需要回到黑暗现实去追索他的初心一样,龙孟华一旦妻子团圆,也没有返回旧世界,而是毫无征兆地突然不辞而别,一家三口去了月界游学,把一直帮助他的亲朋好友抛在身后。也许只有那里才能治好他的痼疾,但颇有意味的是,由国耻家恨造成的创伤此时却以新的形式在更大的层面延续:

> 玉太郎听这一般的情节,想道:世界之大,真正是无奇不有。可叹人生在地球上面,竟同那蚁旋磨上蚕缚茧中一样的苦恼,终日里经营布置,没一个不想做英雄、想做豪杰,究竟那英雄豪杰干得些什么事业?博得些什么功名?不过抢夺些同类的利权,供自己数十年的幸福。当初我们日本牢守着蜻蜓洲一带的岛屿,南望琉球,北望新

---

① 荒江钓叟:《月球殖民地小说》,见《中国近代小说大系》,第412页。
② 小说前31回一直以每期1—2回的进度保持比较稳定的连载(第25、41期无),直至光绪三十一年(1905)八月的第42期。该期虽然仅刊载了第31回"弹气雷岛滨救同种　移石画海外获奇观"的文字内容,但仍与之前一样,配了两回(第31、32回)的插图,每回各一张,这应该是制版的需要。也就是说,以主人公寻妻为主要内容的前31回,在不到一年的时间里发布于世。之后,却足足中断了一年之久,月球人才在姗姗来迟的第32回(光绪三十二年七月第59期)中正式登场。一年前预告过的回目"龙必大奇缘逢淑女　玉太郎急疾访良医"也被拆分成两句话,各自重新配图。此后,小说仅以每期1回的速度,勉强写了3回便彻底夭折。这些迹象是否表明了作者试图引入月球文明时的吃力呢?另一个迹象是:第13回,玉太郎曾梦游月界,月中人告诉他"十年后再会"(1921);第16回,凤氏义母马苏亚也曾梦见月界中人,约定龙必大出生20年后(1922)与月界仙女相会。这两个地月相会时间基本一致,但到了第32回,龙孟华与月界中人道别时却"约定后五年仍在这里聚会",即1916年,可到了第33回,他们一家竟突然离开地球。这些似乎都是作者临时起意。

罗、百济,自以为天下雄国;到得后来,遇到大唐交通,学那大唐的文章制度,很觉得衣冠人物,突过从前;不料近世又遇着泰西各国,亏得我明治天皇振兴百事,我通国的国民一个个都奋勇争先,才弄到个南服台湾,北宾韩国,占了地球上强国的步位。但这个强国的步位,算来也靠不住的。单照这小小月球看起,已文明到这般田地,倘若过了几年,到我们地球上开起殖民的地方,只怕这红黄黑白棕的五大种,另要遭一番的大劫了。月球尚且这样,若是金、木、水、火、土的五星和那些天王星、海王星,到处都有人物,到处的文明种类强似我们千倍万倍,甚至加到无算的倍数,渐渐的又和我们交通,这便怎处? 想到这里,把从前夜郎自大的见识,一概都销归乌有,垂头丧气的呆在一边。①

那檀指出:《月球殖民地小说》构建了一个"东南亚—亚洲—欧洲—月球—外行星"的同心圆殖民体系,更高等的文明总是以其优势技术使得对殖民地他者的暴力合法化。同时,他也注意到玉太郎与龙孟华互为陪衬:前者理性、有力、高效、科学,后者代表着感伤,总在自残自怜、郁郁寡欢。② 但他没有讨论的是,真正戏剧性的一幕发生在这个段落之后:玉太郎一直在担负着龙孟华的教导者、保护者和治疗者的角色——正如现实中的日本在这段非常的历史时期,担当起中国人的教师之职一样③——可是,当龙孟华飞向月球之后,玉太郎却开始重复龙的症状。他垂头丧气,对周围的一切不闻不问,看上去像"中了什么风魔,或是脑筋里受了什么重伤",那位神奇的哈老医生再度登场献艺,为他实施开颅手术,"洗出多少紫血"。一阵胡言乱语后,玉太郎终于清醒,说自己"一时间神经扰乱",之后便要发奋研究气球离地的方法,"我们世界内,将来必受一番的大变动呢!"④这应该是在暗示地球将沦为月球的殖民地,在龙

---

① 荒江钓叟:《月球殖民地小说》,见《中国近代小说大系》,第415—416页。
② Nathaniel Isaacson, *Celestial Empire: The Emergence of Chinese Science Fiction*, pp. 93, 95.
③ 清末新政要求各地广设新式学堂,教师来源遂成为问题。"在突然急需专家和培训人才时,日本提供了既孚众望又易接受的帮助,为中国在日华两地培训师资。……特别重要的一环是师范学校,而提供师范教职员的就是日本。"当时许多日本人也认为,日本作为东方最先进的国家,必须帮助中国进入20世纪。任达:《新政革命与日本》,第88、135页。
④ 荒江钓叟:《月球殖民地小说》,见《中国近代小说大系》,第416、418—422页。

氏父子等人的参与下，故事最终走向一个圆满的结局。然而这个星际尺度上的层级关系和复杂线索，显然远比才子佳人的聚散离合更难掌控，故事至此也陷入僵局。

虽未能完成，《月球殖民地小说》却可能是中国文学史上第一次认真描写地外文明的尝试，并首次提出了"太阳系规模的政治学"①，而为之感到苦恼的人物却是一位日本人，这颇耐人寻味：一面是璞玉环看见李安武所著的《台湾史》而"平空添了无限的凄凉"②，一面则是"南服台湾"的玉太郎为永无止境的进化焦虑所困扰，后者原本代表着黄种人逆转世界等级体系的"未来"，但这"未来"还未能展开，就被更强大的"他者"预先瓦解，由此造成同样的精神创伤。这和凡尔纳的故事若合符节。在商务印书馆所译的《环游月球》中，有一段月球与地球人的疾病是否有关的讨论：

> 纪元千三百九十九年，查理六世，当新月及满月时常发狂。有哥尔者，自言历有经验，凡病发狂者，常在新月满月之时，并举确据若干条为证。此外如热病、如睡中步行病，及其余各病，亦屡如是。然则月球能与人体相感，昭然明甚。巴氏曰：然，其理有不可解者。③

在周树人所译的《月界旅行》中，这段讨论末尾还有一句"此疑问惟可借古时某学者答人之言解之，即'传说以奇而不足信'是也"④。比较而言，《环游月球》的读者会更容易相信满月与人的"发狂"有某种神秘的联系。不论"荒江钓叟"是否从中受到过启发，他都借助现代殖民话语，翻新了延续千年的"愁人对月"意象⑤，也反写了凡尔纳的冒险故事：在法国作家

---

① 武田雅哉曾指出："藤田玉太郎这位值得大书特书的日本人，或许是中国文学史上第一位对'太阳系规模的政治学'感到苦恼的人物。"武田雅哉：《飞翔吧！大清帝国：近代中国的幻想与科学》，第209页。这句话强调的重点是后半句，而笔者将其挪用和颠倒，以强调前半句中隐含的"日本人"问题。还有一个有趣的细节：就在玉太郎为之烦恼的时候，"龙孟华为的喜从天降，没有转到这个念头"。荒江钓叟：《月球殖民地小说》，见《中国近代小说大系》，第416页。
② 荒江钓叟：《月球殖民地小说》，见《中国近代小说大系》，第400页。
③ 焦奴士威尔士：《环游月球》，第29页。
④ 培仑：《月界旅行》，中国教育普及社译印，东京：进化社，1903年，第75—76页。
⑤ 玉太郎的气球首次登场的第5回刊载于《绣像小说》第26期，该期"时调唱歌"栏目刊有一首《叹国歌》，开篇即是："愁人对月数更筹，触起衷情泪怎收。叹我国沉酣有了千年久，醉生梦死万事一齐休。"

笔下，主人公探月的动机是开辟新殖民地，"作月球主人翁，通商于此，殖民于此，输入技艺学术，当成一绝好共和国"，当他们观察月球地表情形时，便想着将来如何开发建设①；而位于殖民体系边缘的中国作者，却将整个地球置于被月球人征服的阴影下。

该如何看待这个结局/中断？

欧阳健早就注意到，"晚清长篇小说中最先完成的作品"《痴人说梦记》虽难能可贵地以正面理想人物为中心，其梦想却不过是重走资本主义的老路②。那檀也对《月球殖民地小说》做了类似的分析：远航的能力促成了大发现竞赛，把达尔文带到了加拉帕戈斯群岛，他在那里对动植物的观察对后来的演化论起了关键作用。《月球殖民地小说》中弥漫着达尔文式的时间观与伪达尔文主义的"适者生存"图景，印度洋上的群岛被冻结于各自所代表的进化阶段上，从中可以体察到一种矛盾的心态：既要确认玉太郎所代表的泛亚洲的优越，又通过病弱的龙孟华和那些愚昧的岛屿再度确认东亚和东南亚的孱弱。"即使是那些对帝国主义世界体系具有高度批判意识的(中国)作家们，也和同类的许多西方科幻作品一样，无法设想帝国的缺席。"因此，《月球殖民地小说》并未去挑战"殖民地—大都会"的对立关系，而是暗示出一种"中心—边缘"的不断转换，换言之，"东方主义"并未遭到颠覆，而是在各个层级中复现、增生。③

这种阐释不无道理。但是，正如上一章所讨论的那样，至少在吴趼人那里，对殖民逻辑的挑战方式，既不是简单的倒转，也非增生，而是对"镜—像"关系的复杂运用，《新石头记》里的探险活动，也完全不该被解读为殖民逻辑的重演。当然，无论是对"文明"话语的批判，还是叙事上的复杂度，《月球殖民地小说》都远远无法和《新石头记》相比，"荒江钓叟"也确实以异常冷酷的笔调描绘了几场对"野蛮"人毫无必要的

---

① 另外，三人返回地球的欢迎会，正与美国战胜他国的凯旋大宴同时举行。焦奴士威尔士：《环游月球》，第69、100、127页。

② 欧阳健：《晚清小说史》，第231—236页。

③ Nathaniel Isaacson, *Celestial Empire: The Emergence of Chinese Science Fiction*, pp. 42, 96, 104, 106.

大屠杀①,这都在相当程度上支持了那檀的观点。但是,虚构性叙事总是存在一些微妙的细节,《月球殖民地小说》中也有一个溢出这个星系殖民环形构架的地方——玉太郎为错失登月而闷闷不乐,便问那位遁轩老人为何不随龙孟华一道而去,这位红尘之外的老者答道:

> "一切世界,无非幻界。我受了这幻界的圈套还不够?又到别样幻界干甚呢?"②

如果注意到,除了最后在地球上闪现的气球队,作者从来没有正面描写过月球世界,这个一直被视作理想乐土的地方此前只在人们的梦中出现过,那么老人的话就尤其令人生疑:所谓"月中的好处,是千言万语都说不尽的。大约世界上所有一切的苦恼,此处都一点没有",是否只是梦中人的一厢情愿?那个"黄金为壁,白玉为阶,说不尽的堂皇富丽"世界的人民,果真一点"龌龊卑鄙的恶根性却还没有"么?当他们遇到"肮脏世界"的地球人时,真的不会重演征服和开化野蛮的文明戏吗?"身世原来都是梦,几人勘破幻中缘"③,这样的回末联语,正提醒我们:不论无心还是有意,"荒江钓叟"都和吴趼人一样借助关于"真—幻"的本土智慧,制造了文本的自我质询——在物竞天择的焦虑中催生的国族和人种进化叙事,

---

① 第23回,野蛮人与文明人发生了冲突,但在前者已经不能构成威胁的情况下,"文明的"英国医生"便对准一枪,把他打死",其余的人叩头求饶,但语言不通,鱼拉伍大怒,"便放枪打死了许多;玉太郎也陪着放了几枪,竟把舱里的人全数打死,方才住手"。第30回,孤虚岛上的华工遭受虐待,为了向当地政府复仇,"玉太郎走到军器库中,拨动气雷机关,对准那一排马队打去。直打得旌旗粉碎,人马全空,两旁人民却也连累轰死不少;但为除害起见,也顾不得这许多了"。荒江钓叟:《月球殖民地小说》,见《中国近代小说大系》,第355、407页。这一情节再度与凡尔纳形成对照,在后者的《征服者罗比尔》(1886)中,主人公为了证明自己的飞机能维护世界秩序,对正在庆典仪式上屠杀俘虏的非洲土著进行了空中轰炸。儒勒·凡尔纳:《征服者罗比尔》,何友齐、陶涤译,北京:中国青年出版社,1985年,第144—150页。这本小说在1887年就被井上勤翻译成了日文版《造物者惊愕试验:学术妙用》。

② 荒江钓叟:《月球殖民地小说》,见《中国近代小说大系》,第421页。有意思的是,《痴人说梦记》的结尾,也写到几位守旧的老人,他们在新开辟的中国殖民地岛屿上感到"万分不如意",相对呜咽。这既可能是对守旧者的温и嘲讽,也可能是惊扰殖民之梦的杂音。旅生:《痴人说梦记》,第210—211页。

③ 荒江钓叟:《月球殖民地小说》,见《中国近代小说大系》,第230、288—289页。

究竟会把世界导向何处？当星际旅行实现后，是否会如周树人所担心的那样，"虽地球之大同可期，而星球之战祸又起"？那时又将到何处去寻找真正的乐园呢？"以其尚武之精神，写此希望之进化"①的先觉者，从千年沉酣中醒来，不会跌入另一个梦幻中吗？身份不明的"荒江钓叟"，就以这样自我背反的方式，搭建起一个残缺的宏大叙事，奇妙地回应了凡尔纳的年轻译者周树人在癸卯新秋的日本写下的玄想。

故事进入尾声时，作者揭秘遁轩老人其实是朱奔的侄子、大明皇室后裔，这位活了两百多岁的老人，在将崇祯皇帝赐予的蟒袍玉带传给唐蕙良后，终于感到可以逃离尘世的羁绊，便自刎而死。这隐隐流露着清末革命党人的反满之音，但纵观前文有关民智未开、兴办教育的主张，作者似乎又倾心改良主义。总之，文本的种种裂痕、毫无必要的细枝末节都让人怀疑作者的创作态度。最后，我们只看到中国人继续准备"运动南洋的豪杰，收复祖国的利权"②，而玉太郎仍在孜孜不倦地钻研新式气球，渴望能够战胜地心引力，却在中秋那天的实验中身受重伤，这一次，不再是哈老的"神奇"药水来救援，而是神秘的月中童子来送信。月界中人究竟能否治好这位日本科学家的身心创伤，却成了永远的月夜悬案。

较之凡尔纳对炮弹发射的动力学分析、对探月工程规模的设想，《月球殖民地小说》对于空间征服的奇想实在过于随意，其叙事技术也不甚高妙，但作者敢于将"气球"作为谋篇布局的关键道具，不能不说勇气可嘉，将"月球""殖民地""小说"这三个新问题直接关联成篇名，也不可不谓具有探索意识；其对科技的想象、对中日联盟关系的强调，都投射了也参与塑造了时代的情绪。就在清廷宣布"预备立宪"不久，"荒江钓叟"的故事也画上了休止符。③ 虽然它迅速地被时间埋没，但那无止境的呜呜

---

① 鲁迅：《〈月界旅行〉·辨言》，《鲁迅全集》第 10 卷，第 163 页。
② 荒江钓叟：《月球殖民地小说》，见《中国近代小说大系》，第 427 页。
③ 光绪三十二年(1906)七月十三日，清廷宣布"预备立宪"，《月球殖民地小说》的最后一回(第 62 期)则于八月登场。我们无从确知，宣布立宪会否影响到作者的思想，但这个声称要描写志士维新救国、已经连载了 35 回、故事时间早已越过 1910 年的小说，接下来要如何解释自己此前从未写到过立宪和议会的内容呢？这对作者来说也是一件麻烦事。

咽咽,早已和历史的澎湃海潮,搅成一片。

"松盖芙蓉"位于巫来由,也就是马来西亚。作者把这个近未来的幻想安置在一个明确的时空位置上,也许是想让故事显得真实。据说,这是一个从同治十三年(1874)便归英国保护的地方,而在真实的1874年,日军在台湾琅峤强行登陆。在英国公使威妥玛的"调停"下,妥协的清政府只得订约赔款。正是这个日本,后来成为亚洲第一个强国,并在甲午之后、对中国发动长期侵略之前,因为种种原因,一度成为备受许多中国人期待的盟友和导师。对阮元而言,这样的未来图景是无法想象的。① 当他举头望月时,大概不会想到,仅仅几十年后的华夏子孙,会在月圆之夜,因为国耻家恨而涕泗横流,那月光再也不似从前,它是进化领跑者飞向太空的召唤,也是进化落伍者身心破碎的见证,这痛楚盘桓不去,以至多年以后,《月界旅行》的译者终于写下《狂人日记》,那是另一个被自己的文明压垮的文人在月下发狂的故事。

第二节 新纪元与"追魂砂":《新纪元》中的时间与战争

1896年春,年逾古稀的李鸿章奉命前往俄国庆贺尼古拉二世加冕。此行缔结的"中俄密约"——清政府允许俄国在中国东北修建铁路,以换取两国结盟共同对抗日本——为日后的日俄战争预埋了伏笔。在俄期间,他访问了莫斯科盲童学校。这位拖着大辫子的中国老人引起了学生们的好奇,他们簇拥在他身边,细细摸着他的手,想从中找出野蛮的黄种人与文明的白种人究竟有何不同,结果是意外的:他们甚至觉得他要比学校里的仆役更和善可亲,看来,他们以往得到的教育很值得怀疑。

李鸿章大概很快就会忘记这件小小的插曲。不过,很多年以后,其中一位盲童爱罗先珂成为著名的国际主义者和诗人并在中国得到文化界的

---

① 甲午之前,日本很少进入中国人的视野。葛兆光:《中国思想史(三卷本)》(第2版)第2卷,第468页。

热情欢迎时,他用世界语讲述了这个故事。① 当然,大多数人是无法像他一样无视人们的肤色的。尽管,亚洲人肤色各异,中国人和日本人还曾被早期欧洲传教士和旅行家们视作"亚洲白人",但他们终于逐渐被安置在近世欧洲发明的"黄种"概念中,诱发种种"黄祸"之惧。②

在天演大戏中,时间,和空间一样成了战场。当"荒江钓叟"用了十几万字仍无从找到殖民体系套嵌结构的突破口而只能让人物在半空中踯躅不前时,许多作者却已经向"未来"里寻求权力关系的逆转,续写梁启超未能完成的复兴叙事了。和《新石头记》的温和路径不同,玄想一场血战来令中国重回世界秩序中心并主导大同世界的建设成为小说家们的偏好。诞生于拒俄运动的《俄事警闻》在1904年刊发了蔡元培的《新年梦》,幻想中国复兴,战胜了来犯的西方侵略者后提议成立万国公法裁判所,"那时候各国听中国的话,同天语一样"③,由此建成文明世界,男女自由结合,语言文字统一,最后消除国界、天下大同,人类将控制气候并殖民其他星球。在类似的作品中,将重建王道之战做叙事中心而大张旗鼓展开画幅的,非《新纪元》莫属。

在上海小说林社1908年出版的这本书中,真实身份同样成谜的"碧荷馆主人"一上来便提醒读者"科学"的重要性:

> 现在世界上所有格致理化一切形下之学,新学界都唤做科学。世界越发进化,科学越发发达。泰西科学家说得好:十九世纪的下半世纪是汽学世界;二十世纪的上半世纪是电学世界;二十世纪的下半世纪是光学世界。照此看来,将来到了二十世纪的最后日期,那科学的发达,一定到了极点。④

怀着对"未来"的浓厚好奇,作者批判了从前的小说家只能以史书或

---

① 爱罗先珂生于1889年,他在文章中称自己9岁时被送往莫斯科盲童学校,但他告诉胡愈之"四五岁时就送到莫斯科盲童学校里去念书"。爱罗先珂:《我底学校生活底一断片》,愈之译,《晨报副镌》1921年11月21日,第2版;胡愈之:《介绍盲诗人爱罗先珂》,《晨报副镌》1921年10月20日,第1版。

② 李广益:《"黄种"与晚清中国的乌托邦想象》,《中国现代文学研究丛刊》2014年第3期。

③ 蔡元培:《新年梦》,见高平叔编:《蔡元培全集》第1卷,北京:中华书局,1984年,第241页。

④ 碧荷馆主人编:《新纪元》,见《中国近代小说大系》,第437页。

实事为蓝本加以杜撰,"不是失之附会,便是失之荒唐"。"编小说的意欲除去了过去、现在两层,专就未来的世界着想,撰一部理想小说;因为未来世界中一定要发达到极点的乃是科学,所以就借这科学,做了这部小说的材料。"①作者又申明:自己并非科学专家,此书虽看似"科学小说"但并非科学讲义,然后言归正传。

1999年,君主立宪的中国已颇为强盛,"因为自汉、唐以来一径用世主的年号纪年,不便之处甚多"②,议员们主张改用黄帝纪年,并通知同种诸国和附属国一体遵照。西方世界大惊,认为中国意欲联络同种而黄祸将至,于是召开"万国和平会",制定众多种族歧视政策。黄、白人种混居的匈牙利被排除在白种之外,匈王决定采用黄帝纪元,引发内乱。西方兴师问罪,匈王以"夏王神禹之裔胄"的名义求援,被其认作祖国的中国决定出兵保护,遂引发一轮世界大战。大元帅黄之盛率兵一路突破南海、印度洋、红海,最后直达地中海,迫使白人订约赔款。

这场以海战为主的战争,仿佛近代中国遭遇的一系列挫败的翻版,其诱因却似不寻常。其实,纪年问题并非小事。就在李鸿章赴俄前不久,北京的强学会被清廷取缔。这个由康、梁等维新派在甲午战争后组建的政治团体,在其所办的《强学报》第1号上标注了"孔子卒后两千三百七十三年/光绪二十一年十一月二十八日",并刊发了一篇《孔子纪年说》。这个与西方基督纪年同构而又对立的纪元法令保守派人士颇为惊骇:"欲人不知有本朝也""名为尊圣,实则轻慢悖谬已极"。③ 与之相对的则是革命党人主张的"黄帝纪年"。刘师培便说:"盖彼等借保教为口实,故用孔子降生为纪年;吾辈以保种为宗旨,故用黄帝降生为纪年。"④

如湛晓白所言,"皇帝纪年在某种程度上象征着君主对整个帝国运作的最高纲纪,指示着历史时间的演进,因此,孔子纪年的提出就直接构

---

① 碧荷馆主人编:《新纪元》,见《中国近代小说大系》,第437—438页。
② 同上书,第438页。
③ 苏舆编:《序》,《翼教丛编》,上海:上海书店出版社,2002年,第1页;穗石闲人:《读梁节庵太史驳叛犯康有为逆书后》,《申报》1898年11月1日,未标版次。
④ 刘师培:《黄帝纪年说》,见邬国义、吴修艺编校:《刘师培史学论著选集》,上海:上海古籍出版社,2006年,第1页。

成了对清朝统治合法性的挑战";而"黄帝纪年"则"既颠覆了抽象的时王纪年,又对抗于具体的清朝之异族'篡权',在某种程度上亦是象征着汉族之'正统'的恢复"。①

换句话说:对于生活在清末的人们而言,存在着不同的时间标记法。以《新纪元》出版的时间为例:它可以是西元1908年,也可以是光绪三十四年、黄帝纪元四千六百一十七年、孔子降生后两千四百五十九年,按照中国传统的天干地支纪年法,它还是戊申年。在那个充满了思想斗争的时代,对时间的标记并不仅仅意味着一串数字,而是关乎对过去、现在与未来的评断。

在"碧荷馆主人"笔下,"黄帝纪年"引发了东西方对时间标记权或者说历史叙述权的争夺。接受了种族话语的清末知识分子,多强调黄种虽暂时屈居白种之下,却优于其他有色人种,表面自信的背后是对落入与黑、棕人种相同命运的担忧。② 在此种氛围中,小说家自然可以设想所有黄种人联络一心:三十余国派兵助战,听从天朝上国调遣,华人在美、澳两洲建立的共和国也应声而起,守住后路,土耳其和埃及被利益劝诱,扼住苏伊士运河,让中国军队可以从容西征。虽然如此,中方仍旧坚持道义合法性,强调白人挑衅在先,"曲在诸国",中国出师乃"堂堂之阵,正正之旗,于理并无不合",中国境内的白人及战线上的非敌兵都会受到保护,"要白种诸国晓得我中国举动的文明"。③ 战争的最终诉求,并非泯除界限、天下大同,而是与白种分庭抗礼,重新以肤色将世界一分为二:

> 话说此时系黄白两种民族因生存竞争之问题上开战,所以红十字会之外,并没有什么局外之国前来观战。虽然红种、黑种、棕色种

---

① 湛晓白:《时间的社会文化史:近代中国时间制度与观念变迁研究》,第15—16、19页。
② 孙隆基指出,康有为有关黄白通婚、淘汰黑种的构思,其前提是两个种族地位对等,因此暗含黄、白两大人种在全球范围分庭抗礼之意。"中国被打掉了的孔教天下主义,终于经由公羊学派之手,修订为黄白二色人种的'共同中心'主宰新'天下'的构想。"唐才常也有"黄白智,红黑愚;黄白主,红黑奴;黄白萃,红黑散"之论,并认为根据进化论"由贱种进良种之为顺天,由顽种沦非种,由非种至亡种之为逆天"。孙隆基:《清季民族主义与黄帝崇拜之发明》,《历史研究》2000年第3期。
③ 碧荷馆主人编:《新纪元》,见《中国近代小说大系》,第448、454、455页。

三样人尚未绝于世界,然衰耗已甚,不能自立,仅为列强之奴隶,故亦无前来观战之人。便是中外商船也断绝交通,因此印度支那洋面上真个是海阔天空,一片极好大战场。①

这一堪称"务实"的态度在作者之前出版的《黄金世界》(1907)中已有表露:

> 图南道:"……种族界限,他人分析极清,我同胞中犹有主张大同的陈言,欲合地球万国为一大社会,成一大团体,岂非梦呓?"建威道:"主张大同的,不过无聊之想。其见事不明固可嗤,其立言之心犹可哀。我闻迩来并有投身他族,求隶版籍者,苟为市井之不肖,犹不足论,乃竟出于自号开明,侈谈道德的人类,中国民族真是有退无进了。"②

不过,中国虽然获胜,英、俄两国却拒绝签字,并鼓动新一轮战事,由此留下一个悬念。这可能只是作者为将来撰写续作而故意留下的一个接口,却也如《月球殖民地小说》一样演示了对殖民主义的简单翻转只能落入无尽循环的陷阱。黄种人在"黄帝四千七百零九年"(公元2000年)步入"新纪元",翻开的却不过是一本老皇历。就种族意识而言,小说无甚新意,倒是叙事者在"新—旧""中—西""现在—未来"等镜像群中的穿行和翻译,为文本制造了不少微妙的异常。

首先是标注未来的方式。武田雅哉曾注意到《万年书》《万年历》与晚清科幻中的时间标记法存在关联。"大清帝国自乾隆之后,每当有新君继位(即年号变动)时,就由宫中天文观测所的'钦天监'来编纂《万年书》。有趣的是,它的时间,会一直记载到新年号的第两百年为止。"③宣统年间的《万年书》记载到宣统二百年(2108)为止。发表于"宣统元年"(1909)的《电世界》更胜一筹,从宣统一百零一年(2009)讲起,到"宣统三百零二年"结束。吴趼人也在《光绪万年》(1908)中以戏谑的方式使用

---

① 碧荷馆主人编:《新纪元》,见《中国近代小说大系》,第482页。
② 碧荷馆主人:《黄金世界》,见吴组缃、端木蕻良、时萌主编:《中国近代文学大系·第2集·第6卷·小说集四》,第660页。
③ 武田雅哉:《飞翔吧!大清帝国:近代中国的幻想与科学》,第192页。

了这种帝王纪年法。不过,对"碧荷馆主人"而言,"西历一千九百九十九年"可能要比"光绪一百二十五年"更容易接受,后者既不可能真的在现实中出现,也违背故事废除帝王纪年这一出发点。如前所述,若没有进化论视野和线性时间观,是无从想象"未来"的。换言之,黄种人的"新纪元"本就是白种人历史观的对应物。

不过,旧的时间系统也在顽强地浮现。据湛晓白考察,西方便携式机械钟表早就已经传入中国,晚清的上海租界也率先将钟点时间引入日常的市政管理中。另一方面,南北朝之后,"昼用辰刻,夜用更点",十二时辰制和百刻制相互配合,就成为生产和生活中最常用的计时标准,一直沿用至民国时期。[1] 在《新纪元》中,我们也能发现时间计量方式的新旧杂糅:夜间军事行动,都是以中国传统的更点制为依据的:"这晚到了二更左右……""今天就请金小姐于三更时分……"奇异的是,白人也被编织进这一时间系统:

"我们宜趁黄之盛不在军中的时候,就于明晚三更,出其不意,再去破他一阵……"

"约在明日晚间一同飞到锡兰,须候到初更以后,再把气球潜行到中国舰队之上,抛下炸弹,朝下攻击,好歹也教黄之盛丢了半条性命。"[2]

由于更点制是对从日没到次日日出的夜间时间的划分,因此起讫、时长均随季节和地点而变化。[3] 这种程度的时间精确性对于农耕社会来说是足够的,但出现在一百年后科学发展到极点的世界特别是战争场面中,便无意中暴露了作者在"时间"这一最基本的题目上,尚未把握住"现代"的关键。不过,如果联想到编译《航海通书》的贾步纬曾将地理经度的起点从原书的本初子午线改为北京经度,以及更早的将中国置于世界地图

---

[1] 湛晓白:《时间的社会文化史:近代中国时间制度与观念变迁研究》,第102—126页。
[2] 碧荷馆主人编:《新纪元》,见《中国近代小说大系》,第529、556、517、528—529页。
[3] 清代的更点制,将每夜分为五更,起更始于入夜后第一个时辰,而止更于日出前一小时零一刻。在更点制基础上建立的更点敲锣击柝的巡夜制,是古代常见的一种夜间报时方式。参见湛晓白:《时间的社会文化史:近代中国时间制度与观念变迁研究》,第116—126页。

中心的利玛窦①,那么,"碧荷馆主人"对西洋时间的无意识"校正"似乎也可以读出某种特别的意味。

从叙事技巧方面看,这类"错置"又与对传统神魔小说模式的借用有关,这正是另一个醒目的异常之处。与那些大发议论的作品不同,《新纪元》对社会改良或乌托邦全景毫无兴致,只专注于描绘双方的海陆空大斗法,或可称为中国最早的长篇军事科幻。据书中人说:"从前遇有兵事,不是斗智,就是斗力;现在科学这般发达,可是要斗学问的了。""只要有新奇的战具,胜敌可以操券。……某以为,今日科学家造出的各种攻战器具,与古时小说上所言的法宝一般,有法宝的便胜,没有法宝的便败。设或彼此都有法宝,则优者胜,劣者败。"②于是,英雄人物不再是神仙道士,而是精通格致理化之学又知晓时事的全能型人才,当然,他们的行动依然遵循着斗法套路:轮番拿出彼此相克的科学"法宝",它们都属于私人秘藏,在登场前鲜为人知,从未在日常的军事操练中验证过效用,到了战场上才突然露面,经过简单的试验、教授和练习就马上投入使用,成为情节发展的主要推动力。③ 旧套路虽容易驾驭,却也被后世研究者视为晚清"科学小说"不能摆脱神魔烙印的证据。不过,很少有人追究它们的知识来源。

义和团运动之后,很多人将愚民惑于妖邪归罪于旧小说。邱炜菱就称:"神怪之说,支离莫究,尤《西游记》、《封神传》绝大隐力之发见矣。"④"改良小说会"也认为:

> 小说好记神怪,或升天成佛,或祝福忏凶,或学仙而得异术,或战斗而用秘宝,诡怪相眩,唯恐不奇。白莲、八卦诸会匪,屡惑于此,因以作乱。至庚子而拳匪之变,几沼中国,观其神人附体,传授宝器诸

---

① 熊月之:《西学东渐与晚清社会(修订版)》,第422页。
② 碧荷馆主人编:《新纪元》,见《中国近代小说大系》,第456、486页。
③ 王德威已注意到,作者虽用超级科学家替换了传统小说中的神魔人物,以新发明的武器取代了巫术魔法,但基本模式并未改变。王德威:《被压抑的现代性——晚清小说新论》,第350—351页。
④ 邱炜菱:《小说与民智关系》,见陈平原、夏晓虹编:《二十世纪中国小说理论资料(第一卷)》,第47页。

说,无一非来自小说。①

在这种谴责声中,小说家若要名正言顺地书写奇谭怪想,炫示秘宝高强,就必须托"科学"之威名。于是,小说林社为《新纪元》所做的广告便出现了这样的强调:"书假科学之发明,演黄白之战争。所用器具,无识者见之,几疑为王禅老祖与黎山老母之法宝,故类皆注明年月姓氏及用法效果。善记忆者,当知其所言非虚。"②因此,每一法宝亮相,必有一番详解。在一场类似火烧赤壁的重要战役中,出山助战的世外高人介绍了他那"凶毒异常,不能传与他人的""化水为火法":

> 水之为物,原系轻、养二气所成,分之则为轻气、养气,合之则为水,是水与轻、养二气,固一而二,二而一者也。然水性善能灭火,轻、养二气则善能生火,和而合之,遇火即燃,热烈之至,无可与比。是水与轻、养二气,质虽相同,而性实相反。曩曾有人欲考究善法,将水化为轻、养二气,售之于人,藉获大利,然久之未寻得廉俭之法。如以电过水,水即分为轻、养二气,然成本过重,终无大用。至西一千九百零四年,有意大利人名满拿者,精于化学,考得数种化学药料能将水化为轻、养二气,其药料成本甚轻,每化成轻、养气十万尺,只值银十五仙,较煤气价廉六百倍,而热力则较煤气为尤胜。老夫幼年在意京罗马留学时,访求满拿的后人,得了他祖父传下来的秘本,学得此法。回华后又加意研究,逐渐改良,现在只要药水一瓶,就能把百步之内海面上的水,化成一百五十万尺轻、养二气,再用电火引之,那怕你数万顿(吨)的铁甲舰,管教他顷刻成灰。③

看似五行相生相克的法术,却有着化学上的名堂,如此言之凿凿,读者怎

---

① 何负:《小说改良会叙》,《经济丛编》光绪二十八年(1902)五月二十九日第八册。
② 《新书介绍》,《小说林》第 10 期(戊申[1908]三月)。另一个类似的例子是,1909 年的《新七侠五义》为大侠们配上了"汽船""电光剑""电光石"等先进装备,大概非如此不足以让新时代的英雄惩奸除恶、树立威名,而这一切"皆从生、光、化、电各科学中所发明者,吾中国将来科学进步,发明各种器具,安知不与此书吻合"。《新七侠五义弁言》,见陈大康:《中国近代小说编年史》,第 1821 页。
③ 碧荷馆主人编:《新纪元》,见《中国近代小说大系》,第 506、513 页。

能不信？但问题也随之而来：20世纪末中国的克敌之法，却只是复制或充其量改进了20世纪初的西方科技吗？90年间，人类科技竟无重大突破？我们遭遇的不只是那神秘的"时间黑洞"——在其中，继承了西学的中国飞速进化，西方人却近乎停滞不前——也是"西学中源说"的反转。事实上，《新纪元》提供了一个极好的案例，为我们展示当时报刊上的新知是如何激发小说家的想象并进入虚构叙事的。在1904年的《政艺通报》上，我们可以找到"水能生火"的新闻：

> 水之为物也，原轻、养二气所成，分之则为轻气、养气，合之则为水，是水之与轻气、养气，固一而二、二而一者也。然水性善能灭火，轻、养二气则善能生火，和而合之，遇火即燃，热烈之至，无可与比。是水与轻、养二气，质虽相同，而性实相反。曾有人欲考究善法，将水化为轻、养二气，售之于人，以得大利，然至今尚未寻得廉俭之法。如以电过水，水即分为轻、养二气，然成本过重，终无大用。兹有意大利人名满拿高，精于化学，近考数种化学药料，能将水分为轻、养二气，此药料成本甚轻，如将来此法得成，则每轻、养气十万尺，只值银十五仙，较之煤气，价廉六百倍有余，而热力则较煤气尤胜。然轻、养二气，热力虽大，惟火色无光，然制之使光，亦属非难，每十万尺亦不过成本二十五仙。现满拿高之新法，尚未完备，将来考究愈精，可以夺煤气灯、电气灯之利矣。①

这段文字几乎原封不动地出现在了稍后出版的《东方杂志》第6期上。就像《东方杂志》的编辑把各种新闻剪裁汇总一样②，"碧荷馆主人"也把这些新知近乎完整地搬运进了小说中，稍加扩展，改换名称，变成了未来的各式法宝。故事结尾处，我方又拿出一件"追魂砂"——

> "……乃光学家之秘宝，盖即五金质内之坚光也。其法系百年

---

① 《水能生火》，《政艺通报》第3年第9号（甲辰[1904]五月望日），第35张。
② 《丛谈·水能生火》，《东方杂志》第6期（光绪三十年[1904]六月二十五日），第15页。据章锡琛回忆，《东方杂志》1909年前的编者是徐珂，"因为编这种杂志完全是剪刀浆糊的工作，他一人在几个晚上业余时间就能完成，读者并不很多"。章锡琛：《漫谈商务印书馆》，见《1897—1987商务印书馆九十年：我和商务印书馆》，第112页。

前独国化学师伦敦所传,伦敦尝取此光质大如粒粟者,以照鼠子,三日而毙。此光质长年明亮不灭,较煤、电等光尤为夺目。妾曾即其法反覆研求,遂将此物制成一宝,名曰追魂砂。如在深夜开战,敌人眼睛被追魂砂光线射着了,便张不开,其光线与厄克斯光线无异,能透过物质。……"①

与此前的"海战知觉器""流质电射灯"等武器不同,"追魂砂"的名字带有浓重的神魔味道,很容易被当作古老东方的秘宝,因而历来最受研究者诟病②,但其实在《政艺通报》上也同样能发现它的原型:

德国化学师名伦敦者,能以五金质内之坚光为用,其光永远不灭。取此质光如一粒谷十份之一大,以照生物,若照鼠子,其鼠三日必毙。又以此光置人手上,虽热气不大,仍觉有痕(痛)苦。以此光照脑,可以调治盲人,使眼目复明,能读书写字,诚眼科之神术也。此物在五金质内,纤微不可目睹,用大显微镜窥之乃可见。如以铜钱一枚,置白纸上,久之其钱迹具在纸上,即是此光质也。物虽甚微,为用甚大,扩而充之,足以利用天下。若以此光而为灯,则所谓煤光、电

---

① 碧荷馆主人编:《新纪元》,见《中国近代小说大系》,第555页。
② 陈平原问道:"气球队、潜水艇、日光镜全部派上用场,而且大显神威,可最后决定战争胜负的,为何竟是古老而神秘的追魂砂?"陈平原:《从科普读物到科学小说——以"飞车"为中心的考察》,《中国文化》1996年第13期。不过,"追魂砂"在小说中仅仅被提及,其实并未派上用场。欧阳健则遗憾:"小说所写种种神技,都与光电化学等科学知识有关,其中包括化水为火、人造粮食煤薪等,在当时都堪称得上是超前的科学幻想,惟'追魂砂'一项,犹带神怪小说之残迹。"欧阳健:《中国神怪小说通史》,南京:江苏教育出版社,1997年,第668页。杨清惠断定:《新纪元》"既罗列水上步行器、避电衣、流质电射灯、泗水衣、软玻璃眼镜等轻便军事用具,也借用若干武侠小说的'飞镖''追魂砂'伎俩,适促成武侠与科幻次文类的混合"。杨清惠:《异度空间——蜀山剑侠的科幻书写》,见林健群主编:《在"经典"与"人类"的旁边——台湾科幻论文精选》,福州:福建少年儿童出版社,2006年,第220页。吴岩等则认为"追魂砂"的存在证明了晚清科幻小说"对前科学、对宗教、对巫术、对阴阳五行等地方性知识和学说的强烈肯定"。吴岩、方晓庆:《中国早期科幻小说的科学观》,见吴岩主编:《贾宝玉坐潜水艇——中国早期科幻研究精选》,福州:福建少年儿童出版社,2006年,第192页。胡全章判定:晚清乌托邦小说中追魂砂等新式武器,"大都徒有新异之表,而无独创之实",并认为"追魂砂"即X光。胡全章:《晚清小说与文学转型》,北京:中国社会科学出版社,2012年,第92页。另外,栾伟平认为,书中的另一法宝"洞九渊"也"太过神奇,让人联想起中国古代神怪小说的照妖镜"。栾伟平:《小说林社研究》(下),第213—214页。

光,概可弃而不用;金刚钻石之真伪,若以此光在黑房照之,则可立判。近来钻石巨商,乐得此光而用之也。①

厄克斯透光镜,能照人肺腑,洞见各物。今西人又得一新质,化学家名之曰拉的幼模,其性透光,与厄克斯无异,惟价值极昂,每重一两,值三万七千七百九十六法郎,合华银一万七千余两。德国医士名龙丹者,曾考究此物功用,谓其力能使瞽目复明,俄国有瞽童二名,用之其患若失。②

第二条新闻也很快出现在稍后的《东方杂志》上,除不含加点文字外,其余内容全部一样。③ 这个"拉的幼模",其实就是居里夫妇1898年联合报告发现的"镭"(Radium)。1905年,《新民丛报》曾刊发周桂笙所译的"科学小说"《窃贼俱乐部(一名一两雷锭)》,在篇首"译者再识"中有说明:

按:此卷内"雷锭",西文原名为"Radium"。近人有译作"拉的幼模"者,此四字音,急呼去,即与雷锭二字之音相近,皆译音也。窃谓译音,字最宜简,所以便读者之记忆,故代以二字云。④

小说中介绍这种物质能发光发热,"历二千年之久,无所损坏",将其置于暗室中,"若火球然,光芒四射,炫人眼目",人站在近旁"则闷损益甚,目不得张,无异于对燎原之火也",以及"尝以一厘雷锭,化为流质,三日之间,连杀八鼠……"在正文后,译者抄录了《东方杂志》的相关介绍,并附上一段说明:

"拉的幼模"即"雷锭"。同是译音,惟字面不同耳。据此则雷锭实为化学家新发明之物。有志科学者,不可不研究之,毋以此篇为小说而以寓言目之也。⑤

---

① 《五金光质》,《政艺通报》第2年第16号(癸卯[1903]八月朔日),第38张。
② 《明目透光镜》,《政艺通报》第3年第2号(甲辰[1904]二月朔日),第35张。
③ 《丛谈·拉的幼模》,《东方杂志》第3期(光绪三十年[1904]三月二十五日)。
④ 《窃贼俱乐部(一名一两雷锭)》,周桂笙译,《新民丛报》第3年第15号(原第63号)。
⑤ 《窃贼俱乐部(一名一两雷锭)》(续第63号),周桂笙译,《新民丛报》第3年第16号(原第64号)。

早在1900年,上海《亚泉杂志》就刊文介绍了"拉地由姆"。1903年10月,周树人在《浙江潮》上发表《说鈤》,对"镭"进行系统介绍,将曾用来翻译元素 Germanium(锗 Ge)的"鈤"挪用到"镭"身上,并指出镭的射线与 X 光等其他射线的相似和不同①:

> X 线者,一八九五年顷,德人林达根所发明者也。……法国巴黎工艺化学学校教授古篱夫人……见有类似 X 线之放射线,闪闪然光甚烈。……又得一新原质曰鈤……惟鈤则经古篱夫人辛苦经营,始得略纯悴者少许,测定分剂及光图,已确认为一新原质……至于纯质,则迄今未能得也。……鈤线虽多与 X 线同,而此外复有……灭亡种子发芽力之种种性。……尤奇者,其放射力,毫不假于外物,而自发于微小之本体中,与太阳无异。鈤线亦若 X 线然,有贯通金属力,此外若纸木皮肉等,俱无所沮。……各放射线,析为数种……其中复有善感眼之组织者,故虽瞑目不视,而仍见其所在。……计每一格兰之飞散,约需十亿万年。……虽曰古篱夫人之伟功,而终当脱冠以谢十九世末之 X 线发见者林达根氏。②

"碧荷馆主人"看来没有读过这篇《说鈤》,不知道镭的发现者并非"独国化学师伦敦",也就是发现 X 射线的"伦敦/林达根/伦琴"(Röntgen)。不过,《政艺通报》《东方杂志》《新民丛报》等报刊提供的信息已足以让小说家大肆奇想,创造出神奇的新式法宝了。因此,质疑作者在未来的黄白大战中搬弄东方魔法其实只是误会,恰当的提问方式也许是:何以西方的"拉的幼模"要披上"追魂砂"的古老面纱?

可以推断,《新纪元》中的所有法宝,都确如其广告所说"言皆有本,绝非子虚"③。笔者经过查证,也确实找到了大部分法宝的出处,现列表如下:

---

① 镭元素的中文名称,早期曾译为"鈤"和"銩"。1918年,教育部拟订的《化学原质命名表》将其中文名称定为"镭",采纳的正是《新民丛报》的译法。谢振声:《谁最早在我国介绍镭元素》,《中国科技史料》1988年第1期。

② 鲁迅:《说鈤》,《鲁迅全集》第7卷,第21—26页。

③ 1908年4月18日《时报》所载的"小说林最近出版书目"广告。陈大康:《中国近代小说编年史》,第1494页。

序号	登场回数	法宝名称	归属	起源时间	清末报刊中的相关资讯
1	六	行轮保险机	我方	1886	待查
2	六	海战知觉器	我方	1905	1902年《农学报》第171期"知觉器" 1904年《东方杂志》第3期"丛谈·免撞轮机"
3	六	洋面探险器	我方	1901	1903年《政艺通报》第20期"艺事通纪卷四:电气探矿法" 1904年《东方杂志》第5期"丛谈·探矿新法"
4	七	洞九渊	我方	1904	1905年《东方杂志》第3期"丛谈·返光新镜"
5	八	升取器	我方	19世纪末	同上
6	九	水上步行器	敌方	1903	1904年《东方杂志》第11期"丛谈·履水新机"
7	九	如意艮止圈	我方	19世纪末	1904年《政艺通报》第12期"艺事通纪卷二:捕鱼鸟之电汽"
8	十	避电保险衣	敌方	19世纪末	1903年《万国公报》第176期"欧美杂志:避电制衣" 1903年《鹭江报》第48期"外国纪事:新衣避电"
9	十一	流质电射灯	我方	1904	1904年《政艺通报》第12期"艺事通纪卷二:贮流质之电射灯" 1904年《商务报》(北京)第21期"丛钞:贮流质之电射灯(选晋报)"
10	十三	化水为火	我方	1904	1904年《政艺通报》第9期"艺事通纪卷二:水能生火" 1904年《东方杂志》第6期"丛谈·水能生火"
11	十三	日光镜	我方	1904	1905年《东方杂志》第3期"丛谈·吸水妙法"
12	十三	泅水衣	我方	1905	1902年《新民丛报》第18号"杂俎·新智识之杂货店" 1903年《顺天时报》第365期"外洋" 1905年《东方杂志》第5期"丛谈·救命新衣"

续 表

序号	登场回数	法宝名称	归属	起源时间	清末报刊中的相关资讯
13	十三	软玻璃眼镜	我方	1904	1903年《政艺通报》第3期"艺事通纪卷一(续):软制玻璃" 1906年《东方杂志》第8期"丛谈·软玻璃"
14	十五	药水化分泥土	我方	无	待查
15	十五	造水、火	我方	1904	1903年《政艺通报》第17期"艺事通纪卷三:玻璃制水" 1904年《政艺通报》第4期"艺事通纪卷一:坭化煤薪" 1904年《东方杂志》第10期"丛谈·特别煤质"
16	十七	从空气中取炭气之法	敌方	20世纪初	待查
17	十七	电气捉贼、吸收空气等法	敌方	无	待查
18	十八	火油衣	我方	19世纪末	1904年《商务报》(北京)第12期"丛谭·煤油可辟炭气(选天南报)"
19	二十	消电药水	我方	无	待查
20	二十	吸炭气电机	我方	20世纪初	同法宝16,待查
21	二十	追魂砂(未使用)	我方	19世纪末	1903年《政艺通报》第16期"艺事通纪卷三:五金光质" 1904年《政艺通报》第2期"艺事通纪卷一:明目透光镜" 1904年《东方杂志》第3期"丛谈·拉的幼模" 1905年《新民丛报》第64号"窃贼俱乐部(一名一两雷锭)"

除以上所列的法宝外,无烟无声枪炮、气球、绿气炮、战狗等作战手段,亦能在当时报刊上找到根据。由此可见,"碧荷馆主人"试图理解和延伸当时各种前沿新知,一窥未来的神奇面目,这种努力值得敬佩,但因对这些技术只是道听途说,他最终只好借助老套:

> 此时满天上的气球映着日光,五彩陆离的甚是好看。当初十九世纪出世的人,那晓得百年之后世界上有如此奇异的战争?像这般的战争,岂不与《西游记》《封神传》上所说的话相仿佛?早知世界有这一日,那城垒、炮台等等,都用他不着了。①

这种熔炼新学的乏力造成了许多不协调的情况。例如,在气球大战中,双方要用手来投掷炸弹,猛烈的流质电射灯亦用人力投掷;一边是敌将"从怀中取出手枪"来,一边则是我方士兵在扔光了炸弹后"只各带短刀一柄";冲破电气墙围困靠的是信鸽;埃及的潜水艇竟然要鳄鱼拖动;破坏电气铜网的工具是锉刀;敌将用"五万倍的显微镜"观察空中情况;欧洲一些小国通国寻不出一个气球,敌方毫无防空之力;我方面对空袭,竟用薄软纺绸代替篷布以避炸弹之害……凡此种种,都暴露了晚清作者面对未来时的捉襟见肘。

但是,当我们看到敌国的水上步行器略一踹动就"如飞行驶,比自行车还要快一倍"时,也必须想到晚清媒体在描述自行车时常用"其行如飞""往来如飞"等兴奋的字眼②,而当发现大元帅从皇宫出来去往车站,居然还"骑了一匹快马",来送行的皇帝与皇后却坐着"四轮太平电车"时,也要提醒自己:直到 1912 年中国的汽车保有量仅为 294 辆。③ 在这里,长山靖生的意见值得参考。他把《西征快心篇》定为日本科幻的起点,但这篇用汉文写成的小说仅有虚构的未来,而无虚构的技术,他为此辩护道:"事实上,对当时的日本来说,火轮船这种真实存在的最新技术就好像火箭一样,是一种实在但又具有未来性的技术。"④同样,如熊月之所说,在 19 世纪后 30 年间,西方科技已经凭借巨大的优越性被中国社会所普遍接受。⑤ 因此,不论是现实中存在的气球、自行车,还是刚刚问世有待完善的种种新发明,都会在清末读者的心中激发出浓浓的"未来"

---

① 碧荷馆主人编:《新纪元》,见《中国近代小说大系》,第 532 页。
② 刘正刚、曾繁花:《晚清自行车推广中的传媒导向》,《中华文化论坛》2012 年第 5 期。
③ 陆士井主编:《中国公路运输史》第 1 册,北京:人民交通出版社,1990 年,第 101 页。
④ 长山靖生:《日本科幻小说史话》,第 8 页。
⑤ 熊月之:《西学东渐与晚清社会(修订版)》,第 338 页。

感。《新纪元》里最超前的想象莫过于婆罗洲渔户在海底建设的世外桃源,但其总统府里,却铺满了"西式器具,极其华丽"①。

当贝拉米的主人公在 20 世纪末见证乌托邦的实现时,"碧荷馆主人"却告诉中国读者:那时将要通过一场黄白血战来校正人类的时间计量系统。前者令晚清士人"为之舞蹈,为之神移"②,后者则毫不掩饰地将复仇主义和种族复兴的时间表提上议程。如武田雅哉所说,"在清末这个时代,主张自我的思想就是主张自我的时间尺度。……没有一个时代像清末那样,各种时间尺度交错在一起"③。然而,这个强盛的"未来"中国,只不过是"当下"西方的仿制品,证明了"时间黑洞"引力之强大,足以捕获那些穿越黑洞的努力,令其跌入历史的"陷阱"。

当然,仍有少数人能从这"黑洞"中逃脱,那个早就和"追魂砂"打过交道的周树人就是其中之一。就在《新纪元》出版八九个月后,他发表了《破恶声论》,对当时流行的黄种人复仇的幻想给予批评:

> 今兹敢告华土壮者曰,勇健有力,果毅不怯斗,固人生宜有事,特此则以自臧,而非用以搏噬无辜之国。使其自树既固,有余勇焉,则当如波兰武士贝谟之辅匈加利,英吉利诗人裴伦之助希腊,为自繇张其元气,颠仆压制,去诸两间,凡有危邦,咸与扶掖,先起友国,次及其他,令人间世,自繇具足,眈眈皙种,失其臣奴,则黄祸始以实现。若夫今日,其可收艳羡强暴之心,而说自卫之要矣。乌乎,吾华土亦一受侵略之国也,而不自省也乎。④

这位年轻人,正是甲午之后清廷派往日本的众多留学生之一。在那个令国人心情复杂的邻邦,他期待着能为人类带来真正解放的另一种"黄祸"。不过他始终没有等到这一天。多年之后,他去世了。不久,就发生了"七七"事变。其时,民族危机已空前迫切,反抗侵略成了进步文艺工作者的头等大事。这时,在科幻史上与凡尔纳一起双星闪耀的威尔斯,因

---

① 碧荷馆主人编:《新纪元》,见《中国近代小说大系》,第 535 页。
② 中华书局编辑部编:《孙宝瑄日记》,第 107 页。
③ 武田雅哉:《飞翔吧!大清帝国:近代中国的幻想与科学》,第 193 页。
④ 鲁迅:《破恶声论》,《鲁迅全集》第 8 卷,第 36 页。

在作品中预言过日本发动侵华战争并最终战败而名声大噪。① 这类预想远东战争发展趋势的小说在当时颇受欢迎,于是,在1937年汉口的一个雨天,《抗战》周刊的几位主创人员一边喝酒一边讨论要发表些类似的作品。对清末小说颇为熟悉的杨世骥,突然想起那久为世人所遗忘的《新纪元》。② 这个黄白大战的故事,就这样作为反抗帝国主义的作品被重新刊载出来,不知道当时浴血抗战的中国人,是否从中得到了一些鼓舞和启迪。令人唏嘘的是,在这个写于30年前的小说中,日本曾与中国并肩作战。

第三节 黄金世界与千倍比例尺:《电世界》与《新野叟曝言》的大同奇想

1901年,流亡的康有为来到印度。游历一个多月后,他住进大吉岭雪山,开始了隐居著述的生活。这期间,他撰写着自己甚为看重的《大同书》。这幅消除了人类国界和种界的理想蓝图,重现了他对于浩渺星空的兴趣。多年前,天文学书籍、望远镜中的奇景,就已令他萌发"天游"遐想。不过,甲午以来,国事纷乱,直到戊戌政变后,他才有心思重拾旧梦,去遥想诸星上的苦乐。"大同之后,始为仙学,后为佛学……仙、佛之后,则为天游之学矣"③。1904年,他前往欧洲,遍游诸国。就在《绣像小说》开始连载《月球殖民地小说》前不久,康有为在巴黎乘坐着热气球腾空而起,这是他的身体最接近天空的一次,他为此作了一首《巴黎登气球歌》,表达了渴望上天遍访群星乐土但又因"不忍之心"而入地狱拯救众生的矛盾心情。④

---

① 威尔斯的 The Shape of Things to Come 出版于1933年,次年,孟真以"韦尔斯的预言:一九三五年中日大战记"为题,在1934年1月14—18日的《申报·自由谈》上予以介绍。

② 据刘德隆考证,《新纪元》问世后不断重印,到1936年已出到第八版,应该是有一定影响的。世骥:《介绍一部晚清的拟想小说:新纪元》,《抗战》(汉口)第1卷第4期(1937年10月2日);刘德隆:《晚清知识分子心态的写照——〈新纪元〉平议》,《明清小说研究》1994年第2期。

③ 康有为:《大同书》,《康有为全集》第7集,第188页。

④ 康有为:《巴黎登气球歌》,《康有为全集》第8集,第155页。

图 9 《电世界》插图:遨游天际的电王

这种在天上与人世之间的徘徊,也投射到了晚清的小说中。《新纪元》出版后的第二年,《小说时报》在创刊号上一次性刊载了"高阳氏不才子"(许指严)的 20 回"理想小说"《电世界》,为读者献上一场华彩的大同幻梦:宣统一百零一年(2009),大发明家、工业巨子黄震球横空出世,把中国建设成了一个发达的工业社会,自己则靠一双神奇的电翅在天空自由翱翔(图 9);西威国国王拿破仑第十的飞行舰队在称霸欧洲后,要扫尽黄种,可怜的"东阴国"被炸得人畜俱无、山川倾覆,只剩一座极高的雪山兀然不动;黄震球一怒冲天,用一只锃质手枪消灭了一千多支飞行舰,威震全球。之后,这位梳着大辫子、比"钢铁侠"早半个世纪诞生的中国超级英雄凭一己之力,苦心经营两百年,缔造了天下大同。

除去对"电"的崇拜、科技无往不胜的天真信念、人类免除苦难的朴素梦想等普遍的时代情绪,小说中最有趣的是想象未来的方法。作品问世一个月后,南洋劝业会在上海张园举行了工业博览会,现场遍布的电灯令时人印象深刻:

> ……牌楼一座,上标"出品协会"四字,装点红绿电灯三百数十盏,旁悬大龙旗二,中栽大柏树一株,上悬电灯百数十盏……中央三角地为电灯公司威麟洋行之灯棚,电灯多至千余盏……①

与现实景象相比,许指严笔下的世界要壮丽辉煌得多。他开篇即作诗颂扬电的力量:"一瞬一息计万里,一光一响皆绝尘。"接着,引出住在"亚细亚洲中央昆仑山脉结集地方,有名乌托邦者"的黄震球,这位三十来岁的奇才声称"二十世纪的电机、电器,零零碎碎,顾此失彼,好不令人厌气"。他决心打造一个电气帝国,众人纷纷前来围观,黄震球于是登台说法,大讲进化永无止境的道理:此时中国虽已统一亚洲、收回租界,与列强齐头并进,然而与欧洲各国相比仍嫌落后,因此"立志欲借电力一雪此耻,扫荡旧习,别开生面,造成一个崭新绝对的电世界。说什么统一亚洲,看得五大洲犹一弹丸也,五大洋犹一洼涔也;道什么收回租借权,看得万国的政治布置机关,犹一囊中物也。海陆军不必多,一二人足以制胜全球,直至胜无可胜,败无可败,乃成世界大和同大平等之局……"黄震球向众人演示了新发明的众多电气化设备,而帮助他实现技术突破的是一块在江苏扬州境内发现的大陨石,经受七千度高温的初步提炼后②,析出一种磁性极强的磁精,"比到寻常磁石,为一与五千的比例":

> "……把电气炉放高热度,那电力高到一万三千度,竟熔成一种金属原质。这原质的延拓性、韧性最强,定名叫他做鍟。只因他是星

---

① 《初志出品协会会场情形》,《申报》1909 年 11 月 24 日,第 3 张第 3 版。
② 原文为"七十度",结合前后文可知是"七千度"之误。高阳氏不才子:《电世界》,第 1—2、5 页。

球中落下的石块,所以有这个新名字。原来这锃是电界里的无敌将军、无价至宝,可称是天然发电的东西。只要把他在大气中间略略摩擦一遍,那空中电气便如江汉朝宗一般,源源而来、滔滔不竭。诸位同胞想想看:空气多少如何? 如今在空气中引电,正是取之无尽、用之不竭了。况且锃质得了电力,他便自己会磨擦起来,并不要用什么引擎、什么电路,只消得无论何种定质器具,附着上面,便成个小小电机,比起二十世纪的电机来,已经强了几千倍。因此同人又起了一个别名,叫做自然电。"①

这神奇之物令众人"觉得眼睛里一阵晃耀,那眼电也几乎被他吸去"。我们不必苛责此类描写,也不必意外作者对永动机的执迷,更无须追问比太阳表面温度还高的一万三千度的电气炉用何种材料铸成,真正意味深长的是文本投射出的 20 世纪初人类对继续发现新原质的热切。就像鲁迅挪用"鉝"来翻译 Radium 一样,许指严亦从汉语中借来"锃"来指称他虚构的至尊法宝。② 比之于"碧荷馆主人"的"追魂砂",许指严的命名法看起来要规范得多。

不过,这个段落中更值得注意的是"几千倍"这个在全书中不断或明或暗出现的比例尺,正是通过它,"未来"之貌得以显露。比如,读者被告知一百年后的中国有陆军"一万万人",而根据 1901 年的《申报》消息,当时日本陆军只有 32 万人。③ 此外,电王对当时"一日中不过千里"的交通设备深感不满,便发明了一种"自然电车","比沪藏铁路火车的速率增加五千倍"。当然,真正的进步未来不应该是局部的发展,而应实现系统性的总体膨胀,因此,"这车不过是新电学发明上万种中的一种,将来还有各样器具、各种事业,都合这车成比例的一日,那才算得这新厂不同

---

① 高阳氏不才子:《电世界》,第 6 页。
② 据《康熙字典》,"锃"即铁锈。汉语大辞典编纂处整理:《康熙字典(标点整理本)》,上海:汉语大辞典出版社,2002 年,第 1302 页。
③ 《日本海陆军人数表》,《申报》1901 年 4 月 14 日,第 1 版。在同时代的《情天债》中,1964 年的中国陆军总数也不过 600 多万;《新中国》中,1950 年的中国陆军总数亦只有 2000 万而已。东海觉我:《情天债》,《女子世界》第 1 期(癸卯腊月朔日),第 1 页;陆士谔:《新中国》,见《世博梦幻三部曲》,第 315 页。

虚设哩"。①

显然,种界和国界妨碍了这一全球同步放大。不过,虽然电王早就在演讲中宣布"不消五十年,中国稳稳地做全世界主人翁,那才真正可以算得天下无敌哩",但他仍如此类小说中的诸多同道们一样不被作者允许先发制人。他只是将"鍠"锻造成一对极薄而灵巧的电翅,轻松地摆脱地球引力和疆域的束缚。直到西威国的帝国主义暴行惹怒了他,他才终于下了"留这残忍的种在世界上做什么"的决心,用电枪将"全球第一的都会"化为焦土,令西方屈服。用了不到三回篇幅结束了世界大战后,认为"文明有进无退"、始终被进化焦虑所催迫的电王终于放开手脚,以其无边的权力,自由地施展起了千倍扩展术。

在南极,他发现了金河。经过二十万欧工将近半年的不停歇开采,伊朗高原的七座藏金大库堆满了黄金,成为经济繁荣的基础,而"金河底面,还是黄澄澄的,好像没有拾过一般"。为了能让南极的生产终年不断,电王又如愿地找到了一种能带来光和热的物质:

> 在下记得是德国一个女教师发明的,也是一种令(金)类,俗名就叫做电锭,中国化学名叫做鉬。这个命名的意思,便是表明他发出光热,犹如太阳一般,所以偏旁题个日字。却说这鉬质,煞是奇妙,发出光来极亮,而且热度狠高,当初因为所出极少,所以价值极贵。据化学家说,地球上面,统共计算起来,这种矿质不过出得几两,那晓得到了二十一世纪,这样说数,竟是大谬不然。电王游历各地,到了(处)搜访,竟在印度恒河旁得了一座鉬质矿山,便立刻设厂开采,用电气分析出来,每天可以出得几两,不上一月,已经有二十几斤了。电王便把它携了电厂里面,用法造成了玲珑的灯台,安放鉬质在里面。果然光力热力,与众不同,强度也有一与几千的比例,立时运到南极寒带里,如法装置,一共做了三万几千盏……②

居里夫人在实验室中千辛万苦提炼出来的镭的光芒,就这样透过晚清小

---

① 高阳氏不才子:《电世界》,第3页。
② 同上书,第21页。

说家的放大镜,变成南极上空的万千太阳,令这里"永远不夜,而且永远不冷,植物动物长得茂盛硕大,和南洋群岛差不多",成为新的乐土。许指严不曾注意或有意忽略了当时报章上关于镭对人体危害的信息,而只取其光明的面向。有趣的是,大同世界里的动植,经受了钼灯的照射后,就像真的发生了基因突变一样,"竟发达滋长起来,波罗密和香蕉树也会结极大的果子,和热带里出的一般;鳄鱼爬虫竟能生育传种,体质反而格外壮大了"。由于"电力发明,工艺发达","农产物比前世纪也增出几千倍之多",甚至还有一种"电气肥料":"把空气中的电气,用一种发电带,引电气散布地中",植物随之疯长,喂养的动物也格外硕大,"金华的白毛猪,的确像印度的驯象了"(图10)。①

千倍比例尺为大同世界镀上一层黄金光芒,文本间洋溢着奇异的欣喜感,却也不经意间制造了比《新石头记》更加离奇的时空异常。实际上,稍做一点计算,便会被大同世界的景象震惊:"一日千里"的火车若"速率增加五千倍",便可日行250万公里,即时速10万公里(29公里/秒)!如此算来,皇帝从昆仑山回到"上海新京"其实只要两三分钟,尽管书中所说的"至多二十分钟"也已经快到不可思议。事实上,这一速度已经远远超过第三宇宙速度(16.7公里/秒),足以让皇帝的专列飞出地球、冲出太阳系了,难怪他们"刚踏上车子,已经影儿都不见了"。在这样的惊人现象面前,电王"瞬息千里,计算环绕赤道一周,费不到三小时",也即时速1万多公里的飞行都显得不足为奇了。②

另一个没被追究过的异常发生在伊朗高原。据说,在那七座藏金库中的黄金总计"九万垓七京八兆六亿九十七万有零镑"。我们难以确定作者心中究竟构想着什么规模的景观,只能暂时依照字面将其还原为9000078600097万镑。根据黄金密度可估算出它们的体积:就算将大约

---

① 高阳氏不才子:《电世界》,第23、31、33页。当时报刊上不乏此类电能促进农作物生长的新闻,例如:"俄人有以电线编网覆麦田上者,其麦之结实,可速十二日。又以电线瘗地中,电气流通于植物根块旁,其植物之收获速而且多,种实萌芽期亦早。"《植物与电之关系》,《政艺通报》第6年第19号(1907),第36张。

② 高阳氏不才子:《电世界》,第3—4、9页。

图 10 《电世界》插图：如大象一般的猪

250 万平方公里的伊朗高原面积全部铺满，仍有一米之高！① 这确实是一个黄种圣贤打造的名副其实的"黄金世界"。

---

① 中国古代对于大数的计数方法并不统一，"亿"和"兆"都可以代表不同的单位，《梦溪笔谈》就提到："古法十万为亿、十亿为兆、万兆为秭，算家以万万为亿、万万亿为兆、万万兆为垓。"考虑到许指严还曾使用"九百八十一垓九京七兆六亿五万三千二百八十一股"，这里有理由按照"垓京兆亿万千百十个"十进制顺序做出还原。另外，在后面的第 6 回又提到：所铸造的金币装满了 1600 座四丈见方的铁库，须用一万名工人花费三年才能够完成盘库。若按照前面的黄金体积来估算，则这些贮币铁库高度将达到数千米之高，远在大气层之外了。沈括：《梦溪笔谈》，上海：上海书店出版社，2009 年，第 151 页；高阳氏不才子：《电世界》，第 1、20、23 页。

1897年《译书公会报》上的一篇文章告诉读者:从1850年到1896年的近半个世纪中,地球的黄金总产量只有"五千兆两"而已。① 因此,小说中这个有零有整的数值,只不过是"现在"被肆意放大千万亿兆倍后的超级"未来"幻象。然而,恰是在这个气势磅礴的"变异"过程中,作者自己造成了不协调的场面:如此多的黄金,竟只用五辆早去晚归的飞车负责运载,这意味着每架飞车每日都要载着444亿吨黄金和4万人一起归来(每人负责110万吨黄金)!至于说20万名欧工每人得到50镑赏金"统共赏去一百万镑"(实际应为一千万镑),也可看出作者的粗心大意。

　　凡此种种,读者都无须太过惊讶,毕竟作者宣称他在"漫天撒谎,着地栽奇"②,它们也不会令电王感到任何不适,后者另有烦恼:不论他如何信手拈来地造出各种奇观,他治下的世界却总是麻烦不断。物质发达后,民风却败坏了。电王遂遍设学堂,以电筒发音机、电光教育画等方式教育人民,果然"不上三年,全国里盗贼淫荡的事,竟是难得出现了"。就像康有为在《大同书》中用经纬线重新规划地球行政区域、吴趼人用正方形格栅重置中国地图一样,电王也用四千部十万匹马力的"平路电机",以伊朗高原金库为中心向四方筑路,把陆地压成"端端正正一个大棋坪",兑现了古人的"王道荡荡,王道平平"。为了合乎卫生学的标准,整个社会的生产生活全面电气化,不再需要煤炭,电气从空气中无线输送,同时,通过与20世纪蒸汽机热度"有一与三千的比例"的电机实现化云造雨,消除了旱灾和水灾。煤炭大王们因为生计闹起事端,电王为他们安置新的产业。接着,因为疫情,电王又展开了与微生物的战争:

> 电气有一种气质,狠有气味的,叫什么阿巽气味。发下一令,饬民电局里发出这气,把他传给各户居民的电针上,空气中如有微菌飞扬,触着那种气味,立刻死灭个罄尽。后来又造了十万倍放大的显微镜,设在公共地方,向空气里查察,那些微菌,人目都可看得清清楚楚,一些没有隐身法了。只要看见空气里还有这等东西,便把阿巽气

---

① 《地球产金总数》,沈晋熙译,《译书公会报》第7期(1897年12月6日)。
② 高阳氏不才子:《电世界》,第4页。

>味放出去杀他。不上一年,显微镜里竟没看见有一个微生物了。①

所谓的"阿巽",其实就是臭氧(Ozone)。② 通过生物学和显微镜等观看技术,晚清的人们得以重新理解生命疾苦的根源,并想象通过技术手段一劳永逸地获得健康和快乐。微生物灭绝后,医院改为修养院,可以修补人体各种不足。人类寿命延长,生育却随之减少。为了避免不道德行径,电王又发明了一种"绝欲剂",让人在50岁时才萌发情欲。于是,"人寿年丰的世界,凡人类缺憾的事情,没一件不补满了"。看来像是为了纪念这伟大的功业,他又用钼灯把北极冰雪融化,以便耕种,并在"白令海"建造了一座每层七丈、共三百三十三层的铁塔,供全人类游玩。和"文明境界"的博物院一样,这座名为"含万公园"的巨塔也包含着世间一切名花异草、奇珍异兽、游戏器具,藏书楼则藏有世上的每一种图书,它们位于一切事物之上,而中国书籍又位于其他书籍之上,位于塔顶的钼灯永放光明,"做了北极的太阳"。

不过,这个"世界的小影",就像它所代表的那个大同世界一样出现了时空异常:"园的四周,共有一万个门,每一门足有一里开阔,还觉得有些拥挤。"假设塔的横截面为正方形,则其周长至少为一万里,底部面积约为200多万平方公里。然而,作者之前又声称这座塔所在的那块土地面积"足有二三十万方里",即充其量也不过10万平方公里,只是塔底部面积的二十分之一!细心的读者还会发现,这座塔有时"直径也不止四千里",有时又"着底一层直径有十里开阔",就好像在随意缩放着,显示了作者的心不在焉。对此,文后的"总评"道破了玄机:

>铁塔三百三十三层者,阳九之数也。北极阳九,大有昌明之象,所以顶上装了钼灯。③

这提示我们,书中呈现的各种数值,不能从具体的物质实存角度去理解,

---

① 高阳氏不才子:《电世界》,第40页。

② "Ozone,阿巽,臭养气。"学部审定科编辑:《化学语汇》,上海:商务印书馆,1908年,第19页。另,"近时学者,考朝时空气中,以一种化合之作用,出新阿巽。此新阿巽,能爽建人之精神……"观云:《养心用心论》,《新民丛报》第3年第21号(原第69号)。

③ 高阳氏不才子:《电世界》,第41—43页。

它们或者是毫无节制的尽可能夸大，或者暗示了作者某种构架未来的"建筑学"，传统的阴阳数术思想在其中发挥主导作用。而那些在数学精确性方面与作者处于相同或更低程度的同时代读者，很可能对这样不顾实际的做法并不介意，他们只需要一些看起来惊人的数字，来模模糊糊地想象一个庞大、荣耀而又符合古典哲学的未来形态，而未必意识到吴趼人、许指严等讲述者竟将这些庞大的未来世界塞进了一个个远比它们小得多的时空之中。

然而，尽管有种种"昌明之象"，新的破坏因素仍在浮现。和《新纪元》的结尾相似，白种人虽未受到什么歧视和虐待，毕竟"曾经沧海难为水"。反对党密谋暗杀电王，欧工也闹起了独立。阴谋未能得逞，却为大同世界投下了阴影。第14回，电王发明了"千里眼"和"顺风耳"，后者是某种无线电话，前者的原理也借用当时流行的"爱涅尔其"（即"以太"）概念大加发挥：既然物体发出的光线通过以太传到人眼，那么可以用某种电机，将空中蕴藏的"虚像"提取显示出来，于是"大至山川河海、地震风灾，小至居民行动、人类生活，没有一件不清清楚楚"。这个不考虑光的直线传播问题的"观象台"，虽看起来只是为了证明人力进化，为百姓提供娱乐，但出现在刺杀和审判事件之后，不能不让今天的读者疑心它实际上发挥着全球监控功能：当十万倍放大的显微镜在搜捕着能让身体生病的微生物时，另一种观察技术则随时准备发现人类精神上的污垢，尽管，仁慈的电王没有发明蔡元培《新年梦》中那种能够击杀不论躲在何处的奸恶之徒的雷电控制术。

电王越是努力，就越造成人口膨胀，他必须不断地拓垦新的生存空间。地球两极都开发完毕后，他又通过潜艇技术把海底变成了新的殖民地，千百万人移居水下。作者不忘强调：大同世界的人们在海底世界所目睹的奇异景象要比"二十世纪小说家，著就什么《海底旅行》"强过几万倍。当然，与之配套的"望海镜"也应运而生，恰是借助这种无远弗届的观察技术，电王意外地发现，文明虽然盛极一时，海底却成了藏污纳垢的淫盗之窟。这是否暗示"绝育剂"所代表的生物技术控制失败了呢？作者没有交代，我们只知道，因为总是无法建成道德理想国，电王好生伤感，有了出世之念。

在海底漫游时,电王发现已改名为"海东省"的日本岛之基座已被侵蚀得千疮百孔,便让岛民搬去了西伯利亚。后来果然发生了60多年后日本科幻作家小松左京在《日本沉没》中所想象的大地震。《月球殖民地小说》中的东亚先锋,从此沉入了海底,而那些流落他乡的日本人,会与他们曾经对战过的俄国白种人和谐共处吗?作者无暇顾及,他已决意让故事收场:因为人口膨胀、世界局促,电王嫌弃自己的伟业不够圆满,加上世事沧桑的伤怀,他最终还是不得不像玉太郎那样把目光投向了太空。将电翅和电枪传授给好友后,电王独自坐上新发明的"空气电球",临行前,已200多岁的老人做了告别(图11):

"……电的性质是进行的,不是退化的;是积极的,不是消极的;是新生的,不是老死的;是澎涨的,不是收缩的;是活灵的,不是阻滞的;是爱力的,不是弹力的;是吸合的,不是推拒的;是光明的,不是黑暗的;是声闻的,不是寂灭的;是永久的,不是偶然的;是缜密的,不是粗疏的;是美丽的,不是蠢陋的;是庄严的,不是放荡的;是法律的,不是思想的;是自由的,不是束缚的;是交通的,不是闭塞的;是取不尽、用不竭的,不是寸则寸、尺则尺的。所以我们不但用电,而且要学电的性质,方才可称完全世界,方才可称完全世界里的完全人。如今诸同胞看得世界好像已达到文明极点了,实在把电的性质比起来,缺点还多着哩。只是鄙人虽然想得到,却做不到,说得出些学理,却穷于实行的方法,所以要想周游行星世界,或者可得参观互镜,采些法子回来,慢慢的补全缺陷,也未可知。但是此行实属创举,能得回来不能回来,自己并没把握,只望诸同胞努力前进,大家想出法子,再求进化。……"

微妙的是民众的回答:

"……只望大王寻着新世界,不要忘了旧世界。电车去了,必有回车;电信去了,必有复信。电是双方的,不是一面的;电是循环的,不是抛弃的。老民等没有学识,只晓得爱戴大王,便忘不了大王,所以学着大王的话,恳求大王,只望大王奏凯而归,老民等预备着壶浆

图 11 《电世界》插图:电王与民众告别

以待。"①

在新、旧世界的纠结难舍中,电王踏上了茫茫征途,去寻找道德更完备的人类了。作者宣称将要再写一部《金星世界》,不过似乎并没有付诸实践。

"大同世界,圣贤欺人之语。作者并不主张此义,所以说必须如此如

---

① 高阳氏不才子:《电世界》,第55—56页。引文中加着重号的句子在原文中以符号"◎"圈点突出。

此,方才是大同世界。"按照文后"总评"的提示,将这个故事理解为作者内心理想的投射是顺理成章的,其强烈的道德训诫意图亦无处不在:"进学堂譬如看影戏。中国下等社会的性质,不是如此,不得教育普及,并非游词。"①这正可以作为此文乃至晚清乌托邦叙事的一个比喻:那一个个金碧辉煌的未来,恰如大同世界里学堂上放出的一幅幅声光电影,借趣味性来传递教育内容。

不过,这个或许是晚清科幻小说中时空异常最多的文本,也确实溢出了作者预设的框架,因而更耐探寻。"电王生长中昆仑,乃须弥芥子之意。"②如果我们按照许指严给出的线索去翻翻《维摩诘经》,便会看到有悖日常思维的世界图景:"若菩萨住是解脱者,以须弥之高广内芥子中,无所增减,须弥山王本相如故"③。高山可以纳入尘芥,在高深的佛法面前,铁塔建在比自己面积小的土地上又有什么可惊异的呢?有意思的是,古老的东方智慧并非与西学互不兼容,至少康有为就看到了佛法和科学互通之处。1923年,他写信安慰婚姻不幸的外甥女,讲起了显微镜下的世界:

> 今显微镜有千八百万倍,则一蚁之大几万丈,过于泰山十倍矣。镜若再增亿兆京陔秭壤沟涧正载极恒河沙无量数不可思议之,如蚁之大,亦同增。……有此显微镜扩大此蚁,则蚁之大岂吾人之思,拟议之所能及。

若显微镜够大,蚂蚁也可以宏如地球,其中也有国土与众生,事物间的相对性由此显现:

> 夫小者无尽,则大者之无尽,亦吾同焉。今以吾地与金、木、水、火、土、天王、海王二百余游星之绕日也,流星日陨,为吾地同胞之死也者,不可胜数也。……自诸恒星之视吾地,其小已不可思议,况星云、星气诸天之视我地乎?又况也天之视我地乎?又况吾地之一人,

---

① 高阳氏不才子:《电世界》,第57—58页。
② 同上书,第57页。
③ 赖永海主编:《维摩诘经》,高永旺、张仲娟译注,北京:中华书局,2016年,第120页。

其为最小最短之物,曾何足计,则深足为哀苦悲忧烦恼乎?①

与这种看似豁达的心态相较,电王最后的迷惘更能凸显事情的复杂:他用千倍比例尺不断放大着"地球",用十万倍显微镜让微生物无所遁形,用"阿巽气味"消灭了无量数的世界和众生,最终却只能承认失败,并奇妙地将大同世界抛在身后。随着电球的飞离,"黄金世界"也将缩至无穷小。

由此而言,**《电世界》乌托邦叙事的自我瓦解,与其说源于科技不能带来道德完善的忧虑,不如说是在变动不止的缩放中呈现了事物的相对性,破除了所有的执迷**。这也许不是作者本意——电王仍执着于世界的进化——但却不妨成为我们适当的阐释路径,以此来凝视他黯然离去的孤独背影。

飞向星空的中国人将在宇宙中找到什么呢?在紧随《电世界》后出版的《新野叟曝言》中,上海的医生兼小说家陆士谔做了一番遐想。② 据许指严的朋友范烟桥说:"当时上海复有改良小说社者,专以旧小说中人物,搬演现时代之事,或具理想,或含讽刺,惜不得其人,无可观之作,如《新西游记》《新镜花缘》《新七侠五义》等,无虑数十种,亦可谓无聊之极思,大抵皆应贾人之募,以期迎合尔时群众惟新之心理者耳。"③颇好续写名书的陆士谔便厕身其间,并与吴趼人一样,在翻新旧小说时偏好科幻手法,这在他于宣统元年一气推出的《新水浒》《新三国》《新野叟曝言》中都有体现。在他看来,夏敬渠的《野叟曝言》"只讲教民之道,不谈富民之方,把政治的根本先弄差了",因此要"纠正前书之谬误,增广未尽之意义,而使夏先生旧作成为完全无缺之政治书"。④

故事在原作结尾处展开,设想佛老灭绝后,生机大畅,人口繁衍而地力有限,家家户户却只知仁义礼乐,不懂殖产生财,难于温饱。圣经贤传

---

① 康有为:《与甥女谭印达书》,《康有为全集》第11集,第311—312页。
② 《电世界》于宣统元年(1909)九月发表,《新野叟曝言》于十月或稍后出版。陈大康:《中国近代小说编年史》,第1866、1901页。
③ 范烟桥:《中国小说史》,苏州:苏州秋叶社,1927年,第265页。
④ 陆士谔:《新野叟曝言》上册,上海:亚华书局,1928年,第2—3页。

只有爱民之法,没有救庶之方。作者阐发治乱循环与人口经济之间的关系,强调这一难题从古所无、事系开创,因此将重任交付原书主人公(文素臣)的玄孙文礽及其身边的一群少年。他们结成团体,像电王一样搞起了建设:修路、造风车、开垦土地、建造十层以上的高楼、设计自来水以方便饮用和灌溉、制造一切病毒的疫苗永绝病患、用食物精液延年补身……诸如此类,无非晚清乌托邦构想的一般惯例,较之《电世界》中的宏大奇想远为逊色。但很快作者便开始走得更远。少年英雄们认为这些举措只能解燃眉之急,非长久之计。恰逢此时,本已基督教灭绝、儒学昌明的欧洲兴起民族主义风潮,纷纷成立光复会,准备赶走中国人。主人公们指出动乱根源仍是地球人满为患。有人主张变法,学习西方坚船利炮,文礽却认为学习别人只能永远落后一步,应发明星际飞舰,去金星、木星开拓殖民地:

> 查得地球离开木星只有三十万多里路,只要造一极速之飞舰,每点钟可行一千里路,一日夜就得行二万四千里,不到半月工夫,已可安抵木星矣。①

面对阿喀琉斯追龟式的现代化困境,陆士谔这种跳跃式发展的渴望并不稀奇,但直接将突围路径指向星空,则不能不说确实别出心裁。不过,比起凡尔纳笔下艰辛的登月冒险,晚清小说家们显然掌握着可以轻松缩小宇宙尺度的时空技术。和许指严一样,陆士谔对飞舰在工程学上的可行性无甚兴趣:

> "我想造他个三百六十六尺长,合周天三百六十六度之数。中间广五十尺,合金木水火土五行之数。首尾以次渐狭,狭至锐末,只有二尺四寸的阔,以合一年二十四节气。其外状如橄榄,以便游行无碍,进退自如。舰中共隔作二十四室,也所以象二十四节气也。舰外帆翼,大小八扇,以象八卦。制造空气室前后各一,共二室,所以制造空气者,以象两仪。电机室一间,所以司进退者,以象太极。货仓四间,所以藏货物者,以象四象。书房三间,为便阅看书籍者,以象三

---

① 陆士谔:《新野叟曝言》上册,第76—77页。

才。办事室七间,卧室七间,所以便动作休息者,以象七政。此二十四间,除电机室外,每间均备有纸炮二尊,以备不虞。船身用坚木为之,内裹以铁皮,外裹以象皮,如此则小有碰撞,不致大损也。"[①]

这份设计图提醒我们:不必将书中多处"不科学"或科学上"不可能"的描绘过于当真。"冷气与热气相遇即能生水"也好,纸质大炮可以折叠也罢,诸如此类的技术畅想中明显蕴藏着"非科学"的思路。也因此,当中国少年们驾着这样取法阴阳五行的飞艇平定欧洲叛乱,令其承认中国为宗主国、孔教为国教,废止耶稣纪年和阳历,赔偿军费,废止其语言改用汉语并派钦差大臣时,就很难说这是简单地复制殖民者的技术和逻辑以宣泄复仇情绪。历史上的哥伦布于15世纪发现美洲,瓦特在18世纪造出蒸汽机,诺贝尔在19世纪发明了硝化甘油制造的炸药,陆士谔却告诉读者:在另一个平行时空中,奈端(牛顿)发明了蒸汽学,之后歌白尼发现了美洲,而中国人发明了硝化甘油,并用它炸毁了耶路撒冷。这样架空历史的幻想,看起来更像是受压迫者渴望篡改历史的冲动:将时间调回到中国和欧洲尚且并驾齐驱的节点,以中国天人合一的宇宙观来矫正世界进程。

在戏剧化地演义了梁任公的《少年中国说》之后,装满各种动植物的诺亚方舟式的中国飞艇登上了月球,了却了玉太郎的心愿,虽然在那里竖起的是一面黄龙国旗。这里仿如仙界,有琉璃山、水晶山、祖马绿之树、水银湖,有空气而无动植,更无水分。少年们得出与《环游月球》的主人公们一致的结论:月球就是地球将来的命运,这里可以作为流放之地。既然地球迟早要毁灭,人类应当早日移民他星球,于是他们飞抵木星。这里又是个"黄金世界",有比太行山大两三倍的金刚石山,气候似地球热带,有波涛汹涌的海洋,还有水牛大的兔子、身长二丈的人熊、翼展两丈的大蝙蝠以及各种与地球生物相类似的动植,唯独没有人类。少年们大兴土木,文礽一手发明了空气丸、水中传声器等先进设备,采集了许多硕大珍珠作照明之用,驯服虎豹狮象助人耕田灌溉,训练数千本地猿猴做仆役,收获了银杏大的米谷、鸡蛋大的莲子、西瓜大的苹果,并用一种"药水"切割金

---

① 陆士谔:《新野叟曝言》下册,第4—5页。

刚石和宝石以做建筑材料,终于造出一个新世界。①

在木星上一座有日本那么大的磁石岛上,他们开采了些磁石带回地球,据说,这是可以对付欧洲铁质兵舰、防备白种人造反的最好武器。皇帝鼓励移民,成立皇家飞舰公司,封文礽为木星总督。然而,就像晚清所有设法让幻想时空回归到真实时空的叙事一样,故事的结尾,光明的前景陡然跌落:某年,地球上发生饥荒,人争相食,一百艘地球飞舰前往木星求援,却在归途中被彗星撞得粉碎,从此两个行星断绝了往来,地球上只剩下《素臣家谱》和《礽儿游记》,前者被江阴夏先生所得,成就了《野叟曝言》,后者则被陆士谔所得,演变成了《新野叟曝言》,而侥幸逃脱的一艘小飞艇落在欧洲。秘密研究之后,欧洲人终于仿制出了晚清读者颇为熟悉的"飞艇"。游戏笔墨至此告终,而历史的碎片就这样在时空万花筒中颠来倒去,拼出了新的形状。

小　结　"既非天上,亦异人间"

西方的民族主义和殖民扩张塑造了19世纪的世界格局,"文明—野蛮"的话语在其中扮演了重要角色,为暴力征服提供了依据,并披上了"兼弱攻昧,取乱侮亡"的本土外衣,为许多晚清知识分子所接受,激发起空前的危机感。谭嗣同就将列强的侵略视作中国必须变法自强的警钟:"任彼之轻贱我,欺陵我,我当视为兼弱攻昧,取乱侮亡,彼分内可应为,我不变法,即不应不受。"②在万国并立的时代,自我振作关乎生死存亡,弱肉强食在相当程度上显得名正言顺。

这种现代的历史观、文明观、伦理观,很快在中国小说中得到表达,并构成了想象"未来"世界和族群命运的基本方法。《新中国未来记》正由

---

① 陆士谔:《新野叟曝言》下册,第59—73页。
② 谭嗣同:《仁学》,第148页。在写给友人的书信中,谭嗣同也赞扬西方的人伦之道:"即与异邦人交,无不竭尽其诚,胡、越而肝胆,永无市井欺诈之习,是尤为中国衰世所绝无。至于取人之国,专尚阴谋狡险,此兵家之道,所谓'兼弱攻昧,取乱侮亡',因可施而施之,所当自反,岂得怨人哉!"谭嗣同:《思纬氤氲台短书——报贝元徵》,见蔡尚思、方行编:《谭嗣同全集(增订本)》上册,第198页。

此而来，不过，由于梁启超政治立场的纠结与转变，它只在几个片刻中闯入了"未来"，未能真正启动复兴叙事的引擎。在他之后，小说家们纷纷谱写起种族复兴的狂想。黄克强、龙孟华、东方文明、黄之盛、黄震球……英雄们的名字足以说明问题。而在物竞天择、不进则亡的基本前提下，对"东方/黄种"与"西方/白种"关系的处理考验着小说家的功力。

在《痛史》开篇，吴趼人曾说："五洲之说古时虽未曾发明，然国度是一向有的。既有了国度，就有争竞。优胜劣败，取乱侮亡，自不必说。"①他由此批判媚外之徒，号召同胞不畏强暴、宁死不屈。正是这种爱国主义，令他在《新石头记》中对那个"自不必说"的"优胜劣败，取乱侮亡"逻辑发出挑战：殖民者的"文明"话语不过是"野蛮"暴行的假面，真正的文明必须是心悦诚服的认同。而如前一章所述，他对"现代"视野核心处的"文明—野蛮"话语的批判，与他用现代的实证主义方法论来处理"传统"构成了一种紧张。

这种对西方虚假"文明"的揭露和对王道的颂扬，在其他晚清小说中也时有出现。不过，对相当多的作者而言，要想扭转权力格局，必然少不了一场酣畅淋漓的复仇之战。较之吴趼人，这些作者对西方"文明"的批判缺乏力道，有时甚至流露出对霸道的全然崇拜，因此可以说在相当程度上复制了殖民主义的逻辑。但是，如本章所分析的那样，当他们用现代的视野去探查未知时空时，"传统"的时空观仍在"作祟"。而当他们或认真或套路化地说出"天下的事，无真非幻，无幻非真"②时，也客观上制造了现代理性与传统智慧的纠缠，由此写出种种"溢出"基本构架的细节，造成对叙事意图的削弱甚至瓦解。于是，这些对"未知"的玄想与当下的世界之间，或者说"幻"与"真"之间的关系，尤其令人生疑，读者恐怕也需要用贾宝玉的镜子再三观照，才能参悟一番了。

如果说，梁启超的"新中国"在"当下"滞留不前，吴趼人的"文明境界"又早已悄然完成，那么，那些充满了复仇情绪的狂想之作，则填补了中间缺省的"未来史"，其中，发现并征服遗漏的"蛮荒"之地是复兴的资

---

① 吴趼人：《痛史》，王学均校点，见海风主编：《吴趼人全集》第4卷，第3页。
② 陆士谔：《新野叟曝言》上册，第74页。

本,跨越式的科技进步是决胜的法宝和建设大同的保证,同时,由物质文明进步造成的人口压力使得不断的拓殖构成故事的驱动力。

在日俄战争重塑东亚格局的日子里,"旅生"与"荒江钓叟"测绘着东南亚的群岛,为亚洲的复兴寻找基业,前者将"兼弱攻昧"视作天经地义,后者更意味深长地让一位日本科学家来提出太阳系的政治学,若联想一下被长山靖生追认为日本科幻起源的《西征快心篇》(1857)却是用汉文写成的,这样的角色互换就更令人感慨万千。

然而,对殖民者"成功"路径的模仿就像一场翻绳游戏,对等级关系的颠倒本身就成了对等级的确认:从"白种殖民"到"月球殖民"的逻辑一脉相通,层层延伸的图景令人眩晕;当黄种人在"新纪元"重演了白种人的征服史,白种人也将重演黄种人的重演史;建设大同的电王虽鞠躬尽瘁,仇怨的白种人却仍要谋刺造反,作者提醒得好,此乃"题中应有之义,并不算奇笔"①。总之,作者们煞费苦心地勾描出一篇篇"大同",按说自当在"历史终结"之处收笔,却常在结尾出表露出撰写续作的跃跃欲试,这不只是因为作者谈兴未尽,更因为被这样"终结"的历史,也有着自己未讲完的故事。

除了主宰与抗争的循环外,科学技术也常成为复兴叙事走向破裂的另一个诱因。对科技祛除人间疾苦的热念,为康有为的《大同书》营造了明快的基调,但当小说家用"小说"来落实这一构想时,他们总有意无意地写出悖论式的局面:科技没有治愈龙孟华的痼疾,反而加深了他的不幸;物质的丰沛却造成人口的暴涨,启动新一轮治乱兴衰;无远弗届的观察技术只能让大同的缺陷一览无余,让圣贤黯然神伤;就算在外星开辟新的沃土,也不能保证地球的光明……凡此种种,都在说明,只靠霸道不能铸成理想世界,全凭科技亦无法保证人类福祉。

挪用陆士谔的话来说,这一个个"黄金世界",不论是"新辟之世界",还是"吾人仰望之星球",都远非至善,"既非天上,亦异人间"。② 通往真

---

① 高阳氏不才子:《电世界》,第58页。
② 原文为:"既非天上,亦异人间,吾人仰望之星球,新辟之世界也。"陆士谔:《新野叟曝言》下册,第81页。

正的大同,需要把握某种更根本的力量。

谭嗣同曾说:"夫治而有乱,其必有大不得已之故,而保治之道未善也。大不得已之故,无过人满。"①看起来,这像是在家国难保的乱世,替不可见的盛世操着不必要的心,却不能不说预见了后来小说家笔下种种大同奇想的症结,而他由此所做的推想也带有科幻色彩:人类终将进化至纯灵魂的形态。比起月球人的气球、电王的电翅和电球、文礽的太空飞船,这显然是更高级的人类自由,也可完全免去由肉身的需求而带来的争斗杀伐。当然,这有些异想天开,不过,退一步讲,就算不能抛弃肉身,如果能够发现并把握精神对身体、世界乃至宇宙的作用方式,也可以突破物质文明的局限,成就光明的未来。于是,对"心"之力的期待油然而生。

1923年,当康有为写信开导外甥女时,这位曾经梦想君主立宪、继而期望人类大同的老人已放弃令他半生患难的社会改革家角色,一心渴望着天游之乐了。他教导亲友和生徒,希望他们明白:在浩渺的宇宙中,人间事微不足道,为之喜乐忧惧更是误入歧途。人生只要有欲求,便有争斗,死伤百万的世界大战,正是弱肉强食的竞争结果,为了拯救众生,世上的教主神道设教,用地狱和天堂来恐吓和劝诱世人,但这只不过是"裹饭以待饿夫,施药以救病者",并非对症下药,真正的解救在于让人明白自己就是天上之人,"见其大则心泰"。人不必真的飞向星空,身本就在星空之中,"心"则可以无往不至。"吾诚能心游物表,乘云气而驾飞龙,逍遥乎诸天之上,翱翔乎寥廓之间,则将反视吾身、吾家、吾国、吾大地,是不啻泰山之与蚊虻也,奚足以撄吾心哉!"②总之,救人的关键在于救心,救心的关键则在于天游之学,唯此可以使人获得精神的自由和解放。

这固然可以视为一种自认失败后的逃避主义③,但遨游星空的幻想毕竟为现实的失意提供了慰藉和解脱之道。不知道婚姻不幸的谭印达究竟从这世界观中得到多少安慰。不过,任凭现代科技怎样洗心清肺也不

---

① 谭嗣同:《仁学》,第157页。
② 康有为:《诸天讲》,《康有为全集》第12集,第12—13、132页。
③ 有关康有为此一时期的思想,参见萧公权:《近代中国与新世界:康有为变法与大同思想研究》,汪荣祖译,南京:江苏人民出版社,2007年,第136页。

能治好的龙孟华倒真的飞去了月宫,"荒江钓叟"没有交代他在那里会遭遇什么。但我们知道,早在晚清小说家勾描出一个个"黄金世界"之前,谭嗣同早已宣告:"心"才是根本,"缘劫运既由心造,自可以心解之","智慧深,则山河大地,立成金色"。①

---

① 谭嗣同:《仁学》,第141、170页。

第四章
治心有术:晚清的"心"与"灵"及其在小说中的表现

许多年以后,当谭复生走上刑场,面对围观的观众,他也许会想起少年时代那个瘟疫蔓延京师的春天,自己如何在"死"了三日之后又复生。如今这又一次赴死之际,同样可能在他脑海中闪现的,还有两年前的那个夏天。在那次北上进京的途中,他在上海拜会了傅兰雅,见识了万年化石、X光片,感受到了天地万物进化不已的震动。在京逗留的日子里,他对于如何拯救世界逐渐有了一些新的想法,因此,当他以候补知府身份再次来到上海时,便渴望与那位大名鼎鼎的传教士再叙谈一番,可惜后者已去了美国。不过,他收获了一本傅兰雅所译的《治心免病法》,读过之后欣喜异常,这本奇书不但解开了他心中长久的疑惑,也确证了他的救世方案。

在写给老师欧阳中鹄的一封长信中,谭嗣同汇报心得:"人所以灵者,以心也。人力或做不到,心当无有做不到者。"他还认为,老师此前的赈灾能够成功,全靠心诚:"一心之力量早已传于空气,使质点大震荡,而入乎众人之脑气筋,虽多端阻挠,而终不能不皈依于座下,此即鬼神之情状与诚之实际也。""心之力量虽天地不能比拟,虽天地之大可以由心成之、毁之、改造之,无不如意。"①

这个充满了能量的"心",成了宇宙的关键。

如上一章所分析,晚清小说家们发现,如果只靠科技来推进复兴神

---

① 谭嗣同:《上欧阳中鹄》,见蔡尚思、方行编:《谭嗣同全集(增订本)》下册,第460页。

话,无法导出完美的大同世界。法力无边如电王者,能铸就黄金世界,却依然治疗不了人心;在《新野叟曝言》中说"光拿着道德是治不下洋人的"的陆士谔,亦在稍后出版的《新中国》(1910)中大谈"中国人患的都是心病"。① 于是,用现代方式探索着未知时空的认知者,也将目光投向内在之"心"。有关治"心"之道,中国本有一套自己的理路,不过在晚清,这一命题与种种新知融汇,精神与物理实在的关系也被重新构建。以科学之名,"心"变成一个新的未知之域,本土的魂魄观也借机改换新装。于是,正心诚意不再只是士人的自我要求与担当,更被视作国族兴盛乃至拯救苍生的根本。而中国小说本有谈狐说怪的传统,如今有声光电热等时髦名词撑场,更乐得讲"心"论"灵"。这些怪怪奇奇的故事,因而不该被简单地视为迷信或妄谈,而应考虑其中某种(类)科学之幻想的意味。

不过,在对这些作品进行分析之前,有必要先对晚清的"心—物"想象做一点考察,即本书绪论里所说的"科学认知图"的局部还原工作,唯有如此,才能更准确地勘察"真实"与"想象"的关系。这也就意味着,本章将不得不暂时偏离对"小说"的考察。不过,小说之外的那些"心"力论,本身也常带有相当的科幻色彩,这在一定程度上保证了接下来的讨论不会偏离主题太远。

第一节 从"治心免病"到"以心挽劫"

对精神力量的浓厚兴趣,在19世纪的世界各地都广泛存在。当科学和物质文明取得巨大进步的同时,也催生了对它的反动。唯理主义的科学与哲学被认为"破坏了个人自由,使人类价值没有存在的余地"。在一些思想家看来——

> 理智或作推论的知性不能理解实在的意义,不能就人类心灵的其他方面或各种机能,如感情、信仰、直接或纯粹经验、意志或直觉,发现知识比较确实的来源,从中寻求摆脱怀疑论、机械论、决定论、无

---

① 陆士谔:《新野叟曝言》上册,第68页;陆士谔:《新中国》,见《世博梦幻三部曲》,第319页。

神论以及个人所对抗的一切阴沉的学说的途径。①

在欧洲,心灵感应、"招魂术"等超自然事物吸引着宫廷贵族和普通百姓,在一些科学家的支持下,灵学获得了发展。② 在19世纪末20世纪初的美国,兴起了新思想运动(the New Thought Movement),这一融合了基督教与进化论的宗教运动,教导信众坚信心灵力量可以改变外在的环境,其创始者之一乌特亨利于1893年出版了 Ideal Suggestion Through Mental Photograph: A Restorative System for Home and Private Use,主张通过信仰来战胜疾病。此书大受欢迎,于1896年被傅兰雅译为《治心免病法》,由上海格致书室发售,纳入益智书会卫生学教科书之列,在晚清社会影响颇大。③

此书最醒目之处是"心—身"关系三段论:心为主宰,身为外显;"人心乃天心之像",天父所造世界原本完美;因此,若身体有病,必是信仰出了问题,治病必先治心,"以为有缺则死,补缺永生。不知天创人身,毫无缺憾,心力充足,无可加减,只能令其发显长大而已"。这里体现了对现代科学忽视精神力量的不满:"格致家以为格致之学大盛,则病苦概免,不知心未感动,各事无用。"望远镜、显微镜等虽能观察有形世界,所见却是虚幻:"质体虚也,人心实也。质体者,心力所暂时据凭以显其内之思念而已。而老则释之,则质仍归原"。肉身会死亡,精神却能复活。无形之"心",才是真理所在。④

另一方面,作者又强调治心法是符合科学的:"治心之法非可用药,必将最灵之意发为最善之言语文字,刻入心内。此理深合格致,故格致愈

---

① 梯利著,伍德增补:《西方哲学史(增补修订版)》,葛力译,北京:商务印书馆,2012年,第613—614页。
② 辛芃:《灵学研究的科学牌价》,《科学与无神论》2000年第3期(总第5期)。
③ 熊月之认为此书在晚清影响颇大,邹振环则认为它主要是间接地通过"具有重大影响的《仁学》而写入了中外文化的交流史"。熊月之:《西学东渐与晚清社会(修订版)》,第379—380页;邹振环:《影响中国近代社会的一百种译作》,北京:中国对外翻译出版公司,1996年,第109页。
④ 乌特亨利:《治心免病法》,傅兰雅译,龚昊、乌媛校注,广州:南方日报出版社,2018年,第53、54—55、23页。

盛,信者愈众。"①朝气蓬勃的电学被借作类比:"电气"早已存在,人类对它的认识和利用却经过了漫长的阶段,"人思念之力较之更大而灵,人初不明,亦作空谈,不料将来其能力必大胜于电也"②。同时,作者还利用了当时物理学家们为了解释光的传播、电磁和引力作用等现象而假想的介质"以太",自笛卡儿以来,这个借自古希腊哲学的概念就被认为是充斥整个宇宙、只在其所在位置做微小振动的一种静止物质,也是所有运动的唯一静止参考系③:

> 近西国考知万物内必有一种流质,谓之以太。【无论最远之恒星,中间并非真空,必有此以太满之,即地上空气质点之中亦有此以太,即玻璃罩内用抽气筒尽其气,亦仍有之。盖无处无之,无法去之。如无此以太,则太阳与恒行星等光不能通至地面。如声无空气则不传,此可用抽气筒显其据。空气传声】,以太传思念,同一理。不问路之远近与五官能否知觉之事物,凡此人发一思念,则感动以太传于别人之心,令亦有此思念。一遇同心,则彼此思念和合,如遇相反,则厌之而退。人虽不觉思念有形声,然实能感通人心,此理常人皆知而不明。夫思念不可作为空虚,须视如金石之实,然以金石比则金石犹如朝露,惟思念乃真实耐久也。④

"西经亦与格致之理相同。……但格致所考以形体为界,犹为下层之公法,而耶稣所讲乃上层之公法也。"⑤换言之,治心法是一种超越现有科学局限、终将被证明有效而获得承认的新兴科学或"真正的科学"。⑥ 作者

---

① 乌特亨利:《治心免病法》,序第4页。
② 同上书,第31页。
③ 王鸿生:《世界科学技术史(第3版)》,北京:中国人民大学出版社,2008年,第149—150页。
④ 乌特亨利:《治心免病法》,第29—30页。David Wright 曾在 *Translating Science* 一书中指出,【 】内的文字并非原著所有,而是傅兰雅从他与徐寿合译的《化学鉴原》中挪用过来的,转引自刘纪蕙:《心之拓朴:1895事件后的伦理重构》,台北:行人文化实验室,2011年,第94—96、368页。
⑤ 乌特亨利:《治心免病法》,第53页。
⑥ "新思想运动"发起人之一 Mary Baker Eddy 曾于1888年发表演说,提出罪恶、疾病、死亡不是绝对的现实,而是我们感知所造成的错误,可以被真正的科学所摧毁。刘纪蕙:《心之拓朴:1895事件后的伦理重构》,第99页。

就这样在《圣经》和科学之间游走,试图说明两者本就互通,并以此作为自己学说的根据,构建起一个由心统摄万物的一元论宇宙图景:世间万物皆由天父所造,人是最高贵的,而心又是人的主宰,心所发出的思念,通过"以太"贯通。

对那些在儒家正心诚意传统中成长又对佛学兴趣浓厚的晚清学人而言,心灵成就宇宙的图景不难接受,更重要的是,它还有先进西学做依据。一方面,"傅兰雅精于格致者也,近于格致亦少有微词,以其不能直见心之本原也";另一方面,"此书所言感应之理,皆由格致得来"。① **就这样,需要借助"格致"的权威来论证自身合法性的"心"转而成了对"格致"的补充、修正和发展。**这背后则是一种渴望自救和救人的急切:甲午之败证明了对西方器物层面的学习不足以解决中国的困境,那么,如果能够找到某种宇宙本源性的能量存在,从根本上着手,不就有望摆脱沦亡的厄运,跳出阿喀琉斯追龟式的现代化困境了吗?②

"既悟心源,便欲以心度一切苦恼众生,以心挽劫"的谭嗣同,就这样在这本"卫生学"或"医学"著作中,发现了西方科技先进、政事昌明、人心齐一的奥秘,"以为今之乱为开辟未有,则乱后之治亦必为开辟未有,可于此书卜之也"。③ 这令他激动,并很快地在1896—1897年间完成了自己最重要的著作《仁学》。通过对《治心免病法》中两个最鲜明的方面——心造万物以及思念彼此相通——的改造,他构造出一个极富感染力的宇宙模型。④

首先,谭嗣同借用有关以太、脑、电、爱力等新概念,发展出万物相通的意象。在这方面,《治心免病法》有前后矛盾之处:一方面宣称人与万

---

① 谭嗣同:《上欧阳中鹄》,见蔡尚思、方行编:《谭嗣同全集(增订本)》下册,第460、461页。
② 有关这一悖论的讨论,参见本书第二、三章的讨论。
③ 谭嗣同:《上欧阳中鹄》,见蔡尚思、方行编:《谭嗣同全集(增订本)》下册,第460、461页。
④ 刘纪蕙对乌特亨利的原文和傅兰雅的译文做了详细的比较。相关研究,还可参见坂元弘子:《谭嗣同的〈仁学〉和乌特亨利的〈治心免病法〉》,见中国哲学编辑部编:《中国哲学》第十三辑,北京:人民出版社,1985年;谢弗:《谭嗣同思想中的自然哲学、物理学与形而上学——关于"气"与"以太"的概念》,见郎宓榭、阿梅龙、顾有信编著:《新词语新概念:西学译介与晚清汉语词汇之变迁》,赵兴胜等译,济南:山东画报出版社,2012年,第267—280页。

物相通,彼此间有信息往来①,另一方又强调"凡有生命之物,天父无不爱者",维持日月星辰、天人相合、万物相通的"爱",只是"吸力"的一种,它虽"以通为贵",但落脚点在"合同类为一心"。至于它能否在不同类之间、有生命之物与无生命之物之间传递,作者没有明确交代,他关心的只是"免病":

> 人身虚心弱、四肢不仁等病,爱力一通,痼疾立起。电气能治病,能行舟车,能通消息,能化炼金类,可谓神矣,仿之爱力感动世人、化敌为友、化病为强之能,尚觉不如。②

在这里,电气和爱力是不同事物,"以太"也只在一个段落中被提及。对于渴望靠心力拯救众生的谭嗣同来说,这种局限于自我疗救的主张至多只能"入佛家之小乘法":"西人言灵魂,亦有不尽然也。……乃谓惟人有灵魂,物皆无之,此固不然矣。……推此则虚空之中,亦皆有知也。"③显然,他需要更宏大的格局和内在一致的论述。于是,就像物理学家会追寻大统一理论一样,谭嗣同也以充满诗意的想象建立了他的宇宙模型:

> 遍法界、虚空界、众生界,有至大、至精微,无所不胶粘、不贯洽、不管络,而充满之一物焉。目不得而色,耳不得而声,口鼻不得而臭味,无以名之,名之曰"以太"。其显于用也,孔谓之"仁",谓之"元",谓之"性";墨谓之"兼爱";佛谓之"性海",谓之"慈悲";耶谓之"灵魂",谓之"爱人如己""视敌如友";格致家谓之"爱力""吸力";咸是物也。法界由是生,虚空由是立,众生由是出。

---

① "似有一线,自我通至万物。其线恒有波动,如琴弦之动,如电线之震,而震动中有往复不断之理……故最远之恒星、行星,所有之人与事理俱与我有相关,我亦与之有相关,恒有来往之信息,而所发者能管理所回之信息,如用回光镜照面,貌如何,则镜回貌亦如何……总之我待万物如何,则万物待我亦如何。我善则善,我恶则恶……"乌特亨利:《治心免病法》,第80—81页。

② 作者当然也强调治心法有更高尚的目的,"即令人心力长大。剖除各难,启发真心,感动神灵,令大知觉而显现,好善厌恶,爱人如己,总之则令人心与中所有之天心相显为人主,天人合一而收父子相和之益"。这突显了其基督教的内核,与谭嗣同的追求不同。乌特亨利:《治心免病法》,第58、64页。

③ 谭嗣同:《上欧阳中鹄》,见蔡尚思、方行编:《谭嗣同全集(增订本)》下册,第461页;谭嗣同:《仁学》,第43页。

> 以太之用之至灵而可征者,于人身为脑。……于虚空则为电,而电不止寄于虚空。盖无物不弥纶贯彻。脑其一端,电之有形质者也。脑为有形质之电,是电必为无形质之脑。人知脑气筋通五官百骸为一身,即当知电气通天地万物人我为一身也。是故发一念,诚不诚,十手十目严之;出一言,善不善,千里之外应之。①

以太、电、心力等等,只不过是万物相通之具,前两者又是"借其名以质心力"②的粗浅之具。

其次,在终极的层面上,以太不生不灭,万物的生灭只是相对的,天地之间本无所谓善恶,只有"仁"而已,"仁以通为第一义"。这是整个哲学论证的前提。"不生不灭"的概念与《治心免病法》的说法有相似之处:"天下惟正理永无改变,以其完足无可加减之也。以为有改变者,人心为之也";"盖天理万物,其法无变,有变则为混沌。若治心法则本天然,兹复其旧而已"。③ 此外,现代科学的物质不灭理论也被用来论证万物的成毁回环:"譬于水加热则渐涸,非水灭也,化为轻气、养气也。使收其轻气、养气,重与原水等,且热去而仍化为水,无少减也。"④

接着,以太虽不生不灭,"仁"却可以乱。"乱云者,即其既有条理,而不循其条理之谓。"不仁即是不通:"彼己本来不隔,肺肝所以如见。学者又当认明电气即脑,无往非电,即无往非我;妄有彼我之辨时乃不仁。"⑤他甚至认为,中国的种种暴乱无理违背了天理,是导致自身濒临灭亡的根本原因。西方的入侵,乃是上天给予中国自新的契机。

最后,借助不生不灭和体魄—灵魂二分法,论说好生恶死和好死恶生皆是愚惑。"生固非生,灭亦非灭。又况体魄中之精灵,固无从睹其生灭者乎?""今既有知之谓矣,知则出于以太,不生不灭同焉;灵魂者,即其不生不灭之知也。而谓物无灵魂,是物无以太矣,可乎哉?"由于人们"泥于

---

① 谭嗣同:《仁学》,第12、15页。
② 同上书,第6页。
③ 乌特亨利:《治心免病法》,第2、6页。
④ 谭嗣同:《仁学》,第26页。
⑤ 同上书,第15、26页。所引评注本原文标点为"妄有彼我之辨,时乃不仁",笔者略有改动。

体魄,而中国一切诬妄惑溺,殆由是起矣。事鬼神者,心事之也,即自事其心也,即自事其灵魂也,而偏妄拟鬼神之体魄,至以土木肖之。土木盛而灵魂愚矣,灵魂愚而体魄之说横矣"。① 如果人们明白以太不灭,其承载的灵魂亦不灭,就会无所惮怖,而又不致放纵为恶,可以由此度人度己。

总之,这是一个完全由"心"所成毁的世界,无所不在的"以太"将天地万物都联通,本无所谓善恶和生灭,但因为有了人我、彼此之分,有了对待,便产生了种种迷妄与阻塞,阻塞便是不仁,劫运由是而生。在这张遍布了虚假的阻隔和颠倒谬误的万物之网中,最诚挚和无畏的意志可以感动他人的大脑,让脑电彼此沟通,就像投入水中的石子,引发连锁反应,最终激荡起一场普度众生的风暴。

在这里,我们又看到了"正心诚意""万法唯识""真幻之辨"的影子,不过对谭嗣同而言,这也同时是被先进的西方"格致"所武装的宇宙论和政治哲学。事实上,他一面推崇佛学之宏大,认为"六经未有不与佛经合者也,即未有能外佛经者也","以太者,亦唯识之相分,谓无以太可也",又一面承认佛学需要借助科学之力,"故尝谓西学皆源于佛学,亦惟有西学而佛学乃复明于世"。因为,只有通过"格致"才能够破除"对待":

> 凡此皆瞒之不尽者,而尤以西人格致之学,为能毕发其覆。涨也缩之,微也显之,亡也存之,尽也衍之,声光虚也,可贮而实之;形质阻也,可鉴而洞之。声光化电气重之说盛,对待或几几乎破矣。欲破对待,必先明格致;欲明格致,又必先辨对待。②

就这样,醉心大乘佛法的谭嗣同,在佛理和格致之间看到了可以互相"格义"之处③,在中西思想的融汇之中发展出了万物相通的宇宙论。在

---

① 谭嗣同:《仁学》,第31、40、44—45页。
② 同上书,第55、85、87页。
③ 熊月之指出,以太在中文世界的首次出现,是在1876年江南制造局翻译馆出版的《光学》中,当时被译为"传光气",稍后出版的《光学图说》等书才将其译为"以太"。黄河清指出,ether在近代的中文译名还有"能媒、精气、清气、虚气、元气、刚气、伊太、伊脱、以泰、以脱、以脱气、爱对尔"等。熊月之:《西学东渐与晚清社会(修订版)》,第400—401页;黄河清编著:《近现代辞源》,上海:上海辞书出版社,2010年,第878页。张灏认为,谭嗣同的基本论点"仍是张载的气一元论的化身",科学语言只是一层"外衣"。谢弗则认为,谭嗣同的"以太"概念反映了(转下页)

这样的宇宙中,连草木金石也有灵魂,人更可以无所畏惧,对肉体的灭亡毫不介意。事实上,在《治心免病法》中,死亡正是抛却有限的肉体而回归无限的灵魂,使人心与天心沟通的途径①,而在谭嗣同心中,为了感动同胞之心而主动选择的死亡,恰是一种最大的引爆力量。

面对刽子手的屠刀时,他应当是如此想的。

第二节 "灵魂"与"体魄"

1898 年的初春,孙宝瑄与友人章太炎进行了一场没有结果的争论,后者认为"灵魂不能离质点而存,如电气之因摩擦而见在质点之中,无质点斯无电气,灵魂亦然。其始也,因男女精血相摩而生,成形之后,复因血脉流动相摩而存。血脉停滞,则无相摩,遂无灵魂,而人死矣"②。听起来似乎有理,前者一时无法辩难。

古老的灵魂问题,在西学大潮的背景中有了新的意味。

到了夏天,人们在正式出版的《天演论》中读到了这样的案语:

> 此篇言植物由实成树,树复结实,相为生死,如环无端,固矣。而晚近生学家,谓有生者如人、禽、虫、鱼、草、木之属,为有官之物,是名官品;而金、石、水、土无官,曰非官品。无官则不死,以未尝有生也。而官品一体之中,有其死者焉,有其不死者焉。而不死者,又非精灵魂魄之谓也。可死者甲,不可死者乙,判然两物。如一草木,根荄支干,果实花叶,甲之事也,而乙则离母而转附于子,绵绵延延,代可微

(接上页)《仁学》存在着唯科学的论证方法与唯心观的对立。但是,正如这里所分析的,我们应该考虑那些在今天看来"不科学"的理论在晚清被当作"科学"接受的可能,以及葛兆光所说的佛理与科学互相"格义"的问题。张灏:《烈士精神与批判意识:谭嗣同思想的分析》,崔志海、葛夫平译,北京:中央编译出版社,2016 年,第 82 页;谢弗:《谭嗣同思想中的自然哲学、物理学与形而上学》,见郎宓榭、阿梅龙、顾有信编著:《新词语新概念:西学译介与晚清汉语词汇之变迁》,第 280 页;葛兆光:《中国思想史(三卷本)》(第 2 版)第 2 卷,第 454 页。

① "如能明身非我,心为我,心实体虚,则知心永无死,而身之死与不死,不当视为要事。……盖人心与天心,其间必有重帘隔间,人心在此,天心在彼,而推开此帘,令人心与天心相遇,则常人谓之死。"乌特亨利:《治心免病法》,第 83 页。

② 中华书局编辑部编:《孙宝瑄日记》,第 192 页。

变,而不可死。或分其少分以死,而不可尽死,动植皆然。故一人之身,常有物焉,乃祖父之所有,而托生于其身。盖自受生得形以来,递嬗迤转,以至于今,未尝死也。①

这里所谓的"不死者"并非灵魂,而是可延续的遗传物质。对于以太的解释,也严格控制在光学介质的层面:

虽然,试思其赤色者,从何而觉,乃由太阳于最清气名伊脱者,照成光浪,速率不同,射及石子;余浪皆入,独一浪者不入,反射而入我眼中……②

不过,在几乎与此同时发表的《以太说》中,谭嗣同依旧坚持自己的宇宙观:"任举万物中之一物,如一叶,如一尘,如一毛端,如一水滴,其为物眇乎其小矣,而要皆合无量之微质点黏砌而成",极微渺中蕴含着极广袤,"由是辗转递测,以至于无穷。谓为质点之黏砌,则质点之微岂复可以言喻?虽天演家亦无以辨其物竞矣"。③ 那种由实在的物质微粒构成宇宙的理论并不能说服他,相反,天演家自己不也在描绘着"力"的"不生不灭"吗?

至于全力不增减之说,则有自强不息为之先;凡动必复之说,则有消息之义居其始。而《易》不可见,乾坤或几乎息之旨,尤与热力平均、天地乃毁之言相发明也。④

---

① 赫胥黎著,严复译著:《天演论》,李珍评注,北京:华夏出版社,2002 年,第 97—98 页。《天演论》于 1898 年 6 月由湖北慎始基斋正式出版。此处引用的版本即以慎始基斋刻本为底本。
② 同上书,第 133 页。
③ 谭嗣同:《以太说》,见蔡尚思、方行编:《谭嗣同全集(增订本)》下册,第 433 页。原文发表于 1898 年 5 月 6 日《湘报》第 53 号。
④ 赫胥黎著,严复译著:《天演论》,第 7 页。为《天演论》作序的吴汝纶曾在日记中摘录过严复初稿,内容与严复后来在正式版中所写的"自序"略有出入:"自奈端治力学,明屈伸相报,其后格致家乃推知宇内全力不增减、不生灭,特流转为用而已。……天地必有终极。……故大宇积热力每散趋均平,及其均平,天地乃毁。此诸说皆与《易》理相通。"据此看来,严复后来删掉了"不生灭"的字样。吴汝纶:《严幼陵观察所译天演论》,《吴汝纶全集》第 4 卷,施培毅、徐寿凯校点,合肥:黄山书社,2002 年,第 581 页。

如果"心"是一种"力"①,而奈端(牛顿)又告诉我们"力"是不增不减、不生不灭的,那么"心"自然也可以是永恒的存在了。

大概是怀着这样的信念,在秋天的时候,谭嗣同与五位同伴一起血洒菜市口。他们的灵魂果然能飞向宇宙深处吗?那些悲痛不已的友人们,无疑会在心中思考这样的问题,也继续着争论。

梁启超带着谭嗣同的手稿逃到日本后,为纪念"烈士流血后九十日",于1899年初的《清议报》第2册开始连载《仁学》。仅29天后,上海《亚东时报》也开始连载这部骇俗之作。不过,《清议报》在连载了14册后,出现了第一次较长的中断②,而这期间发表了章太炎的《菌说》,此文由细菌致病说起,阐述进化论,认为"以太"是物质性的微粒"阿屯"(原子),批判《仁学》的灵魂不死说:

> 或谓"性海即以太"。然以太即传光气,能过玻璃实质,而其动亦因光之色而分迟速。彼其实质,即曰阿屯,以一分质分五千万分,即为阿屯大小之数,是阿屯亦有形可量。以太流动,虽更微于此,而既有迟速,则不得谓之无体。
>
> ……
>
> 总之轮回之说,非无至理,而由人身各质所化,非如佛家所谓灵魂所化也。六道升降,由于志念进退,其说亦近,而所化者乃其胤胄,非如佛家谓灵魂堕入诸趣也。③

虽然严复和章太炎的观点带有唯物论色彩,但到了《清议报》第100册即停刊号上,在长久中断之后,《仁学》余下的1/4被全部刊载出来,并被梁启超赞为以"宗教之魂、哲学之髓,发挥公理"的"禹域未有之书""众生无价之宝"。同期刊载的《南海康先生传》中,任公又写道:"故孔子系

---

① "心力可见否?曰:人之所赖以办事者是也。吾无以状之,以力学家凹凸力之状状之。"谭嗣同:《仁学》,第153页。
② 有关《仁学》的版本信息,参见狭间直树:《谭嗣同〈仁学〉的出版与梁启超》,《国外社会科学》2006年第5期。
③ 章太炎:《菌说》。该文附于章氏《儒术真论》文后,所引部见《清议报》第29册(光绪二十五年[1899]九月初一)、第30册(光绪二十五年[1899]九月十一日)。

《易》以明魂学,使人知区区躯壳,不过偶然幻现于世间,无可爱惜,无可留恋,因能生大勇猛,以舍身而救天下。"①

又过了几个月,在壬寅年(1902)的正月里,坚信灵魂存在的孙宝瑄也在继续和友人论辩着,其他人似乎都不以为然。不过,讨论了一会儿之后,大家便开始愉快地讲起了自己听说过的鬼故事。也许是被这种氛围感染,座中那位"素不信仙佛鬼幻之事"的孙荫亭也发生了几分疑虑,并在几天后与孙宝瑄又谈起这一话题,经后者的一番讲解,听过几个神明显灵的故事后,他似乎有了些许相信的意思。到了二月,孙宝瑄又在日记中谈到谭嗣同关于进化的人类最终将抛却肉体,只剩灵魂在宇宙中自由飞行的说法,认为这只是"意拟之词,非有所据也。余则以为佛果圆成之日,纯然此景象也"。②很快,这副灵魂翱翔图,就在这年年底梁启超创办的《新小说》第1号上的《世界末日记》中登场了,本书第一章已对此有过讨论,这里不妨再比照《仁学》中的描绘重温一下:

> 他日之治乱兴衰,诚非人之私意所能逆料,然而极之弥勒下生,维摩病起,人民丰乐,山河如镜,真性如如,充满法界,一切众生,普遍成佛;其未成佛者,舍此世界地球极治之时,必即在地球将毁之时矣。何者?众生之业力消,地球之业力亦消;众生之体魄去,地球之体魄亦去。夫地球亦众生也,亦一度众生者也;地球之不得即毁,众生累之也。③

有毁方有成,成即是毁,众生成佛时,也就不再需要地球的存在。因此,弗拉马里翁的末日故事,一定会激起梁启超对亡友的深深怀念吧。当他写下"谛听谛听!善男子、善女子,一切皆死,而独有不死者存"时,耳畔大概也在回想着逝者的那句:"谛听谛听,当如是:知人外无己,己外无人,度人即是度己,度己即是度人。"④翻译《世界末日记》,也就并不只是一个

---

① 梁启超:《本馆第一百册祝词并论报馆之职责及本馆之经历》《南海康先生传》,见汤志钧、汤仁泽编:《梁启超全集》第2集,第356、368页。
② 中华书局编辑部编:《孙宝瑄日记》,第512、525页。
③ 谭嗣同:《仁学》,第159页。
④ 同上书,第168页。

文学事件,更是他继承亡友遗志、续其功业的度人度己之修行。

不过,《仁学》所代表的宇宙观虽富有感染力,却未免玄奥,如果善男善女们因为"缘未熟"而无法领悟先觉者们的苦心,又当如何呢?不论死后是否有灵魂,人们此生的身与心都依然需要善加利用,尤其是在族群竞争的时代,个人的身体、精神、欲望乃至生死,都理所当然地不再是一己之事,而成为国家富强的根本。学界对此已有相当丰富的研究。简言之,一种关于国家的生物学伦理修辞——国是由民构成的有机体——在 19 世纪被广泛接受,对公民的身心治理成为国家建设的题中之义。① 这里想强调的是,随着种种"心—身"模型的登场,精神与物质的关系以科学之名被重构。在那些"心主身从"的理论中,"治心"不再是与"治身"平行的措施,而是祛病的根本、救世的关键。

认为卫生是文明与野蛮之别的孙宝瑄,就曾在他与友人争论灵魂有无的壬寅正月里读了《天台小止观》,其中的《治病篇》也有所谓"以心治病法":

> 谓脐下一寸名忧陀那,此云丹田者,能止心,守此不散,即无所不治。有师言常止心足下,莫问行止坐卧,即能治病。又云:善用假想观成形气,能治众病。如人患冷,想身中火气起;患热,想水成冰。皆有效验。不知有人试其法否?②

这年夏天,天津发生时疫,《大公报》立即刊文宣传卫生知识,其中的《讲卫生学当知》就说"西洋讲养生的书多的狠,我狠信服《治心免病法》这一部,到底世上人,整天名缰利锁,意马心猿的,不能领会这书的滋味"③。

不过,不论是佛家还是基督教的治心法,若无实效,普通人是很难信服的。很快,证据就摆到了梁启超面前。1903 年 7 月 30 日,游访美国的梁启超来到芝加哥附近的"西贤雪地"。这是一个成立仅一年多,人口大

---

① 参见刘纪蕙:《心之拓朴:1895 事件后的伦理重构》,第 104—118 页;张仲民:《晚清出版的生理卫生书籍及其读者》,《史林》2008 年第 4 期。
② 中华书局编辑部编:《孙宝瑄日记》,第 515 页。
③ 《讲卫生学当知》,《大公报》第 26 号(1902 年 7 月 12 日)。

约两万的新城市,由宗教领袖杜威率领其信徒创建。这位"宗教界之拿破仑"自比耶稣,通过祈祷疗法而非药物治愈了许多病人,他不但给予中国客人隆重的接待,而且在教堂里向其展示了"上帝之能力":在场的六千多名听众中,有一半以上表示自己的疾病被上帝治愈。梁启超深感震动:如此多的证人,不可能全都串通作假。不过,虽愿意相信灵魂不死,但他并未将眼前的奇迹归之于上帝:"度生理学与心理学,有一种特别之关系,现今未能尽发明者。而迷信之极,其效往往能致此。"①这让他想到了被自己列入《西学书目表》中的《治心免病法》。就在半年多前,他还在《新民丛报》上指出《仁学》中的"以太"虽从此书而来,"然此等书,何足以望先生之一指趾。稍有眼力者,当能辨之"②。然而,谭嗣同的救世方案毕竟太务虚,而《治心免病法》现在看来倒颇有些度人之功了。

梁启超携带着《仁学》手稿逃到日本的第二年,美国哲学家威廉·詹姆斯也乘船前往杜威的故乡苏格兰。一向身体虚弱的他,一直在探索通过心理因素改善健康的方法,并对心灵感应等超常态心理现象很有兴趣。旅行期间,他重病一场,经历了长久的濒死昏沉。病情好转后,他于1901年开始在爱丁堡大学做关于"自然宗教"的演讲,并于1902年出版了《宗教经验种种》,其中在谈及"健全心灵的宗教"时,这位哈佛大学的心理学教授、美国第一个心理学实验室以及美国心灵学研究会的创建人,带着同情和甚至辩护的口气介绍了此时正在美国流行的医心(mind-cure)运动:

> 该运动的领袖产生了一种直觉信仰,相信健康的心态拥有拯救万物的力量,相信勇气、希望、诚实具有征服力,相应地藐视怀疑、恐惧、忧愁以及所有神经质的防范心态。他们的信仰,一般为信徒的实践经验所证实。今天,这类经验数量巨大。

> 在科学权威的全盛时期,医心运动展开了一场进攻战,向科学哲学发起攻击,并因为运用科学的特殊方法和武器而获得成功。它相信,有更高的力量以某种方式照料我们,比我们自己照料自己要更

---

① 梁启超:《新大陆游记节录》,见汤志钧、汤仁泽编:《梁启超全集》第17集,第191页。
② 《问答》,《新民丛报》第22号。

好,只要我们真正地依靠它,并同意利用它。它发现,经验观察不仅没有推翻这种信念,反而证实了它。①

颇有才干的乌特亨利也好,梁启超即将会面的杜威也罢,都被詹姆斯视为医心运动的组成。有意思的是,医心派虽然有着一致的基本信条,并普遍借助暗示的力量、大量的实例以及对潜意识的运用,但彼此间又存在竞争。杜威就宣称自己的疗法是独有的,其他宗派则是假冒。② 乌特亨利也同样提醒读者"其他治心法不误者少",不可与自己的"治心法"混用。③ 可以说,在19、20世纪之交,**就像殖民者在争夺着地理空间和物质财富一样,同样以"科学"之名构造而又彼此不同的"身—心"模型,也在争夺着对人们心灵的领导权和疗治资格**。

"很快,太平洋岸和欧洲将建设起更多的'西贤雪地',不出十年,连中国都会有。加入我们吧!"1903年的夏天,自信满满的杜威发出了盛情之邀。④

不过,此时的梁启超,心中却藏着一桩不能说的秘密,因为这个缘故,他也许会对另一种灵魂驾驭之术有更多的期待。

---

① 詹姆斯:《宗教经验种种》,尚新建译,北京:华夏出版社,2012年,第70、84页。加德纳·墨菲等人指出,詹姆斯对这种否定疾病存在的态度不怎么重视,但"似乎比他的同时代人更公平地评价了这个运动的力量"。加德纳·墨菲、约瑟夫·柯瓦奇:《近代心理学历史导引》,林方、王景和译,上海:商务印书馆,1980年,第276—284页。

② 梁启超笔下的"西贤雪地"究竟是何地、"杜威"究竟是何人?笔者撰写本书时未查到相关考证。毫无疑问,"杜威"正是威廉·詹姆斯在《宗教经验种种》中提到的 John Alexander Dowie,此人于1901年在伊利诺伊州创建了 Zion,这座城市至今仍存在。"西贤"即 Zion,"雪地"为 City 的音译,梁启超就把堪萨斯城译为"垦士雪地"。詹姆斯:《宗教经验种种》,第71、93页;梁启超:《新大陆游记节录》,见汤志钧、汤仁泽编:《梁启超全集》第17集,第193页。

③ 乌特亨利:《治心免病法》,第66页。

④ 此处双引号中的文字是笔者根据梁启超游记内容所做的还原,原文为:"现彼日日辟新市,闻今年又将在太平洋岸开一第二之西贤雪地云……此人野心勃勃,大有并吞宇内之概。现四处行其教,明年元旦即复起行往英国,欲开第三之西贤雪地于欧洲云。其竭诚尽敬以欢迎我也,凡欲藉我为扩张势力于中国之地也。彼运动我入其教,且明言之,谓十年以内,必有一西贤雪地见于中国云。吾信其力能致是。"梁启超:《新大陆游记节录》,见汤志钧、汤仁泽编:《梁启超全集》第17集,第191页。

第三节 从"传镊气"到"催眠术":一个词语的浮现

就在《大公报》向读者推荐《治心免病法》的那个夏天,曾两次试图刺杀慈禧的陶成章,在同乡蔡元培的资助下来到日本留学。一天,他偶然在书店里看到一本《催眠术自在》,被书名吸引,从此开始了他的催眠术研究。①

有关"暗示"对人产生作用的历史记载,可以追溯到古老的时代,但这些现象始终没有一个通用的术语,也未被系统地归类研究。18世纪中叶,维也纳医师麦斯麦(Franz Anton Mesmer)认为,人体内有一种"动物磁气"(animal magnetism,后来也被称为 mesmerism),当这种宇宙流体流通不畅时,就会造成疾病,他由此发展了一套极具表演性质的治疗方法。尽管法国科学院的调查报告认为他的医术充其量只不过是一种精神作用,但"动物磁气"的概念却继续流传。19世纪中叶,英国外科医生布雷德剥离了"动物磁气"的概念,认为某些病人在治疗中出现的昏睡和服从状态是生理原因所致,主要源自暗示的作用,他于1843年创造了现在通行的 hypnotism 一词。被种种灵学活动借用的催眠术,也一直伴随着心理学学科的发展,并随之东传。1879年,世界上第一个心理学实验室在莱比锡创立,标志着近代心理学的诞生。1882年,灵学研究会(Society for Psychical Research)在英国伦敦正式成立。在日本,启蒙思想家西周于1875年翻译海文的 Mental Philosophy 时,最早正式公开使用了"心理学"一词。对"催眠术"(hypnotism)、"传气术"(mesmerism)的研究也在同一时期兴

---

① 陶成章自述:"壬寅夏季,东渡日本,旅居东京。偶于书肆中见有所谓《催眠术自在》者……"会稽山人:《弁言》,《催眠术讲义》,上海:商务印书馆,1916年,第1页。后来的研究者都以此为据,认为陶是在1902年夏开始学习催眠术。然而,查阅日本国立国会图书馆网站,竹内楠三编著、大学馆出版的《催眠术自在》,最早版本为明治三十六年(1903)三月,作者在序言中也称该书写于明治三十六年二月,并未提及此版本为再版。如何解释这一时间上的矛盾,有待进一步研究。另,黄克武提到:"1902年夏天,陶旅居东京,在书店中看到一本《催眠术自在》",在注释中,他却指出"这一本书很可能是竹内楠三:《催眠术自在》,东京大学馆1903年版"。对此矛盾,他未做解释。黄克武:《民国初年上海的灵学研究——以"上海灵学会"为例》,见姜进编:《都市文化中的现代中国》,上海:华东师范大学出版社,2007年,第152页。

起,迟至明治二十二年(1889),已有医生以此治病。①

在西学东渐的大潮中,宣称可以调控身心的催眠术也引发了许多晚清知识精英的兴趣,但有关它在近代中国的传播情况,目前的研究还颇为匮乏。② 因此,笔者将根据已有的线索做出进一步的追踪和梳理。

早在鸦片战争之前,在华传教士就已注意到催眠术的发展,并在其创办的英文报刊上予以介绍。1839 年 2 月,广州的《中国丛报》(The Chinese Repository)刊出了德国传教士郭实腊评价中国道教书籍《神仙通鉴》的文章,其中提到:道士们被认为能控制人的精神(mind),类似于西方的动物磁气学家(professors of animal magnetism)。1842 年 3 月,郭实腊又在该报撰文介绍《苏东坡全集》,认为苏东坡提及的一种养生之法类似于"动物磁气"说关于人体原理的解释。③ 1851 年 2 月,上海的《北华捷报》(The North-China Herald)刊文介绍不久前法国《新闻报》(La Presse)上的一条消息:名为 M. M. Benoît 和 Biat 的两位科学家,发明了一种利用 The galvanic-magnetic-mineral-animal and adamic sympathy 进行通讯的方法,据说这种结合了电流(Galvanism)、动物磁气和共鸣流(sympathetic fluids)

---

① 关于催眠术的历史及其临床上的应用,参见高觉敷主编:《西方近代心理学史(第 2 版)》,北京:人民教育出版社,2001 年,第 373—378 页;陈自良、梅乔生:《催眠术的发展与沿革》,《国外医学(社会医学分册)》2003 年第 3 期;钟年:《论中国近现代学术中的心理学》,《华中师范大学学报(人文社会科学版)》2008 年第 1 期;车文博:《车文博文集(第 9 卷)·东方心理学》,北京:首都师范大学出版社,2010 年,第 137—145 页;李欣:《中国灵学活动中的催眠术》,《自然科学史研究》2009 年第 1 期;王德强编:《催眠术汇编》,北京:北京燕山出版社,1990 年,第 25—26 页。

② 阎书昌、栾伟平、张守春等人对催眠术在中国的早期传播情况有所留意。参见阎书昌:《中国近代心理学史(1872—1949)》,上海:上海教育出版社,2015 年,第 29—30 页;栾伟平:《小说林社研究》(下),第 223—225 页;张守春:《催眠术传入中国考》,见徐鼎铭:《催眠秘笈》,太原:山西科学技术出版社,2016 年,第 125—144 页。近期,张邦彦对此问题做了较为深入的调查,不过其勘察重点在 1912 年之后,对清末的资料发掘尚有不足。张邦彦:《精神的复调:近代中国的催眠术与大众科学》,新北:联经出版事业股份有限公司,2020 年。

③ "Review of the Shin Seen Tung Keen,—A General Account of the Gods and Genii; in 22 vols", The Chinese Repository, Vol. VII, No. 10, 1 Feb 1839, p. 522; "Notices of the complete works of Sú Tungpo, comprised in twenty-six volumes. 8vo", The Chinese Repository, Vol. XI. No. 3, 1 Mar 1842, p.140. 原文未署名,据吴义雄考证,作者为郭士立(郭实腊)。吴义雄:《在华英文报刊与近代早期的中西关系》,北京:社会科学文献出版社,2012 年,第 403—404 页。

等多种媒介的无形流体能够不受时空限制、瞬间传递思想。未署名的作者用了整整一版的篇幅，以相当激动的口吻评介了这一新发明对于增进人与人之间的理解、帮助人类认识上帝的积极作用，视其为电报发明之后的又一次巨大进步：每个人都属于一个更高的存在，不完整的个体必须找到自己的其余部分，那个能让他产生同情心并帮助他完成自我的其余部分，两位科学家为人类带来了希望。①

之后，相关的汉语对译词也开始出现。1866—1869 年，德国传教士罗存德编纂的《英华字典》（*English and Chinese Dictionary*）在香港陆续出版，其中，magnet 被译为"锡铁、引铁、吸铁、吸钢"，magnetism 被译为"锡气"。于是，"mesmerism"与"animal magnetism"也就顺理成章地被解释为"传身之锡气（Ch'uen shin chí sheh k'í）"，mesmerize 则为"传锡气"。② 这里的"锡"，应为"摄取"之意③，因此，"传身之锡气"的说法倒也形象，不过仅限于此，编者未做更多说明。

此后的 20 年间，西方心理学知识开始输入中国④，催眠术也引起了更多的注意。由《北华捷报》演变而来、颇具影响的《字林西报》（*The North-China Herald and Supreme Court & Consular Gazette*）记录了不少这方面的信息。1875 年 11 月，该报刊文介绍中国的降灵术（Spiritualism），其中提到了"晓迷魂法者"（somnambules），认为他们不论是通过动物磁气获得了神通还是纯粹的骗子，都在中国南方下层社会中广泛存在，并扮演

---

① *The North-China Herald*, No. 29, 15 Feb 1851, pp. 114-115. 文章无标题、无署名。

② 罗存德：《英华字典》，香港：每日新闻社，1866—1869 年，第 1140、1171 页。这个翻译后来被日本的井上哲次郎所沿用。羅布存德原著，井上哲次郎訂增：《訂增英華字典》，東京：1884 年藤本氏藏版，第 715 页。

③ 《释名》："镊，摄也。摄取髪也。"刘熙：《释名》，北京：中华书局，2016 年，第 68 页。在颜惠庆等人编辑的《英华大词典》(1908) 里，Mesmerism 就被译为"身之摄气，动物磁力，传气术，勾魂术，催眠术"，Hypnotism 则被译为"催眠术，行梦，假眠"。颜惠庆等编辑：《英华大词典》(*An English and Chinese Standard Dictionary*)，上海：商务印书馆，1908 年，第 1145、1432 页。

④ 1876 年，传教士狄考文在山东开设心灵学课程。1889 年，颜永京所译的《心灵学》（上本）（即海文的 *Mental Philosophy*）出版，是中国最早的心理学译著。海文所谓的 mental philosophy 其实就是 psychology，只是当时 psychology 刚传入英语世界，尚未被广泛使用。阎书昌：《中国近代心理学史（1872—1949）》，第 11—15 页。

着类似于巫师、祭祀的角色。迟至1880年，hypnotism一词已经在该报上出现，相关的书籍也被推荐给读者。1887年的一篇文章认为麦斯麦术和催眠术在中国和在西方一样被经常性地研习，另一篇文章则介绍了著名的沙尔格医生（Charcot）在催眠术方面的研究，确信这些研究将为小说家打开新的想象空间。1889年3月的一篇文章介绍了一则病例，讲述了一位女士的三重人格。1890年起，关于催眠术的基本原理、在医疗领域中的应用、在欧洲的迅速发展以及需要防范的滥用等消息明显增多。其中最值得注意的，是发表于1890年8月的一篇关于北京施医院（Peking Hospital，亦称"京施医院""双旗杆医院"）1889—1890年间活动的报告。在这所教会医院里，医生借助催眠术治好了一位相信自己被蛇附体并饱受幻觉折磨的病人。就笔者所见，**这是在中国境内将催眠术作为正规医疗手段进行临床应用的最早记录**，而这样的尝试很可能在当时并非个例。①

与此同时，催眠术的身影也开始在汉语读者眼前浮现。光绪十七年（1891）夏，傅兰雅在《格致汇编》中提到了一种"奇法"：

> 近来西国多用之，乃法人名美司麻所设者，能令人迷蒙无知觉，问以事，皆能历历答覆，即秘而不可告人者，亦能自言，如问于何处、有何事，无不能答，醒则不自知所言何事。亦奇法也。②

"美司麻"显然就是Mesmer，只是国籍弄错了。到了这年冬天，这一"奇法"在《万国公报》上连载的《回头看纪略》中改头换面，一闪而过：

---

① 本段所引 The North-China Herald and Supreme Court & Consular Gazette 上相关文章的标题、日期、页码信息如下："Spiritualism in China"，1875年11月18日，第504页；"Some English Periodicals"，1880年11月25日，第487页；无题，1887年1月12日，第31页；"The Case of the Sleeping Frenchman"，1887年5月20日，第544—545页；"The English Mail Papers"，1889年3月1日，第240页；"Report of the Peking Hospital"，1890年8月1日，第125页。另，据说20世纪初的一些会道门（如福建的"拜大伯"）"用催眠术给人戒除鸦片烟瘾，但主要是不许睡觉，只许饮茶等，看起来并非通常的催眠术疗法。中华续行委办会调查特委会编：《1901—1920年中国基督教调查资料（修订）》，蔡詠春等译，北京：中国社会科学出版社，1987年，第113—114页。

② 傅兰雅：《人秉双性说》，《格致汇编》1891年第2卷，见傅兰雅主编：《格致汇编：李俨藏本》（六），第2546页。

> 有一医,不用药,而用入蛰之法,使人安寝,名曰"人电",欲使之醒,亦用人电动之⋯⋯"我想非死,必系入蛰,乃用人电出蛰之法动之⋯⋯"①

在贝拉米 1888 年出版的原著中,主人公在一位 Professor of Animal Magnetism 的帮助下进入了长眠②,不涉及精神操控,因此对中国读者来说,"入蛰"的说法确实更好理解。至于"人电",虽有些令人摸不着头脑,倒也离"动物磁气"不远。到了 1894 年,广学会出版了这个故事的单行本《百年一觉》,译法没有变化。③ 两年后,《治心免病法》出版,这一"奇法"在傅兰雅笔下得到了更多介绍:

> 近各西国有一新法,为医生及格致家费心考究而仅得其一小分,即以之为治病法者,即前所云志大之人能感动志小者,令其无不服从之事。如以吾心附于彼身,其重者能令人昏睡不醒。但用此法者少,而能受其感动者亦少。凡人闻此法,莫不以为甚奇,格致家不能实言其理。有多人以为有害于人,欲驳阻之,禁人试用。因用此法者为善人,不过令人暂时为其奴使,如为恶人,则可乱用其法,有大害于众,而志小者亦易受感动之病,则此法一行,凡弱者受累无穷矣。格致家因此法与众大有相关,故欲详究其所以然之故,然而终亦不能当为治病之公法也,其故因心力愈长,则志愈大,而此法愈不效,故已能治心之人则毫无可畏,止有尚未信服此治心法者能受害亦未可知,此书不必详论。④

---

① 《回头看纪略》,见林乐知主编:《万国公报》十九,台北:华文书局股份有限公司,1968年,第 12464—12465、12536—12537 页。此文署"析津来稿"。有研究者将《回头看纪略》与《百年一觉》对照,指出"后者除了在每章添加四字标题和标点外,文字几乎完全一样,因此我们据之认为,两者的译者相同,即李提摩太和他的中国助手蔡尔康"。何绍斌:《越界与想象:晚清新教传教士译介史论》,上海:上海三联书店,2008 年,第 181 页。熊月之也认为译者是李提摩太。熊月之:《西学东渐与晚清社会(修订版)》,第 320 页。

② Edward Bellamy, *Looking Backward: 2000-1887*, New York: Viking Penguin Inc., 1982, p. 47.

③ 毕拉宓:《百年一觉》,李提摩太译,上海:广学会,1894 年,第 2 页。

④ 乌特亨利:《治心免病法》,第 64—65 页。

乌特亨利和贝拉米同处19世纪后半叶的美国，前者的著作仅比后者的故事晚5年出版。《治心免病法》在第一章就已论及曾一度被禁止、后来又逐渐被接受的动物磁气说（phenomena of mesmerism）、催眠术（hypnotism）、催眠暗示（hypnotic suggestion），将其作为新疗法不易获得信任的例证，之后也多次提及。① 但傅兰雅并没有为其创制一个专门的汉语对译词，而仅称之为"新法"，或许是因为这一新事物对当时中国读者来说还颇为陌生，也并非原作者关心的重点，为避免节外生枝，译者从简处理了。

值得注意的是，乌特亨利明显是将催眠术视为竞争者而予以排斥的，指出其治疗不但效果只能维持一时，而且依赖于施术者的品性，易生流弊，远不完善，只是一种"低层次的暗示"。而"治心法"与之有着"纯杂之别"，是非个人化的、纯粹的心力，如不可遏制的海潮，由健康充沛的医者涌向病者，令其感动并自我提升：

> 完善的心灵是无懈可击的，免受上帝所造世界中一切邪恶的侵袭，不论它们是以何名义：动物磁气（animal magnetism）、催眠暗示（hypnotic suggestion）、巫术、厄运、外在环境、恶意的星象甚至不利的遗传因素，皆不能动摇真理造就的灵魂。②

再一次，傅兰雅避开了为催眠术寻找译名的麻烦：

> 心内神灵之知觉完足，全心正理，则无一物能害之，空虚如命运、妖巫、符咒等事更不能于此人有害。③

有意思的是，作者又认为，催眠术的发展也恰好佐证了身为心所宰制。的确，我们难以分辨，麦斯麦的"动物磁气"、乌特亨利或者说经过傅兰雅加工过的"心力""爱力"以及被谭嗣同大加发挥的"以太""脑""电"究竟有什么本质区别。看上去，它们都是某种宇宙中遍在的、有潜力打通

---

① Henry Wood, *Ideal Suggestion Through Mental Photograph*, Sixth Edition, Boston: Lee and Shepard Publishers, 1893, p. 17.
② Henry Wood, *Ideal Suggestion Through Mental Photograph*, Sixth Edition, p. 91.
③ 乌特亨利：《治心免病法》，第55页。

万物的、流动的、不可见的基本能量单元，也是任何一个志在超越物质科学而弘扬精神力量的理论都需要的结构性支点。

就在谭嗣同以身许国的1898年，传教士丁韪良编著的心理学著作《性学举隅》出版，其中"论梦行与行梦"一章对正在欧洲兴起的"行梦"疗法做了较为详细的介绍，包括亲眼所见的催眠过程、发展史上的两个重要人物"美斯美"和"沙尔格"、施术能力有赖"本身自具之电气"的说法、未来若能推广普及则人们在梦中学习知识的可能等等。当然，作者也提醒注意催眠术被滥用的危险。①

随着教会势力的扩张与民众反弹的加剧，hypnotism作为一种危险力量的形象也开始被强化。1897年9月，《字林西报》报道了从天津流传到山东的谣言：洋人利用蒙汗药（Meng-han）让人进入催眠状态（in the groove of hypnotism）将其拐卖。为了说明人们的恐慌，作者翻译了两份山东潍县出现的揭帖，其中一份提到了让人昏昏然的药物（stupefying drugs），另一份则声称有超过500名的hypnotists从天津出发，去往各地诱拐儿童。② 这显然是中国民间社会对迷拐儿童的古老恐慌在19世纪末特定背景下的又一次爆发。不过，相关的英文记载并不能证明，当时的中国底层民众已经开始用"催眠"这样的词汇来指称迷拐事件中的精神控制行为。1900年6月，《字林西报》报道了出现在湖北的迷拐新闻：在汉阳，儿童失踪案引发人们对mesmerist的恐慌，走过武汉三镇街头的西方人会被怀疑为mesmerist。不过，作者特意指出，这个词在中文里对应的词是"摩糊子"，即通过触碰或一个手势就可以让人变得糊里糊涂的人。③ 在武昌，一位负责铁路修建的官员之子的离家，演变成了为修建铁路需要埋葬儿童的谣言事件，其中的嫌疑人被指控为"muh-hu-tze（mesmerising

---

① 丁韪良：《性学举隅》卷上，上海广学会藏版，美华书馆摆印，1898年，第62—65页。关于丁韪良与《性学举隅》，还可参见王文兵：《丁韪良与中国》，北京：外语教学与研究出版社，2008年，第270—284页。

② "Weihsien Notes: Anti-Foreign Epidemic", The North-China Herald and Supreme Court & Consular Gazette, 3 Sept 1897, p.448.

③ "HANYANG", The North-China Herald and Supreme Court & Consular Gazette, 20 June 1900, p.1111.

kidnapper)"。① 看起来,令百姓惶恐的大概是熟悉的"麻胡"而非陌生的"催眠术"。

另一方面,包括清朝海关总税务司赫德、樊国梁主教、罗约翰牧师等在内的西方观察者们都相信,真正借助 hypnotism 和 mesmerism 在中国大地上兴风作浪的是义和团的拳民们。② 不过,宗教活动中的"降神附体"并非什么新鲜事物。因此,19 世纪末的中国究竟有多少人在实质性的催眠活动中遵循了现代催眠术理论,还有待进一步的研究。能够确定的是,自甲午之后西潮东来,催眠术的另一条传播渠道就此打开。

就在《治心免病法》出版的 1896 年,清政府开始派遣学生赴日留学,"催眠术"一词及相关知识也涌入了汉语世界。③ 早在光绪二十四(1898)年四月,维新派的阵地之一《知新报》上就出现了《人力催眠术》一文,转述了日本报纸所载的新闻,讲到西方的新发明能帮助失眠者入睡。这样的"催眠术"和"入蛰"一样,给人以"催人睡眠"的印象。④

到了 1900 年春,刚从日本避难归来的章太炎显然已经对"催眠术"有所了解,在其刻印的第一部自选集《訄书》中,"以电卧人,能使前知若远游,所睹星辰、水波、山谷、人物、虫兽、车马,诡谲殊状,皆如其志"一句,有一条说明:

> 瑞典人著《催眠术》,言以电气使人孰睡,能知未来,及知他人所

---

① "WUCHANG", *The North-China Herald and Supreme Court & Consular Gazette*, 27 June 1900, p. 1158.

② "The International Episode", *The North-China Herald and Supreme Court & Consular Gazette*, 26 Dec 1900, p. 1329; Rev. John Ross, "The Boxers in Manchuria: the Evolution of a Boxer", *The North-China Herald and Supreme Court & Consular Gazette*, 21 Aug 1901, p. 364;路遥主编:《义和团运动文献资料汇编》(英译文卷·下),济南:山东大学出版社,2012 年,第 18、81 页;《义和团运动文献资料汇编》(法译文卷),第 395—396 页。用催眠术来解释义和团运动中的降神现象,还可参见戴玄之:《义和团研究》,北京:北京大学出版社,2010 年,第 19—24 页;信夫清三郎:《日本政治史》第三卷,吕万和、熊达云、张健译,上海:上海译文出版社,1988 年,第 338 页。

③ 关于"催眠术"属日源外来词,参见高名凯、刘正埮:《现代汉语外来词研究》,北京:文字改革出版社,1958 年,第 94 页;实藤惠秀:《中国人留学日本史》,谭汝谦、林启彦译,北京:生活·读书·新知三联书店,1983 年,第 326 页。

④ 《人力催眠术》,《知新报》第 53 册(光绪二十四年[1898]四月初一)。

念,是曰千里眼,又能梦游云云。其原出于希腊。晚有《曼司莫立士姆》及《汉坡诺忒斯没》诸书,今皆命曰精神学。盖《列子》西极化人、易人之虑,及谒王同游之说,皆非诬也。①

"曼司莫立士姆"和"汉坡诺忒斯没"应是 mesmerism 和 hypnotism 的音译。差不多同一时间,与章太炎争论过灵魂有无的孙宝瑄也在日记中写下:

> 西国所谓催眠术,能将己之想念,灌入他人脑中。又能使人自然被我所驱使。余谓我国向来所称灵爽神通之事,每托诸仙怪,其说极虚,不谓近日西人能以至实之法行之也。②

可见,19 世纪末 20 世纪初的中国知识阶层已对催眠术有所了解,而身在日本的留学生、被清廷追捕的流亡人士更有机会目睹催眠术表演,对其功效与流弊也应有所耳闻。例如,1897 年《大阪每日新闻》开始连载、1900 年出版的翻译小说《新闻卖子》,就是一个靠催眠术获知他人心中秘密的犯罪故事,译者旨在介绍西方医学技术的发展现状,并指出催眠术在欧美国家的善用与恶用。③ 对迫切渴望改变中国局势的人来说,这种既能助人也能害人的新科学,与众多令人目不暇接的西方发明一样,能引人无限遐想。

1902 年,清廷颁布《钦定学堂章程》,日本人服部宇之吉开始在京师大学堂讲授心理学,成为现代心理学进入中国高教体系的开端,王国维也翻译出版了元良勇次郎的《心理学》,"心理学"一词开始在中国普遍使用,相关译著和文章广泛传播。④ 同年,清国留学生会馆在东京建成,从此成为留日学生集会、演讲、翻译出版书籍等活动的大本营。⑤ 日渐增多

---

① 章太炎:《訄书》,《章太炎全集》第 3 册,上海:上海人民出版社,1984 年,第 39 页。该书前言部分对《訄书》初刻本的时间有所说明。
② 中华书局编辑部编:《孙宝瑄日记》,第 356 页。
③ 姜小凌:《明治与晚清小说转译中的文化反思——从〈新闻卖子〉(菊池幽芳)到〈电术奇谈〉(吴趼人)》,见陶东风、金元浦、高丙中主编:《文化研究》第 5 辑,桂林:广西师范大学出版社,2005 年,第 193 页。
④ 阎书昌:《中国近代心理学史(1872—1949)》,第 43—45 页。
⑤ 实藤惠秀:《中国人留学日本史》,第 33、168—172 页。

的留学生对政治活动的兴趣不断提高,与清政府的矛盾日益激化,催眠术也被纳入他们的武库。与陶成章同在这年夏天来到日本的胡汉民,很快因"成城入学事件"愤然退学。在他看来,留学生会馆虽然悬挂着被张之洞杀害的四位革命者的相片,却没有人敢公然评论,周围的气氛令人压抑。中秋之夜,他踏上归舟,无限愁绪在其诗中有所吐露:

艰难回首问吾徒,落落风尘志岂孤。
出塞不逢苏武节,辞秦羞上李斯书。
催眠有术谁先觉,唾面能干我不如。
纵使蓬莱风景好,故乡吾亦爱吾庐。①

到了年底,革命派创办了在上海的第一个刊物《大陆》,创办人戢元丞是清政府 1896 年派出的第一批留日学生,后来受孙中山密派回国发展革命运动,并与日本教育家下田歌子合作,在上海创办了"作新社",陆续出版了一些日本书的中译本。当中国留日学生界最早鼓吹革命的刊物《国民报》停刊后,《大陆》便成为其延伸,胡汉民的那组诗后来就于 1903 年发表于斯。② 而清国留学生会馆也在新年之初上演了一场排满演说,在留日学界和国内引发相当反响,预示着革命热潮的来临。

在这种氛围中,催眠术的身影明显增多。1903 年 11 月,清国留学生会馆出版了千叶医学专科学校留学生王若俨编写的《催眠术实施法》,这是较早的以"催眠术"做书名的中文出版物。③ 1904 年,《新小说》第 8 号刊载了"写情小说《电术奇谈》(一名《催眠术》)",即《新闻卖子》的中译本,由留日学生方庆周翻译、小说界新星吴趼人衍义。这篇作品影响很

---

① 展子:《既和仰公复得四律》,《大陆》第 4 号(光绪二十九年[1903]二月十日);桑兵:《清末新知识界的社团与活动》,北京:生活·读书·新知三联书店,1995 年,第 165—186 页。
② 邹振环:《20 世纪上海翻译出版与文化变迁》,南宁:广西教育出版社,2000 年,第 67—70 页;刘家林:《中国新闻史》,武汉:武汉大学出版社,2012 年,第 266 页。
③ 万嘉宁:《我国清朝出版的一些心理学书籍》,《心理学报》1987 年第 1 期。王若俨后来曾被任命为黄埔军校代理军医处处长,后"因营私误公免职"。万仁元、方庆秋:《蒋介石年谱初稿》,北京:中国档案出版社,1992 年,第 300、383 页。

大,后来还被改编为戏剧。① 尽管吴趼人把重心从"术"转移到了"情"上,读者仍能从中感到催眠术的神奇:"这是用一副电机,叫人感了我这电气,便自忘其所以。所有十分秘密之事,平生断不肯告诉人的,也要说出来。"②除了小说家述说的奇谭,《东方杂志》《教育世界》《大陆》等也在刊文介绍催眠术在教育和医疗方面的作用及在国外的应用情况。③ 到了年底,始终关心灵魂问题的梁启超更在《新民丛报》用相当篇幅对催眠术做了一段较为完整的介绍:

> 虽然,死后之必有鬼,则诚如墨子所谓征诸史乘、征诸口碑、征诸闻见,无论何人,不敢持极端的武断,谓其必无也。鄙人于距今九年前,有数月间,与鬼之交涉历史甚多,故鄙人笃信鬼,以其词支蔓,今不具述。今勿具论。但彼"鬼学"者,文言之曰魂学。至今已渐成为一有系统之科学,即英语所谓"哈比那逻支"(Hypnologie),日本俗译为"催眠术"者,近二十年来,日益进步,其势且将披靡天下。此学起于千七百七十三年,学者分之为五期,其最新之一派,则距今二十年前始发明也。今最盛于法国,德国次之。近一二年来,日本大盛,其标名催眠学会以教授者凡三四,著书研究此学者数十种,大率数月之间,重版至十数。欲知其理者,可任取一种研究之。据其术,则我之灵魂能使役他人之灵魂,我之灵魂能被使役于他人之灵魂,能卧榻上以侦探秘密;能在数百里外受他人之暗示。其他种种动作,畴昔所指为神通、为不可思议者,今皆有原理之可寻,可以在讲筵上,黔板亚笔,传与其人,以

---

① 欧阳予倩:《自我演戏以来》,《欧阳予倩全集》第 6 卷,上海:上海文艺出版社,1990年,第 20 页。

② 我佛山人衍义:《电术奇谈》,《新小说》第 8 号。该期可能于光绪三十年(1904)五月出版,见陈大康:《中国近代小说编年史》,第 723 页。

③ 《东方杂志》介绍美国医师海斯洛欲建催眠术医院。罗振玉主办、王国维主编的《教育世界》则介绍日本近来对催眠术的研究,包括它在矫正行为和感化性情方面的教育功能,以及有人奏请文部希望设专门学校等。《大陆》上不但出现了俄国医生用催眠术进行行为矫正治疗的新闻,还有了与"催眠"相反的"催醒"概念:一种可以叫人起床的小发明。《丛谈:催眠术之医院》,《东方杂志》第 6 期(光绪三十年[1904]六月二十五日);《外国学事:催眠术》,《教育世界》第 80 号(光绪三十年[1904]六月下旬);《杂录:催眠术能疗酒癖》,《大陆》第 2 年第 6 号(光绪三十年[1904]六月二十日);《杂录:戒指之催醒时表》,《大陆》第 2 年第 7 号(光绪三十年[1904]七月二十日)。

最简单之语櫽括之,则曰:明生理与心理之关系而已。而佛说所谓三界、唯心、万法、唯识之奥理,至是乃实现而以入教科矣。就兹学所发明,则吾今者所保持之躯壳,真天下之最顽钝、最脆薄、最无自主权而最不可恃者也。夫如是,则必别有其灵明者,强固者,有自主权而可恃者,此其物必在此么麽七尺以外,必非以生而始有,必非以死而遂亡,吾人所当护持宝贵者,此物而已。若彼顽钝、脆薄、不可恃之躯壳,则何爱之与有?墨子明鬼,明此物而已,此物明,则人之视生死也,不期轻而自轻,乃无罣碍无恐怖,而惟从吾心之所安以汲汲实行,则实行之力莫能御焉。①

梁启超不但将催眠术视为"鬼学/魂学",而且为读者提炼出了它的基本要点:证明了灵魂的存在;可以操控他人;具备可传授性;真实性由西方的生理学与心理学知识所保证。梁启超的影响力无疑有助于催眠术在知识界的传播,他提到的几个要点也都被后来的介绍者们各有侧重地予以强调。

1905年,自认为已颇有心得的陶成章,回到上海后,在友人的鼓动下开始公开讲授催眠术。② 这引发了公众的好奇甚至疑虑,为此,《大陆》从一位听课者那里索取了讲义的部分内容,刊载出来以解答疑惑:

近日上海教育会通学所,延会稽陶氏讲授催眠学,是为催眠术输入中国之初期。国人素不知此学之真理,以为是一种魔术作用,且虑其传入中国,或滋流弊者。闻竟有人以此种疑问,向会稽再三辨论……③

陶成章强调:以游戏或作恶目的学习催眠术不会成功,学习者必须有根气、有修养。大约同一时间,进士张鸿翻译了《催眠术与魔术》一书,但该书似未付梓。④ 感到有必要推动这一传播形势的作新社很快就于当年8

---

① 梁启超:《子墨子学说》,见汤志钧、汤仁泽编:《梁启超全集》第4集,第394—395页。
② 会稽山人:《弁言》,《催眠术讲义》,第1页。
③ 《附录:催眠术讲义》,《大陆》第3年第7号(光绪三十一年[1905]四月二十五日)。
④ 徐兆玮:《徐兆玮日记》(一),李向东、包岐峰、苏醒等标点,合肥:黄山书社,2013年,第490—491页。

月出版了该社编辑江吞等人根据日文书籍编译改写的《催眠学精理》,书中介绍了陶授课的情况:

> 适今夏会稽某氏从日回沪,广招生徒,传授催眠术速成法,学子顷刻而集,至讲座无寸隙,可谓盛矣。余知催眠术当由此输入中国,其发达普及,指日可待。独是关系此科之书籍,尚无一种出版。①

对于催眠术可能的危害,作者也强调只有好学深思、性格高尚的人才能真正掌握。《大陆》还连载了未署名的《催眠术论》,作者在篇首极力颂赞:

> ……某博士至曰:生二十世纪而不知催眠术者,大愚之人也,云云。……
>
> ……确信催眠术,非魔法的,而学术的;催眠术之现象,非不思议的,而根于学理的;催眠术之应用,非游戏的,而有裨于人类社会的。不但此也,吾于此有一大发见,敢公然主张曰:催眠术学者,真立于世间一切科学之上,而打消千古有形、无形二派之大疑团者也,实形上、形下连锁之一种学问也。而吾之敢公然以催眠术之理论,贡于祖国之学界,则以研究结果所生之一大决心也。
>
> ……中国学术迂腐者也,非催眠术无以新之;中国社会败坏者也,非催眠术无以振之;中国风俗迷信者也,非催眠术无以醒之;中国人性质最恶最劣者也,非催眠术无以矫正之;中国人又心死者也、身病者也,非催眠术更无以苏之、疗之……顾催眠术虽喧腾于世界,而吾国人则尚多未知……②

由此可知,陶成章是最早在中国公开传授催眠术的人之一③,1905年之夏则是催眠术在中国传播过程中的重要节点,下面几个例子亦可作为佐证。

---

① 江吞、韦侗:《催眠学精理》,上海:作新社,光绪三十二年(1906)六月十三日再版(光绪三十一年[1905]七月二十三日发行),第1—2页。本书引用的版本为张守春私人收藏。

② 《催眠术论》,《大陆》第3年第10号(光绪三十一年[1905]六月十日)。

③ 1902年,上海《教务杂志》在一篇文章中称:"有许多证据表明在去年有不少人在学习催眠术"。但按照此前的分析,这篇英文文章提到的很可能只是民间流传的一般通灵术。I. J. Atwood, "The Term for Satan", The Chinese Recorder and Missionary Journal, vol. XXXIII, no. 4, Apr 1902, p. 204.

这年正月,上海小说林社出版了后来轰动一时的畅销书《孽海花》的初集10回。① 在第9回,俄国大博士表演了一种能够拘摄魂魄的法术,不但轻而易举地操控了从身边走过的陌生人,甚至宣称可以将不同人的灵魂互换,"这不是法术,我们西国叫做 Dormitive,是意大利人所发明的,仍是电学及生理学里推演出来的,没有什么稀奇……"看来,此时的曾朴对这种奇术尚了解不多,不过,他在20多年后对《孽海花》前25回进行修订时,便将"Dormitive"改成了"Hypnotism",并在续写的第31回使用了"催眠术"一词。②

《孽海花》初集10回出版后约一个月,《绣像小说》第25期出版,开始连载《回头看》,其中有如下内容:

> 那医生姓毕,是并不懂医道的,但有一种致睡的法术,只要稍用手法,就可以叫人安睡。……但是用他的法术睡着之后,必定要用他的解法,才能醒来(aroused by a reversal of the mesmerizing process)。……这个法术(mesmerizer's power)致睡,往往有不能醒来的。
>
> "……便疑到十九世纪的人往往考究心电之学(animal magnetism),或者这人是受了迷术(in a trance),没有死的,也未可知。……我便试用解法(a systematic attempt at resuscitation),不想你果然醒来。"③

尽管文中尚未出现"催眠术",而沿用"法术"一类的神秘说法,但《回头看纪略》中的那个作为类比的"入蛰"已被抛弃了,而从"人电"到"心电"的转移,也凸显了对"心"的重视。不过,杂志出版后不久的5月28日,商务印书

---

① 陈大康:《中国近代小说编年史》,第808页。
② 曾朴:《孽海花》,见吴组缃、端木蕻良、时萌主编:《中国近代文学大系·第2集·第6卷·小说集四》,第69—72页(此版本依据1905年小说林社20回本);曾朴:《孽海花》,济南:齐鲁书社,1998年,第54、224页(此版本依据1931年的"真善美"本)。
③ 威士:《回头看》第1回,《绣像小说》第25期;《回头看》第2回,《绣像小说》第26期。陈大康认为这两期出版于光绪三十一年(1905)二月。陈大康:《中国近代小说编年史》,第817—819页。引文中的英文是笔者根据原著补充进去的。Edward Bellamy, *Looking Backward: 2000-1887*, pp. 47, 53-54. 关于《回头看》译者,有研究者认为乃商务印书馆编译所某位或多位译者的手笔,当为不误。何绍斌:《越界与想象:晚清新教传教士译介史论》,第182页。

馆在上海《新闻报》上为《回头看》做了广告："是书以小说体裁发明社会主义，假托一人用催眠术致睡，不死亦不醒，沉埋地下石室之内一百余年……"①出版方显然来得及用公众已经有所了解的最新潮概念来推销产品。

7月9日，此前一直在《申报》上刊登广告的长命洋行"电气药带"，也翻新了广告语：

> 从古治病之法不一……其最奇者，莫如中国之祝由科、外国之催眠术，皆不用诊脉、不必饵药，而病身应手而愈。惟是祝由科能治外症不能治内症，催眠术能治内症而不能治外症，且皆有效、有不效，病之愈否不能操券，不过自成其为神秘一派而已。②

用最新的"催眠术"来作为陪衬，无疑更能凸显自己产品的优越性。

到了年底，《申报》记录了一场"感灵术即催眠术"表演：受术者在日本人中沟先生的催眠下，产生了幻觉、身体僵直、失去痛觉等反应，以及嚼食火炭如食物、天通眼等特异能力。"以催眠术施之于实用，则医家教育家最能奏奇效，我国斯学新输入，亦学者所当注意也。"③这是较早的外国人在中国公开表演催眠术的记载，演出看来很成功。

至此可以得出一些初步的结论：早在1840年前后，郭实腊等在华传教士就已开始借用"animal magnetism"等概念来帮助英文读者理解中国道家理论以及民间通灵术。迟至19世纪60年代，相关概念已经有了"传身之镊气""传镊气"等对译词。之后的20年间，在华英文报刊对动物磁气说和催眠术给予了更为详细的介绍，也用相关概念来帮助读者理解中国的灵巫（Spiritualism）活动，并报告了北京的教会医院借助催眠术进行临床治疗的情况。从1890年起，催眠术的身影开始更为频繁地出现，在傅兰雅、李提摩太、丁韪良等传教士的笔下，以"奇法""入蛰""人电""行梦"等名目现身。汉语读者可能不明就里，但在华的西方人确信 hypno-

---

① 1905年5月28日《新闻报》所载"商务印书馆新出各种小说"广告，见陈大康：《中国近代小说编年史》，第842页。
② 《不用诊脉饵药可以治病之宝带》，《申报》1905年7月9日，第14版。
③ 《观感灵术实验记》，《申报》1905年11月27日，第4版。

tism 和 mesmerism 正在被义和团利用,与此同时,在整个社会陷入对洋人迷拐儿童的恐慌时,他们自己也被普通百姓指责为 mesmerist(麻胡子)。甲午之后,催眠术也开始经日本传入中国。戊戌变法前,维新派的报纸上已出现了表示催人入眠的"催眠术"一词。到了19、20世纪之交,章太炎、孙宝瑄、胡汉民等人已经在写作中使用这一概念。1900—1905年间,与现代心理学在中国的萌发同步,催眠术也被越来越多的留日学生介绍到汉语世界。通过论著、小说、报刊、民间表演和讲授活动,国人对催眠术的起源、演变、流派、功用与流弊都有了较为深入的了解。至此,经由日本路径而来的"催眠术"一词日渐成为一个通行的概念。①

> 宇宙间有比"以太"更细微之流动体充满焉,藉其物流动之力,为天人感通之媒介,并传达人与人相接间之一种感化力,名此活动之流动体曰动物磁气。②

看起来,催眠术追求的也不过是人心相通,是一种可以应用于医疗和教育的实用手段。但在陶成章的心中,它的功用可不止于此。

第四节 "化人"与"革命":催眠术在清末

想要刺杀慈禧的不止陶成章一人。

早在戊戌维新期间,康有为就曾想除掉慈禧及其党羽。戊戌政变后,康梁数次策动勤王起义与暗杀行动。唐才常起义兵败,对保皇党人打击甚大,刺杀更成为主要行动,却收效甚微。当梁启超于1903年冬天从美洲归来时,对康有为通过金钱收买刺客的做法提出了批评。于是,1904年秋冬,康梁派出以骨干党人梁铁君为首的暗杀团入京谋刺慈禧。梁启

---

① 某些研究者认为催眠术起源于中国,即所谓的"灵子术",这种气功养生祛病法在18世纪传入欧洲,启发了麦斯麦的动物磁气说。不过作者并未提供证据。张立鸿、黄绍滨编著:《灵子术秘传》,南宁:广西科学技术出版社,1993年,第34、43—46页。当然,这种"西学中源"式的追溯早已有之:"然则催眠一术,吾国人二百年前,已有能通其学者矣。"春冰:《春冰室野乘·术士能代人饮食》,《国风报》第1年第19号(宣统二年[1910]七月十一日)。

② 《催眠术论》,《大陆》第3年第10号(光绪三十一年[1905]六月十日)。

超在《新民丛报》上发文介绍催眠术的 10 天前,写信给康有为,汇报了两支暗杀队中的一支已经北上,另一支即将与之汇合。这个身负重任的秘密团体中,有一位负责制造炸弹的广西会党头目罗孝通。有意思的是,他在日本学习炸药技术的同时,还跟"日本第一剑术家日比野"学习了"磁气催眠术"。① 据陶成章说,正是他将罗孝通引介给梁启超的。②

与此同时,革命党人也在积极地活动。1904 年 10 月,黄兴等人策划湖南起事失败,黄兴、宋教仁等东走日本。冬季,蔡元培与陶成章等人在上海成立光复会,因《苏报》案而身陷囹圄的章太炎也在狱中参与策划。当时,蔡元培认为革命只有暴动和暗杀两条途径,便将其所办的中国教育会和爱国女校变成革命活动据点,这里聚集着致力于各种暗杀活动的同志,他们研制炸药、毒药,钻研催眠术。不过,催眠术究竟在革命活动中发挥了什么作用,各种说法不尽相同。

据陶氏的友人魏兰称:"先生因中国人迷信最深,乃约陈大齐在东京学习催眠术,以为立会联络之信用。"③此说过于笼统:是用科学的催眠术来破除国人的迷信思想,还是利用国人的迷信来发挥催眠术的功效?蒋维乔的说法支持后一种解释:"以为运动军队,当假一种麻醉手段,遂在日本学习催眠术,思利用之。"④俞子夷则称:"蔡师对催眠术颇感兴趣,据说此术亦可用作暗杀工具。"⑤但究竟如何运用,亦语焉不详。然而,据鲁迅 1926 年的回忆,陶成章教人催眠术其实主要是为"糊口",因其术不精,遂寻求"一嗅便睡去的"药物:"在大众中试验催眠,本来是不容易成

---

① 李永胜:《戊戌后康梁谋刺慈禧太后新考——以梁铁君案为中心》,《北京大学学报(哲学社会科学版)》2001 年第 4 期;桑兵:《清末新知识界的社团与活动》,第 115—135 页。

② 陶成章:《再规平实》,见汤志钧编:《陶成章集》,北京:中华书局,1986 年,第 123 页。不过,梁启超却说自己与罗孝通相识多年:"罗君实行家,其前此秘密诡异之历史,不能尽宣之。与余交十年,去岁同舍居又十阅月……"梁启超:《饮冰室诗话》,见汤志钧、汤仁泽编:《梁启超全集》第 3 集,第 280 页。

③ 魏兰:《陶焕卿先生行述》,见汤志钧编:《陶成章集》,第 431—432 页。

④ 蒋竹庄:《太炎先生轶事》,见陈平原、杜玲玲编:《追忆章太炎(增订本)》,北京:生活·读书·新知三联书店,2009 年,第 404 页。

⑤ 俞子夷:《蔡元培先生和草创时的光复会》,见《文史资料选辑》编辑部:《文史资料精选》第 2 册,北京:中国文史出版社,1990 年,第 334 页。

功的。我又不知道他所寻求的妙药,爱莫能助。两三月后,报章上就有投书(也许是广告)出现,说会稽先生不懂催眠术,以此欺人。"①曾听过陶成章讲课的柳亚子也认为,陶因缺乏革命经费,"所以借教授催眠术来骗钱的,但来学的人却不少。……当然我也没有把催眠术学会"②。看来,陶的催眠水平并不高明,因此令人怀疑是骗财之举。此外,陶的长孙则认为他讲授催眠术"一是作为生活手段,二是作为革命活动的掩护",并没有提及暗杀。③

就在陶成章讲授催眠术的那个夏天,罗孝通被捕遇害,催眠术没能救他一命。翌年秋,行动失败的梁铁君亦遭秘密杀害,同一天,清廷颁布了预备立宪诏,让损兵折将的保皇党看到了希望,由此结束了暗杀活动。④另一方面,尽管蔡元培筹划的暗杀团据说"始终没有进行过一次暗杀"⑤,但革命党人还在继续关注着催眠术。从陶成章出版于1906年春天、后来再版多达24次的《催眠术讲义》中,可以揣摩他们的期待。⑥

陶成章首先介绍了"催眠学"这一"灵妙不可思议之学科"是"心理学中之一部",概述了其发展和流派,指出对催眠现象存在不同的解释:动物磁气说、神经病学的生理解释以及纯心理作用的解释。他本人依从第三派,即认为精神能够左右身体,施术者通过唤起对象的自我暗示来左右其精神,以此矫正行为、治疗疾病、变换人格、开发潜力。因此,他认为日本学者用"催眠"译 hypnotism 不精准,提议改为"化人",取列

---

① 鲁迅:《为半农题记〈何典〉后,作》,《鲁迅全集》第3卷,第322页。
② 柳亚子:《五十七年》,《柳亚子自述》,北京:群言出版社,2014年,第170页。据柳亚子所言,听讲的还有因收葬邹容而名声大振的豪侠之士刘三等人。
③ 钱茂竹:《陶成章烈士生平史实访问录》,《绍兴师专学报(社会科学版)》1981年第1期。另外,杨渭生认为"他们借传授'催眠术'的名义,鼓吹革命,联络会党,扩大影响"。杨渭生:《辛亥革命在浙江》,杭州:浙江人民出版社,1984年,第18页。
④ 有关罗孝通和梁铁君等人的遇难,参见李永胜:《戊戌后康梁谋刺慈禧太后新考——以梁铁君案为中心》,《北京大学学报(哲学社会科学版)》2001年第4期。
⑤ 李新主编:《中华民国史·第一卷(1894—1912)》(上),北京:中华书局,2011年,第259页。
⑥ 据张守春查证,《催眠术讲义》由商务印书馆于1906年2月初版成书,当年底出第2版,1907年3月出第3版,至1928年已印至第24版。张守春:《催眠术传入中国考》,见徐鼎铭:《催眠秘笈》,第135页。

子化人之意。

与强调自我信念的治心免病法相比,催眠术显然更依赖于施术者的作用:"以勇气大胆夺其心,乘其虚,大胆以断定治疗暗示,机敏注入,征伐病的暗示,代以健全的暗示,所谓心机一转也。"①这有着更强烈的操控色彩,为改造国民精神提供了可能。理论上,由知识、感情、意志所组成的"心力"甚至可以像物质资源一样被精确地量化管理。譬如,甲、乙二人各自拥有240单位和300单位的"心力",且知、情、意三项平均分布,则甲的各项能力及总体水平皆低于乙,但通过催眠,可以将甲的情、意二力降低到20单位,以此将智力提升到200单位,即乙的两倍(图12)。

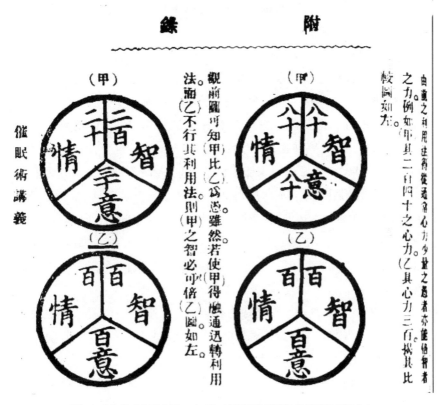

图12　上海《大陆》第3年第3号所载《催眠术讲义》(部分)

---

① 会稽山人:《催眠术讲义》,第152页。

此外，施术者还能令受术者的记忆增减、遗忘、复现、误认自己为他人，甚至实现"精神的杀人及自杀"，即令对象相信自己即将死亡。这大概就是催眠术用于联络、保密与暗杀的理论基础。但读者又被告知，暗示内容不能违背受术者的良心。说到底，催眠成功的关键在于信仰和信任，精神杀人之类的目标显然并不容易实现。看来，催眠还是作为具体的疗治方法更具可行性。对于谁拥有疗救的资格这一启蒙与革命的基本伦理问题，陶成章只是简单地诉诸施术者的德性："务高尚其品，以世人之尊敬信仰为第一要务。"①

总之，这里再次出现了"心主身从"的模型，只不过以心理学和生理学滤掉了《仁学》的唯心论宇宙观，也以更具体的技术替代了谭嗣同那个玄奥而难操作的方法论。值得注意的是，陶成章最后介绍了一些神奇现象："遥制催眠法"，即对受过催眠的人，可通过书信或电报等方法施术；"心性相通"，即通过"一种不可思议之精神作用"对远处的或无关系的人发生作用——此类说法或许是《孽海花》中那类描写的依据；"灵交神游"，即知晓过去现在未来远方之事，为"微妙精神灵动之作用也"；以及"五感转换""神通魔力"等。对这些现象，他认为是"误解迷信之结果"，"天眼通等未能于科学上立证，既看破而证明其无根据矣"，但同时又强调：事实先于原则，科学进步总要突破陈见，新的学理起初难免被视为谬说。因此对"天眼通"等，"吾辈大表同情，非反对者也"，"然天眼通等果真？亦果迷信？则未能断言。是以吾人立脚地，务取研究家之态度，大励实验也"。② 神秘的精神力量就这样在科学的世界观里找到了空间。

这种模棱两可的态度在当时并不罕见。商务印书馆在出版《催眠术讲义》的同一年推出了蔡元培翻译的《妖怪学讲义录（总论）》。原著作者是日本著名的佛教哲学家井上圆了，他试图从理论上建起一套完备的学科体系，以澄清种种"妖怪"——人们对世间不可思议的现象产生的认识上的迷误，可分为物怪（如鬼火）、心怪（如奇梦、灵梦）以及心物交互作用

---

① 会稽山人：《催眠术讲义》，第72页。
② 同上书，第64、155—159页。

之怪(如催眠术、魔法、幻术)。他认为催眠术系因人失去对心的自制而受命于他人,与巫觋、降神、术人、五星、方位、卜筮、祈祷、察心(或称读心术)等同属"由他人之媒介而行者"。①

需要说明的是,"妖怪学"并非简单地以唯物主义来"破除迷信",而是要用理性精神开启民智,最终的追求是帮助有限的生命个体参悟无限宇宙之奥妙,达至哲学上的澄明透达和宗教上的了悟圆融,即扫除"假怪"而见"真怪"。这一工作在东方世界格外重要:"东洋各国之人民,犹彷徨于妖云妄雾中,不知道德光明之新天地在于何处。夫真正之道德,不可不待健全之智识……"而健全的道德又是民族振兴、国家长治久安的根本,因此,"研究妖怪之结果,在放真知真乐之光明于心内之暗天地,其功诚不让于铁路、电信之架设也"。用今天的话讲,就是软件系统要和硬件配套升级。不过,井上圆了也承认人智有限,因此,对于经验上同样不确定或不可知的概念(如"电气""以太")来说明"灵魂"等不可知现象的做法,他虽不认同却有所保留:"将来或有以此等说发见真理之时,而在今日,尚未可许为一种之学说。"②这种开放性的态度在蔡元培身上也一样存在,多年以后,他在为王小徐的《佛法与科学之比较研究》作序时说:

> 至于六种神通,则其事尚在科学与玄学交错的限际。例如爱克司光的透照,无线电的播音,催眠术的疗病,在未曾普及以前,涉学稍浅的,何尝不斥为妄谈!亦惟于事实发现时,严密检验,始可断定有无。③

陶、蔡对心灵力量的兴趣并非个例。就在二人分别将催眠学和妖怪学介绍到中国的1906年,章太炎终于在6月29日出狱。被护送抵日后,

---

① 井上圆了:《妖怪学讲义》,蔡元培译,见高平叔编:《蔡元培全集》第1卷,第247、278、361、380—381、271页。
② 同上书,第259、249、279页。
③ 蔡元培:《〈佛法与科学比较之研究〉序》,见高平叔编:《蔡元培全集》第6卷,1988年,第161页。

他成为《民报》主编。① 在狱中对佛学的研习,使他离开了前期的唯物主义道路。在《民报》上,他写道:"此心是真,此质是幻","此心为必有,而宇宙为非有。所谓宇宙,即是心之碍相。即以此心,还见此心,夫何不可推测之有?"②他还对宋教仁说:"万事万物皆本无者,自我心之一念以为有之,始乃有之矣。所谓物质的,亦不过此之一念中以为有此物质,始乃有之耳。"后者则"以'唯我'之理质之,并言此我非肉体之我,即所谓此之一念也云云。枚叔亦以为然"。③

在这番对话发生的 3 天前,宋教仁在其寄居的宫崎寅藏家见到了访客孙竹丹,听说后者会催眠术,患有神经衰弱症的他立刻提出了学习的请求。之后,他还购买了相关书籍打算演练一番。④ 至于在日俄战争期间从事过秘密情报工作的孙竹丹,是否在其危机四伏的生涯中借助过催眠术的力量则不得而知。不过,在孙的友人柳亚子看来,他的水平也不甚高明:"自言善催眠术,杂稠人试之,有验有不验。而君则端然高坐,大声施暗示不顾,朋辈至今传为笑谈。"⑤

尽管不易灵验,催眠术的魅力依旧不减。1907 年正月初一,由日本千叶医专的中国留学生发起的"中国医药学会"创办了《医药学报》,首期刊发了观点比较特别的《催眠术谈》。作者王仪认为:国民精神颓丧,如行尸走肉,"灵性汨灭,余安得一迅雷为震醒之术耶?"不过,拯救之道却是用新的催眠代替旧催眠:"众生者,是朱非墨,出此入彼,固术中物,不能至于无催眠状态者也。……众生众生,毋徘徊于狂病就死之术中,余将铸尔脑使之康强,炼尔精神使之灵动。"经此"人格变化",众生便可忘却名利,得到更高尚的幸福。"催眠术能疗病矣。余则救种。"考虑到此时的东西方正流行着关于国家是由民众组成的有机体这一生物学比喻,由

---

① 汤志钧编:《章太炎年谱长编(增订本)》上册,北京:中华书局,2013 年,第 121 页。
② 章太炎:《建立宗教论》,《章太炎全集》第 4 册,上海:上海人民出版社,1985 年,第 414 页。此文发表于 1906 年《民报》第 9 号。
③ 宋教仁:《宋教仁日记》,刘泱泱整理,北京:中华书局,2014 年,第 294—295 页。
④ 同上书,第 184、293、309、314、318 页。
⑤ 柳弃疾:《孙竹丹传》,见《南社丛选》上册,胡朴安选录,沈锡麟、毕素娟校注,北京:解放军文艺出版社,2000 年,第 408 页。

"疗疾"向"救种"的过渡就有着丰富的可能:从重铸国之民到铸造民之国、从身体变化到国体变化,逻辑上毫无障碍。正如作者所说:"尔今日之我,即余施术后之敌也。"① 在敌我对立的格局中,催眠术的革命潜能呼之欲出。

　　毫不奇怪,催眠术也引起了清廷的注意。1905 年 11 月 7 日,修律大臣伍廷芳等奏准,各省开始实行禁刑讯、废笞杖新章,获取口供的问题随之而来。1906 年,出现了这样的传闻:刑部考虑学习日本经验,"拟派通达明干之司员,赴日本详细考察催眠术之理,以备将来审犯取供之用"。② 不过,更让当权者关心的也许是催眠术的危害。6 月 9 日,"科学小说"《新魔术》被如此介绍:"是书叙一奸猾凶徒能催眠术盗人钱财,淫人妻女,戕人性命,无恶不作。皆借术以售其奸,被害者莫可控诉。"③11 月 16 日,由传教士李佳白等人创建、与朝廷要员关系密切的民间组织尚贤堂邀请沈敦和就科学与道德之关系的问题发表演讲,这位"上海万国红十字会"的发起人提到:"催眠术,心理学也,理官以之诘奸,医士以之治疾,而无赖者得之为淫邪之用。此皆欧西科学杀人之已事。"④1907 年 9 月,上海的长老会机关报《通问报》提醒读者:日本医生认为催眠术应作为药物治疗的辅助手段,仅用催眠术可能不会治病,而滥用更有危险。⑤ 对催眠术之流弊的担忧甚至影响到了国家的立法。10 月,修订法律馆上奏大清刑律草案,其中第二十三章"关于奸非及重婚之罪"中就涉及"用暴行、胁迫、或用药及催眠术并其余方法,至使不能抗拒"的猥亵、奸淫等罪行。对此,湖南巡抚岑春蓂认为,"其习惯之本无者,如催眠术、决斗之类,均

---

① 王仪:《催眠术谈》,《医药学报》第 1 期(光绪三十三年[1907]正月朔日)。
② 《刑部拟用催眠术之传闻》,《申报》1906 年 4 月 15 日,第 4 版;《答客问催眠术》,《通学报》第 1 卷第 12 期(1906 年 5 月 21 日)。
③ 《新世界小说社广告》,《新世界小说社报》第 8 期,见陈大康:《中国近代小说编年史》,第 1243 页。
④ 演讲预告及内容都在《申报》上刊登。《尚贤堂定期演讲》,《申报》1906 年 11 月 17 日,第 3 张第 17 版;《论道德心与科学之关系宜亟谋德育以防人民即于非行》,《申报》1906 年 11 月 19 日,第 2 版。
⑤ 《施催眠术之利弊》,《通问报:耶稣教家庭新闻》第 267 回(光绪三十三年[1907]八月十八日)。

不必预为著明以待次第之设施"。① 不过,最后的《钦定大清刑律》并未将催眠术排除在外。显然,催眠术和决斗一样,都属于过去不存在的犯罪诱发因素,虽尚未泛滥,当政者也不得不予以考虑。尽管笔者尚未见到催眠术在犯罪活动中发挥作用的确凿证据,但相关的记载至少说明了普通人的想象与疑虑。在各种传闻中,徐珂1917年出版的《清稗类钞》颇有价值。在这位掌故家笔下,传统的民间巫术可以用催眠术来解释,而催眠术的神奇也与妖法无异,其中《逸鸾与黄建刚斗法》一则最值得注意:

> 邵阳黄建刚尝游欧洲,得催眠术于德国某博士,能以手指人,呼之,人辄迷惘。尝以其术眩于众。游日本,见日之催眠家皆兼按摩术,心大鄙之。出其术,日人皆惊,欲从之学。黄不可,拂袖去。②

就像取得了真经一般,这个叫黄建刚的湖南人看来是从现代催眠术的发源地欧洲学到了真本事,连日本人都赶不上他。不过,他好像仅仅满足于用邪术来蛊惑妇女。在他控制了一名美丽少妇和她丈夫后,受害者的族人为了对抗这邪恶的西洋法术,从巫术盛行的贵州请来了一位祖师的女弟子与他斗法,黄却颇为轻视:"我自文明国来,何惮此野蛮者为。"接下来的一段和神魔小说几无二致:

> 一日晨起,妻方晓妆,有美少年贸贸然来。黄方诘问,少年遽向黄妻招手,妻不觉从之行。黄大骇,亟逐之,两人挽臂行如风,顷刻不见,丧气而归,则妇方与少年交颈于室也。大忿,急以手指少年,少年亦以目视黄。黄觉少年目光冷射毛发,几欲眩晕,知将中术,竭力持之,手不能举,勉为支持。视少年,亦目光黯淡,如婴重困者。于是彼此互竞。约一时许,少年拍手笑呼曰:"君真好汉,今如何?"黄不觉退倚榻下,口噤不能声。少年笑时,梨涡生颊,俨然一女郎也。黄大悟,然不能起,目送其去,日午乃苏。以问其妻,妻亦言惝恍如梦,身不由己,幸不为所污。黄令秘之,而市中已遍传矣。黄大窘,幸薄有

---

① 高汉成主编:《〈大清新刑律〉立法资料汇编》,北京:社会科学文献出版社,2013年,第134、216页。

② 徐珂编撰:《逸鸾与黄建刚斗法》,《清稗类钞》第10册,北京:中华书局,1986年,第4575页。

所蓄，乃携妻更他适，改行从善。数年后，复归于乡，乡人亦安之。黄复入黔，求苗人所谓祖师者，竟不可得。①

这个东西法术大拼斗的故事可能就像许多民间怪谭一样经过多重加工而远离真实，但或可推测：此类恶行确实存在，而民众对催眠术的想象亦可见一斑。这就难怪《近世催眠术》的译者丁福保要在绪言中提醒人们慎用此术。②

更令官方警觉的是催眠术与革命活动的关联。1907年，革命党人在潮州、黄冈、惠州等地发动起义。7月，陶成章的好友徐锡麟在安庆起义失败，秋瑾也随后就义，"学习催眠术"成了通缉犯陶成章的"罪状"之一。③ 到了冬天，江苏教育总会收到一封沪道来函。原来，上海洋务局设立的中美换书处收到一本《无线电气体验问答》，著者张少泉"欲得美国互换新书"。中美互换文册书籍，是清廷"鼓励格致、裨益学堂"的措施，不过须经江苏教育总会"察阅酌定"，而在沪道看来：

> 后文所有问答，大都为筹付催眠术而设，迷离惝恍，既非格致家言，即谓理想，亦不应有附会红灯照幻术之呓语。当此中国文明发达之时，似不宜以此不伦不类之著作，贻笑于外邦……④

原书具体内容已不得而知。不过，把催眠术与才过去不久的义和团和"红灯照"联系在一起，一定触碰到当局敏感的神经，这位沪道也不算反

---

① 徐珂编撰：《逸鸾与黄建刚斗法》，《清稗类钞》第10册，第4576页。此外，《清稗类钞》的"方伎类"中，多处提及催眠术，如"以重压人""某能天眼通""徐黄校巫术""圆光""送尸术"，以及"讥讽类"的"被催眠术"等。

② 丁福保：《〈近世催眠术〉绪言》，《中西医学报》第17期（宣统三年[1911]八月）。该文提到了催眠术的另一个名称"魇睡"，这个称呼也出现在《东方杂志》一篇译自日本的文章中。王我臧：《动物与催眠术》，《东方杂志》第8卷第7号（宣统三年[1911]七月二十五日）。

③ 徐锡麟起事失败后，其弟徐伟被捕。两江总督端方致军机处的电文中根据徐伟口供，称陶成章"蓄辫，习日本催眠术，著中国民族消长史"。故宫档案馆藏《徐锡麟安庆起义清方档案》，见中国史学会主编：《中国近代史资料丛刊·辛亥革命》3，上海：上海人民出版社，1957年，第159页。另据周作人，清政府的通缉令为："会稽先生一名，善催眠术。"周作人：《焕强盗与蒋二秃子》，见钟叔河编订：《周作人散文全集》第9卷，桂林：广西师范大学出版社，2009年，第839页。

④ 《函请检阅电学书》，《申报》1907年11月9日，第19版。

应过度。1908年4月,黄兴在云南河口组织起义。云南籍同盟会会员杨大铸急忙从日本回国支援,途中得知起义失败后返回,入东斌学校,与友人张大义一起学习军事技术、炸弹制造和催眠术。① 这不是一时兴起,两年后,他们还在与身边的云南籍同志一边筹划革命一边因为"催眠术用途甚多,乃聘某日人教授催眠术"②。

不论官方态度如何,催眠术的身影在清王朝的最后几年里十分活跃。1909年,《字林西报》甚至声称:过去的15年里,中国人的精神领域中出现了三大不寻常的运动,其中之一即是对魔法和催眠术的全民狂热实践。③ 这个说法明显失真,但与催眠术有关的国内外奇闻逸事确实在报刊上频频出现。正是这一年,留日学生余萍客等人在横滨创立"中国心灵俱乐部",即"东京留日中国心灵研究会"(Chinese Hypnotism School)的前身④;同盟会在重庆的喉舌《广益丛报》报道大理院拟用催眠术做讯供之用的消息,讲述伦敦某人在催眠师中途离开后自行出门,变成疯癫被捉进疯人院的故事⑤;《申报》告诉读者日本催眠师能治烟瘾及精神衰弱病等疑难杂症,美术家能用催眠术让女模特保持不动⑥;《东方杂志》说美国一位女催眠术的老妪只靠喝水维生,不看报而知远近事,传言其灵魂能够出游……⑦据说,连直隶总督端方都曾邀请法国术士到军中表演。不过,根据相关的图文记载来看,此类表演相当一部分只是魔术而已。⑧（图13）"日本人呼变戏法者,亦曰催眠术,盖取其能令人看朱成碧,视神经如起

---

① 倪强:《同盟会云南分会主盟杨大铸》,《云南政协报》2011年11月11日,第6版。

② 张大义:《同盟会云南分部之成立及其活动》,见丘权政、杜春和选编:《辛亥革命史料选辑》上册,长沙:湖南人民出版社,1981年,第244页。

③ "Present National Movement", *The North-China Herald and Supreme Court & Consular Gazette*, 23 Jan 1909, p.202.

④ 黄克武:《民国初年上海的灵学研究——以"上海灵学会"为例》,见姜进主编:《都市文化中的现代中国》,第152页。

⑤ 《大理院拟用催眠术》,《广益丛报》第6年第32期(原第192号,光绪三十四年十二月初十日)。《催眠效果》,《广益丛报》第7年第25号(原第217号,宣统元年[1909]九月三十日)。

⑥ 《神效催眠术》,《申报》1909年5月21日,第1张第8版;《丛谈·催眠术》,《申报》1909年12月18日,第1张后幅第4版。

⑦ 问天:《催眠术之功用》,《东方杂志》第6年第11号(宣统元年[1909]十月二十五日)。

⑧ 《直督试验催眠术》,《图画日报》第69期(宣统元年[1909]九月初十日)。

图 13 《图画日报》第 69 期所载端方观看催眠术表演的消息

错觉、幻觉也。此实非催眠术,以言催眠学,则去之益远。"①研习者之所以有这样的辩白,正说明对于公众而言,催眠与戏法乃至妖术之间的界限并不清楚,因而既令人好奇,又令人恐惧。

1910 年,商务印书馆旗下的《教育杂志》往事重提:"往年沪上有某君,开催眠术讲习会,余曾往习之,顾其术不精,仅有口讲,无实验,遂亦未竟其术。"接着,记录了长尾雨山介绍的中村芦舟及其弟子在尚公小学校的一次演出,据说,除了未实现"天眼通",这次表演获得了成功。② 这类赚人眼球的展示,与犯罪新闻形成了呼应:富家子弟贺昌运勾引遗孀,因

---

① 熊尚武:《催眠学演说词》,《时报》1911 年 5 月 7 日。
② 浮邱:《记中村芦舟君演催眠术》,《教育杂志》第 2 年第 8 期(宣统二年[1910]八月初十日)。

其有日本留学经历而被怀疑使用催眠术诱奸。① 这个案件还被拿来与外国某窃贼被催眠术变换人格的事迹作对比："特吾独不解同一术也，欧西用之以疗窃盗之心，吾国用之以为淫恶之媒。岂中国之道德，毕竟远逊于西人耶？抑催眠新术，甫在萌芽时代，迥不若西人研钻有年，遂登峰造极，化诡谲为慈悲，以练成一救世之奇方耶？"② 还有人幻想着催眠术能促进社会进步：让政府同意开国会，让地方富户出钱办公益，让赌徒戒赌、盗贼从良、贪官变清廉、学生好学。③

催眠术的传播机构也纷纷涌现。在上海，李光新、吴士奇、陶君孟等30余人在中日医学校临床讲习室设立"催眠术传习所"④；在安徽，京师巡警毕业生周堃一等人打算筹集经费在省城内创设催眠学堂⑤；在广州西关，也有人设立了催眠术讲习所，这在政治上温和而保守的广东地方自治研究社看来，不是什么好事——

> 舆论颇为骇异，窃为学科烦赜，足资研究者甚多，似不必过炫新奇，致滋流弊。查催眠术根源哲学，正用之则侦探裁判，独具神妙，否则劫财劫色，皆可恣所欲为。敝省人民，程度未足，若教非其人，何难藉奇术以纵奸谋？其流弊不堪设想。纵谓择人而授，本有防备，然通其术者既多，则辗转传习，必至不可究诘。为地方治安起见，用特琐渎，尚乞示禁，粤民幸甚。

对于这种忧虑，接到报告的粤藩司与粤警道均表认可："查催眠术迹近异端，若令公然讲习，辗转相传，流弊极大，自应从严示禁，以杜歧趋。"⑥ 不过，查禁效果似乎不甚显著。1911年，上海《时报》刊发《催眠学演说词》，作者熊尚武称自己近3年来在两粤讲授催眠，起初招致猜疑，遂在花林酒馆等财色所聚之处表演，"人见无他，疑虑已释"，目前已培养两批学

---

① 《贺昌运被拿颠末》，《申报》1910年4月9日，第1张第4版。
② 《催眠术》，《申报》1910年4月14日，第1张后幅第4版。
③ 《催眠术对于今日中国之妙用》，《申报》1910年9月18日，第1张后幅第4版。
④ 李光新：《催眠理学之一爪》，《医学新报》第1期（宣统三年[1911]五月二十日）。
⑤ 《创设催眠学堂》，《申报》1910年1月5日，第1张后幅第3版。
⑥ 《粤警道因停止催眠术讲习所咨覆藩司文》，《江南警务杂志》第6期（宣统二年[1910]八月）。

生。有趣的是,作者还援引最新学说,认为人是一架由众多小机器构成的大机器,眼如摄影镜,耳如德律风,脑如留声机,催眠的基础则在于大脑的结构:

> 至于大脑之际,尚有两筋,昔无专名,据心理学大家世以世博士,则称之为高等部、劣等部二筋,如寒暑表然。又西儒有称之曰"二我筋":一为"天君筋",一为"别善恶筋",即宋儒所谓天理、人欲之二我也。此二筋常争涨落而成种种思潮。……催眠术家考察得人身实系机器作用,又见人平旦之时、清夜之时,恶念不起,遂悟出人之恶念,由别善恶筋而发,于是研究种种方法,令别善恶筋不用事。①

陶成章曾介绍过有关催眠术的"二重人格说":躯壳为现在之恶人格,灵魂为潜藏之善人格,催眠术能休止前者而诱出后者。② 与之相比,熊尚武的解说看起来有着更为坚实的生理学依据:既然人身被看作机器,想象其中存在着控制"天理"与"人欲"的开关也就不足为怪。当然,这只是理论上的憧憬,笔者尚未见到催眠术在晚清被用于调配心力、开发潜能、改写人格、触发善恶等方面的确切记载。③ 同样不清楚的是,这些学堂或讲习所究竟是单纯的催眠术学习机构,还是以此为掩护的革命活动据点,即便是后者,命在旦夕的清王朝也已力不从心,矢志不渝的革命者掀起的滔天巨浪正扑面而来。

暴风雨的前夜,《申报》上连续刊登国外演出团体表演催眠术的广告。④ 当上海的观众们津津乐道于那奇妙的幻术时,革命的枪声在湖北

---

① 熊尚武:《催眠学演说词》,《时报》1911年5月7日。此文的相当一部分内容后来又出现在梁宗鼎的笔下。梁宗鼎:《催眠说》,《东方杂志》第13卷第7号(1916年7月10日)。

② 会稽山人:《催眠术讲义》,第26页。

③ 在日本接受师范速成教育的湖北学生曾听山路一游介绍过这样的案例:幼时移居他国的受术者,在催眠状态下能回想起已忘记的故乡语言。清末的催眠活动,似乎很少涉及这类智力开发方面的探索。湖北教育部编辑:《师范讲义》第1册,汉口:昌明书局,光绪三十二年(1906)四月第三版,第20页。

④ 《美国催眠术大幻戏》,《申报》1911年9月9日,第1张第7版;《哈同花园助振会续记》,《申报》1911年9月18日,第2张第3版;《爱俪园即哈同君花园游览大会比前更有可观》,《申报》1911年10月1日,第1张第2版。

打响了,催眠术也加入时代洪流中,成为敌方的陷阱、我方的利器。武昌起义之后,有评论称:"世界潮流所至,非人力所能抵御者……满洲政府又岂能用催眠术,朝夕之间,挽回四万万之人心乎?"①而就在革命爆发后的第 10 天,《申报》就开始连载小说《痴人梦》,作者是刚刚成为《自由谈》副刊主笔的王钝根,他让主人公在梦中看见未来科技高度发达的文明民主国,并在醒后记录梦境时听见窗外爆发的革命之声。这首革命赞歌显然还不够过瘾,作者马上又在 11 月 13 日发表了"游戏小说"《催眠术》:革命军中的"催眠部长"施展神威,令顽固的都督自杀、让犹豫的官员决心追随革命军、稳定军心、让守城敌军投降,革命胜利后又让满族俘虏安心为奴,乃至平定外国侵略军,"由是列强无敢犯民国者"。②对于那些热衷于用催眠术来推进革命事业的人来说,这样的"幻想"早已被当作某种"真实"的未来期盼过很多次了,或者反过来说,正是这一类"想象"的革命,激荡出了"真实"的革命。如果陶成章真有这神仙似的法术,"催眠部长"大概非他莫属。可惜,就在宣统帝退位的前夕,为革命奉献一生也热衷于暗杀的他却被蒋介石刺杀身亡,这一次,凶手用的不是催眠术,而是真枪实弹。

第五节 "新法螺":小说林社与徐念慈

1902 年 4 月,丁祖荫和蒋维乔等几位师友从江苏乘船前往上海,去参加由蔡元培等人创办的中国教育会成立大会。因风浪较大,此行未成,但他们拍电报给蔡元培,成为早期会员。

在丁祖荫身边,有一群以黄人、曾朴、徐念慈等常熟同乡为主的江苏知识分子,他们热心于地方教育事业,通过创立学校和杂志等方式传播新学。1903 年,徐念慈组织的常熟教学同盟会解散,取而代之的是中国教育会常熟支部。1904 年,徐念慈、丁祖荫、朱积熙等人创办了常熟最早的

---

① 这篇"时事评论稿"藏于《赵凤昌藏札》,无署名,是否发表不详。国家图书馆善本部编:《赵凤昌藏札》第 10 册,北京:国家图书馆出版社,2009 年,第 507 页。
② 钝根:《催眠术》,《申报》1911 年 11 月 13 日,第 2 张后幅第 2 版。

女学堂——竞化女学校,这可能是仿效中国教育会下属的爱国女校而建立的。与此同时,"小说"也是他们借以改良社会的手段。1904年,曾朴在丁祖荫、徐念慈、朱积煕等人的踊跃支持下,于上海创办了小说林社,从这之后直到1909年解散期间,一批常熟文人聚集在小说林社,翻译、创作、出版了大量小说,他们主持的《小说林》杂志更成为晚清四大小说杂志之一。

栾伟平的研究使我们注意到,小说林社同人与前文提及的激进革命者们有着密切的交往:1905年,徐念慈来到上海任小说林社编辑部主任后,曾利用余暇从事教育工作,在爱国女学担任义务教科,可能因此结识蔡元培,他们曾在1906年一起吃饭,同席的还有当时商务印书馆编辑蒋维乔;蔡元培翻译的《妖怪学讲义》最初刊发在《雁来红丛报》上,该报主编黄人是《小说林》的理论灵魂,也是章太炎和柳亚子的好友,并与孙竹丹一样都加入了柳氏创立的南社;柳亚子与蒋维乔同是丁祖荫主持的《女子世界》杂志的重要撰稿人……① 因此,当我们在小说林社同人的个人兴趣与文学活动中发现催眠术的身影时,也就不必意外了。

1904年,当陶成章与蔡元培秘密筹划革命活动时,他们的同乡周作人也在《女子世界》上论说生死:国人无爱国心,只因"身家之念重,畏死之心胜",但"今日不死,他日必无一得生;今日偷生,他日将无一不死。……然则此时不死,异时必死;少时不死,老时必死。即使老时不死,至地球末日,微尘世界,一切有情,皆归虚空,则亦必死。等是待死之身,不愿以血灌自由之苗,而甘以尸饱江鱼之腹,乌乎可哉?如生而痛苦,则何尚天年?死而无知,则何悲菹醢?吾身虽死,自由不死;吾身虽灭,原质不灭"。② 这听起来很像是谭嗣同和梁启超的回音、《地球末日记》的余响。

翌年夏,《女子世界》的热心读者徐兆玮也在友人张鸿翻译的《催眠术与魔术》一书中,读到"凡天地间之万物,不论有情无情,一皆制于感通

---

① 栾伟平:《小说林社研究》(上),第70、74页;《小说林社研究》(下),第272、289—290、346页。

② 周作人:《说死生》,见钟叔河编订:《周作人散文全集》第1卷,第18—19页。

力"这一与《仁学》中的想象颇为相近的说法。① 此时,陶成章讲授催眠术的消息已经见诸报章,蒋维乔等人也很快出现在了他的课堂上。② 不久,小说林社就推出了《新法螺》(图14),这本小书包括三篇小说:由包天笑从《吹牛大王历险记》日译本转译而来的《法螺先生谭》《法螺先生续谭》和徐念慈创作的《新法螺先生谭》。徐念慈很喜欢包的译作,于是"东施效颦",不过在结尾,他也透露了另一个灵感来源:

> 斯时,上海有开一催眠术讲习会,来学者云集其中,最元妙不可

图14 《新法螺》封面

---

① 徐兆玮:《徐兆玮日记》(一),第490页。
② 蒋维乔:《蒋维乔日记》第2册,北京:中华书局,2014年,第38—44页。

测者,为动物磁气学,又触余之好奇心,拟于此中开一特别之门径。①

如前所述,在此前小说林社出版的《孽海花》中,曾朴已描写过催眠术表演。黄人虽批评当时的许多小说"以磁电声光,饰牛鬼蛇神之假面"②,但他自己对西方医学及心理学很有兴趣,并钻研过催眠术,甚至有过与徐兆玮的叔叔徐翰青等人创立研究会的设想。③ 在这种氛围中,徐念慈的仿作呈现了和原作颇为迥异的风貌。一开场,新法螺先生就郑重其事地提出了宏大正派的目标:

"余幼时颇迷信宗教者言,深信所谓天堂也、地狱也,以为偌大世界,何事蔑有?科学家仅据矿物界、植物界、动物界种种之现象、种种之考察,以为凡物尽于斯,凡理尽于斯。使果然焉,则世间于科学外,当无所谓学问,不复有发明矣!而实验殊不然,何哉?余本此问题,愈思愈疑,愈疑愈思,既而奋然曰:'余苟局局于诸家之说,而不能超脱,张其如炬之目光,展其空前之手段,是亦一学界之奴隶而已。余决不为!余决不为!'"④

在原作中,法螺先生以种种违反日常经验和物理定律的方式上天入地,造成滑稽效果。徐念慈的新法螺先生亦试图超越科学的羁绊,但落脚点却转向民族救亡和民众启蒙,叙事语调也从轻快荒诞滑向凝重的讽刺。主人公不是通过实验探索,而是试图以冥思苦想来实现对科学的超越,自然没有进展,这让他脑筋错乱,以致身不由己,一路狂奔到了36万尺高的"喜马拉雅山哀泼来斯之最高峰","是山为众山之祖","是峰为之山之最高峰",即珠穆朗玛峰。当时的西方世界对珠峰尚无统一命名,自以为首先发现这一最高峰并相信它没有本地名称的英国人将其称为 Mount Everest,以纪念印度测量局局长乔治·埃佛勒斯(George Everest)。20世纪上半叶,受到西方地理学知识影响,中国人也采用此名称,本土称谓

---

① 东海觉我:《新法螺先生谭》,见《新法螺》,上海:小说林社,乙巳年(1905)六月,第35页。
② 摩西:《发刊词》,《小说林》第1期(光绪三十三年[1907]正月)。
③ 郑逸梅:《世说人语》,哈尔滨:北方文艺出版社,2009年,第273页;徐兆玮:《徐兆玮日记》(一),第522页。
④ 东海觉我:《新法螺先生谭》,见《新法螺》,第1—2页。

"珠穆朗玛"则被淡忘。① 同在1905年出版、刘师培编著的《中国地理教科书》说:"喜马拉山脉……最高之峰,至达二万八千尺,名额非尔斯山。"②《电世界》则称之为"哀佛来斯峰"③。徐念慈的"哀泼来斯"显然就是Everest的音译之一。有意思的是,1908年,徐念慈将他在速成小学师范讲习所的授课讲义以《中国历史讲义》为题修订出版,其中明确地介绍:"喜马拉雅山……为西藏印度之界山,有最高峰,至二万九千余尺。"④因此,《新法螺先生谭》中的这处细节就既泄露了西方殖民主义知识霸权,又借助荒诞的夸张逾越了其认识论规范:"三十六万尺"的高度远远超出实际山高。这固然可视作吹牛皮,不过,如前所述,**这种依循作为知识权威的西学同时又渴望逾矩的摇摆,亦堪称晚清科幻写作的特征之一。**

显然,徐念慈的教育者与小说家的两重身份呈现了某种统一中的对立,例如,在他和曾朴编著的《博物大辞典》(1907)中,有关"心脏""大脑"等条目的解释完全依从现代解剖生理学知识,从中找不到"灵魂"的位置,对"地心""地壳"的介绍亦是简单的地质学知识,不存在"上穷碧落下黄泉"的可能,但新法螺先生却打破了这些限定。⑤

《新法螺》问世后仅一个月,小说林社又出版了徐念慈翻译的《黑行星》,转译自黑岩泪香的《暗黑星》,原著为美国天文学家西蒙·纽康(Simon Newcomb)所著的 The End of the World。日译者希望读者"勿将理学视为解决人间万事之知识"。徐念慈对此应颇有同感。有意思的是,《黑

---

① 有关珠穆朗玛峰名称的历史变化,参见林超:《珠穆朗玛峰的发现与名称》,《林超地理学论文选》,北京:北京大学出版社,1993年,第48—64页。林氏还指出,1904年英帝国主义者派兵侵略西藏,但只沿雅鲁藏布江谷做了测量,未入山区,只证实了珠穆朗玛是最高峰。在此以前,对于喜马拉雅最高峰的问题,尚有疑问。另外,欧阳健曾明确指出《新法螺》中的"哀泼来斯峰"是珠穆朗玛峰,但他并未做进一步讨论。欧阳健:《中国神怪小说通史》,第664页。

② 刘师培:《中国地理教科书》第1册,邓实参校,上海:国学保存会,1905年,第5页。

③ 高阳氏不才子:《电世界》,第48页。

④ 徐念慈著述,丁祖荫、曾朴审订:《中国历史讲义》,上海:宏文馆,1908年,第3页。另外,在经总理学务大臣审定的《最新中学教科书·瀛寰全志》中,也称"希玛拉山……最高之峰不下五英里半"。谢洪赉编辑:《最新中学教科书·瀛寰全志》,奚若校勘,上海:商务印书馆,1906年第8版(1903年首版),第45页。

⑤ 曾朴、徐念慈编纂:《博物大辞典》,丁祖荫审定,上海:宏文馆,1907年,第17、56、148页。

行星》中地球与火星的通讯点中央天文台就设在喜马拉雅山最高峰顶上。① 而新法螺先生在最高峰上,也遇到了非比寻常之事:虽然这里"绝无空气",却又产生了"大风一阵",他被吹到"万万尺"的高空,达到宇宙中"无量吸力之中心点",体内诸原质被撕扯着"化合""化分",终于灵魂与躯壳分离,他由此掌握了可以随意将"灵"与"身"拆分组合的能力,于是将灵魂"炼成一种不可思议之发光原动力",比太阳还强万倍,又比日光更优:可曲线传播、人可以直视、可长留不散。于是,他"发大慈悲,展大神通",手捧灵魂,向全世界投放光明。②

这个意象无法不让人想起《治心免病法》,谭嗣同曾在其中读到过这样的描绘:

> 人心果能如此,其光必向外,百体感动,病乱散除。……西经言耶稣一日上山,久动此思念,面发明白大光,门徒见而生畏,实亦如以上之说而已。

> 心愈清而行合法,则心得小光,其光渐大……惟心有大光者,必向外显明,肌肉皮骨无不通光,为众人所知觉。自古以来,凡有圣贤,莫不有光,但其大小不等。耶稣所有之光,亦为极大,此光不但能照当时之人,又能通至各国,虽将逾二千年,不但不少衰,反而常有加大,盖过他人一切之光,将来更大无可量。③

新法螺先生在吸力的作用下排除诸种杂质,"神识遂清"后才得到这一纯而又纯的灵魂光源,就像耶稣面对门徒一样,他也站在世界最高峰上,渴望以自己的光明普照世间,而众生万象又反射到光球的薄膜上,使他得以越过"文明境界"和"电世界"中的种种奇"镜",直接用**心眼**获得了全知能力。此时,恰值正午的美洲和傍晚的欧洲都大为惊骇,科学家们纷纷钻研却不得要领,新法螺先生嘲笑他们"自诩为文明之国""其科学之尚为幼稚时代也"。他以为可以惊醒同胞迷梦,熟料中国此时正值午夜,国民

---

① 有关《黑行星》,见栾伟平:《小说林社研究》(下),第 239 页;《小说林社研究》(上),第 175 页。
② 东海觉我:《新法螺先生谭》,见《新法螺》,第 2—6 页。
③ 乌特亨利:《治心免病法》,第 44、53—54 页。

全在酣睡或淫行,对如白昼之光明视而不见。新法螺先生愤怒异常,要不是因为灵魂只有光明而无热力,他早就用烈火将十八省焚为焦土以便重新来过了。沮丧的他一失手,将灵魂掉在地上,这个只"径一寸"的圆球裂成两部分,四分之一复返肉体,其余部分以"不可思议之弹性力"冲上云霄,撞上月球,月界"山崩坍而成湖,湖积累以成岭,沙飞石走、尘埃蔽空者亘数年"。欧洲人误以为月中火山爆发,"其见亦陋矣"。这里,徐念慈很可能利用了当时报纸上的一些天文学新闻作为小说想象的材料,让莫须有的新法螺先生混入其中,以扰乱西方科学界对于外层空间众说不一的学说。①

乌特亨利曾在书中引述《圣经》故事:以利亚站在山上,要与天父相语,有烈风、山崩、地震等巨响,但天父之言不在其中却在其后的微小声音中。② 与之相映成趣,新法螺先生仅有四分之一灵魂的肉身也遭遇了山崩地裂,他一路坠落,历经两小时,穿越18重地层,落在一位老人的炕头上。老者于梦中惊醒,道明自己是黄种人的300世始祖,每次要睡8个小时,相当于地上的200年,醒来后只见纲纪紊乱、子孙颓丧。他虽然能用"外观镜"窥探世事,如药剂师般用"内观镜"查看世人体内的"善根性"与"恶根性"的比例,可惜子孙的善根性已被腐蚀殆尽,老人亦束手无策,只能在地狱中徒自伤怀:"余老矣,发音不亮,惜无人代余唤醒之耳。"③身为不肖子孙之一,新法螺先生汗如雨下,散发的热气使祖宗再次昏睡,他则慌不择路,再陷深渊。

与此同时,新法螺先生的灵魂正在太空中漫游,这是不寻常之事。同时期登场的玉太郎始终没能发明离开地球的飞行工具,而吴趼人虽也说过"理想为实行之母,斯言信哉!……近闻西人之研究催眠术者,谓术至精时,可以役使魂灵,魂行之速,与电等云。果尔,则孙行者之筋斗云,一

---

① 新法螺先生提醒听众:他的灵魂发光造成了"前十二年十月三十日冬至,世界光明如白昼之午后十二点钟"的事件。这是否对应某个当时的真实天文事件,有待进一步查证。东海觉我:《新法螺先生谭》,见《新法螺》,第3—4、6、8—10页。

② 乌特亨利:《治心免病法》,第75页。

③ 东海觉我:《新法螺先生谭》,第19页。

翻身可达十万八千里者,实为之母矣"①,但他的"文明境界"终究不曾探索地外空间:

> 宝玉道:"据说上头没有空气,我们多咱带了制造空气的机器,到上头去看看。倘幸到得一个星球上,也可以考究考究,到底那里有世界没有,不然,总是个理想,徒托空言,没有实据。"老少年道:"早就有人想到了,不然办了。因为到了没有空气的地方,便是真空,电气到了真空的地方便要发火,制造空气,只能把窗门关紧了,人在里面自制自吸,断不能放到外面来。那车的机轮,一切都是用电的,岂不要全车发火?因此不敢轻举妄动,不然,早就有人上去了。"宝玉道:"总要设法能上去便好,不然,总是个闷葫芦。"②

这段云山雾罩的托词,揭示了吴趼人和清末的许多幻想者一样,不曾将理想的触角延伸到大气层之外。徐念慈却认为:"月球之环游、世界之末日、地心海底之旅行,日新不已,皆本科学之理想,超越自然而促其进化者也。"③不过,虽然他与凡尔纳的译者周树人一样憧憬着星际旅行,并和凡尔纳一样乐于向读者抛出炫目的科学名词、数字、比例关系,但他完全不需要费心地去研究大炮的口径、飞船的尺寸等枯燥的技术问题,也不屑于像其所仿效的原著那样采取氢气球的方式登月④,更没有像几年后的许指严、陆士谔那样去设计某种天人合一的太空飞船,早在《治心免病法》中,就有摆脱地心引力捷径的提示了:

> 高贵者能管下贱,内者管外,无形之力管有形之体。譬如地面所有之物无论如何必不能远离地面,皆受制于地吸力也,而人心之力能制百体与此理同。⑤

---

① 吴趼人:《小说丛话(四则)》,裴效维、王学均校点,见海风主编:《吴趼人全集》第8卷,第217页。
② 吴趼人:《新石头记》,见《世博梦幻三部曲》,第271页。
③ 东海觉我:《〈小说林〉缘起》,《小说林》第1期。
④ 在包天笑的译作中,法螺先生通过氢气球登月,后来也有入地心的描写,但他没有灵肉分离。《法螺先生谭》,吴门天笑生译,见《新法螺》,第8页。
⑤ 乌特亨利:《治心免病法》,第51—52页。

当然,《仁学》中以进化论的立场对此所做的发挥更为壮丽:

> 又必进思一法,如今之电学,能无线传力传热,能照见筋骨肝肺,又能测验脑气体用,久之必能去其重质,留其轻质,损其体魄,益其灵魂,兼讲进种之学,使一代胜于一代,万化而不已。必别生种人,纯用学智,不用力,纯有灵魂,不有体魄⋯⋯可以住水,可以住火,可以住风,可以住空气,可以飞行往来于诸星诸日,虽地球全毁,无所损害,复何不能容之有!①

栾伟平指出:新法螺先生"纯粹依靠灵魂遨游星际的狂想,简直就是谭嗣同以上主张的再现"②。我们还可以将《新法螺》与稍早登场的《环游月球》(1904)对比,后者的探月者们谈道:"尚有水星金星火星诸世界在。然君又勿以此自豪也,君其周游木星土星天王星海王星间⋯⋯"③这里提及的行星完全按照其与太阳距离由近及远的顺序排列,而新法螺先生的漫游就随意得多,他似乎对月球没什么兴趣,只是冲撞了一下后,便飞向水星,在擦肩而过时,看到那里正在实施"造人术":一个老人的头上凿开一个洞,以新鲜的脑汁替换陈旧部分,老人顿时充满活力,仿如少年。接着,他又在金星着陆,看到满地的黄金白玉和原始动植物,后被金星南极的风柱吹上天,朝着太阳飞去,却忽然被一股不知何来的力弹开而回到地球并复返肉身。漂浮在大海上的他被一支挂着龙旗的神秘舰队所救,后者准备回国协助政府改革。于是,新法螺先生来到上海,正赶上"催眠术讲习所",由此受到启发:

> "余自环游日球后,骤与余躯壳之身相合,而脑藏中有一种不可思议之变化。余每思利用之,必能使实业界生一大妨碍。伊何事? 则发明脑电是也。
>
> 余思:自电气学发明后,若电信、若德律风,既为社会所欢迎,旋又有所谓无线电者。余谓此尚是机械的,而非自然的也。自然力之

---

① 谭嗣同:《仁学》,第 158 页。
② 栾伟平:《小说林社研究》(下),第 231 页。
③ 焦奴士威尔士:《环游月球》,第 73 页。

利用，莫若就人人所具之脑藏，而改良之、而推广之。人与人之间，使自然有感应力，脑藏既被感应，乃依力之大小，而起变化，依变化之定律，而订一通行之记号，而脑电之大局以定……"①

"脑电"虽神奇，其收发方式看上去只是对电报的仿效。新法螺先生开班授课，半年后学徒已达两千万，遍布世界。然而，又一次，看似光明的前景突然崩塌：脑电的普及使能源、通讯、交通行业濒临破产，失业人口骤增，人们生出怨气，新法螺先生不得不遁隐，故事至此终结。

该如何看待这个荒诞不经的作品呢？

《新法螺》出版时标"科学小说"，而在之后的广告中则被标为"滑稽小说"。② 不过，就像梁启超在《世界末日记》中寄望于"哲理"与"科学"互通一样，《新法螺》中的"科学"与"滑稽"也并非处于非此即彼的位置，当时的评论者也都注意到其娱乐性背后的某种深意："《新法螺》：日人名怪诞不经之谈为'吹法螺'，作者本其名，举一切奥博精深之哲理、新奇微妙之学理，以嬉笑怒骂出之。是《西游记》，是《大乘经》，有识者当所共鉴。"③"《新法螺》一书，以滑稽家言，为众生说法，用意良苦，文笔亦足达其意，滑稽小说中上乘也。"④

《新法螺》一书后来于1907年5月2日《广益丛报》第132号开始重载，标题改为《新新法螺天话……科学之一班》。在同年的《小说林》第7期上的《觚庵漫笔》中，"觚庵"在论及滑稽小说时，也说《新法螺》，属于理想的科学"⑤。据栾伟平考证，"觚庵"正是徐念慈。⑥ 这意味着，"滑稽"与"科学"在徐念慈本人那里并不矛盾。像周围的许多知识分子一样，他也对精神力量充满期待，还为《小说林》发表的陈鸿璧所译"科学小说"《电冠》写了如下评语：

---

① 东海觉我：《新法螺先生谭》，见《新法螺》，第35页。
② 栾伟平已经注意到了这一点。栾伟平：《小说林社研究》（上），第206页。
③ 1905年12月4日《南方报》所载"小说林新书出版"广告，见陈大康：《中国近代小说编年史》，第915页。
④ 伺生：《小说丛话》，《小说月报》第2年第3期（1911）。
⑤ 觚庵：《觚庵漫笔》，《小说林》第7期（丁未十一月）。
⑥ 栾伟平：《〈觚庵漫笔〉作者考》，《中国现代文学研究丛刊》2013年第1期。

> 余尝谓今世科学之发明,亦已至矣。然仅物质上之发明,而于虚空界之发明,则尚未曾肇端也。宗教家之言灵魂,似已入虚空界,然所谓苦、所谓乐,仍入人意中,而未尝出人意外,其言诞也,足以欺愚人,不足以证真谛。自催眠术列科学,动物电气之说明,而虚空界乃稍露朕兆。吾不知以后之千万世纪,其所推阐,又将胡底?吾自恨吾生之太早太促矣。①

栾伟平认为,徐念慈对"鬼"半信半疑,小说林社的其他科学小说中也常出现"物质科学"与"精神科学"或"灵魂"的并存,后者成为对前者的"隐隐对抗的因素"。② 不过,如本章所分析的,"精神"与"物质"未必是"对抗"的,在当时的一些人看来,"精神"本身就是实在的力量,或者唯有"精神"才是实在,物质恰为虚幻。当我们以为新法螺先生的故事荒诞不经时,可以想想谭嗣同的话:"言灵魂不极荒诞,又不足行于愚冥顽梗之域。且荒诞云者,自世俗名之云尔,佛眼观之,何荒诞之非精微也?鄙儒老生,一闻灵魂,咋舌惊为荒诞,乌知不生不灭者,固然其素矣!"③

身为教育家,徐念慈曾"痛陈时势之急迫,非教育不足以救亡,非群治不足以进化"④。因此,尽管从包天笑翻译的滑稽故事中得到了灵感,但他自己的创作不可能不带有严肃的考虑,不能不反映同时代的普遍关怀。就思想性而言,这个短篇并没有特别深刻之处,但作为特别强调小说审美性的小说林社之一员,徐念慈确如王德威所言,用汉语描绘了一幅雄浑的宇宙图景,以至大至高的形象挑战读者的认知,使之成为晚清科幻"最迷人的时刻之一"。⑤

---

① 《电冠》篇末"觉我赘语",《小说林》第2期(丁未[1907]二月)。
② 栾伟平:《小说林社研究》(下),第215—216、234—235页。
③ 谭嗣同:《仁学》,第41页。
④ 丁祖荫:《徐念慈先生行述》,《小说林》第12期(戊申[1908]九月)。
⑤ 王德威:《被压抑的现代性——晚清小说新论》,第336、339页。欧阳健则认为:"晚清时期真正的科学小说,当推徐念慈的《新法螺先生谭》为翘楚。"欧阳健:《中国神怪小说通史》,第663页。

1908年7月14日,"岁仅三十余,涉世十年而百念皆灰"①的徐念慈因误服猛药而去世了,小说林社也很快随之解散。不过,在他留下的译著《海外天》中,写着"落魄依然是国民,灵魂虽死有精神"。②

第六节　造人、论鬼与"脑电心光"

1906年,忧愤于国事与家事的宋教仁,精神疾病一再加深,多次被日本医生诊断为神经衰弱。8月20日,他住进了东京脑病院。其间,他不但服药,还接受了电气浴、按摩、运动等疗法。闲暇时,他读了些小说,除《石头记》外都是外国的侦探、言情或科学小说,大部分为小说林社出版,其中有《新法螺》及徐念慈翻译的《黑行星》。这不只是为了消遣解闷,也是为了研究小说技法,因为他"久欲作一小说,写尽中国社会之现在状态及将来之希望"。不过,他被劝说少用脑,护士甚至不许他长时间阅读。两个多月的治疗耗费不菲,却效果平平,他甚至有"脑病愈治愈甚"之感。友人纷纷说他的病是"愁过思多所致,必静养而后可愈",或认为"心虚无药医,惟凝养为上",他也认为"心理的病亦非病院所能疗":

> 余思余之病源,半属于物的方面,半属于心的方面。物的方面之病可由生理疗法疗之,即医药是也;心的方面者须由心理疗法疗之,即所谓自疗法是也。余在此病院内再居一二月,物的方面之病当可治愈,以后须专心从事于心理疗法。③

最终他听从黄克强和宫崎滔天的建议,搬进了后者在新宿的家,就是在那里,他遇到了孙竹丹,希望向其学习催眠术。

---

① 此语出自徐念慈写给李涵秋的书信,见于李涵秋为其《哭徐念慈》组诗所做的自注。转引自慈云双、伍大福:《〈中国文学家大辞典·近代卷〉"李涵秋"条辨正及其他》,《明清小说研究》2007年第1期(总第83期)。

② 徐念慈有感于《海外天》的故事,在书末附诗一首。东海觉我译:《海外天》,常熟:海虞图书馆,1903年,第110页。此书原作为Captain Marryat 的 *Masterman Ready, or, the Wreck of the Pacific*,徐念慈据樱井鸥村的日译本《绝岛奇谭》转译,见栾伟平:《小说林社研究》(上),第176页。

③ 宋教仁:《宋教仁日记》,第247、274—275页。关于宋教仁这一时期阅读、就医的情况,参见其1906年8月19日至11月4日的日记,见该书第200—277页。

宋教仁体验过的"电气疗法",在当时颇为时髦。18世纪,生命与电流的关系逐渐被揭示,以电治疗瘫痪、用电流把药物送至痛风和关节炎患者周身等医学探索也随之出现。① 19世纪下半叶,电学知识被传教士介绍至中国,"电"也被不断描述为宇宙中无处不在、贯通万物的"气"。② 1868年,丁韪良在《格物入门》中指出电气"能随筋络运行,意与精神相类",也提到了用电气将玻璃管中的药物导入人体以直抵病灶的说法,提醒传言不可信,但他又告知读者:将电极置于相应穴位上,可治疗几十种病症。③ 如前所述,随着晚清知识界对西学的摄取与消化,电能"通"物这一意象的魅力日益强烈,成为一些宏大理论的核心支撑,与此同时,种种电气设备也吸引了普通百姓的目光。1876年成书的《沪游杂记》已提到名为"千人震"的机器,这是一种通过两端的铜管放电、令人血脉舒畅的小木盒,"以之治风气最佳"。④ 自1882年起,这一产品经常出现在上海屈臣氏、老德记等外商药房在《申报》上刊登的广告中,名称包括"千人震""疯气箱""格制疯气箱""风气箱""去风电气箱"等。⑤ 据说,此物能让"握管者两手麻木、浑身震动,不啻中国推挪之法,遍体为之舒畅",但体弱者使用可能有生命危险。⑥ 不过,相关广告很少对其详细介绍。之后,一种结构更复杂、宣传力度更大的可穿戴设备也开始亮相。

1904年2月14日,《新民丛报》刊登横滨"山甸电气商会"为"靴娇力士电气带"所做的广告,宣传其治疗功能,并附有两则"经验证书"。⑦ 同

---

① 阿尔图罗·卡斯蒂廖尼:《医学史》上,程之范、甄橙主译,南京:译林出版社,2014年,第677—678、786、975页。

② 合信:《博物新编》,见王扬宗编校:《近代科学在中国的传播——文献与史料选编》(上),济南:山东教育出版社,2009年,第98页;伟烈亚力:《小引》,《六合丛谈》第1号(咸丰丁巳[1857]正月朔日),第1页;傅兰雅:《格致略论·论电气与吸铁气》,《格致汇编》1876年第7卷,见傅兰雅主编:《格致汇编:李俨藏本》(一),第157页。

③ 丁韪良:《格物入门》卷四"电学中章",京都同文馆存板,戊辰(1868)仲春镌,第32—33页。

④ 葛元煦:《沪游杂记》,郑祖安标点,上海:上海书店出版社,2006年,第150页。

⑤ 见《申报》1882年1月28日、1882年7月30日、1884年4月27日、1890年1月26日、1909年7月28日所登的屈臣氏药房、老德记药房、万国大药房广告。

⑥ 《利弊相乘说》,《申报》1882年11月9日,第1版。

⑦ 《最新电气自疗具》,《新民丛报》第46—48号合刊。

类产品很快进入国内市场。自5月12日起,《申报》开始以登载署名感谢信的方式宣传上海长命洋行经销的"电带"。8月14日,"电气药带"的广告也出现在天津《大公报》上。11月,该行已在北京成立了分行。1905年,长命洋行在《申报》《大公报》持续刊登广告,其文字内容也不断丰富:人之运动、知觉皆靠电,"是电充足则身必康健,是电减损则身必疾病,是电灭熄则身必死亡",美国名医"麦克劳根"于1881年发明的电带,能"令外界之电,与身电为直接,则为以电感电,而一切诊脉饵药妄揣盲测之害皆可无虑","男女百病,无不可藉以治疗";产品经纽约各大医院试验有效,且在1892年欧洲暴发疫情时救过很多人;商行总部位于纽约,各国分行四十余处,于1904年在上海设立长命洋行,后又在北京、香港、汉口设分行……(图15)商家不但以言辞动人,而且辅以各种半裸的健壮男性形象吸引眼球,甚至还在北京琉璃厂东口路南设立了"横约一丈二尺、高约八尺有奇"的彩绘广告牌,"辉煌耀目,观者如睹,皆云自有北京以来从未见过如此之大幌子也"。① 这种发展速度和广告力度,说明产品销量甚好。

抵制美国华工禁约运动爆发后,电带的销售受到影响。1905年6月12日,《大公报》宣布撤去长命洋行等美商广告。7月29日,上海《时报》《申报》登出长命洋行在华经理王步蟾致上海商会函,澄清"是带资本家系英国人,总行开在伦敦,而在沪代售者乃美国人"。② 在此期间流传的《同胞受虐记》一书则称:长命洋行电气带是"无用东西,骗人铜钱的,在下是已经试验过的人,决不打谎,劝诸君再不要去上他的当了"③。不过,风潮平息后,长命洋行生意继续,直至1907年1月3日,《申报》上仍有其广告,但经营规模似乎有所缩小,其在北京繁盛地带所占的房舍亦改作他用。④

据吴方正调查,各式"电带"曾在19世纪末的美国风行一时, Dr.

---

① 见上海《申报》1904年4月13日、5月6日、5月12日、7月9日、12月29日广告;天津《大公报》1904年8月14日、11月23日广告及1905年5月1日的"中外近事"。
② 《汇录各埠士商致上海商会曾少卿各函电》,《申报》1905年7月29日,第3版;《长命洋行华经理王步蟾上商会函》,《时报》1905年7月29日,第3版。
③ 支那自愤子:《同胞受虐记》,见阿英编:《反美华工禁约文学集》,北京:中华书局,1960年,第551页。
④ 《学区改移地基》,《大公报》第1925号(1907年11月18日),第4页。

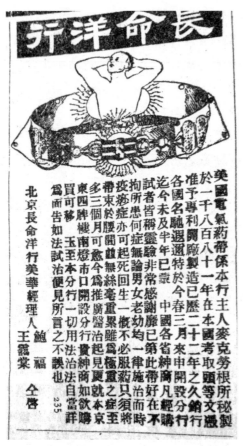

图15　1904年11月23日天津《大公报》第868号所载"长命洋行"广告

McLaughlin's electric belt 即是中之一，其广告图像源自力士参孙、拳击冠军及健美先生，传入中国后则被适当改造，以便于国人接受。① 而据笔者所见，至迟1881年，介绍电气疗法的专著已在日本翻译出版。② 1908年，

---

① 吴方正曾对《申报》1905年所载的电气带广告做过深度研究，查证了其与美国广告之间的渊源。不过，该文主要从图像史的角度考察广告对身体的视觉再现，而非长命洋行及电带本身，笔者在后一方面做了一些材料的补充和订正。吴方正：《二十世纪初中国医疗广告图像与身体描绘》，《艺术学研究》2009年第4期。

② 華美兒頓著，佐藤英白譯述：《華氏電氣療法》，勉誠醫館藏版，函右日報社印，明治十四年(1881)；电子版见日本国立国会图书馆网站：https://dl.ndl.go.jp/info:ndljp/pid/834485（访问日期：2021年8月5日）。

东京电气治疗法研究会出版了《自用电气疗法新编》，系统解说了人体的生理结构、电气治病的原理，对"电气带""电气浴"均有说明。①（图16）该书由中谷平四郎撰写、大隈重信伯爵作序、清浦奎吾子爵提供有效证明、清朝驻日公使李家驹题字，并同时推出中文版和英文版。1908年7月20日，《申报》开始登出大幅广告宣传此书及相关电气设备。可以说，对电的狂热以及由此催生的各式效果存疑的医疗产品，是19世纪末20世纪初遍及全球的潮流。②

在这一潮流中，人体被看作自身带电的机器，为其充电可以激发活力、祛病除患。③ 而在补脑强身的文化修辞和消费需求中，"电"也成为民智与脑力的物理承载。在宋教仁阅读过的《新法螺》中，新法螺先生在看到水星上的造人术后，遗憾自己不能学习这门技术，否则必有所发明，"艾罗补脑

图16 《自用电气疗法新编》中关于电气美容的配图（第139页）

---

① 東京電氣治療法研究會編輯部：《自用電氣療法新編》，東京：東京電氣療法研究會，明治四十一年（1908）；电子版见日本国立国会图书馆网站：https://dl.ndl.go.jp/info:ndljp/pid/1084030（访问日期：2021年8月5日）。

② 此外，当时还有"电气脚垫"等产品，见《志谢治病电气脚垫》，《申报》1905年10月6日，第4版。1934年《申报》上的一篇广告列举了几十年来传入中国的电气设备，包括"电流法拉地士（俗名千人震）""X光"，德人哥鲁迈氏发明的"水银石英灯者"（紫外线灯）、高周波电流机等。"凡药物所不能为力者，莫不奏效如神。极言之，一切疑难杂症，以电疗之，亦较痛苦少，痊愈速，成绩高。"《江适存电疗医院》，《申报》1934年5月9日本埠增刊，第1版。

③ 在当前的生物电子医学领域，科学家也在尝试对神经系统进行特定的电刺激来调节免疫系统，以治疗某些疾病。凯文·J.特雷塞：《电刺激取代药物》，陈彬译，《环球科学》2015年第4期。

汁之公司,将立刻闭门"①,不过,他最后还是发明了更神奇的"脑电"。这一概念并非小说家的向壁虚构,而是当时许多维新提倡者笔下的常客。② 1902 年初,《申报》上有人讨论"应如何放开脑电,将中外政艺研练一翻"③。有趣的是,几天后,《申报》总主笔、立场保守而拥护慈禧的黄协埙就发表《文妖篇》一文,痛斥乱党:

> ……国民、列史、起点、爱力、团体、排外,种种恶劣不堪之字句,充塞满纸,用以蛊惑学人。其罟在朝诸大员,每谓顽固之性,已印入脑气筋中。(按:华人言思虑觉悟关于心,西医则谓思虑觉悟由于脑。夫西医学问,从剖解而得,其谓脑为主宰,果然,然亦知小脑主敏悟,大脑主智谋,惟脑之本体为然。若脑气筋,则叶布枝分,主百骸之痛痒及四体之运动,与思虑敏悟固绝不相关者乎。失之毫厘,谬以千里,此之谓也。)其尤奇者,尝见某书有《国脑说》一篇(篇),衍蔓离奇,杳不知其命意之所在。昨又见人有用"脑电"二字者,考之西医所著《省身指掌》,论及脑气筋感动之速,有若由电传书,意者其人曾读是书,故刺取此二字,以自矜新颖乎?然亦可谓怪诞之极矣。④

新名词的背后其实是动摇现有秩序的新思想,自然引起保守派的排斥。在当时的科举考试中,也有考官对日本新名词的泛滥深感厌恶。⑤ 尽管如此,新名词却自顾蔓生。9 月 16 日,《新民丛报》上刊发了《读新民丛报感而作歌》,诗中这位为新思想激荡而疾走狂奔的人物,就像是"新法螺先生"的预演:

> 瓯滨一士空山居,朝朝局促困书帷。忽从海外得鸿秘,脑球意界

---

① 东海觉我:《新法螺先生谭》,见《新法螺》,第 23 页。
② 栾伟平认为,《新法螺》中的"脑电"与谭嗣同的"脑电说"不止名称相似,原理也基本相同:都强调人与人之间可以通过某种媒介("动物磁气""以太")来实现精神上的感通。栾伟平:《小说林社研究》(下),第 222 页。
③ 《新出时务宏括》,《申报》1902 年 1 月 20 日,广告页。
④ 《文妖篇》,《申报》1902 年 1 月 27 日,第 1 版。关于黄协埙,参见上海图书馆编:《近代中文第一报〈申报〉》,上海:上海科学技术文献出版社,2013 年,第 49 页。
⑤ 曹南屏:《清末科举改制后的科举考试与新学传播》,《学术月刊》2013 年第 7 期。

颇发舒。有时徘徊起立疾拔扉,蓦然狂走周旋数十围,思想自由入非非,忽跃九天忽蛰九渊脑电飞。有时放眼碧海穷尾闾,潮来潮去洪钧大气相吸嘘。晓日初出夜月涌,丈夫对此生雄图。呜呼,丈夫对此生雄图!安得适彼扶桑之帝都,观政求学出其途。

嗟余之生燥发即受书,至今八千六百四十日有余。读书何为思之每汗雨,未能跳出学界奴隶之范围。往者已矣来可追,誓将改良兮易辙而驱。况值二十新纪世界文明进一级,全球变动风靡潮涌云奔驰,自欧而墨而亚九万里,大地之运一跃再跃乃东迤,起点昆仑极禹域,招国魂兮渡太平洋而来归,文明膨胀塞宙合,输入我华国渐苏!东方顽梦大棒喝,老大已转少年时。……①

在这里,我们可以发现一种新的审视路径:"新法螺先生"在众星球吸力的撕扯下发生的原质分解和重组,正是时人被一股股西潮又东风所牵引、鼓荡而思想紊乱又重生的形象化表达——现代生理学和心理学的"手术刀",用"新/西"的方式"解剖"了古老的躯体,使其灵肉分离,并发现了自己的"脑电"。

一边是个人的"脑电飞",一边是在全球竞争中的"招国魂",两者之间通过自然有机体模式的国家概念予以联结:

今之世界,国家主义之世界也,举全球上下之视线、之脑电、之心苗,无不倾注于此主义。②

人人心忧国之心,人人事忧国之事,脑电所达,目炬所照,但有国界,不有省界。③

至于今日,凡国于吾之国者,皆息息与吾国土有血脉之关系者也。盖国者,吾民之国也;国土者,吾命之生命也。今有媚外之官吏,断无媚外之国民。……凡一草木之移植,一沙石之抛置,无在不与国

---

① 在宥民:《读新民丛报感而作歌》,《新民丛报》第 16 号。
② 《二十世纪之新主义》,《大公报》第 277 号(1903 年 3 月 31 日)。
③ 《寓江西陈君致浙江同乡会书》,《浙江潮》第 3 号(癸卯[1903]三月二十日)。

民脑电相通。①

国家的一草一木都与国民相关,反过来,国民的"脑电""思想""精神"或"脑力",也和草木一样都属于国家的财富,自然也就可以汇总而成为"国魂",或者说黄协埙所厌恶的所谓"国脑":

> 所谓清流名士者、道学先生者,即相率偕隐,博琴书一席之欢,以不与闻国事为名贵。……苍生虽穷,生徒可集,国运虽斩,道统可传,谬想浸淫,铸成国脑。②

> 假如四肢五官全都齐备,独没有脑筋,那还不算是人。国也是如此。既有国的形,仍有国的脑。若是没有国脑,空有国形也是无用。什么叫作国脑呢?就是国民的智慧。……集合全国民人的好脑,成为一个国脑,国就可以从此富起来,就可以从此强起来。③

正是这一生物学修辞,赋予种种"治心法"以合法性和重要性,催动着不同的身心模型彼此竞争,激荡起繁多的概念争奇斗艳:"以太""心力""爱力""魂力""磁气""电气""脑电""心电""灵电"……层出不穷的概念搅乱着时代的情绪,甚至出现在了官员的公文中。④

当然,"电"既为遍在之"气",与人的关系就不会止于肉身层面:它既是生物体内的确实存在,也以其不可见的特征成为幽冥世界的使者。正如发现了氧气的化学家约瑟夫·普里斯特里所说:

> 在此可以充分发挥想象力,设想出各种方式,让一种看不见的因

---

① 《土地新要求之影响》,《国民日日报汇编》第2集,上海:东大陆译印所,1904年,第17—18页。
② 佛苏:《论责任心与名誉心之利害》,《新民丛报》第4年第8号(原第80号)。
③ 《说中国风俗之坏》,《大公报》第444号(1903年9月15日)。
④ "灵电"和"魂力"是两个相对少见的词。"故善战者雄,不善战者弱,世界固无日非战也。脑之知觉,以战而生**灵电**之磨切也,以战而发光热力之感动也",见《兵战不如商战商战不如学战论》,《湘报》第145号;"日本所以能有今日者,实片冈健吉等以刚强不挠之志气、勇迈直前之**魂力**,召号天下,集合同志",见乌泽生:《民选议院请愿书·跋》,《大同报》第4号(光绪三十三年[1907]十月初五日);"况众生六道,具有灵魂,上智下愚,同兹**脑电**",见《五台县沟通儒释之批词》,《申报》1907年7月15日,第11版。

素能够产生几乎无数种肉眼可见的效果。正因为这种因素看不见,每个哲学家都能自由地按照自己的喜好予以塑造。①

在《妖怪学讲义》中,井上圆了亦对此做出了评价:

> 自电气说行世以来,一时彼此皆归于电气之作用。苟有难解之妖怪不思议,悉谓之电气作用,是恰如中古以不可知者,尽归于神。神者,不可知之体,电气亦不可知之作用也。故归不可知之原因于电气者,犹之欲说明一不可知的,而仍以他之不可知的说之也。又近世因说明光线之理,假定一精气,即太以(以太)之说。若幽冥世界,亦有以精气之世界解释之者。又有以物理学所谓势力之理,证明灵魂不灭者。②

"电气"亦激发了国人的想象。1896年的《点石斋画报》曾转载过一条新闻:泰州设立电报局后,有谣言称该局收买神主牌,"饬人领至坟所,口念咒语,即有小虫从坟中出,即系死者之魂,捉入木匣,又挖取牌上主字,则有鲜血迸出滴于瓶内,持归,合药炼成电气,便可传消递息",结果真的有不肖子孙把祖宗牌位拿到电报局去出售。③ 考虑到当时西方世界的降神活动中,"神灵"也通过类似于电报解码的方式与人交流④,那么不能不说这个谣言既有着普遍性的联想模式,又与照相会摄人灵魂、洋人挖人眼炼制药水等传闻一样带有地方色彩,使得古老的中国鬼魂有了新式的寄居之所。⑤

毫不意外,"电气"与驾驭灵魂的"催眠术"关系密切。电气设备本就

---

① 罗伯特·达恩顿:《催眠术与法国启蒙运动的终结》,周小进译,上海:华东师范大学出版社,2010年,第16页。
② 井上圆了:《妖怪学讲义》,第278—279页。
③ 《谣言宜禁》,见陈平原、夏晓虹:《图像晚清:〈点石斋画报〉》,第203页。
④ 19世纪欧洲的催眠师使用类似莫尔斯电码的破译方式来与鬼神交流,严复晚年就曾介绍过这种降神活动:"西人则以围坐扶几法……乃与灵约,用字母号码,如电报然;而问答之事遂起。"罗伯特·达恩顿:《催眠术与法国启蒙运动的终结》,第141页;严复:《与侯毅书》,见王栻主编:《严复集》第3册,第721页。
⑤ 这类传言,参见熊月之:《西学东渐与晚清社会(修订版)》,第228、579页;韦明铧点评:《扬州旧闻》,苏州:古吴轩出版社,2003年,第119页。

是催眠术中常见的工具①,中国读者亦能在小说中领略这些奥秘。在后来为"艾罗补脑汁"做过广告的吴趼人所衍义的《电术奇谈》中,就有这样一本正经的说明:

> ……仲达当日因为触了电气,翻转了脑子,所以失了记忆力。后来再触电气,脑子又翻了回来,所以记忆力也回过来了。甚至于凤美被士马迷了时,被钝三拿着手一阵哭醒了,也不是甚么正气、邪气之说,也是触了钝三身上的电气之故。那士马双手执着人家肩膀,瞪眼看着,能叫人家闷倒,这也是他不知用甚法子,藏了电气在自己身上,能运动得到别人身上的法子,并不是甚么魔术。②

这些解说不明所以,很难不把它们视为"魔术"。《电冠》中的说法稍精密些:

> 思想者,亦为一种通流之物质,其为物与电气同,其运动与光同。彼脑者,仅为生发动力之机器耳。吾已知人脑,亦能生发一种光线,吾言光线,易言之,可呼为震力。此力乃由脑中升上,状如沸甑中之汽上升,斯即一脑能运用他脑之缘也,亦即催眠术之理也。③

在这之后,出现了鬼魂现身的情节,这让编辑徐念慈大发感慨:"余读第十六回,言近代科学日益发达,然仅物质上之发明而已,于精神上之发明,尚未能穷其源委,旨哉!知斯意者,方可与之论鬼。"④

确实,扶乩、招魂等巫术活动本就是寻常百姓日常生活中的一部分。孔飞力就曾讨论乾隆时代的"叫魂"危机,揭示了民间对于灵魂被操控的恐惧。人们相信,"术士"们拥有几种不同类型的强化力量:认识上的,即能超越时空、预言未来等;遥控事物,即穿越空间、移动物体等;驾驭生死,即操纵生命,或盗取灵魂并将其赋予无生命之物等。孔飞力认为,应把这些力量称为"妖术"(sorcery)而非"巫术"(witchcraft):后者是与生俱来的

---

① 罗伯特·达恩顿:《催眠术与法国启蒙运动的终结》,第 61 页。
② 日本菊池幽芳氏元著,东莞方庆周译述,我佛山人衍义,知新室主人评点:《电术奇谈》,裘效维校点,见海风主编:《吴趼人全集》第 5 卷,第 462 页。
③ 英国佳汉:《电冠》,陈鸿璧译,《小说林》第 5 期(丁未[1907]七月)。
④ 《电冠》篇末"觉我赘语",《小说林》第 7 期(丁未十一月)。

能力,前者却是任何人都可以学习掌握的。① 我们不难发现,"妖术"力量的这几个基本方面,也都存在于当时对催眠术的介绍中。事实上,"催眠术"这一名称本身就是可疑的,也就难怪在前面提到的几个例子中,地方官员对民间的催眠术宣讲活动态度消极甚至充满警惕。《申报》的读者在得知周罃一等人申请在安徽创建催眠学堂后不久,就可以在上海改良小说社出版的《新孽海花》中看到如此场面:

> 孔生道:"他们蓦然间听得我一喝,必定要向我瞧,眼珠儿瞧着我,心里头也必注着我了。只要他的心一注着我,就可被我催倒。"其昌道:"怎么心里头一注着你,就可被你催倒?"孔生道:"这里头原因很是复杂,你不曾学过的,我就是讲了出来,你也依然不懂呢。快休问了,横竖这班光蛋中了我的催眠术,不到七天是不会醒过来的,你可放心罢。"②

陆士谔不仅续写曾朴的畅销书,对催眠术的夸饰亦与原作别无二致,而此类"法术"式的描绘,也与徐珂《清稗类钞》中的斗法场面难分界限。

对于借催眠术证明灵魂之说,不乏反对意见。江吞等人在他们那本可能是中国本土最早出版的催眠术著作中,特意提醒读者必须用科学的态度来面对超官能的现象:

> 以上之诸点,如有未能完全达于科学的说明之域者,则可姑存而勿论。若故为粉饰之说,以动世人之听闻,则甚不道德之事,吾人所宜慎者也。特如超官现象,其事实颇异于寻常,往往足以供催眠术者证明迷信的灵魂说之用。然在市井无意识之小人,支离附会,固无足责,若夫堂堂心理学者,则断断乎不可不竭全力以排斥之,而使其说之不能以存立于世也。夫科学万能之时代,虽已属过去之一梦,然一时之反动,好为怪诞之徒亦自不少。故吾人当一一求科学的之说明

---

① 孔飞力:《叫魂:1768 年中国妖术大恐慌》,陈兼、刘昶译,北京:生活・读书・新知三联书店,2012 年,第 122—123 页。

② 作者还写道:"想当时在日本留学的时光,孔兄再三劝我,叫我学习些剑术、催眠术,说学会后也可防防身子……"陆士谔:《新孽海花》,晓式点校整理,北京:中国文联出版公司,1989 年,第 230—234 页。

以矫正之。岂催眠术独能外是耶?夫徒夸张催眠现象,而谓灵魂之绝大无边,轻觑近世科学之研究结果,且蔑视物理学,又乌乎可耶?故吾人益加慎重之研究,以期斯学之进步可也。①

不过,如此彻底的理性态度并不常见,更多的还是对神秘力量的憧憬。"催眠术"和"电气"一样,也在鬼神的信奉者手中变成新式招牌。小说家们更乐于大肆发挥想象。与《电冠》同年发表的《双灵魂》可能也会让《申报》的读者印象深刻:上海的印度巡捕被坏人射杀后灵魂出窍,撞入一个中国人脑中,于是有了一人两魂之事。其时,印度已沦为殖民地,被如此"客魂"占据,自然并非好事,于是各方力量纷纷登场,展开对病患灵魂管理权的争夺:中国术士因"外国人不服王化,故其鬼亦不受神之节制,我能驱中国鬼,不能驱外国鬼也";家属提议为之招魂,却遭到西医批评"人之灵魂,受于上帝,岂招之即来而挥之即去者,与其招魂也,不如入我礼拜堂虔祷之,上帝鉴汝悔改之诚,不难遣去印魂也";大理化家认为灵魂轻于空气,脱离肉体后必然上升,故不可能入侵他人,断定病患为精神病;大催眠家认为灵魂强者可以驱动电气操控弱者,然而,能贯通万物的"养电"却不能抵达"二心人",因其心中的"魔质点"如三棱镜一般让灵魂纷乱变成"阻点料"……空谈之后,众人只得出泛泛之论:通过教育"培植中魂",客魂自去。②

作者"亚东破佛"(彭俞)有感于"国魂之日消,而客魂发动方盛矣",而要"医得新魂除旧魄"。虽是寓言,却有根有据:"欧西有术士,能以己之灵魂,入人躯壳,而制其灵魂,使自言其隐私;日本谓之催眠术,又谓之读心学。然则一身而可以容两魂,不足为怪也。"③不过,小说情节单薄,构造简单,全靠长篇大论支撑场面,难称佳作,只有文后所附的《培植灵魂说》一文还有些新意。"奈何愚昧之士,不信天命,灭天理,穷人欲,无

---

① 江吞、韦侗:《催眠学精理》,第 94—95 页。
② 亚东破佛:《双灵魂》,陈广宏校点,见《中国近代小说大系》,南昌:百花洲文艺出版社,1996 年,第 347、378、383—385、391、398 页。
③ 第一节、第十节文末"案"以及汪文藻的《题〈双灵魂〉》。亚东破佛:《双灵魂》,见《中国近代小说大系》,第 372、347、350 页。

畏于生,无惮于死。夫如是,则将胥天下而禽兽之,夷灭无日矣。"为此,作者特意用电学翻新了传统的"魂—魄"二分说,以论证天堂地狱:

> 世之言电者,一则曰电气,再则曰电力。世之言魄者,一则曰气魄,再则曰魄力。然则电即气也,气即力也,力即魄也,无疑义也。故吾谓之为电魄。
>
> 灵魂属阳,无原质,轻清而上升;电魄属阴,系有体积之物,重浊而下降。故曰:"本乎天者亲上,本乎地者亲下。"①

"善属阳而扶魂,恶属阴而助魄",因此,善人死后灵魂上升,不与无知觉的魄一起坠入阴森地下、遭受腐烂之苦,而恶人死后,弱魂为强魄拖拽着入地,遭受惩罚。作者想"援救时弊,唤醒国魂",提倡天命性道之学以保存国粹,可谓用心良苦,不过他自己似也信心不足:"幽明之故,死生之说,鬼神之情状,圣人知之而不言,吾能言之而无征。无征不信,而天道日晦,世路之歧,于是乎日益多矣。"②

可见,当科学提供了新的想象空间后,带着旧烙印的世界观开始重塑生长,渴望有所发明却苦无门径或证据的人们,便退而寻求故事的魔力,讲出一个又一个"不可思议"的"新法螺","小说"也就与"新闻""论著""谣言"等模糊了界限,一起搅乱着人们的视听。

不论是"治心法""魂学"还是"催眠术",终归都是一种民族新生之道。《新法螺》中水星上的造人术,也出现在稍晚登场的"科学小说"《生生袋》中:一个小山村里,不速之客大讲生理学问,让老者重现生机,为疯人灌输动物血使其恢复常态。③ 陆士谔在《新孽海花》之后推出的《新中国》中则设想:在40年后的文明中国,善恶可以用机器测量,新生儿则接种类似牛痘的疫苗,免生恶根性,而成人的恶根性则可以通过服用药物

---

① 亚东破佛:《双灵魂》,见《中国近代小说大系》,第409、406—407页。
② 同上书,第407、409页。
③ 支明:《生生袋》,韬梅评,《绣像小说》第49期。17世纪,西方曾为癫狂者输入动物血的医疗实践。参见史砥尔:《最新中学教科书·生理学》,谢洪赉译,上海:商务印书馆,光绪三十年(1904)秋初版,光绪三十三年(1907)再版,第110页。《生生袋》中不少看似离奇的情节,均可在此书中找到知识依据,拙文《人形智能机:晚清小说中的身心改造幻想及其知识来源》(《文艺理论与批评》2020年第1期)对此有详细讨论。

"从大便里一泻而出",或用手术驱除,还有一种"催醒术",能让"迷迷糊糊,终日天昏地黑"的人醒悟过来。①

倘若"化人"无功,文学家们甚至期待干脆另造一种新的人类。1906年夏,《女子世界》发表了鲁迅的短篇科幻译作《造人术》。故事讲述了科学家在实验室看着"人芽"逐渐成长,感受到"人生而为造物主"的狂喜。主编丁祖荫大为感慨:"吾读《造人术》而喜!吾读《造人术》而惧!采美术、炼新质,此可喜;播恶因、传谬种,此可惧。"②大约同一时间,包天笑也在《时报》上发表同名译本,并在正文后感慨:科学家们在发明"造人术"后,更要发明"造魂术","不然,是蠕蠕者,纵能运动,世界亦奚用此行尸走肉为!"③换言之,**如果没有与之相配的"心/魂",先觉者依赖现代科技而实施的"造人术",将沦为"造怪术"**。于是,当《催眠术谈》的作者宣布禽兽和人的区别就在于大脑的能力时,"五万万众……不知脑之为物,任其削弱,又从而戕贼之"④的前景就不免有了几分恐怖色彩。

但是,觉醒是有代价的。包天笑后来又翻译了一篇《新造人术》,发表在他和陈景韩共同主编的《小说时报》上,陈也曾有翻译《造人术》的计划,后来可能没有付诸实践⑤,不过他却创作了一篇《催醒术》:被法术催醒的"予"猛然心明眼亮,发现周遭世界如此肮脏龌龊,人们却安之若素,新的知觉并没有带来幸福,反令他被人视作异类,他渴望找到施术之人,却无处寻觅。与龙孟华、新法螺先生相似,这是又一个《狂人日记》之前

---

① 陆士谔:《新中国》,见《世博梦幻三部曲》,第320、347—348页。《新孽海花》和《新中国》分别出版于宣统二年(1910)二月和五月。陈大康:《中国近代小说编年史》,第1976、2020页。
② 路易斯托仑:《造人术》,索子译,《女子世界》第4—5期合刊(原第16—17期)。据考证,该期出版时间当为1906年7月。陈大康:《中国近代小说编年史》,第1027页;谢仁敏:《〈女子世界〉出版时间考辨——兼及周氏兄弟早期部分作品的出版时间》,《鲁迅研究月刊》2013年第1期。
③ 笑:《造人术》,《时报》1906年5月20日,第1版。
④ 王仪:《催眠术谈》,《医药学报》第1期。
⑤ 1904年出版的《新新小说》第2号上刊载了陈景韩所译的《巴黎之秘密》,篇末有"译者附言":"前定《造人术》篇幅短,趣味少,恐不能餍读者望,故易此。"陈大康:《中国近代小说编年史》,第771页。陈创作的《催醒术》发表于1909年《小说时报》第1号,包天笑译的《新造人术》则发表于1910年《小说时报》第6号。可以推测,包天笑译的《造人术》与《新造人术》,其中之一是由陈景韩推荐的。

的狂人①,他们都像宋教仁那样,站在那条中西交汇处的精神分裂带上,感受着狂喜和狂怒,忍受着神经的躁动和精神的创伤,渴望替自己也替周围的人洗心与换脑,尝试着催眠和催醒,幻想脑电的相感相应,以铸造出一个强健的国脑国魂。

然而,先觉者真的有把握驾驭自己的造物吗？鲁迅和包天笑以及他们的读者都只看到了《造人术》这个故事的开始,而在原著那被日译者删掉的后半部分,出现了怪物造反的阴郁情节。就像一个未来的征兆:革命者为革命所反噬的悲剧还将在此后上演。不过,宋教仁不会见证很多了。1913年3月20日,他被刺客击伤,两天后便含恨而终。在他身后,唤醒和救亡的故事还要继续,催眠术也会更加兴盛,并被与时俱进的鬼怪精灵们借去上演种种好戏。那些扶乩的热衷者们,也将继续捍卫着"灵魂"。据说,在他们供奉的神坛上,不但有本国的仙佛指点迷津,也有外国的神灵和已逝的圣贤应邀而至②,不知道陶成章和宋教仁们的灵魂是否也曾偶尔显圣,看看眷恋一生的故国山河。

小　结　"人心大用,存乎感通"

1903年7月31日,也就是梁启超在美国得到杜威热情款待的第二天,曾在唐才常起义兵败中侥幸逃脱、后来潜入京师谋刺太后和光绪帝的沈荩被清廷杖毙。据说他写下了这样的绝命诗:

>　　今年三十有一岁,赢得浮名不值钱。
>　　从此兴亡都不管,灵魂归去乐诸天。③

同在30多岁早逝的,还有谭嗣同、徐念慈、陶成章、宋教仁等人。对

---

①　范伯群把陈景韩及其笔下的这位主人公都纳入中国文学的"狂人谱系"中,不过,显然这个谱系还应该扩展得更广泛一些。范伯群:《〈催醒术〉:1909年发表的"狂人日记"——兼谈"名报人"陈景韩在早期启蒙时段的文学成就》,《江苏大学学报(社会科学版)》2004年第5期。

②　成立于1917年的"上海灵学会"创办了《灵学丛志》,据其中刊载的文章说,在扶乩活动中,有托尔斯泰等外国大哲降坛。相关研究参见黄克武:《民国初年上海的灵学研究——以"上海灵学会"为例》,见姜进编:《都市文化中的现代中国》,第160页。

③　《时事要闻》,《大公报》第400号(1903年8月2日)。

这些渴望改变世界的青年而言,心的治乱与灵魂的有无,是个尤为迫切的问题。而西学正提供了新的宇宙图景:电(气)、磁(气)、以太、吸力、爱力、原质、脑(气筋)、催眠……每一个都可能成为新世界观的起点。

1914年,黎元洪为中华全国电气协会发行的《电气》题词时,写下了"脑电心光"四个大字,凸显了"电"与精神世界的紧密关系。解剖生理学所主张的"脑主神明"说也好①,带有浓郁佛学色彩的"以心挽劫"也罢,都与"电""磁""以太"关系匪浅,那不可见的介质,为人的精神联通与感应提供了桥梁。对谭嗣同而言,脑和电本为同一事物,它们无远弗届,能够消除隔膜,沟通宇宙的根本——"心",增强"心力"遂成为重要议题,"莫若开一讲求心之学派,专治佛家所谓愿力"②。

当然,对"心力"的探索,未必都要导向这样宏大的宇宙论。在国家与身体的类比中,"心力"有着更为切实的功用:通过调控个体之"心/脑",以重塑人格、疗治躯体,进而实现民族救亡。于是,流行于欧美的现代催眠术,作为一种操作性较强的技术,在清王朝的最后20年进入了汉语读者的视野。最初,它在西方传教士译介的心理学著作、小说、新闻中偶尔闪现,但没有获得固定的对译名称。甲午之后,随着西潮东来,中国人开始密切关注着日本的动态。③"催眠术"由此获得越来越多的介绍。在支持者眼中,它是一种前景无限、尚未得到公正评价的新兴科学,能够改变受术者的精神和自我认知,通过"心—身"管道治愈疾病,实现教育和开化目的,因而正是先觉者的启蒙利器。反对者则主要关注它带来的社会不安定,担心它成为新的犯罪诱因和蛊惑百姓的手段。确实,革命者对它的关注尤其醒目,在他们的人际网络中,催眠术的身影时常出现,尤惹注意的是,在各种暗杀活动中,它往往和炸弹制造术一同出现,虽然还不太清楚暗杀者究竟如何看待它的具体功能及付诸实践的实际情况,但显然不

---

① 关于"脑主神明"说在近代中国的确立,参见熊月之:《西学东渐与晚清社会(修订版)》,第48页。

② 谭嗣同:《仁学》,第142页。

③ "在当时的中国,尽管口头上对日本不服气,但心底里对日本传来的种种消息却极为重视,看到东邻有些什么风吹草动,就连忙琢磨揣测,听说日本有什么异样举动,就有人分析研究,生怕学得不到家。"葛兆光:《中国思想史(三卷本)》(第2版)第2卷,第459页。

论是保皇党还是革命党的刺客都对它抱有很高的期待,尽管他们的实际水平看来值得怀疑。

至迟在1905年前后,催眠术已在中国被传授、表演,并和本土固有的鬼神信仰交汇成两股相反的趋向:作为"学",它被纳入心理学范畴,并以大脑机能的生理学知识为依据,来解释巫术活动中的降神通灵等神秘现象,旨在扫除迷信,成为井上圆了意义上的"妖怪学";同时,作为"术",它又在扶乩等通灵活动中被利用,催生了新的"妖怪"。这两者并非泾渭分明:不论是蔡元培还是陶成章,他们对有关催眠现象(包括"天眼通"等超官能现象)的各家学说都有所了解,在一并介绍的同时既采信了生理学解释,又对未知的幽灵怀有敬畏,保持着开放的态度。

需要注意的是,近代中国知识界对催眠术和心灵学的兴趣,覆盖了广泛的实践活动:谭嗣同和梁启超的政治哲学、王国维的心理学译介、蔡元培的教育理想、陶成章的革命活动、宋教仁的自我研习乃至蒋维乔和钱穆的打坐修炼等,都应该放置在一个大的(新)"心"学视野中予以考量。①

另一方面,在普通百姓的日常生活中,催眠术既可以引发对灵魂被操控的古老恐慌,同时也提供着娱乐、制造着麻烦,以至于朝廷不得不把它写入律法,地方官员则唯恐它扰乱治安,但据说刑部的大人们也在考虑用它让罪犯开口,外国的魔术师们则为观众上演着催眠好戏。与此同时,补脑汁、电气带也在以花样百出的广告攻势抢夺着国民疗救术的资格。各家说法常彼此利用,但仍喜欢强调自己更胜一筹。②《小说时报》的读者刚读完《催醒术》,马上就能在同期的《电世界》中看到电气要更胜一筹:

---

① 钱穆打坐及其友人朱怀天练习催眠术之事,见钱穆:《八十忆双亲 师友杂记》,北京:生活·读书·新知三联书店,2005年,第96—98页。蒋维乔对催眠术的兴趣一直延续,他在后来出版的《因是子静坐法》中,还在强调催眠术的暗示作用能够证明精神对肉体的操控。因是子:《因是子静坐法 因是子静坐法续 冈田式静坐法》,王占伟校点,太原:山西科学技术出版社,2011年,第13页。

② 虽然乌特亨利认为治心法与催眠术有纯杂之别,但詹姆斯却指出:"医心派运动广泛运用了潜意识生活,这在我们新教国家是空前的。除了理性的规劝和武断的主张,它的创立者还系统地修炼被动的松弛、聚思凝神、沉思等,甚至采用类似催眠术的东西。"詹姆斯:《宗教经验种种》,第81页。

"罪人被电光照定,那脑筋感觉力便大减了,问他什么,他自然肯直说不隐,丝毫不能假说。20世纪里的催眠术,也有这等作用,然而没有电光的把握。"①而几个月前,《扬子江小说报》的读者却被告知打通万物的其实是"情":"夫情者至贵,无上之物也。充贯宇宙,管络万象,灵魂以太,差可比拟。"②许多喜欢思考而又无实验条件的人们,就像"新法螺先生"一样,凭借冥思苦想,生发出对声光电热的各种高见。**凡此种种,都不应该被视为一种对"科学"的本土"误读"。**

一方面,现代认知神经科学借助大脑成像技术已经给出了催眠影响大脑的证据,陶成章们的期待并非完全虚妄。③ 更重要的是,罗伯特·达恩顿早就指出,在18世纪的欧洲,例如大革命前的法国,人们对包括麦斯麦的"动物磁气"在内的种种神奇科学和"伪科学"有着更为普遍的狂热,受过教育的法国人纷纷为之吸引,业余的科学家们则挑战着牛顿:

> 在拉瓦锡奠定现代化学的基础之前,科学家们常常指望能够用几条原则来解释一切生命过程。一旦他们相信自己找到了自然法则的钥匙,常常就会兴致勃勃地陷入虚构中去。
>
> 他们看到了一个与我们今天所见截然不同的世界,并且运用从前辈们那儿继承下来的各种魂灵、生机与机械理论,尽最大可能地理解他们所见的世界。正如布丰所建议的那样,他们用"精神之眼"(l'oeil de l'esprit)观看,但那是"体系之精神"(l'esprit de système)。
>
> 催眠术在18世纪科学的背景下并不显得荒谬,但这并不是说从牛顿到拉瓦锡的科学思想都是虚构的。不过在通俗的层面上,各种离奇的世界体系如同丛林,普通读者在里面是分不清方向的。他怎么能够把虚构和真实分开呢?④

---

① 高阳氏不才子:《电世界》,第45页。
② 引文出自1909年5月19日《扬子江小说报》第1期所载的《铁血宰相恩笃俾士麦轶事》,由译者"楚观"写于篇首,见陈大康:《中国近代小说编年史》,第1762页。
③ 周爱保、王志丹:《认知神经科学视角的催眠研究述评》,《心理科学进展》2011年第4期。
④ 罗伯特·达恩顿:《催眠术与法国启蒙运动的终结》,第11、13、15页。

当催眠术被大部分法国人视为一种科学宇宙理论时,它也被激进运动所吸收,为心怀愤恨的下层文人提供了一个武器,以对抗巴黎那些排外的科学与文学机构。他们吸收了卢梭的社会理论,将其改造成更容易为读者所接受的催眠术版本,真诚地渴望着为人类带来健康和高尚,令法兰西新生。而当18世纪的理性和科学无法包容19世纪的绝望感时,雨果就退入诗歌和通灵世界中寻求安慰。罗伯特·达恩顿描绘的这幅景象,不能不让人想到20世纪初的中国。安托万·塞尔旺的这声高呼听起来像是在等待着谭嗣同的回应:"哇!那些物理和道德现象,我每天崇拜却不能理解,竟是由同一个介质产生的……""所有生命因而都是我的兄弟,自然就是我们共同的母亲!"①武田雅哉也认为,从动物磁气说到放射线的发现,人们始终想要检验"看不见的能量",谭嗣同的以太观正是这一渴望"在欧亚大陆以东绽放出的花朵"。②

催眠术同样渗透进了中国的激进事业中,成为革命者的战斗武器、医生们的治疗方案,而这两种社会角色又常常重叠在一起。已有的研究尚不足以勾勒出它在近代中国的清晰全貌,但可以肯定:中国的启蒙者们面临着双重的困难——既要开启民众昏睡的大脑,重铸其精神,同时又必须注意自己作为殖民体系中被压迫者的身份,保持着对西方知识的警惕,随时准备否定它们自诩的"文明"和"进步"假面,如有必要,就通过虚构一个更理想的未来"镜像"来比照出西方的"野蛮"。**在这种复杂的立场上,催眠术等"精神科学"就成为超越西方物质科学的方便法门。**

亚当·罗伯茨指出:"17和18世纪的大多数科幻小说都将唯物论和唯灵论话语编织在一起。而在19世纪,许多人认为这两种风格的内在联系是建立在科学基础上的(今天仍有不少人持这种看法)。诸如心灵学研究中心这样的组织就试图为所谓'超自然'或者'心灵'现象找到科学根基。""在科幻发展的更大语境下看,我们可以把神秘和物质之间的界限的模糊化看做科幻小说这一文类自身的决定性辩证法。因此,当看到

---

① 罗伯特·达恩顿:《催眠术与法国启蒙运动的终结》,第43、107、156、112—113页。
② 武田雅哉:《飞翔吧!大清帝国:近代中国的幻想与科学》,第185—186页。

如此之众多的科幻小说在 19 世纪晚期在这一边界上踯躅时,我们也便不觉惊讶了。"①冯客则提醒:即使 20 世纪的英格兰和美国,也有许多人认为"电"是一种神秘能量的黑暗而不可见的来源,这种观念如此常见,以至于电力公司必须严肃对待,并于二三十年代展开教育运动,将电描绘为一种清洁的、有益卫生和友好的自然能源。比较而言,电似乎在民国时期受到了更为热烈的欢迎。②

这些评论都有助于我们进一步"谅解"晚清小说家们借"科学"之名大谈鬼神之举,这背后其实是以文学去改造"国脑"的努力。他们可能不甚介意被指责为艺术粗粝③,对于"虚构"与"真实"之别也不像今人这般严格——如果某些头脑还相信灵魂可以卖给电报局,用一套有模有样的"电气"理论来解释天堂和地狱以劝人行善又有何不可?这提醒我们要重新思考"小说"与其他写作的关系和界限。正如有论者所说,那些在实验室造人的故事暗示出当时的文学家们相信自己可以像科学家一样工作:"如果有一天科学进步可以对国民主体的身体进行批量生产,那么文学也要成为这个工程中的一部分","如果说过去的儒士们相信人是'可完善'的(perfectibility),那么现代中国的建造师们则以巨大的热情去说服人们相信:人是'可被编程的'(the programmability)。以这种方式,他们重申了先辈的信条"。④

民国初创未久,大总统袁世凯便做起了皇帝梦。共和的信仰者们又行动起来了,催眠术也现身了。一方面,梁启超称此阴谋乃是"催眠术之

---

① 亚当·罗伯茨:《科幻小说史》,第 123、126 页。
② Frank Dikötter, *Exotic Commodities: Modern Objects and Everyday Life in China*, New York: Columbia University Press, 2007, p.141.
③ 例如,陈平原认为,《新法螺先生谭》等晚清科学小说的问题在于"作家忙于解释各种新术语,读者忙于接受各种新概念,而无暇顾及人物的塑造或情节的铺述。……过多的学理介绍和概念剖析确实非一般小说读者所能欣赏"。陈平原:《中国现代小说的起点》,第 102 页。
④ Jing Jiang, "From the Technique for Creating Humans to the Art of Reprogramming Hearts: Scientists, Writers, and the Genesis of China's Modern Literary Vision", *Cultural Critique*, No. 80, Winter 2012, pp.134, 147.

幻剧"①，另一方面，精通催眠术的杨大铸等人前往北京谋刺袁世凯②。

1916年，袁世凯死去。两年后，被认为支持袁复辟的"筹安会发起者"严复已年过花甲。"垂暮之年，老病侵夺，去死不远"的他，已抛开了过去那种对灵魂有无存而不论的态度："夫生前既有独立之作用，则死后之不随形骸俱化，灼灼明矣。"③在写给自己门生侯疑始的信中，他大谈"灵学"。此时，催眠术和灵学活动已经在中国发展到了一个新阶段。这一年，"东京留日中国心灵研究会"（Chinese Hypnotism School）在上海成立了分会。而在前一年秋天成立的"上海灵学会"也在新年之初出版了《灵学丛志》，这个热衷于扶乩和"灵魂摄影"等活动的组织得到了严复、黎元洪等人的大力推荐和支持。④

与此同时，作为学科的心理学也在中国步入了标志性的阶段。就在1917年，在蔡元培主持的北京大学里，原北大哲学门的心理学课程设立了实验室，其创立者就是当年与陶成章相约一同学习催眠术的陈大齐，9年后他还将被蔡元培任命为新成立的北大心理系系主任⑤，而在1918年，他出版了中国第一本大学心理学教本《心理学大纲》并发表了《辟"灵学"》一文，后者是《新青年》向灵学活动发动攻势的战斗檄文之一。以科学心理学为依托，他对催眠术和扶乩予以去神秘化的介绍。⑥

---

① 梁启超：《袁政府伪造民意密电书后》，见汤志钧、汤仁泽编：《梁启超全集》第9集，第399页。

② 倪强：《同盟会云南分会主盟杨大铸》，《云南政协报》2011年11月11日，第6版。

③ 严复：《与侯毅书》，见王栻主编：《严复集》第3册，第722页。另外，郑孝胥1918年4月29日的日记中记载："得严又陵书，极持灵魂不死之说，于余所谓'无知之灵变而不灭，有知之灵逝而不留'者犹未了解也。"中国历史博物馆编：《郑孝胥日记》第3册，劳祖德整理，北京：中华书局，1993年，第1725页。

④ 有关催眠术研习组织在民国时期的情况，参见张邦彦《精神的复调：近代中国的催眠术与大众科学》第三章以及黄克武《民国初年上海的灵学研究》。

⑤ 高觉敷：《中国心理学史（第二版）》，北京：人民教育出版社，2005年，第386—390页。

⑥ 《辟"灵学"》一文发表于1918年5月的《新青年》第4卷第5号，自该号起，《新青年》陆续刊发多篇文章驳斥灵学会的主张。陈大齐把催眠术作为人为唤起错觉幻觉、变换人格的技术介绍，并用催眠术的例证来说明扶乩是一种肌肉的无意识运动，指出施术者并不能完全控制受术者的行为，如果暗示内容违反其道德观念，则会受到抵抗。陈大齐：《心理学大纲》，上海：商务印书馆，1926年（第11版），第12、106、215页；陈大齐：《迷信与心理》，北京：北京大学，1922年（再版），第159页。

就在这场"灵学"与"科学"的斗争爆发前不久,一位《新青年》的读者、受其老师影响此刻正推崇着谭嗣同的湖南第一师范学生,写下了一篇名为《心之力》的文章。在那个遥远的山村里,这位名叫毛润之的年轻人,对拯救世界也有着自己的想法。①

---

① 1917年9月22日,毛泽东和张昆弟在湘江游泳后,一同来到岳麓山蔡和森家中,三人彻夜长谈。李锐认为,《心之力》就作于这一时期。李锐:《青年毛泽东的思想方向》,《历史研究》1979年第1期。

结　语
"希望是在于将来"

　　1904年春的一天,周作人来到南京大行宫的日本邮局收取包裹。这是兄长周树人寄来的书刊,其中一本是后者刚刚翻译出版的小说《月界旅行》,周作人读了之后,觉得很不错。此时,兄弟俩对以凡尔纳为代表的"科学小说"都很着迷,以至半个多世纪后,周作人还对当年杂志上未能刊完的《十五小豪杰》念念不忘,设法找到了日文全译本,虽时过境迁,读来不似当年有味,但仍为凡尔纳的许多名著将推出新译本而喜悦,认为自己年轻时代的喜好是对的。①

　　在《〈月界旅行〉·辨言》中,鲁迅对"科学小说"做了平生仅有的一次理论阐述:人类作为"有希望进步之生物",通过努力不断突破自然的束缚,"人治日张,天行日逊"。《月界旅行》正是"以其尚武之精神,写此希望之进化者也"。当人们种下理想的种子,就可以期待收获果实。不过,等到太空殖民成为现实,恐怕"虽地球之大同可期,而星球之战祸又起"。总之,"经以科学,纬以人情"的科学小说,能让普通读者在愉悦中"获一斑之智识,破遗传之迷信,改良思想,补助文明",因此"导中国人群以进

---

① 在后来的回忆中,周作人曾多次提起《新小说》、凡尔纳、"科学小说"在当时的受欢迎及对他们兄弟二人的影响。参见周作人:《文学革命运动》,见钟叔河编订:《周作人散文全集》第6卷,第94页;《甲辰·旧日记中的鲁迅(二四)》《鲁迅与清末文坛》,见钟叔河编订:《周作人散文全集》第12卷,第496、648页;《筹备杂志》《翻译小说上》,见钟叔河编订:《周作人散文全集》第13卷,第358、370页;《中央亚细亚的故事》,见钟叔河编订:《周作人散文全集》第14卷,第30—31页。

行,必自科学小说始"。①

可以想象,凡尔纳笔下那铸造大炮的复杂过程、不厌其烦的数据罗列和详尽解说、上穷碧落下黄泉的大无畏气魄让这位中国青年何等激动。这种热情非他独有。就在《月界旅行》出版的3个月前,上海文明书局出版了凡尔纳的《铁世界》,译者包天笑也在颂扬:"科学小说者,文明世界之先导也。世有不喜科学书,而未有不喜科学小说者,则其输入文明思想,最为敏捷。"紧接着,商务印书馆出版了押川春浪的《空中飞艇》,译者"海天独啸子"也在鼓吹:"使以一科学书强执人研究之,必不济矣。此小说之所以长也。我国今日输入西欧之学潮,新书新籍翻译印刷者汗牛充栋。苟欲其事半功倍、全国普及乎?请自科学小说始。"②

如果说这些言论还有一定的广告成分,那不妨来看看那些决心用枪炮造出一个理想世界的革命者们:蔡元培在《新年梦》里梦想着科技强盛的中国重振天朝声威;陈天华在《民报》上刊载《狮子吼》,描绘心中的理想中国;胡汉民注意到一部拟想未来德英战争的法国小说,孙中山有心翻译却无余暇,连章太炎在内的几个朋友便一起劝说宋教仁来操刀,后者也打算亲自创作一部"写尽中国社会之现在状态及将来之希望"③的小说……而在仅仅10多年前的1895年,当傅兰雅发起"时新小说"征文活动时,还只是要求应征者们批评鸦片、缠足和时文这三大弊端,且"述事务取近今易有","立意毋尚希奇古怪,免使骇目惊心"。④ 162篇应征作品,就目前保存的150篇来看,虽也有"述事虚幻,情景每取梦寐"的背旨之作,却并无科幻色彩,且许多来稿纯是议论、诗文,亦可见时人"小说"

---

① 鲁迅:《〈月界旅行〉·辨言》,《鲁迅全集》第10卷,第163—164页。工藤贵正指出:这篇"辨言"融汇并发展了《月界旅行》《地底旅行》和《北极探险记》日译本序言的部分观点。工藤贵正:《鲁迅早期三部译作的翻译意图》,《鲁迅研究月刊》1995年第1期。

② 1903年上海文明书局《铁世界》书首包天笑所写的"译余赘言"以及1903年上海商务印书馆《空中飞艇》书首"海天独啸子"所写的"弁言",见陈大康:《中国近代小说编年史》,第620、641页。

③ 宋教仁:《宋教仁日记》,第289、223页。

④ 傅兰雅:《求著时新小说启》,《申报》1895年5月25日,广告页。

观念之杂。①

两相对照,就能看出 1902 年的《新小说》确实划定了一条明晰的界限:从这之后,以"小说"来诱发人们对"科学"与"未来"的兴趣渐成一种时髦。如胡志德所说:"晚清最重要的主题是面向未来,当时整个社会自上而下各个阶层的人都卷入了这个过程,无论是清谈,提出革命性的见解,还是付诸实际行动。"②晚清的科幻书写,正是动荡时代的人们采取的行动之一,而《新小说》创刊号上推出的《新中国未来记》《世界末日记》《海底旅行》,则早已覆盖了此类书写的基本主题:进化论的视野、黄白种族大战的焦虑、中国重回世界中心的渴望、对未来和异域的探索与征服、对灵魂不死的信念和普度众生的觉悟等。

简言之,中国文学开始以现代的认知方式、历史观念和美学态度探求未知。而不论未来还是外星,都一样会上演"文明"者兴、"野蛮"者亡的戏目,中国就在其中逆转乾坤,为缔造大同世界而努力,却又一次次在"大同"之中发现"难同"。

在"现代"的压力与魅惑下,梁启超的"新中国"曾短暂地飞跃到一个甲子之后的盛世,随即便滞重地摆荡于"现在"与"未来"之间,终于潦草地停泊于此岸,将未知的将来抛掷进"时间黑洞"。

吴趼人则让贾宝玉经由一条隐秘小路,在恍惚之中从黑暗的当下迈入已然完成的"文明境界"。豁然开朗的基调中,隐去的则是穿越"时间黑洞"的道阻且长。以繁复的镜像群,吴氏对种种"现代"观念,尤其是为西方暴力殖民活动提供合法性的"文明—野蛮"话语发起挑战。他梦想着科技和道德的结合能让未来的中国成为超越西方虚假"文明"的真正楷模。然而,实证主义的现代方法却削弱了本土传统的活力。更微妙的

---

① 傅兰雅:《时新小说出案》,《万国公报》第 86 册(1896 年 3 月)。笔者查阅了《清末时新小说集》,未见到有科幻色彩的作品,只有周文源的《富强传》这样大谈格致之学有助富强的歌谣。当然,正如陈大康分析的,来稿的面貌是由多方面因素造成的。周文源:《富强传》,见周欣平主编:《清末时新小说集》第 11 册,上海:上海古籍出版社,2011 年;陈大康:《论傅兰雅之"求著时新小说"》,《华东师范大学学报(哲学社会科学版)》2013 年第 3 期。

② 胡志德、风笠:《"把世界带回家"——关于中国近代文学与文化的访谈》,《现代中文学刊》2010 年第 4 期。

是,他的"文明境界"在时空坐标上的位置含混暧昧,令本来可以随时平定世界的圣贤,没有或不能付诸实践。时间的指针似乎陡然摆向另一端,实则在表盘上纷乱震颤。

相比之下,那些对种种"现代"目光缺乏足够质疑的作者,反倒放开手脚,尽情地铺展"时间黑洞"中的景观。

在《月界旅行》出版的第二年,将在70多年后被追封为中国第一篇原创科幻的《月球殖民地小说》开始连载,这在中国文学史上首次描写"星球之战祸"的尝试半途搁浅,但中日联合对抗西方的幻想不能不说应时应景。"荒江钓叟"让殖民主义受害者在哀泣和癫狂中发出控诉,却又不自觉地重复着殖民者冠冕堂皇的说辞,确证着"文明"对"野蛮"的生杀大权。然而,这一逻辑也为自己招来祸患:更高级的月球文明呼之欲出,它的时隐时现,不但搅乱叙事布局,使故事难以收场,更以层层扩展的无尽压迫体系,投下了令人眩晕的阴影,让曾经努力想要用现代科技治愈弱国病民却屡屡失败的强国科学家自己也陷入疯狂,而神秘老人的自杀,更对宏大的国族叙事构成一线隐隐的消解之音。

稍后,"碧荷馆主人"依靠时间线的"僭越",定格西方的步伐,彼方的技术得以为我所用,经由"时间黑洞"的催熟,化身为"追魂砂",助黄种人在下一个世纪之交逆转权力格局。然而,本土的时间系统还在顽强浮现,而武力征服也只能种下新的抗争,结不出永久和平的果实。用这一层面的"现代"视野去勘测"未来",难逃循环不已的陷阱,发现的可能只是"现在"。

看上去就像是接力棒在传递,许指严和陆士谔紧随其后,以有限的新知以及不完全受现代逻辑驯化的奇想,描绘中国在重回世界秩序中心后,如何结合儒家圣贤理想和西方现代科技,打造一个更为纯粹也更具规模的全景式大同世界。和"碧荷馆主人"一样,许指严也预定了一场世纪之战,并以千倍的比例肆意夸说着大同之盛。然而,那点石成金般的魔法,却只是造成一个自反馈系统:越是进步,就越制造出更进步的需要,这种不断拓殖、进化不止的压力,既成就了"黄金世界"的奇观,又凸显了物质文明的乏力,同时也造成故事时空的紊乱,最终让大同世界在远去的视线中缩为一粒尘芥,无意中助成了叙事的自我瓦解。

而对陆士谔来说,在"现代"的目光中,已然逝去的"历史"也带有某种"未知"性,需要被重新审视:平行的时空里,自己所属族群的命运,是否有着别样的可能?他由此从旧故事中生发新枝杈,直接以前人打造好的大同世界为起点,并与许指严一样借助拓殖压力做叙事驱动。这种便利,令他可以将人间纷争轻轻带过,满腹热情地去外星球寻找珠光宝气的新沃土。然而,外星的理想国虽金碧辉煌,却无助于地球的止于至善,大同境内的叛乱仍须小心提防,而在毫无征兆的饥荒中,文明跌回野蛮。更离奇的是,原来诸葛孔明早已造过飞舰,证据却是小说家自己另撰的《新三国》,这种游戏态度,更令大张旗鼓搭建的宏大布局倏然倒塌,仿若火柴天堂般在读者眼前一闪而过,原来一切不过是"穷极无聊,其亦作此以自慰"①。

当可见的物质进步不能令世界圆满时,人们自然转向不可见的精神力量。从 19 世纪到 20 世纪,不论东方还是西方,都一样梦想着掌控"心之力"的新科学。种种"身—心"模型纷纷登场,争抢疗救国民的资格,内在的"灵魂"遂成为一个新的"未知"之域。**原来大同者,不在同物,而在同心**。妄分彼此,是陷入歧途;消除隔膜,方为正道。徒有科技,只能造怪;全赖此心,是为造人。所谓心力,不但可以锻炼,更能爆发惊人能量。于是,科学不但没有驱散幽冥,反而被通灵活动所利用。古老的巫术借风起浪,披上"现代"外衣。许多知识精英都相信:鬼魂寄生于"电气"、在照片上显影,"催眠术"包治百病、可以改造灵魂……小说家也乐得吹起"新法螺",在荒诞不经中寄予深意。然而,当"亚东破佛"抛出中西冲撞的精神分裂难题时,不但中国术士驱不走外国鬼,西方高手亦治不好中国魂。"新法螺先生"的灵魂之光,既不能唤醒同胞的迷梦,又毫无热力,无法焚毁罪恶之城;"脑电"虽造福苍生,却没有带来大同,反招杀身之祸;与太阳擦肩而过灵魂可以毫无损伤,肉身却在老拳面前不得不"暂避其锋,潜踪归里",最后只落一个"为诸君解颐"。②

总之,东西激荡中杂糅错生的种种观念,让小说家们在焊接"过去"

---

① 陆士谔:《新野叟曝言》下册,第 83 页。
② 东海觉我:《新法螺先生谭》,见《新法螺》,第 39 页。

"现在""未来"时,留下诸多奇异的痕迹,出乎意料地削弱了"现代"之魅。

有趣的是,这一个个"现代"与"未知"相逢的故事,就像吴趼人悄然安放于贾宝玉身上的那面镜子,在很多方面构成了自我映射式的"镜—像"格局——**故事中的行动成为讲故事行动自身的象征或镜像。**

比如,《新石头记》中的那个"博物院"就可视为这部作品的一个喻象:不论书中前半部分对晚清怪现状的收集、展示、质询,还是后半部分对"文明境界"的全景式展览,都在发挥着与博物馆相类似的功能。而贾宝玉的上天入地、搜采奇珍,正是吴趼人漫想并书写"未来"之举的映射,两者的轨迹最终在宝玉归隐后遗留下的那块石头上汇合。

进而,我们不妨将晚清科幻视为文字形态的"未来博物馆",这有两方面的意思:首先,与搜集文物并按照一定规则来组织陈列的真实博物馆类似,当时的小说家们也在搜求各种时髦的"现代"新知,推演"未知"世界,并利用虚构性叙事的规则将它们一一组织起来。大同世界的技术奇观、风俗人情、政艺农工,外星世界的金碧辉煌,灵魂的算法和动力学模型,总之,拟想时空中的万千景观,都如真实的历史一样得到"复原"和展示,以期向当时的游览者们提供教育和娱乐。其次,对后世而言,这些作品也确如一个个微型博物馆,展览着历史中曾有过的种种"未来"浮想。

不过,这些"未来博物馆"的建造者,多是传统教育里成长起来的文人,没有经受过系统的科学训练,对他们来说,比起兜售些具体的知识,更重要的也许是通过新的或者说现代的陈列物和组织法,来营构一种迥异于古典时代的美学时空:人的飞翔、新的战争形态、可抵达的太空、永久的光明和无尽的能源、现实放大千倍后的奇观、灵魂的驾驭之道……昔日的神仙法术指日可待,世界不再以过去的方式来与人互动,而仁、美、幸福等也都有了新的内涵。正如汪晖在评论一篇晚清科幻译作《蝴蝶书生漫游记》时所说:"自然的奥妙不再是它自身的神秘性,而是在技术、工具、仪器中展现出来的无限的可能性……新世界的形象正是在这种想像性的图景中展现出来。"[①]

建造者自身的知识混杂性亦由此暴露:足以摆脱地心引力的车速、多

[①] 汪晖:《现代中国思想的兴起》(下卷·第二部),第1121页。

到铺满整个伊朗高原的黄金、比地球表面积还大的国土、叙事时间的颠倒错乱、一个空间中安置着比它更大的物体……这不免让人想起《续齐谐记》中的故事:书生钻进了鹅笼,笼子没有变大,书生也没有变小,一切安然无恙。① 南北朝时梁代吴均描述的这个可以随意伸缩的奇异空间,曾让武田雅哉感到"摸不着头脑",因为它"没办法用影像来呈现。……编撰讲述这个飘逸故事的中国人,从容徜徉于惟有词语创造的形象空间"。② 当然,晚清科幻中的那些时空异常,未必都有"须弥芥子"的深意,而往往以一些"新知"为根据,只是这些"新知"本身就不够准确,再叠加上作者的误解、笔误,经想象的无节制放大,便造成了作者本人未必意识到的"奇笔",它们展示了人们在试图掌握理性、精确的现代时空观并以此探索未知世界时的曲折艰辛:尽管故事中的漫游者们常要对新殖民地、异常之物(比如从古典时空里征用的大鹏、海鳅鱼等)进行尺度、位置的测量和定位工作,但对于作者本人而言,世界仍如《续齐谐记》里的鹅笼一样,带有很大的随意性。另外,当需要设想一个技术奇迹时,在凡尔纳需要考虑工程学可行性的地方,他们却常常考虑着天人合一与阴阳五行。③

因此,正如本书绪论所分析过的,"现代"与"未知"的相遇,在书写的层面上,就表现为"科学"对"幻想"的驯化。而在晚清,或因有意,或出无心,"幻想"显然还不那么守"规矩"。

诡异的是,这一走向"现代"的驯化之旅,既造成了落伍者的创伤,同

---

① 吴均:《续齐谐记》,王根林校点,见《拾遗记(外三种)》,上海:上海古籍出版社,2012 年,第 229 页。

② 武田雅哉:《桃源乡的机械学》,任钧华译,台北:远流出版事业股份有限公司,2011 年,第 6—7 页。

③ 不过,凡尔纳的技术构想也会遭到当时中国作家的挑战。例如,对于《环游月球》中的炮弹载人登月,喜欢钻研机械制造特别是空中飞行原理与技术的洪炳文就在其科幻戏曲《电球游》(1906)中提出质疑:"人身在炮弹中岂不闷杀? 在炮中发出岂不热杀? 飞行空中岂不震杀? 而人反喜而阅之者,以人情喜新,不责以理想也。电球可行,其与此种小说怪诞不经者,奚啻霄壤。"不过,他在《电球游》中也没有讨论技术问题,因为"若但云制球、行球之法,而不言乘球,是谓之电球学,不可入小说部。故必言乘球,乃合说部之宗旨"。洪炳文:《电球游·例言》,见沈不沉编:《洪炳文集》,上海:上海社会科学院出版社,2004 年,第 318—319 页。

时又宣称自己就是疗伤良药,晚清科幻以独特的方式呈现了这一点:先进的气球、伪造幻影的照相术、洗心清肺的西医都不能治好反而加深了龙孟华的精神疾病;"电王"的科技推进大同世界的进步,结果却是人口的暴涨和道德的沦丧;征服西洋、逆转世界秩序,不过是下一次再逆转的铺垫;"新法螺先生"对脑电的发现,源自他的精神失常……这再次构成了自我映射——故事中科技许诺的光明未来每每崩塌,故事外,科学幻想的美梦怕也不能真的抚慰家国之痛,作者们便自曝游戏笔墨之态,颇有玩世不恭之味,背后则是道不尽的愤世嫉俗和彷徨无路。

  晚清小说家的苦闷与挣扎,足以引起我们的同情乃至共鸣。这不仅仅是因为,"科学"与"幻想"在"小说"中的纠葛,将成为20世纪中国科幻发展中的核心问题,以至于在"新法螺先生"漫游太空70多年后,"灵魂出窍"成为中国科幻的罪名之一①,更因为直到今天,我们仍然生活在"现代"之中,并与一个世纪前的人们一样,面临着某些相似的困境,其中之一,便是历史确定性的危机:曾几何时,20世纪的中国作家相信社会生活的表象下有着某种确定的规律和运动方向,这种信心的不断深化与延伸,赋予50—80年代的中国科幻以鲜明的社会主义文艺特征。但在今天,作为整体的、唯物的人类历史朝着合目的的未来做自我展开的想象,失去了曾有过的光环,作家在认识过去、感知现在、勾描未来时,遇到了严峻的挑战。在这种情况下,20世纪初的人们面对他们的困境时所做的努力与抉择,或许能为我们寻找自己的出路提供一些启示。

  张灏认为,"从谭嗣同的时代开始,思想改造几乎是每一代知识分子的共识和共信",这反映了一种在20世纪中国知识分子中普遍存在的唯心倾向。② 这一说法虽太笼统,但正如我们所见,**"物"与"心"的纠葛,确实构成了晚清科幻的基本张力,决定了它后来的命运**,也将我们的目光再次引向鲁迅。

  与周作人的再三回想不同,在青年时代与"科学小说"短暂相遇后,

---

① "科学文艺失去一定的科学内容,这就叫做灵魂出窍,其结果是仅存躯壳,也就不成其为科学文艺。"鲁兵:《灵魂出窍的文学》,《中国青年报》1979年8月14日,第4版。

② 张灏:《烈士精神与批判意识:谭嗣同思想的分析》,第104页。

鲁迅终其一生都很少在写作中再提及此类作品。偶尔,被问及自己早年的那些"零零碎碎的东西"时,他才漫不经心地说出一句"因为向学科学,所以喜欢科学小说",但对于包括《北极探险记》在内的几篇"自作聪明,不肯直译"的译作评价不高,"几乎是改作,不足存的"。① 借用他自己的话说,"我在年青时候也曾经做过许多梦,后来大半忘却了,但自己也并不以为可惜"②。对此,周作人曾有解释:《新小说》和《论小说与群治之关系》都对他们产生过很大影响,不过鲁迅"后来意见稍稍改变,大抵由科学或政治的小说渐转到更纯粹的文艺作品上去了。不过这只是不看重文学之直接的教训作用,本意还没有什么变更,即仍主张以文学来感化社会,振兴民族精神"③。

在王德威看来,鲁迅对"科学小说"的热情冷却令人遗憾:20世纪的中国现代文学对19世纪欧洲的写实主义大加推崇,实在不够"现代","如果当年的鲁迅不孜孜于《呐喊》《彷徨》,而持续经营他对科幻奇情的兴趣,对阴森魅艳的执念,或他的尖诮戏谑的功夫,那么由他'开创'的'现代'文学,特征将是多么不同"④。然而,历史不能假设。其实,如果深入考察鲁迅与科幻的相遇与分离,会发现他从旧思路(科学小说—科学—救国)向新思路(文学—心—救人)的发展是一个完整的连续过程,并非突然的断裂,而将环环相扣的演变推向质变的关键则是他对"心"的关注。⑤

在后来的追忆中,鲁迅认为1906年1月的"幻灯片事件"是促成自己思想转变的关键:"我们的第一要著,是在改变他们的精神,而善于改变

---

① 鲁迅:《340515 致杨霁云》《340717 致杨霁云》,《鲁迅全集》第13卷,第99、178页。
② 鲁迅:《呐喊·自序》,《鲁迅全集》第1卷,第437页。
③ 周作人:《关于鲁迅之二》,见钟叔河编订:《周作人散文全集》第7卷,第447页。这番话之后又过了20年,身处1956年的社会主义中国,周作人再忆往事时,小心地承认兄弟俩年轻时的主张"有点唯心的气味"。周作人:《再是东京》,见钟叔河编订:《周作人散文全集》第12卷,第614—618页。
④ 王德威:《没有晚清,何来"五四"?》,《被压抑的现代性——晚清小说新论》,第9页。
⑤ 钱理群指出,鲁迅留日前期(1903—1906)著述的关键词是"故园""轩辕""中国""科学"等,后期(1907—1909)则为"心","这是一种由外向内的追索"。钱理群:《与鲁迅相遇》,北京:生活·读书·新知三联书店,2003年,第67—70页。

精神的是,我那时以为当然要推文艺,于是想提倡文艺运动了。"①于是,才有了后来创办《新生》之举。不过,在着手筹办《新生》之前的1906年夏,鲁迅还发表了一篇科幻译作《造人术》。在文末的跋语以及晚年的追忆中,周作人指出,鲁迅在这篇"幻想之寓言""无聊之极思"中寄托了重铸民德、"择种留良""以求人治之进化"的深意,与后来的《新生》旨趣相同。尽管《新生》最终夭折,但鲁迅为其准备的内容,一部分因友人(即宋教仁请教催眠术的孙竹丹)约稿而变成了《摩罗诗力说》,另一部分则进入了后来的《域外小说集》,所以《新生》也算是变相地得到了部分实现。②

可见,在尚关注"科学小说"之时,鲁迅的心思已从"月界""地底""北极"转向了"造人",这篇带有优生学意味的科幻译作③,使他早期的文艺活动和后来的文学实践得以衔接。而从科学"造人"向文学"造心"的重要过渡,则源于他对西方科学和历史的理解,以及他对人之自由的追求。在《〈月界旅行〉·辨言》中,他曾讨论过自然界对人类自由的限制,不过很快开始思考个体的自由,并在1908年发表于《河南》上的一组文章中完整地表述了自己的思想,其核心观点可以概括如下:

作为一种生存于世间的有情之物,人本来拥有内在的光辉,其有感于所处的现实,渴望做出超越,于是发出种种有力的声音:"内曜者,破黮暗者也;心声者,离伪诈者也。"④这种自由、充沛、真诚的精神状态正是文明进步的根本动力。但文明也造出种种桎梏,束缚人的精神,让多数人日渐安于现状,丧失真诚、陷入伪诈从而失去自我,并对少数不阿世媚俗、坚持己见的人大加排挤、迫害,而大士天才们的心声终将振刷人们的精神,带

---

① 鲁迅:《呐喊·自序》,《鲁迅全集》第1卷,第439页。
② 路易斯托仑:《造人术》,索子译,《女子世界》第4—5期合刊(原第16—17期),第81页;陈梦熊:《知堂老人谈〈哀尘〉〈造人术〉的三封信》,《鲁迅研究动态》1986年第12期;周作人:《再是东京》,见钟叔河编订《周作人散文全集》第12卷,第617页。
③ "对鲁迅而言,《造人术》无疑从科学的角度,提供了国人实现'择种留良'和民族自我更新的可能性。青年鲁迅把优生学视作一条使民族重获青春的道路,而加以考虑……"刘禾:《鲁迅生命观中的科学与宗教(下)——从〈造人术〉到〈祝福〉的思想轨迹》,孟庆澍译,《鲁迅研究月刊》2011年第4期。
④ 鲁迅:《破恶声论》,《鲁迅全集》第8卷,第25页。

来新的解放,"新生一作,虚伪道消"①,世界由此进步。

于是,历史被理解为精神自由的不断沉沦和再突破。初民们虽智识浅陋,但"不安物质之生活,则自必有形上之需求"②,于是以其真诚而旺盛的生命力创造了神话和种种神鬼信仰。但中世纪的宗教造成了精神的沉寂,于是出现文艺复兴,在反抗中开启近世文明,最终结出19世纪物质文明的硕果。科学的发展,同样离不开"非科学的理想之感动",它"不为真者,不为可知者"。当物质进步取得极大成就后,人们"久食其赐,信乃弥坚,渐而奉为圭臬,视若一切存在之本根,且将以之范围精神界所有事,现实生活,胶不可移,惟此是尊,惟此是尚",如此,则"必将缘偏颇之恶因,失文明之神旨,先以消耗,终以灭亡,历世精神,不百年而具尽矣"。③于是,19世纪末又出现了以"精神"矫正"物质"之弊的新思潮。"盖使举世惟知识之崇,人生必大归于枯寂,如是既久,则美上之感情漓,明敏之思想失,所谓科学,亦同趣于无有矣。"④

由此可知,西方的科学、工艺、政治、军备等成就只是其文明的枝叶和果实,文明之根则在精神。仁人志士们"仅眩于当前之物,而未得其真谛",不知"进步有序,曼衍有源……有源者日长,逐末者仍立拨耳"。⑤因此,青年鲁迅开出了"非物质"和"重个人"的药方⑥,期待"声发自心,朕归于我,而人始自有己;人各有己,而群之大觉近矣。……人各有己,不随风波,而中国亦以立"⑦。因此,他热情颂扬敢于反抗流俗、被诬为恶魔的"摩罗诗人":"诗人者,撄人心者也","发为雄声,以起其国人之新生,而大其国于天下"。⑧

总之,这不是简单的自上而下的启蒙,而是人与人之间"内曜"的激荡。

---

① 鲁迅:《文化偏至论》,《鲁迅全集》第1卷,第56页。
② 鲁迅:《破恶声论》,《鲁迅全集》第8卷,第29页。
③ 鲁迅:《科学史教篇》《文化偏至论》,《鲁迅全集》第1卷,第29—30、49、54页。
④ 鲁迅:《科学史教篇》,《鲁迅全集》第1卷,第35页。
⑤ 同上书,第33页。
⑥ 鲁迅:《文化偏至论》,《鲁迅全集》第1卷,第51页。
⑦ 鲁迅:《破恶声论》,《鲁迅全集》第8卷,第26—27页。
⑧ 鲁迅:《摩罗诗力说》,《鲁迅全集》第1卷,第70、101页。

有了这样的文明观和文学观,鲁迅显然已做好了"为世所不甚愉悦"的准备①,但他随即遭遇挫败,感受到"叫喊于生人中,而生人并无反应,既非赞同,也无反对,如置身毫无边际的荒原,无可措手的"寂寞②。这给予他契机,重新思考文学究竟写什么以及为何写的问题,并终于在1923年为自己的第一本小说集作序时提出了著名的"铁屋"之喻。如果说,他此前的"呐喊"是为了能够激发他人的"内曜",如今他却明确地表示:这只是"聊以慰藉那在寂寞里奔驰的猛士,使他不惮于前驱",至于铁屋能否毁坏,他其实始终表示怀疑。但面对热情的猛士们,他也提出了那朴素而深刻的辩证法:"希望是在于将来,决不能以我之必无的证明,来折服了他之所谓可有"。③ 至此,鲁迅之为鲁迅的复杂性充分显露,并为我们从反方向追索"鲁迅为何不写科幻小说"提供了机会——假设这一问题成立并值得追问的话——"周树人后来写了什么小说?",也为重新审视"晚清"与"五四"的连续性或断裂性这一老问题提供了一个有趣的视角。

　　一方面,在鲁迅和其他"五四"文学中确实可以发现许多"晚清"的"延续"。例如,王德威认为《新法螺先生谭》中的声、光、热、力意象与鲁迅的颂扬"心声"、茅盾《子夜》开篇的"Light, Heat, Power"等同属一脉,"以科幻奇谭的笔法道出了中国现代文学话语的先声"。④ 近年来,研究者也不断谈及晚清科幻中已然出现的"铁屋"喻象、"狂人"形象与启蒙困境。⑤ 只要愿意,我们还可以继续扩充这一"先声"名单:《月球殖民地小说》提前上

---

① 鲁迅:《摩罗诗力说》,《鲁迅全集》第1卷,第68页。
② 鲁迅:《呐喊·自序》,《鲁迅全集》第1卷,第439页。
③ 同上书,第441页。
④ 王德威:《被压抑的现代性——晚清小说新论》,第340—341页。
⑤ 安德鲁·琼斯认为,"铁屋"的寓言叙事与两部晚期维多利亚时期的小说有关,即贝拉米的《回顾:2000—1887》和凡尔纳的《海底两万里》,它们也为《新石头记》提供了灵感,在这三部作品里,主角在进入某一乌托邦境界之前,都曾在一个铁制密室里昏睡,"但这不能保证,经过睡梦的囚禁,那些主角最终能获得自由"。那檀也认为:现代中国文学的一些重要隐喻(疾病、吃人、铁屋等)在晚清科幻小说中已经出现了原型。安德鲁·琼斯:《鲁迅及其晚清进化模式的历险小说》,《现代中文学刊》2012年第2期;Nathaniel Isaacson, *Celestial Empire: The Emergence of Chinese Science Fiction*, p. 5;范伯群:《〈催醒术〉:1909年发表的"狂人日记"——兼谈"名报人"陈景韩在早期启蒙时段的文学成就》,《江苏大学学报(社会科学版)》2004年第5期;李文倩、陈辉:《晚清启蒙者的焦虑性生存——〈催醒术〉的叙述学解读》,《明清小说研究》2007年第4期。

演了《狂人日记》的狂人望月,而在写《奔月》时,鲁迅也很可能会想起曾令他印象深刻的《月界旅行》①……如安德鲁·琼斯所说:"作为作者的'鲁迅'并非一个个体,而是无数个创造性引用所形成的混合声。"②这些建立文学图景连续性或共振性的尝试有助于我们从更大的时段考察近现代文学之演变,注意到那些一以贯之的努力和共有的困境。

但另一方面,"先声"和"后声"之间也存在着显著的差异。

以"科学"与"迷信"的问题为例。《〈月界旅行〉·辨言》中的"获一斑之智识,破遗传之迷信",是晚清新小说的常见姿态,即便那些谈鬼之作,也要托庇在"电气"门下。不过,鲁迅虽学习科学并亲手解剖过尸体,但对灵魂的有无并无明确的结论,对于死亡和鬼的问题一直是"随随便便"的,直到生命尽头,他才终于确认自己是相信死后无鬼的。③ 他既然视"心"为人类进步的原动力,对于"迷信"也从不持单一僵化的观点。

早在1908年,鲁迅已公开反对那些略闻一点科学皮毛便大肆攻击迷信的新学之士。在《破恶声论》中,他从"内曜"和"心声"出发,指出所谓"迷信","乃向上之民,欲离是有限相对之现世,以趣无限绝对之至上者也",其原初动力与科学本为同源。那些热衷于摧毁朴素民间信仰之辈,不过是趋炎附势、人云亦云,并无自己内在的"正信":

> 顾胥不先语人以正信;正信不立,又乌从比校而知其迷妄也。……盖浇季士夫,精神窒塞,惟肤薄之功利是尚,躯壳虽存,灵觉且失。于是昧人生有趣神閟之事,天物罗列,不关其心,自惟为稻粱折腰;则执己律人,以他人有信仰为大怪,举丧师辱国之罪,悉以归之,造作覅言,必尽颠其隐依乃快。不悟墟社稷毁家庙者,征之历史,正多无

---

① 周作人就认为,《奔月》的故事"看惯了不以为奇,其实这如不是把汉魏的神怪故事和现代科学精神合了起来,是做不成功的。"周作人:《鲁迅与书的故事》,见钟叔河编订:《周作人散文全集》第12卷,第681页。

② 安德鲁·琼斯:《发展的童话:鲁迅、爱罗先珂和现代中国儿童文学》,见徐兰君、安德鲁·琼斯主编:《儿童的发现:现代中国文学及文化中的儿童问题》,北京:北京大学出版社,2011年,第126页。

③ 鲁迅:《死》,《鲁迅全集》第6卷,第633—634页。

信仰之士人,而乡曲小民无与。伪士当去,迷信可存,今日之急也。①

到了新文化运动之初,名士严复借"科学"之名大搞"灵学"活动、北洋政府教育部参事蒋维乔宣扬"精神能改造肉体"、"神童"江希张的《三千大千世界图说》大讲鬼神之道,致使"国人格外惑乱,社会上罩满了妖气"时,鲁迅愤慨至极:"人事不修,群趋鬼道,所谓国将亡听命于神者哉!"他指出欲救治中国,所需者正是科学。②

另一方面,不可否认,扶乩作为源远流长的民间信仰,以沟通阴阳的名义为丧亲之人带来安慰。由徐卓呆所作、经包天笑修改的小说《无线电话》(1911)就曾借科学谈鬼事:在雷雨之夜,逝者从阴间靠无线电话与妻子通讯,询问近况、交代后事。(图17)这个伤感的故事令对扶乩真伪颇感疑惑的包天笑"凄然泪堕"。③ 而正如刘禾注意到的,当 1923 年"科玄论战"爆发后,鲁迅实际上通过《祝福》(1924)表达了自己的复杂态度:人生末路的祥林嫂向受过新式教育的"我"询问究竟有无灵魂和地狱,"我"无法确信自己的回答究竟将给她带来恐怖还是安慰,由此,鲁迅令那种以咄咄逼人的"科学"姿态斥责民众"迷信"的立场陷入困境。④

此外,"科学与鬼"的纠葛,又引出了"历史与记叙""神话与实证""幻想与写实"等问题。我们可以将鲁迅与吴趼人做一对比,看看这两位各自时代的代表性小说家对这些问题的不同处理。

如第二章所述,《新石头记》中的贾宝玉是从历史中被召唤而来的鬼魅,这块零余的石头在历史的断裂带上飘忽游走,寻找自己的位置,直到在时空错置的"文明境界"中,通过捕获大鹏而获得了安置资格,成为无用闲人;而被寄予厚望的"国粹",虽在博物馆中获得了陈列,证实了"古典"的光荣,却在实证主义的测绘和标本制作法中失去神韵乃至生命。

---

① 鲁迅:《破恶声论》,《鲁迅全集》第 8 卷,第 29—30 页。
② 《随感录·三十三》,《鲁迅全集》第 1 卷,第 314—318 页;鲁迅:《180310 致许寿裳》,《鲁迅全集》第 11 卷,第 360 页。
③ "笑、呆":《无线电话》,《小说时报》第 9 号(1911)。包天笑曾记录过江南扶乩活动的情形,参见包天笑:《钏影楼回忆录》,北京:中国大百科全书出版社,2009 年,第 69—77 页。
④ 刘禾:《鲁迅生命观中的科学与宗教(下)——从〈造人术〉到〈祝福〉的思想轨迹》,《鲁迅研究月刊》2011 年第 4 期。

图 17　《小说时报》第 9 号所载《无线电话》配图

由此,作者无意中暴露了"国粹"的悖论,也有意道出了补天乏术的悲叹。

与之相映成趣的是,《阿 Q 正传》的叙事者一开篇就自称"仿佛思想里有鬼似的",汪晖借此展开对"鬼"的讨论:正统的"历史"书写是一套维护秩序的权力机制,人在其中被分成不同等级,或得到叙述而成为"有",或被排除而成为"无"。阿 Q 就是这样一个无名之"鬼",他的精神胜利法同样是一套维护秩序、帮助他在悲惨境遇中自我安抚的叙事机制,只有在它偶尔失效的几个瞬间,阿 Q 才真正流露出自我和革命的潜能,但马上就被压制和消灭。为阿 Q 作"正传",正是将一个被正史谱系压抑的"无"召唤为"有"的革命行动,是用革命对阿 Q 的审判,也是用阿 Q 对革命的审判。这种对"鬼/无"的召唤,也同时构成了对胡适、顾颉刚等人的实证主义史学的批判——在他们对历史的"科学"整理中,不但从未"著之竹帛"的阿Q不被承认,就连女娲、大禹等人也将被从"历史"中剔除,打发到"神话"的范畴中。对此,鲁迅曾在《理水》中予以漫画式的嘲讽:挑战旧法的大禹最初受到学者们的非议,甚至连他是否存在都遭到了怀疑,而当他终于治水成功并登上权力宝座时,历史叙述的机制又重新启动。①

这一阐释启发我们重新审视《故事新编》。就内容、题材、叙事基调而言,这个系列故事无论如何难以称为"写实主义",若将其与鲁迅1908年的态度相联系,更可看出他的深层考虑:"夫神话之作,本于古民,睹天物之奇觚,则逞神思而施以人化,想出古异,诙诡可观,虽信之失当,而嘲之则大惑也。"②鲁迅的"新编"无疑是对于先民们精神创造力的肯定,以及对"故事"中厚生爱民、寡言实干、劳形苦心、扶危济世的英雄与圣贤的赞赏,他们显然是真正有"内曜"之人③,其光彩品格已成为民族记忆,因而也是"历史"的一部分,只有通过对他们的召唤和重述而非抹除,才能令民族精神获得"新生"。

可见,鲁迅并非一心"写实",他也为文学保留了幻想空间,其中也有(有意识的)时空的错置和迷乱。如果说,吴趼人和鲁迅,都渴望从"过去"中汲取力量,并有意无意地为"鬼"作传,那么前者将西洋科技和本土道德的融汇作为明日大同的真正标志,而后者却察觉到物质与科技、道义

---

① 汪晖:《阿Q生命中的六个瞬间》,上海:华东师范大学出版社,2014年。此外,汪晖曾在清华大学2012年秋季"鲁迅与现代思想史专题研究"课堂上讨论过《故事新编》,认为这个系列作品表达了鲁迅对实证主义史学的回应。沿着汪晖的思路,我们进而能够注意到阿Q在罪状书上画花押的强烈意味:在历史中,他只能通过叙事者的记录留下自己名字的发音;而在正史中,他充其量只是一个瓜子形状的圈。这就是为什么小说的叙事者托同乡去查阿Q犯事的案卷,得到的答复是案卷里并无与阿Quei的声音相近的人。

② 鲁迅:《破恶声论》,《鲁迅全集》第8卷,第32页。

③ 在《出关》和《采薇》中,我们甚至能感到鲁迅对避世的老子和愚笨的伯夷、叔齐含有同情,这大概是因为他们是有"正信"的。正如钱理群所言:"鲁迅对这种真信徒怀有非常复杂的感情,称之为'笨牛',就既有嘲讽、否定,又多少觉得他们也还有可爱之处,他最痛恨的就是'小穷奇'这样的假信徒。"钱理群:《〈故事新编〉漫谈》,《钱理群讲学录》,桂林:广西师范大学出版社,2007年,第100页。

与名节对个体之"内曜"的压制,由此走向民族精神尚且蓬勃饱满的历史之初①;前者将"大鹏"从"无"到"有"的捕获,预演了"古史辨"派对"传统"的压制,后者则始终对被"有"(正史、现代科学话语)排除的"无"(阿Q、祥林嫂、女娲)保持着开放的态度。

总之,正是在"内曜"的光辉中,"科学小说"渐渐淡出了周树人的视野,与此同时,晚清科幻触及的许多重要问题又在他的笔下以另一种方式得到了更深入的讨论。这些讨论中的种种观点,既能在他的文明观中获得统一,又在针对不同的具体问题时呈现出丰富多样的面貌。他对现实与梦想关系的看法同样如此。

晚清的梦想家们常期盼着立宪成功、君民齐心、举国努力,使国家焕然一新。但辛亥之后,名义上的共和并没有带来"黄金世界",曾经的天真幻想被粉碎了,人们开始要求一场更深刻、更彻底的文化改造运动。在这场改造中,"科学小说—科学—救国"的逻辑链条显得问题重重。一方面,"小说"是否宜于承载"科学"?对此,清末时已有人提出质疑。"侠人"曾说:"文学之性,宜于凌虚,不宜于征实,故科学小说,终不得在小说界中占第一席。"②林传甲更为极端:"近日无识文人,乃译新小说以诲淫盗,有王者起,必将戮其人而火其书乎?不究科学,而究科学小说,果能裨益民智乎?是犹买椟还珠耳。吾不敢以风气所趋,随声附和矣。"③另一方面,仅凭"科学",也不足以"导中国人群以进行":"每一新制度,新学术,新名词,传入中国,便如落在黑色染缸,立刻乌黑一团,化为济私助焰之具,科学,亦不过其一而已。"④

---

① 《故事新编》中的两个例子可以佐证鲁迅对"科技"和"道义"的态度。在《非攻》中,公输般向墨子展示会飞的竹喜鹊时,墨子说:"还不及木匠的做车轮""有利于人的,就是巧,就是好,不利于人的,就是拙,也就是坏的"。在《铸剑》中,眉间尺称宴之敖者为"义士",后者立刻说:"你不要用这称呼来冤枉我。"因为这些名称"受了污辱","仗义,同情,那些东西,先前曾经干净过,现在却都成了放鬼债的资本"。鲁迅:《故事新编》,《鲁迅全集》第2卷,第479、440页。

② 侠人:《小说丛话》,《新小说》第2年第1号(原第13号)。近有论者考证,"侠人"乃吕思勉,参见王刚:《晚清民初"小说界革命"与吕思勉文学活动考论》,见华东师范大学思勉人文高等研究院编:《问学》第1辑,北京:生活·读书·新知三联书店,2015年,第1—23页。

③ 林传甲:《中国文学史》,南昌:江西教育出版社,2018年,第149页。

④ 鲁迅:《偶感》,《鲁迅全集》第5卷,第506页。

当然,"小说"和"科学"依然是这场文化改造中的关键,但前者必须先被后者洗礼,后者的普及则要别寻更优的载体。事实上,科学已不再是简单的破除迷信,而是要成为文化改造的全局性方法和准则。汪晖认为,民国成立后,伴随着专门性的科学研究体制的形成与教育体制中科学学科和人文学科的严格区分,出现了"科学话语共同体"。这一共同体最初以科学社团和科学刊物为中心,使用与日常语言不同的科学语言进行交流,通过印刷文化、教育体制和其他传播网络,把自己的影响逐渐伸展至全社会,以至科学话语与日常话语的边界变得模糊,科学家的工作日渐成为其他文化活动的基本范式。"五四"新文化运动正是这一共同体的文化运动,其中就包括用科学语言对日常语言进行改造:自古已有的白话文得到科学化和技术化的洗礼,构成现代白话文运动的鲜明特征,确立了它与文学语言的特殊关系。换言之,日常语言和新的文学语言以科学语言为典范,以恰当、精确、真实为标尺。"这提示我们,现代文学运动中的现实主义主张始终占据主导地位是有着更为深刻的背景条件的:即使没有列宁的现实主义的'镜子'理论,科学化的语言的内在要求也同样会构筑出详细的标准。"①

于是,不必说那些成色不佳的本土科幻不入法眼,就连著名的 H. G. 威尔斯,在新文学运动最早的文学社团"文学研究会"成员之一瞿世英的眼里,也敌不过左拉:前者的作品虽号称"科学的小说",但后者的自然主义才是"最忠实于科学方法,最有势力,为文学界张异军者"。② 这意味着,小说家应该像科学家研究自然现象一样面对社会生活。换言之,若说晚清时"小说写科学"是一种时髦,"五四"时代则更推崇"科学地写小说",至于"写科学",大可交给"科学小品"等非虚构文体。至此,那种对世界的科学的、实证的、理性的现代认知方式已经在文学的方法论层面上获得了真正的深化和实现。

当文学贴近现实、反映人生的呼求得到广泛的响应,"写实"获得了方法和对象的统一——实在地写和写实在的现实时,幻想外星天堂或明

---

① 汪晖:《现代中国思想的兴起》(下卷·第二部),第 1123—1142 页。
② 瞿世英:《小说的研究》,《小说月报》第 13 卷第 7 号(1922 年)。

日大同的"痴人说梦"也就成了奢侈品乃至麻醉剂。

当然,在鲁迅看来,麻醉未必无益。1904年,以女子教育为己任的《女子世界》创刊,首期发表了徐念慈的《情天债》。小说明显模仿了《新中国未来记》,开篇描绘了一个未来的强盛中国和"黄金的亚洲大陆",接下来回首往事,以女主角的噩梦作为缘起。一群人在屋中熟睡,不晓世事,为外人所砍杀,在逃命时,她被人指责:

> "……不是你们开着眼的,唤醒睡的,再靠着何人?你这忍心的贼。看见了他人残杀,你便溜了来,你想可是杀不到你身上了。……你想到了黄金一般的世界上,摆出一付文明的面孔,好使人佩服你。我却要送你到西天去见见佛祖了!"①

如果说,徐念慈曾经想要带领他的女性读者从旧的噩梦前往新的美梦,将近20年后,《女子世界》曾经的供稿人、刚刚出版了第一本小说集并对是否要唤醒铁屋中的昏睡者产生了疑虑的鲁迅,在北京女子高等师范学校里对听众们提出了告诫:"人生最苦痛的是梦醒了无路可以走。做梦的人是幸福的;倘没有看出可走的路,最要紧的是不要去惊醒他。"不过,他紧接着补充道:

> 但是,万不可做将来的梦。阿尔志跋绥夫曾经借了他所做的小说,质问过梦想将来的黄金世界的理想家,因为要造那世界,先唤起许多人们来受苦。他说,"你们将黄金世界预约给他们的子孙了,可是有什么给他们自己呢?"有是有的,就是将来的希望。但代价也太大了,为了这希望,要使人练敏了感觉来更深切地感到自己的苦痛,叫起灵魂来目睹他自己的腐烂的尸骸。惟有说谎和做梦,这些时候便见得伟大。所以我想,假使寻不出路,我们所要的就是梦;但不要将来的梦,只要目前的梦。②

---

① 东海觉我:《情天债》,《女子世界》第1期(癸卯腊月朔日)。和《新中国未来记》一样,这篇小说也有始无终。
② 鲁迅:《娜拉走后怎样》,《鲁迅全集》第1卷,第166、167页。1923年12月26日,鲁迅在北京女子高等师范学校的讲演中说了这番话,演讲内容后来于1924年以"娜拉走后怎样"为题发表在该校的《文艺会刊》和上海的《妇女杂志》上。

也就是说,在人们感到无路可走时,他们需要相信将有美好的未来。但这未来不可太完美、太遥远以至于他们永无抵达的可能,不如给人们一点女性独立这一类切近可盼的梦想。不过,在怀有美梦的同时,还应对现实保持清醒,努力通过争取经济权等行动促成梦想的实现。随着民族危机的日益深重,这一点愈发清楚。1932年,鲁迅再次提醒青年人投身眼前的斗争:

> 我们曾在梁启超所办的《时务报》上,看见了《福尔摩斯包探案》的变幻,又在《新小说》上,看见了焦士威奴(Jules Verne)所做的号称科学小说的《海底旅行》之类的新奇。后来林琴南大译英国哈葛德(H. Rider Haggard)的小说了,我们又看见了伦敦小姐之缠绵和菲洲野蛮之古怪。至于俄国文学,却一点不知道……包探,冒险家,英国姑娘,菲洲野蛮的故事,是只能当醉饱之后,在发胀的身体上搔搔痒的,然而我们的一部分的青年却已经觉得压迫,只有痛楚,他要挣扎,用不着痒痒的抚摩,只在寻切实的指示了。①
>
> 我们常将眼光收得极近,只在自身,或者放得极远,到北极,或到天外,而这两者之间的一圈可是绝不注意的……在中国做人,真非这样不成,不然就活不下去。例如倘使你讲个人主义,或者远而至于宇宙哲学,灵魂灭否,那是不要紧的。但一讲社会问题,可就要出毛病了。……
>
> 在文学上也是如此。倘写所谓身边小说,说苦痛呵,穷呵,我爱女人而女人不爱我呵,那是很妥当的,不会出什么乱子。如要一谈及中国社会,谈及压迫与被压迫,那就不成。不过你如果再远一点,说什么巴黎伦敦,再远些,月界,天边,可又没有危险了。但有一层要注意,俄国谈不得。
>
> …………
>
> 我希望一般人不要只注意在近身的问题,或地球以外的问题,社

---

① 鲁迅:《祝中俄文字之交》,《鲁迅全集》第4卷,第472—473页。

会上实际问题是也要注意些才好。①

同时代的不少作家对此感同身受。1933年,《东方杂志》"新年特大号"在推出"新年的梦想"特刊的同时也在介绍着苏联的革命和建设,与之相配的则是冰冷的提醒:

> 在现在的这种环境中,我连做梦也没有好的梦做,而且我也不能够拿梦来欺骗自己。……那一切所谓中国的古旧文化遮住了我的眼睛,使我看不见中国的未来……(巴金)

> 至于白天做梦,幻想天国降临,既不治自己的肚子饿,更无益于同胞李四或张三。(老舍)

> 对于中国的将来,我从来不作梦想;我只在努力认识现实。梦想是危险的。在这年头儿,存着如何如何梦想的人,若非是冷静到没有气,便难免要自杀。(茅盾)②

鲁迅直截了当地说:"做梦,是自由的,说梦,就不自由。做梦,是做真梦的,说梦,就难免说谎",很多人梦想着理想社会,但"很少有人梦见建设这样社会以前的阶级斗争,白色恐怖,轰炸,虐杀,鼻子里灌辣椒水,电刑……倘不梦见这些,好社会是不会来的,无论怎么写得光明,终究是一个梦,空头的梦,说了出来,也无非教人都进这空头的梦境里面去"。③

除了严酷的现实斗争需要,希望"人各有己"、颂扬过"摩罗诗人"的鲁迅更从根本上质疑"黄金世界":"我疑心将来的黄金世界里,也会有将叛徒处死刑,而大家尚以为是黄金世界的事,其大病根就在人们各各不

---

① 鲁迅:《今春的两种感想》,《鲁迅全集》第7卷,第409—410页。
② 《梦想的中国》,《东方杂志》第30卷第1号(1933年1月1日)。这些"梦想"征集于1932年11月1日至12月5日,共160余件应征稿,来自政府官员、社会知名人士和一般读者。作为应征者之一的巴金,在半个世纪之后,被问及对科幻小说的看法以及早年留学法国时是否读过凡尔纳的作品时答道:自己从事文学创作的时代,"主要是探索人生,生存与解放,与吃人的社会作斗争,因此没有精力过问科学小说"。金涛:《巴金印象》,《岁月遗痕》,北京:学苑出版社,2010年,第78—79页。
③ 鲁迅:《听说梦》,《鲁迅全集》第4卷,第481、482页。

同,不能像印版书似的每本一律。"①因此,"有我所不乐意的在天堂里,我不愿去;有我所不乐意的在地狱里,我不愿去;有我所不乐意的在你们将来的黄金世界里,我不愿去"②。

尽管如此,对未来的信念仍很重要,哪怕他本人极度悲观,但"并不愿将自以为苦的寂寞,再来传染给也如我那年青时候似的正做着好梦的青年",所以"不恤用了曲笔",为小说添加些许亮色。③ 对于已领悟了"绝望之为虚妄,正与希望相同"④的他而言,"未来"在这里也不是晚清小说家们描绘的种种可见美景的"有",而是一团充满生机却混沌的"无",也是一种"鬼",它期待着被召唤,并将在人们的行动中显形。

这个召唤的过程是痛苦的,每一点点的进步,都可能要求巨大的牺牲:"中国太难改变了,即使搬动一张桌子,改装一个火炉,几乎也要血;而且即使有了血,也未必一定能搬动,能改装。"⑤而且也不能苛求每个人都成为战士,所以,最后的希望,就在于解放子女,从自己这里斩断那条锁链:"背着因袭的重担,肩住了黑暗的闸门,放他们到宽阔光明的地方去;此后幸福的度日,合理的做人。"⑥

通过以上分析,我们可以发现,在鲁迅的思想中存在着一个环环相扣的链条,使他的写作不断地深化和丰富。在1908年前后,他已形成了一套成熟的思想,这令他不论在之后的清末,还是接下来的"五四",都能发出与当时的各种"强音"颇不同调的声音,真正以其复杂性代表一个时代的深度。而在他不断变迁、扩大的视野中,"科学小说"自然而然地一步步退出,"未来"也收缩为一个引而不发的维度,这是一种"梦的微积分":只有经过不知多少代人的努力,用不知多少个紧贴"现在"的"微梦想",最后累积出一个真正的美梦。这一"历史中间物"的自觉,成就了鲁迅,也锚定了中国现代文学景观的基本时空坐标。

---

① 鲁迅:《两地书》,《鲁迅全集》第11卷,第20页。
② 鲁迅:《影的告别》,《鲁迅全集》第2卷,第169页。
③ 鲁迅:《呐喊·自序》,《鲁迅全集》第1卷,第439、441—442页。
④ 鲁迅:《希望》,《鲁迅全集》第2卷,第182页。
⑤ 鲁迅:《娜拉走后怎样》,《鲁迅全集》第1卷,第171页。
⑥ 鲁迅:《我们现在怎样做父亲》,《鲁迅全集》第1卷,第135页。

光绪七年(1881)秋,驻德二等参赞徐建寅在柏林游览时向一个机器人卜问未来。① 这个极富象征性的故事,浓缩了中国走向现代的几个最基本议题:西方、科技、未来。清末的小说家们,正是通过对它们的探讨,写下了中国文学史上不曾有过的种种奇想,标示出了一种现代意识。尽管它们叙事粗劣、思想幼稚,却仍然值得尊敬,那对未来的渴望,正是求生意志的表达。

　　但是,"现代",又并不仅仅是一套感觉系统、历史观念、理性精神、时空认知……它更是国体、政体、经济规模、工业体系、科学社团、社会管理、大众动员等方面的物质性实在。就此而言,晚清小说家的现代幻想,虽然不乏可贵的求新求变精神,但终究也只能是起步。

　　就在徐建寅与机器人问答的两周后,周树人降生在这个世界上,他将和许多人一起推动一个新时代的到来。这个时代和晚清共享着一些基本的历史前提和挑战,但对许多问题的态度又有着显著的不同。造成这种不同的关键,是1911年的那场革命。正是辛亥革命的酝酿、爆发、相当程度上的失败以及由此召唤出的继续战斗,令"科学小说"的译者周树人最终变成了文学家鲁迅。汪晖认为:"鲁迅对辛亥革命的批判起源于对这场革命所承诺的秩序变迁的忠诚。"②而我们可以笼统地说,鲁迅对"科学小说"的热情和放弃,是一种"继承"和"否定"的辩证法。

　　但话说回来,"五四"对"晚清"究竟是"继承""转化"还是"压抑""否定",两者究竟谁更"现代",其实都只能是后来者以自己的立场所做的评判。比这样的争论更重要的,也许是让历史能够在我们的提问中敞开它的复杂面向,并尽可能保留它的具体性,因为筑就它的本就是一个个血肉之躯。除了他们的生与死,别无历史。

　　然后,我们就能看到那个鲜明的差异:在严峻的"现在"与久远的"未

---

① 据说,机器人能够回答人们写在它手上的问题。徐建寅询问自己何时归国,得到的答复是:冬间。奇妙的是,预言竟成真,这令徐震惊。徐建寅:《欧游杂录》,何守真校点,长沙:湖南人民出版社,1980年,第133页。

② 汪晖:《阿Q生命中的六个瞬间》,第82页。

来"之间,横亘着一段"时间黑洞",在寒夜中忧伤的晚清梦想家们,曾渴望穿越它抵达"黄金世界",感受那永世光照的温暖。但是,这个穿越黑洞的过程却常付之阙如。我们该用什么做它的填充物呢?鲁迅说,那就是我们自己。

但黑洞如此幽冷,看似漫无尽头。如果这里没有"追魂砂",没有"鉰灯",没有大士和天才,我们该如何驱散寒夜呢?鲁迅说:

此后如竟没有炬火:我便是唯一的光。[①]

[①] 鲁迅:《随感录·四十一》,《鲁迅全集》第1卷,第341页。

参考文献

小说与资料汇编：

阿英,编.庚子事变文学集.北京:中华书局,1959(1962年第2次印刷).

碧荷馆主人.新纪元.贺圣遂,校点.//中国近代小说大系.南昌:江西人民出版社,1989.

毕拉宓.百年一觉.李提摩太,译.上海:广学会,1894.

Camille Flammarion. The Last Days of the Earth. *The Contemporary Review*, April 1891:558-569.

曹雪芹,高鹗.红楼梦(三家评本).上海:上海古籍出版社,1988.

曹雪芹,原著.程伟元,高鹗,整理.张俊,沈治均,评批.新批校注红楼梦.北京:商务印书馆,2013.

陈大康.中国近代小说编年史.北京:人民文学出版社,2014.

陈平原,夏晓虹,编.二十世纪中国小说理论资料(第一卷).北京:北京大学出版社,1997.

德富健次郎.世界の末日.//近世欧米歴史之片影.東京:民友社,明治二十六年(1893).

东海觉我,译.海外天.常熟:海虞图书馆,1903.

Edward Bellamy. *Looking Backward: 2000-1887.* New York: Viking Penguin Inc., 1982.

高士其,郑文光,主编.科学文艺作品选.北京:人民文学出版社,1980.

宮地竹峰,譯補.米國作家短篇小說集.東京:內外出版協會,明治四十二年(1909).

海风,主编.吴趼人全集.哈尔滨:北方文艺出版社,1998.

海天独啸子.女娲石.美志,校点.//董文成,李勤学,主编.中国近代珍稀本小说

（叁），沈阳：春风文艺出版社，1997.

洪炳文.洪炳文集.沈不沉，编.上海：上海社会科学院出版社，2004.

荒江钓叟.月球殖民地小说.谈蓓芳，校点.//中国近代小说大系.南昌：江西人民出版社，1989.

李汝珍.镜花缘.成都：巴蜀书社，2017.

陆士谔.新孽海花.晓式，点校整理.北京：中国文联出版公司，1989.

陆士谔.新野叟曝言.上海：亚华书局，1928.

陆士谔.新中国.//黄霖，校注.世博梦幻三部曲.上海：东方出版中心，2010.

旅生.痴人说梦记.晏海林，校点.//中国近代小说大系.南昌：江西人民出版社，1989.

苗怀明，整理.王伯沆批校《红楼梦》.南京：南京大学出版社，2010.

儒勒·凡尔纳.征服者罗比尔.何友齐，陶涤，译.北京：中国青年出版社，1985.

森田文藏譯述.鐵世界.東京：集成社，明治廿年（1887）.

魏绍昌，编.吴趼人研究资料.上海：上海古籍出版社，1980.

吴趼人.新石头记//黄霖，校注.世博梦幻三部曲.上海：东方出版中心，2010.

吴组缃，端木蕻良，时萌，主编.中国近代文学大系1840—1919·第2集·第6卷·小说集四.上海：上海书店出版社，1992.

新法螺.上海：小说林社，1905.

亚东破佛.双灵魂.陈广宏，校点.//中国近代小说大系.南昌：百花洲文艺出版社，1996.

曾朴.孽海花.济南：齐鲁书社，1998.

曾朴，徐念慈，编纂.博物大辞典.丁祖荫，审定.上海：宏文馆，1907.

支那自愤子.同胞受虐记.//阿英，编.反美华工禁约文学集.北京：中华书局，1960.

著作：

阿尔图罗·卡斯蒂廖尼.医学史.程之范，甄橙，主译.上海：译林出版社，2014.

阿英.阿英全集.合肥：安徽教育出版社，2003.

阿英，编.晚清小说史.上海：商务印书馆，1937.

阿英.小说闲谈.上海：古典文学出版社，1958.

阿英.小说闲谈.上海：良友图书印刷公司，1936.

安德鲁·琼斯.发展的童话：鲁迅、爱罗先珂和现代中国儿童文学.//徐兰君，安德鲁·琼斯，主编.儿童的发现：现代中国文学及文化中的儿童问题.北京：北京大学出版社,2011.

坂元弘子.谭嗣同的《仁学》和乌特亨利的《治心免病法》.中国哲学编辑部,编.中国哲学(第十三辑).北京:人民出版社,1985.

包天笑.钏影楼回忆录.北京:中国大百科全书出版社,2009.

卜立德.凡尔纳、科幻小说及其他.//王宏志,编.翻译与创作——中国近代翻译小说论.北京:北京大学出版社,2000.

蔡尚思,方行,编.谭嗣同全集(增订本).北京:中华书局,1981.

长山靖生.日本科幻小说史话——从幕府末期到战后.王宝田,等,译.南京:南京大学出版社,2012.

车文博.车文博文集.北京:首都师范大学出版社,2010.

陈大齐.迷信与心理.北京:北京大学,1922(再版).

陈大齐.心理学大纲.上海:商务印书馆,1926(第11版).

陈鼓应,注译.庄子今注今译(最新修订重排本).北京:中华书局,2009(第2版).

陈平原.中国现代小说的起点.北京:北京大学出版社,2010.

陈平原,夏晓虹,编注.图像晚清:《点石斋画报》.天津:百花文艺出版社,2006.

戴玄之.义和团研究.北京:北京大学出版社,2010.

丁韪良.格物入门(卷四).京都同文馆存板,戊辰仲春镌(1868).

丁韪良.性学举隅.上海广学会藏版,美华书馆摆印,1898.

丁文江,赵丰田,编.梁启超年谱长编.上海:上海人民出版社,2009.

東京電氣治療法研究會編輯部.《自用電氣療法新編》.東京:東京電氣治療法研究會,明治四十一年(1908).

董亚巍.古代"透光镜"产生"透光"的原理及其复制研究.//全国第七届民间收藏文化高层(湖北荆州)论坛文集,荆州:湖北省科学技术协会,2007.

恩斯特·海克尔.宇宙之谜(中文珍藏版).苑建华,译.西安:陕西人民出版社,2006(第2版).

范烟桥.中国小说史.苏州:苏州秋叶社,1927.

冯自由.冯自由回忆录.北京:东方出版社,2011.

Feng-Ying Ming. "Baoyu in Wonderland: Technological Utopia in the Early Modern Chinese Science Fiction Novel".//Yingjin Zhang. *China in a Polycentric World: Essays in Chinese Comparative Literature*. Stanford: Stanford University Press, 1998.

Frank Dikötter. *Exotic Commodities: Modern Objects and Everyday Life in China*. New York: Columbia University Press, 2007.

傅兰雅.主编.格致汇编:李俨藏本.南京:凤凰出版社,2016.

高汉成,主编.《大清新刑律》立法资料汇编.北京:社会科学文献出版社,2013.

高觉敷,主编.西方近代心理学史(第2版).北京:人民教育出版社,2001.

高觉敷,主编.中国心理学史(第2版).北京:人民教育出版社,2005.

高名凯,刘正埮.现代汉语外来词研究.北京:文字改革出版社,1958.

高平叔,编.蔡元培全集(第1卷).北京:中华书局,1984.

高平叔,编.蔡元培全集(第6卷).北京:中华书局,1988.

格非.雪隐鹭鸶——《金瓶梅》的声色与虚无.南京:译林出版社,2014.

葛元煦.沪游杂记.郑祖安,标点.上海:上海书店出版社,2006.

葛兆光.中国思想史(三卷本)(第2版).上海:复旦大学出版社,2013(2016重印).

国家图书馆善本部,编.赵凤昌藏札(第10册).北京:国家图书馆出版社,2009.

韩南.中国近代小说的兴起(增订本).徐侠,译.上海:上海教育出版社,2010.

汉语大辞典编纂处,整理.康熙字典(标点整理本).上海:汉语大辞典出版社,2002.

何绍斌.越界与想象:晚清新教传教士译介史论.上海:上海三联书店,2008.

赫胥黎,著,严复,译著.李珍,评注.天演论.北京:华夏出版社,2002.

Henry Wood. *Ideal Suggestion Through Mental Photograph*, Sixth Edition. Boston: Lee and Shepard Publishers, 1893.

湖北教育部,编辑.师范讲义(第1册).汉口:昌明公司,光绪三十二年(第三版)(1906).

胡全章.传统与现实之间的探询:吴趼人小说研究.开封:河南大学出版社,2006.

胡全章.晚清小说与文学转型.北京:中国社会科学出版社,2012.

黄河清,编著.近现代辞源.上海:上海辞书出版社,2010.

黄克武.民国初年上海的灵学研究——以"上海灵学会"为例.//姜进,编.都市文化中的现代中国.上海:华东师范大学出版社,2007.

加德纳·墨菲,约瑟夫·柯瓦奇.近代心理学历史导引.林方,王景和,译.上海:商务印书馆,1980.

江吞,韦侗.催眠学精理.上海:作新社,1906(再版).

姜小凌.明治与晚清小说转译中的文化反思——从《新闻卖子》(菊池幽芳)到《电术奇谈》(吴趼人).//陶东风,金元浦,高丙中,主编.文化研究(第5辑).桂林:广西师范大学出版社,2005.

蒋维乔.蒋维乔日记.北京:中华书局,2014.

蒋竹庄.太炎先生轶事.//陈平原,杜玲玲,编.追忆章太炎(增订本).北京:生活·读书·新知三联书店,2009.

金观涛,刘青峰.观念史研究:中国现代重要政治术语的形成.北京:法律出版社,2009.

金涛.岁月遗痕.北京:学苑出版社,2010.

井上圆了.妖怪学讲义.蔡元培,译.//高平叔,编.蔡元培全集(第1卷).北京:中华书局,1984.

康有为.康有为全集.姜义华,张荣华,编校.北京:中国人民大学出版社,2007.

孔飞力.叫魂:1768年中国妖术大恐慌.陈兼,刘昶,译.北京:生活·读书·新知三联书店,2012.

会稽山人.催眠术讲义.上海:商务印书馆,1916.

拉·梅特里.人是机器.顾寿观,译.王太庆,校.北京:商务印书馆,1959.

赖永海,主编.维摩诘经.高永旺,张仲娟,译注.北京:中华书局,2016.

李敖.中国历史演义总说.//李敖大全集(第28卷).北京:中国友谊出版公司,2010.

李孝光.五峰集.景印文渊阁四库全书(第1215册).台北:商务印书馆,1986.

李新,主编.中华民国史·第一卷(1894—1912)(上).北京:中华书局,2011.

李贻燕.纪念黄克强先生.//杜元载,主编.黄克强先生纪念集.台北:文物供应社,1973.

李肇.唐国史补.北京:中华书局.1991.

利玛窦.乾坤体义.景印文渊阁四库全书(第787册).台北:商务印书馆,1986.

《林超地理学论文选》编委会,编.林超地理学论文选.北京:北京大学出版社,1993.

林传甲.中国文学史.南昌:江西教育出版社,2018.

林健群,主编.在"经典"与"人类"的旁边:台湾科幻论文精选.福州:福建少年儿童出版社,2006.

林乐知,主编.万国公报.台北:华文书局股份有限公司,1968.

刘纪蕙.心之拓朴:1895事件后的伦理重构.台北:行人文化实验室,2011.

刘家林.中国新闻史.武汉:武汉大学出版社,2012.

刘师培.刘师培史学论著选集.邬国义,吴修艺,编校.上海:上海古籍出版社,2006.

刘师培,著,邓实,参校.中国地理教科书.上海:国学保存会,1905.

刘熙.释名.北京:中华书局,2016.

柳弃疾.孙竹丹传.//胡朴安,选录.沈锡麟,毕素娟,校注.南社丛选.北京:解放军文艺出版社,2000.

柳亚子.柳亚子自述.北京:群言出版社,2014.

鲁迅.鲁迅全集.北京:人民文学出版社,2005.

陆士井,主编.中国公路运输史(第1册).北京:人民交通出版社,1990.

路遥,主编.义和团运动文献资料汇编.济南:山东大学出版社,2012.

栾伟平.小说林社研究.新北:花木兰文化出版社,2014.

罗伯特·达恩顿.催眠术与法国启蒙运动的终结.周小进,译,上海:华东师范大学出版社,2010.

羅布存德,原著.井上哲次郎,訂増.訂増英華字典.東京:藤本氏藏版,1884.

罗存德.英华字典.香港:每日新闻社.1866-1869.

罗志田.裂变中的传承——20世纪前期的中国文化与学术.北京:中华书局,2009.

冥飞,等.古今小说评林.上海:民权出版部,1919.

Nathaniel Isaacson. Celestial Empire: The Emergence of Chinese Science Fiction. Middletown: Wesleyan University Press, 2017.

欧阳健.晚清小说史.杭州:浙江古籍出版社,1997.

欧阳健.中国神怪小说通史.南京:江苏教育出版社,1997.

欧阳予倩.欧阳予倩全集(第6卷).上海:上海文艺出版社,1990.

欧阳哲生,编.胡适文集.北京:北京大学出版社,1998.

帕尔塔·查特吉.民族主义思想与殖民地世界:一种衍生的话语?.范慕尤,杨曦,译,南京:译林出版社,2007.

钱理群.钱理群讲学录.桂林:广西师范大学出版社,2007.

钱理群.与鲁迅相遇.北京:生活·读书·新知三联书店,2003.

钱穆.八十忆双亲 师友杂忆.北京:生活·读书·新知三联书店,2005.

清实录(第58册).北京:中华书局,1987.

饶怀民.中国近代史事论丛.长沙:岳麓书社,2011.

任达.新政革命与日本.李仲贤,译.南京:江苏人民出版社,2010.

阮元.揅经室集(下册).邓经元,点校.北京:中华书局,1993.

桑兵.清末新知识界的社团与活动.北京:生活·读书·新知三联书店,1995.

山田敬三.鲁迅——无意识的存在主义.秦刚,译.北京:北京大学出版社,2012.

单正平.晚清民族主义与文学转型.北京:人民出版社,2006.

上海图书馆,编.近代中文第一报《申报》.上海:上海科学技术文献出版社,2013.

《上海质量技术监督志》编纂委员会,编.上海质量技术监督志.上海:上海社会科学院出版社,2003.

沈括.梦溪笔谈.上海:上海书店出版社,2009.

实藤惠秀.中国人留学日本史.谭汝谦,林启彦,译.北京:生活·读书·新知三联书店,1983.

史砥尔,著.最新中学教科书·生理学.谢洪赉,译.上海:商务印书馆,1907.

宋教仁.宋教仁日记.刘泱泱,整理.北京:中华书局,2014.

苏舆,编.翼教丛编.上海:上海书店出版社,2002.

孙楷第.中国通俗小说书目(外二种).北京:中华书局,2018.

谭嗣同.仁学.吴海兰,评注.北京:华夏出版社,2002.

汤志钧,编.陶成章集.北京:中华书局,1986.

汤志钧,编.章太炎年谱长编(增订本).北京:中华书局,2013.

汤志钧,汤仁泽,编.梁启超全集.北京:中国人民大学出版社,2018.

Theodore Huters. *Bringing the World Home: Appropriating the West in Late Qing and Early Republican China*. Honolulu：University of Hawaii Press，2005.

梯利,著,伍德,增补.西方哲学史(增补修订版).葛力,译.北京:商务印书馆,2012.

万仁元,方庆秋,编.蒋介石年谱初稿.北京:档案出版社,1992.

汪晖.阿Q生命中的六个瞬间.上海:华东师范大学出版社,2014.

汪晖.现代中国思想的兴起.北京:生活·读书·新知三联书店,2008.

王德强,编.催眠术汇编.北京:北京燕山出版社,1990.

王德威.被压抑的现代性——晚清小说新论.宋伟杰,译.北京:北京大学出版社,2005.

王刚.晚清民初"小说界革命"与吕思勉文学活动考论.//华东师范大学思勉人文高等研究院,编.问学(第1辑).北京:生活·读书·新知三联书店,2015.

王鸿生,编著.世界科学技术史(第3版).北京:中国人民大学出版社,2008.

王栻,主编.严复集(第3册).北京:中华书局,1986.

王文兵.丁韪良与中国.北京:外语教学与研究出版社,2008.

王扬宗,编校.近代科学在中国的传播——文献与史料选编.济南:山东教育出版社,2009.

王之春.王之春集(二).赵春晨,曾主陶,岑生平,点校.长沙:岳麓书社,2010.

威廉·哈维.心血运动论.田洺,译.武汉:武汉出版社,1992.

韦明铧,点评.扬州旧闻.苏州:古吴轩出版社,2003.

文化部文物局,主编.中国博物馆学概论.北京:文物出版社,1985.

《文史资料选辑》编辑部,编.文史资料精选(第2册).北京:中国文史出版社,1990.

乌特亨利.治心免病法.傅兰雅,译,龚昊,乌媛,校注.广州:南方日报出版社,2018.

吴均,撰.续齐谐记.王根林,校点.//拾遗记(外三种).上海:上海古籍出版社,2012.

吴克岐,辑.忏玉楼丛书提要.北京:北京图书馆出版社,2002.

吴汝纶.吴汝纶全集.施培毅,徐寿凯,校点.合肥:黄山书社,2002.

吴岩,主编.贾宝玉坐潜水艇:中国早期科幻研究精选.福州:福建少年儿童出版社,2006.

吴岩.科幻六讲.南宁:接力出版社,2013.

吴岩,主编.科幻文学理论和学科体系建设.重庆:重庆出版社,2008.

吴岩.科幻文学论纲.重庆:重庆出版社,2011.

吴义雄.在华英文报刊与近代早期的中西关系.北京:社会科学文献出版社,2012.

武田雅哉.飞翔吧!大清帝国:近代中国的幻想与科学.任钧华,译.北京:北京联合出版公司,2013.

武田雅哉.桃源乡的机械学.任钧华,译.台北:远流出版事业股份有限公司,2011.

习斌.晚清稀见小说鉴藏录.上海:上海远东出版社,2013.

狭间直树,编.梁启超·明治日本·西方(修订版).北京:社会科学文献出版社,2012.

夏晓虹.觉世与传世——梁启超的文学道路.北京:中华书局,2006.

夏晓虹.燕园学文录.上海:复旦大学出版社,2011.

夏晓虹.阅读梁启超.北京:生活·读书·新知三联书店,2006.

夏志清.人的文学.沈阳:辽宁教育出版社,1998.

萧公权.近代中国与新世界:康有为变法与大同思想研究.南京:江苏人民出版社,2007.

谢弗.谭嗣同思想中的自然哲学、物理学与形而上学——关于"气"与"以太"的概念.//郎宓榭,阿梅龙,顾有信,编著.赵兴胜,等,译.新词语新概念:西学译介与晚清汉语词汇之变迁.济南:山东画报出版社,2012.

谢洪赉,编辑.最新中学教科书·瀛寰全志.奚若,校勘.上海:商务印书馆,1906(第8版).

信夫清三郎. 日本政治史(第3卷). 吕万和,熊达云,张健,译. 上海:上海译文出版社,1988.

熊月之. 西学东渐与晚清社会(修订版). 北京:中国人民大学出版社,2011.

徐光启. 新法算书. 景印文渊阁四库全书(第788册). 台北:商务印书馆,1986.

徐建寅. 欧游杂录. 何守真,校点. 长沙:湖南人民出版社,1980.

徐珂,编撰. 清稗类钞(第4册). 北京:中华书局,1984.

徐珂,编撰. 清稗类钞(第10册). 北京:中华书局,1986.

徐念慈,著述. 丁祖荫,曾朴,审订. 中国历史讲义. 上海:宏文馆,1908.

徐兆玮. 徐兆玮日记. 李向东,包岐峰,苏醒,等,标点. 合肥:黄山书社,2013.

薛福成. 薛福成日记. 蔡少卿,整理. 长春:吉林文史出版社,2004.

学部审定科,编辑. 化学语汇. 上海:商务印书馆,1908.

亚当·罗伯茨. 科幻小说史. 马小悟,译. 北京:北京大学出版社,2010.

颜惠庆,等. 编辑. 英华大词典(*An English and Chinese Standard Dictionary*). 上海:商务印书馆,1908.

阎书昌. 中国近代心理学史(1872—1949). 上海:上海教育出版社,2015.

杨国强. 晚清的士人与世相. 北京:生活·读书·新知三联书店,2008.

杨联芬. 晚清至五四:中国文学现代性的发生. 北京:北京大学出版社,2003.

杨世骥. 文苑谈往. 北京:中华书局,1945.

杨渭生. 辛亥革命在浙江. 杭州:浙江人民出版社,1984.

杨扬. 商务印书馆:民间出版业的兴衰. 上海:上海教育出版社,2000.

叶永烈. 论科学文艺. 北京:科学普及出版社,1980.

叶永烈. 是是非非"灰姑娘". 福州:福建人民出版社,2000.

1897—1987 商务印书馆九十年:我和商务印书馆. 北京:商务印书馆,1987.

1897—1992 商务印书馆九十五年:我和商务印书馆. 北京:商务印书馆,1992.

因是子. 因是子静坐法　因是子静坐法续　冈田式静坐法. 太原:山西科学技术出版社,2011.

苑书义,孙华峰,李秉新,主编. 张之洞全集(第3册). 石家庄:河北人民出版社,1998.

詹姆斯. 宗教经验种种. 尚新建,译. 北京:华夏出版社,2012.

詹姆斯·冈恩. 交错的世界:世界科幻图史. 姜倩,译. 上海:上海人民出版社,2020.

湛晓白. 时间的社会文化史:近代中国时间制度与观念变迁研究. 北京:社会科学文

献出版社,2013.

张邦彦. 精神的复调:近代中国的催眠术与大众科学. 新北:联经出版事业股份有限公司,2020.

张大义. 同盟会云南分部之成立及其活动.//丘权政,杜春和,选编. 辛亥革命史料选辑(上). 长沙:湖南人民出版社,1981.

张灏. 梁启超与中国思想的过渡(1890—1907). 崔志海,葛夫平,译. 北京:中央编译出版社,2016.

张灏. 烈士精神与批判意识:谭嗣同思想的分析. 崔志海,葛夫平,译. 北京:中央编译出版社,2016.

张嘉森,蓝公武,编. 梁任公先生演说集(第1辑). 北京:正蒙印书局,1912.

张立鸿,黄绍滨,编著. 灵子术秘传. 南宁:广西科学技术出版社,1993.

《张謇全集》编纂委员会,编. 张謇全集. 上海:上海辞书出版社,2012.

张守春. 催眠术传入中国考.//徐鼎铭. 催眠秘笈. 太原:山西科学技术出版社,2016.

章太炎. 章太炎全集(第3册). 上海:上海人民出版社,1984.

章太炎. 章太炎全集(第4册). 上海:上海人民出版社,1985.

张昭军,孙燕京,主编. 中国近代文化史. 北京:中华书局,2018.

赵树贵,曾丽雅,编. 陈炽集. 北京:中华书局,1997.

郑逸梅. 世说人语. 哈尔滨:北方文艺出版社,2009.

中国大百科全书出版社《简明不列颠百科全书》编辑部,译编. 简明不列颠百科全书(4),北京:中国大百科全书出版社,1985.

《中国大百科全书》总编辑委员会,编. 中国大百科全书(第二版). 北京:中国大百科全书出版社,2009.

《中国大百科全书》总编辑委员会《中国文学》编辑委员会,编. 中国大百科全书·中国文学Ⅰ. 北京:中国大百科全书出版社,1986.

中国历史博物馆,编. 郑孝胥日记(第3册). 劳祖德,整理. 北京:中华书局,1993.

中国史学会,主编. 中国近代史资料丛刊·辛亥革命3. 上海:上海人民出版社,1957.

中华书局编辑部,编. 孙宝瑄日记. 童杨,校订. 北京:中华书局,2015.

中华续行委办会调查特委会,编. 1901—1920年中国基督教调查资料(修订). 蔡詠春,等译. 北京:中国社会科学出版社,1987.

周欣平,主编. 清末时新小说集. 上海:上海古籍出版社,2011.

周作人.周作人散文全集.钟叔河,编订.桂林:广西师范大学出版社,2009.

邹振环.20世纪上海翻译出版与文化变迁.南宁:广西教育出版社,2000.

邹振环.影响中国近代社会的一百种译作.北京:中国对外翻译出版公司,1996.

期刊论文:

安德鲁·琼斯.狼的传人:鲁迅·自然史·叙事形式.王敦,李之华,译.鲁迅研究月刊,2012,(6):31-48.

安德鲁·琼斯.鲁迅及其晚清进化模式的历险小说.王敦,李之华,译.现代中文学刊,2012,(2):10-27.

安德鲁·琼斯.进化论话语对中国现代文学本土叙事的介入.王敦,郑怡人,译.学术研究,2013,(12):150-158.

曹南屏.清末科举改制后的科举考试与新学传播.学术月刊,2013,(7):146-157.

陈大康.论傅兰雅之"求著时新小说".华东师范大学学报:哲学社会科学版,2013,(3):1-14.

陈梦熊.知堂老人谈《哀尘》《造人术》的三封信.鲁迅研究动态,1986,(12):39-42.

陈平原.从科普读物到科学小说——以"飞车"为中心的考察.中国文化,1996,(13):114-131.

陈自良,梅乔生.催眠术的发展与沿革.国外医学:社会医学分册,2003,20(3):120-123.

慈云双,伍大福.《中国文学家大辞典·近代卷》"李涵秋"条辨正及其他.明清小说研究,2007,(1):201-207.

范伯群.《催醒术》:1909年发表的"狂人日记"——兼谈"名报人"陈景韩在早期启蒙时段的文学成就.江苏大学学报:社会科学版,2004,(5):1-8.

葛涛.照相与确立自我对象化之间的社会关联——以近代中国个人照与集体照为中心.学术月刊,2013,(6):165-172.

工藤贵正.鲁迅早期三部译作的翻译意图.赵静,译.鲁迅研究月刊,1995,(1):38-43.

郭建中.关于SCIENCE FICTION的翻译问题.上海科技翻译,2004,(2):52.

洪九来.清末民初商务印书馆产业环境中的"日本"符号.湖北大学学报:哲学社会科学版,2009,36(6):96-100.

胡志德,风笠."把世界带回家"——关于中国近代文学与文化的访谈.现代中文学刊,2010,(4):4-10.

黄锦珠.一部创新的"拟旧小说"——论吴沃尧《新石头记》.台北师院学报,1994,(7):479-532.

江天岳,贾浩.侵华英军使用所谓"毒气炮"考.江淮论坛,2014,(1):153-158.

金艳.张謇博物馆思想中的国家观念和公共意识.中国博物馆,2006,(4):86-91.

Jing Jiang. From the Technique for Creating Humans to the Art of Reprogramming Hearts: Scientists, Writers, and the Genesis of China's Modern Literary Vision. *Cultural Critique*. Winter 2012,(80):131-149.

凯文·J.特雷塞.电刺激取代药物.陈彬,译.环球科学,2015,(4):24-29.

李广益."黄种"与晚清中国的乌托邦想象.中国现代文学研究丛刊,2014,(3):13-28.

李锐.青年毛泽东的思想方向.历史研究,1979,(1):33-51.

李文倩,陈辉.晚清启蒙者的焦虑性生存——《催醒术》的叙述学解读.明清小说研究,2007,(4):189-196.

李欣.中国灵学活动中的催眠术.自然科学史研究,2009,(1):12-23.

李艳丽.清末科学小说与世纪末思潮——以两篇《世界末日记》为例.社会科学,2009,(2):157-167.

李永胜.戊戌后康梁谋刺慈禧太后新考——以梁铁君案为中心.北京大学学报:哲学社会科学版,2001,38(4):110-118.

刘德隆.晚清知识分子心态的写照——《新纪元》平议.明清小说研究,1994,(2):92-98.

刘禾.鲁迅生命观中的科学与宗教(下)——从《造人术》到《祝福》的思想轨迹.孟庆澍,译.鲁迅研究月刊,2011,(4):4-14.

刘正刚,曾繁花.晚清自行车推广中的传媒导向.中华文化论坛,2012,(5):58-64.

鲁兵.灵魂出窍的文学.中国青年报.1979-08-14(4).

栾伟平.《瓻庵漫笔》作者考.中国现代文学研究丛刊,2013,(1):197-203.

栾伟平.夏曾佑、张元济与商务印书馆的小说因缘拾遗——《绣像小说》创办前后张元济致夏曾佑信札八封.中国现代文学研究丛刊,2014,(1):190-196.

罗志田.清季保存国粹的朝野努力及其观念异同.近代史研究,2001,(2):28-100.

孟悦.反译现代符号系统:早期商务印书馆的编译、考证学与文化政治.李广益,译.清华大学学报:哲学社会科学版,2008,23(6):5-21.

穆蕴秋,江晓原.19世纪的科学、幻想与骗局——1835年"月亮骗局"之科学史解读.上海交通大学学报:哲学社会科学版,2011,19(5):76-81.

倪强.同盟会云南分会主盟杨大铸.云南政协报,2011-11-11(6).

钱茂竹.陶成章烈士生平史实访问录.绍兴师专学报:社会科学版,1981,(1):50-56.

沙伦·麦克唐纳.博物馆:民族、后民族和跨文化认同.尹庆红,译.马克思主义美学研究,2010,(2):72-90.

施爱东.拿破仑睡狮论:一则层累造成的民族寓言.民族艺术,2010,(3):6-16.

石川祯浩.晚清"睡狮"形象探源.中山大学学报:社会科学版,2009,49(5):87-96.

孙隆基.清季民族主义与黄帝崇拜之发明.历史研究,2000,(3):68-79.

唐宏峰.可见的主体.中国图书评论,2011,(6):81-84.

唐宏峰.可见性与现代性——视觉文化研究批判.文艺研究,2013,(10):77-87.

万嘉宁.我国清朝出版的一些心理学书籍.心理学报,1987,(1):109-112.

汪晖.世纪的诞生——20世纪中国的历史位置(之一).开放时代,2017,(4):11-54.

王川.西洋望远镜与阮元望月歌.学术研究,2000,(4):82-90.

王民,邓绍根.《万国公报》与X射线知识的传播.中国科技史料,2001,22(3):234-237.

吴方正.二十世纪初中国医疗广告图像与身体描绘.艺术学研究,2009,(4):87-151.

吴岩.始于1902——中国科幻考.艺术界,2013,(8):99-105.

狭间直树.谭嗣同《仁学》的出版与梁启超.国外社会科学,2006,(5):105-106.

夏晓虹.吴趼人与梁启超关系钩沉.安徽师范大学学报:人文社会科学版,2002,30(6):636-640.

谢仁敏.《女子世界》出版时间考辨——兼及周氏兄弟早期部分作品的出版时间.鲁迅研究月刊,2013,(1):82-85.

谢振声.谁最早在我国介绍镭元素.中国科技史料,1988,9(1):92-93.

辛芃.灵学研究的科学牌价.科学与无神论,2000,(3):46-48.

杨志刚.博物馆与中国近代以来公共意识的拓展.复旦学报:社会科学版,1999,(3):54-60.

于润琦.《新小说》与清末的"政治小说".明清小说研究,2004,(4):108-120.

张耀杰.黄兴的保皇与革命.社会科学论坛,2013,(3):146-166.

张治.晚清科学小说刍议:对文学作品及其思想背景与知识视野的考察.科学文化评论,2009,6(5):69-96.

张仲民.晚清出版的生理卫生书籍及其读者.史林,2008,(4):20-36.

赵毅衡.二十世纪中国的未来小说.二十一世纪(双月刊),1999年12月号:103-112.

赵毅衡.中国的未来小说.花城,2000,(1):194-207.

中村忠行.《新中国未来记》论考——日本文艺对中国文艺学的影响之一例.胡天民,译.明清小说研究,1994,(2):99-110.

钟年.论中国近现代学术中的心理学.华中师范大学学报:人文社会科学版,2008,(1):100-104.

周爱保,王志丹.认知神经科学视角的催眠研究述评.心理科学进展,2011,(4):537-544.

周鑫宇.中国对日国际舆论斗争评析.国际问题研究,2014,(3):37-47.

邹振环.《四裔编年表》与晚清中西时间观念的交融.近代史研究,2008,(5):89-97.

硕博论文:

林健群.赛先生来之前——晚清科学小说中的科学谱系(博士学位论文).新竹:清华大学中国文学系,2013.

林健群.晚清科幻小说研究(1904—1911)(硕士学位论文).嘉义:中正大学中国文学研究所,1998.

任冬梅.梦想中国——晚清至民国社会幻想小说中"中国形象"的变化(博士学位论文).北京:北京师范大学文学院,2013.

近现代中文报刊:

《晨报副镌》

《大公报》(天津)

《大陆》(上海)

《大同报》

《当代文艺》

《东方杂志》

《格致汇编》

《格致新报》

《广益丛报》

《国粹学报》

《国风报》
《国民日日报汇编》
《抗战》(汉口)
《灵学丛志》
《鹭江报》
《民报》
《民宪》
《南洋官报》
《农学报》
《女子世界》
《启蒙画报》
《清议报》
《商务报》(北京)
《申报》
《时报》
《时务报》
《顺天时报》
《通问报：耶稣教家庭新闻》
《通学报》
《万国公报》
《湘报》
《小说林》
《小说时报》
《小说月报》
《新民丛报》
《新青年》
《新小说》
《绣像小说》
《选报》
《医学新报》
《医药学报》
《译书公会报》

《庸言》

《月月小说》

《浙江潮》

《政艺通报》

《知新报》

《中西医学报》

近代英文报刊：

The Chinese Recorder and Missionary Journal（1868-1912）（上海）

The Chinese Repository（1832-1851）（广州）

The North-China Herald（1850-1867）（上海）

The North-China Herald and Supreme Court & Consular Gazette（1870-1941）（上海）

数据库：

爱如生《点石斋画报》数据库

爱如生《申报》数据库

北京大学晚清民国旧报刊

北京师范大学馆藏解放前师范学校及中小学教科书全文库

北京师范大学馆藏中文珍稀期刊题录库

CADAL 大学数字图书馆国际合作计划

大成故纸堆数据库

《大公报》(1902—1949) 数据库

国家哲学社会科学学术期刊数据库

瀚堂典藏

瀚堂近代报刊

瀚文民国书库数据库

近代史数位资料库（MHDB）(台湾"中研院")

近现代人物资讯整合系统（台湾"中研院"）

ProQuest Historical Newspapers: Chinese Newspapers Collection（1832-1953）

日本国立国会图书馆网站

上海市图书馆全国报刊索引数据库

四部丛刊

台湾博硕士论文知识加值系统
文渊阁四库全书
中国基本古籍库全文网络版
中国近代报纸全文数据库(台湾得泓)

后　记

  1997 年的一个下午，我和邻居家的小伙伴来到邮局，寻找一本名叫《少男少女》的杂志。我们的初中语文老师说，这个杂志能够增长见识，提高作文写作水平。杂志的形式颇有新意：少男部分与少女部分各占半期，颠倒装订。我确实从上面读到过不少有趣的内容，包括外国科学家发现人可以每 4 个小时睡 15 分钟，由此极大压缩睡眠时间的奇谈怪论。不过，我在邮局被另一本画风迥异的《科幻世界》吸引了。虽然我零零散散地读过一些科幻小说，但是不知道还有专门登载这种故事的期刊。读了王晋康的《生死平衡》之后，我决定订阅这本杂志。从此，一个波澜壮阔、瑰丽璀璨的时空定期开启，映衬出现实的单调贫乏。每个月，我都盼望着某天爸爸下班回来后递给我寄到他单位的《科幻世界》和《童话大王》，那种喜悦和幸福，在今天这个人们每天都在收包裹的时代很难再有了。

  成为自觉的科幻迷，彻底改变了我的人生轨迹。在此之前，我已经有了作家梦。在此之后的很长时间里，我不敢想象自己写得了科幻。高中时，受"新概念作文大赛"的刺激，我终于决定要像一个作家那样坚持写作了。虽然课业繁重，我每天还是要写上一段青春故事才能心满意足。那种不可遏制的创作冲动以及对自己所写的文字毫无来由的自信，一直延续到了大学时代。

  从小镇来到首都，我进入了近乎无限的开阔天地。随处可见的报刊亭摆放着令人眼花缭乱的杂志，我却一头扎入了图书馆里的文学经典中。那几年写了几篇自己还挺满意的小说，但每次投稿都杳无音信，只有《北京文学》的编辑老师好心地回了一封手写的退稿信，鼓励我继续写作。

偶然地,我看到一张游戏小说征文比赛的海报,一时兴起写了一篇以 CS(《反恐精英》)为背景的科幻小说。比赛因突如其来的"非典"停办,我就把这篇几千字的小故事寄往成都市人民南路四段 11 号了。半年后的冬天,早已失望的我忽然接到《科幻世界》的汇款单,附言栏里写着"12 期文刊稿费"。我冲到报刊亭,如愿以偿地确认自己终于发表了第一篇作品。我的科幻创作之路由此开启,成为青春文学作家的徒劳尝试基本终结。

到毕业时,我发表了几个还算有趣的故事,实现了登上《科幻世界》"每期一星"栏目的微小成就,写完了一个 5 万多字的中篇,对作家生涯满怀憧憬,对进入社会了无兴趣。刚好,吴岩老师在北京师范大学文学院儿童文学专业招收科幻研究方向的硕士生,考虑到自己的创作经验或许能带来一点竞争优势,我决定跨专业报考。2007 年,我终于幸运地被录取,走上了科幻研究之路。那时《三体》第一部刚结束连载不久,科幻迷们振奋不已,我还在博客上套用瞿秋白评价《子夜》的话豪迈地预言:"未来的中国科幻文学史在 2006 这一年无疑地要记录《三体》的发表。"那年夏天在成都召开的国际科幻大会上,一群科幻迷表演了刘慈欣笔下的"人列计算机",以此表达他们对这部作品的喜爱。应邀而至的外国科幻作家们也受到热烈的欢迎,开心地说感觉自己像是摇滚明星。虽然如此,文学界、出版界、传媒界依然很少关注科幻。也就是说,研究中国科幻没有太多可供参考的前期成果,到处都是有待填补的"学术空白"。根据吴老师的建议,我选择当代中国科幻小说中的"中国形象"作为论文题目。那几年里,我得到了文学院的老师们和身边的朋友们的肯定与鼓励,和儿童文学专业的另外 6 位同学相处得也十分融洽,逐渐从本科时那个不务正业、只知道看小说的"坏学生"变成了名正言顺地写小说、研究小说的"好学生",曾经对于学业、对于生活、对于世界的逆反心理大体上得到了调整,自我认同的需要得到了阶段性的满足。

2009 年冬天,我完成了以刘慈欣和韩松为重点分析对象的硕士论文,开始准备清华大学的博士研究生入学考试。"半路出家"的我对于求学之路能走多远没什么把握,单纯遵从自己的心意报考了钦佩的作家格非教授的博士生。我的运气不错,幸运地通过了考试,于 2010 年开始攻读博士学位。同一年，科幻迷期待已久的《三体》第三部上市。后来发生的事情远远超出了出版方乃至作家本人的预料，中国科幻仿佛一个隐形人终于显露身影。科幻作家和他们的作品开始登陆各种文学、文化乃至时尚期刊，在全球华语科幻星云奖的颁奖礼上，主办方甚至要求他们换掉自己偏爱的格子衬衫，像电影明星一样穿着正装走过红毯。学术界对科幻的兴趣也在生长。横亘在"科幻"与外部世界之间的隔膜看来是在消解了。借着这股东风，我在硕士论文基础上修改而成的文章得以在学术期刊上顺利发表，较早地解决了博士毕业要求的论文发表焦虑，也让身边的人产生了一种"这是一个学术青年"的印象。

在我出现之前，格非老师与"科幻"没有什么交集。不过，晚清是他比较感兴趣的时代之一，于是经过一番商讨，最终我选定了"晚清科幻"作为博士论文的研究对象。作为一个热爱文学的创作者，我起初对于要花大量时间阅读那些品质粗糙因而早已被历史丢进故纸堆的小说很不耐烦。好在，慢慢地总算读进去了，并且一点点读出了趣味。一个多世纪前的人们于家国飘零之际写下的未来幻想，在今天看起来可能天真荒唐，但也令人唏嘘、伤怀乃至感动。虽说前辈学者对晚清科幻已经发表了不少见解，但随着调查的深入，我发现以往的观点其实问题不少，研究的兴趣越发浓厚。特别是，接触了几个重要的数据库之后，我掉进了仿佛没有止境的检索过程中。每当想方设法进入了一个此前无法使用的数据库时，就像打开了一扇通往魔法世界的大门，一个关键词的检索结果往往不断牵引出更多的搜寻方向，有时候，一连数天被一条线索紧紧黏着不放，简直跟电脑游戏通关之前停不下来的感觉没有什么两样。这个追踪过程消耗了大量的精力，也带来了类似于"捡破烂儿"的喜悦。

经历过文科博士论文写作的人都知道那种持续数年的焦虑。虽然不用每天去实验室，但是从5万字上下的硕士论文到十几万字乃至几十万字的博士论文是一个巨大的跨越，毕竟高中时代的我们连写800字的作文都觉得不容易。在向导师交出全文之前，这个艰巨的任务会始终笼罩心头，成为越来越浓密的阴云。对于不愿长期陷于一个写作计划所以总是喜欢写短篇小说的我来说，看来要成为自己首部"长篇作品"的博士论文成了工作表中的第一要务。正是在读博期间，我一方面有机会得以将过去的短篇陆续结集出版，另一方面小说写得越来越少。论文写作正式启动之后，我把一腔的创作热情倾注其中。这是一场漫长、煎熬又充满了乐趣的长跑，我在确保不至于荒腔走板的前提下，尽可能地让学术论文也能显现出叙事的生气。每当写出一个满意的句子、段落、章节，都能高兴很久。后来老师们说："一开始有点担心，怕小说家太放飞自我，读完之后放心了，没有什么出格的地方。"

据我的体会，写论文和写小说有一个很大的不同：论文的叙述必须围绕客观存在的对象展开，小说则要在一片浓雾中自己摸索前进方向。就此而言，写小说时对着空白文档无法推进的时刻更让人沮丧。或许是这个原因，只要眼前还有写论文、改论文、发论文的工作任务，我就更愿意优先进行这项有所依凭的写作活动，而将小说的事儿往后推延。每次遇到熟人问我最近在写什么，我都回答"写论文"。反正最初的梦想只是当作家，那么只要没有停止写作就行了，至于究竟是在写一篇两万字的论文，还是写一条140字的微博，或者是填写一份高度制式化的表格材料，其实都不过是通过文字与世界相处、与自我交流的方式而已。

格非老师是一位善于发现、肯定学生优点的良师益友。在读博的5年里，每当我带着焦虑和苦闷跟老师聊天时，就如同置身于无形的能量磁场中，那些对文学和生活的卓见仿佛冲破乌云的阳光，令人倍感振奋。最后完成的论文尽管存在种种不足，还是得到了格非老师的称赞，使我确信为之付出的辛苦是值得的。

2015年，我从清华毕业后回到北师大，以博士后的身份加入吴岩老师主持的国家社科基金重点项目"20世纪中国科幻小说史"，负责撰写第一章"晚清科幻小说史"。这一年《三体》英文版荣获雨果奖，次年《北京折叠》续写辉煌，国内的科幻热度被推上了高峰。人工智能、基因编辑、火星探测……人们感到过去的科幻场景正在成为现实。于是，不论美国的奥巴马、扎克伯格，还是国内的大中小学生，都在阅读《三体》，文学、哲学、法学、社会学、政治学、电影学、物理学的专家们都在讨论科幻，科技界、产业界、文化界的高端论坛都在聚焦未来。AlphaGo战胜人类、科学家发现引力波、黑洞照片合成……每次出现一个轰动性的科技新闻，媒体都希望刘慈欣对此发表意见，科幻作家被许多人当成科技变革时代的评论员和预言家。在这种气氛中，2017年，我顺利完成博士后任务，极为幸运地回到了清华中文系，开始了一名青年教师的生涯。我开设的第一门课程是"科幻文学创作"，此时距离我初遇《科幻世界》已经过去了整整20年。我知道绝大多数选课同学并非立志要成为科幻作家，但我坚信，对于这些未来的国之栋梁，写过科幻小说与没写过，会有很大不同。

　　博士毕业之后，我才深刻体会到"学生时代是最幸福的"。作为学生，可以心无旁骛地投入论文写作中。一旦走上工作岗位，心力将同时被多项任务占据。一开始，会幻想着"把眼前的事处理完，便可专心写点东西"，但很快，发现"眼前的事"像无尽的风景不断奔涌而来。每天，时间飞逝，似乎很忙，回头一看，又没做出多少值得一提的成绩，然后渐渐明白人生的大把光阴终需付诸琐事，也慢慢认清了自己的个性：好像只有在"不务正业"的日子才有写小说的最佳状态，一旦"务了正业"，便以"先把分内事做好"的借口，容忍了自己曾经饱满充盈的创作冲动变成一座休眠的火山。鲜有新作问世的愁闷，在教学和科研的成就感中获得了相当的安抚。时不时地，我还会参加一些活动，接受大家"总算等来了好时候，你应该继续写啊"的督促，但是我好像越来越不像一个科幻作家了。

　　回顾过往，我依旧对于20多年前的那场偶遇感到惊奇：在那个连图书馆都没有、唯一的电影院早已改造成旱冰场、大多数居民的精神生活就是看电视的北方小镇上，究竟是邮局里的哪位工作人员，出于什么考虑，从全国成百上千种杂志里选择了成都出版的《科幻世界》，让它穿越大半个中国后来到内蒙古的一个矿区，在乏人问津的橱柜里等待好奇的人前来相会？这无解的谜题让我在许多年以后给贫困地区捐赠科幻书刊时也幻想着或许会有谁的命运因此改变。毫无疑问，正是"科幻"引领着我走到了今天：因为科幻，我的作家梦终于找到了突破口，为自己的第一个社会身份建立了支点；因为科幻，我与一群志趣相投的人成了朋友，与他们在烟火缭绕的烧烤摊边畅谈能够带来难以描述的乐趣；因为科幻，我有幸从一个工学学士转变成文学硕士，进而才有了继续读博士的念头和可能；因为科幻，我有了到顶尖的学府里教书育人的恰当时机；也是因为科幻，我有了跟聪慧的青年人分享自己所思所感的讲堂，有了可以研究很多年的有趣课题，也因此似乎阶段性地消耗掉了我写作科幻的心力和热念。

所有这一切，充满了意想不到的奇妙，本身就很"科幻"。

研究者都知道，没有一种观点能够一劳永逸地解决"科幻"的定义问题。对我而言，"科幻"是一种在世间的人、事、物、能量之间建立联系的方式。通过科幻，我的生命被编织进了一张激动人心的宇宙之网中，通过写作和教学，我也在其中编织新的节点，期盼它们牵引出更多奇妙的联结。这本以我博士论文为基础的专著就是我在这张宇宙之网中搭建的一个微小基站，它为我带来了创造的喜悦，也让我对自己的写作能力有了新的认识，为此我要对许多人道谢。

感谢吴岩教授和格非教授，不论是小说创作、学术研究还是为人处世，你们的教导都让我终身受益。当我成为一名教师后，也以你们为榜样自我勉励。

感谢清华大学的王中忱、解志熙、汪晖、罗钢、张海明、刘石等老师在我读博期间的悉心指导以及在我工作之后给予的关心支持，能够继续在各位老师的身边学习和成长是我的荣幸。

感谢刘慈欣、韩松、姚海军等科幻界的前辈和伙伴们多年来对我的帮助和鼓励。感谢把我的作品从自由来稿中挑出来的编辑说书人（师博），谢谢你发表了我的第一篇作品。感谢另一位编辑拉兹（杨国梁），谢谢你接纳了那些以本科时写成的青春故事为基础改编的奇幻小说，把它们发表在《飞·奇幻世界》上。感谢曾在世纪文景担任编辑的杨越江，你对这些青春奇幻故事的欣赏成就了我的第一本书。感谢林建法老师编辑刊发了我评论刘慈欣和韩松的两篇论文，它们成为我学术生涯的重要开端。感谢陈大康教授、夏晓虹教授、武田雅哉教授、上原香女士、林健群先生对我的学术问题给予的耐心回复。感谢那檀将本书的部分内容译成了英文。特别感谢北京大学出版社以及艾英老师，愿意接受和出版我的第一部学术著作，并辛苦地校订了书稿中存在的许多问题。感谢所有为我的稿件辛苦付出的出版机构和编辑们，以及所有关心、帮助过我的每一位师友和赞赏、鼓励过我的每一位读者，恕我不能一一罗列大家的姓名。

感谢北师大 2007 级儿童文学专业的同班同学们、清华大学文博一班的师兄师姐师弟师妹们，其中特别感谢刘华丽和鄢嫣，那些在写论文间隙一起打球、打牌、唱歌的好时光成为学生时代最欢乐的记忆之一。

感谢我的太太郑妙苗,在写博士论文的日子里遇到你,是意想不到的幸运。在数不清的时刻,你帮我渡过难关。生活中有了你,就不会缺少欢笑,也不会担心有不能面对的困难。

最后还要感谢我的家人。我依然记得爷爷从柜子里翻出一本快要散架的《冰岛迷雾》的那一天,他说那是叔叔当年上学时爱看的书。它成了我阅读的第一本长篇小说,我对小说的热爱从此开始。多年以后我才意识到,那也算得上一部科幻作品,故事中敌我双方争夺的神秘机器能够消耗能量而不产生任何效果,也就是说违背了能量守恒定律,除此之外,它毫无用处。也许从那时候起,科幻就注定要影响我的人生。虽然奶奶曾经担心我因为看"闲书"而影响学业,但家人还是给了我极大的自由和包容,允许我在读书、求学、就业的道路上自己做主。我至今也没有写出一本能让你们都看得懂、喜欢看的书,但是没有你们作为我强大的后盾,我无法想象生活会变成什么样子。

眼前的这本书,不可避免地存在种种缺陷,不过既然凝聚了不少心血,我还是怀着得到批评指教的希望将它呈现给大家,同时作为纪念物,见证逝去的时光和蒙受的所有眷顾。

贾立元
改定于 2021 年 5 月 5 日